MIRA®

Der Preis dieses Bandes versteht sich einschließlich
der gesetzlichen Mehrwertsteuer.

Umwelthinweis:
Dieses Buch wurde auf chlor- und säurefreiem Papier gedruckt.

Ginna Gray

Der Tod trägt dein Gesicht

Roman

Aus dem Amerikanischen von
Martha Windgassen

MIRA®

MIRA® TASCHENBUCH
Band 25297
1. Auflage: Juli 2008

MIRA® TASCHENBÜCHER
erscheinen in der Cora Verlag GmbH & Co. KG,
Valentinskamp 24, 20350 Hamburg
Deutsche Erstveröffentlichung

Titel der nordamerikanischen Originalausgaben:
Fatal Flaw

erschienen bei: Mira Books, Toronto
Published by arrangement with
HARLEQUIN ENTERPRISES II B.V./S.àr.l.

Konzeption/Reihengestaltung: fredebold&partner gmbh, Köln
Umschlaggestaltung: pecher und soiron, Köln
Redaktion: Stefanie Kruschandl
Titelabbildung: Getty Images, München
Autorenfoto: © © by Harlequin Enterprise S.A., Schweiz
Satz: Buch-Werkstatt GmbH, Bad Aibling
Druck und Bindearbeiten: Ebner & Spiegel, Ulm
Printed in Germany
ISBN 978-3-89941-482-0

www.mira-taschenbuch.de

1. KAPITEL

Er war hinter ihr her.

Sie konnte spüren, wie er näher kam. Er wollte sie umbringen.

Sie preschte durch das Dickicht. Tiefe Äste und Dornensträucher verhedderten sich in ihrer Kleidung und in ihrem Haar, aber sie bemerkte es kaum.

Sie rannte einfach drauflos. Sie sprang über Baumstämme, die am Boden lagen, und schlug sich durch Büsche. Sie lief mit dem Einsatz ihres ganzen Körpers. Jeder Muskel war angespannt. Nach einigen Schritten warf sie einen ängstlichen Blick über die Schulter. Die Luft, die in ihre Lungen ein- und ausströmte, brannte in ihrem Hals. Ihr Herz hämmerte gegen ihre Rippen. Entsetzen packte sie. Sie war kurz davor, in Panik auszubrechen.

Nein. Nein, das durfte sie nicht zulassen, ermahnte sie sich, während sie einen dornigen Ast zur Seite schlug. Sie musste die Nerven behalten. Sie *musste* einfach.

Sonst würde sie sterben. Wie diese anderen armen Frauen. Jeden Abend hatte sie die Berichte über die Morde in den Nachrichten gesehen. Der Mörder dieser Frauen und der Mann, der sie verfolgte, waren ein und derselbe.

Er war krank. Er liebt es, daraus eine Art Sport zu machen, kam ihr in den Sinn. Ohne langsamer zu werden, duckte sie sich unter einem tief herabhängenden Ast. Der Mann lockte seine Opfer mit der Chance, entkommen zu können, auch wenn sie noch so klein war. Verdammter Perverser!

Er wird den Tag noch bereuen, an dem er mich aufgespürt hat, schwor sie sich und versuchte nach Kräften, ihren Mut zusammenzunehmen. Dieses Mal hatte er sich die Falsche ausgesucht. Sie war keine von diesen flatterhaften Schwächlingen, die draufgingen, ohne zu kämpfen.

Sie presste die Zähne aufeinander, während sie über ein trockenes Bachbett sprang. Den stechenden Schmerz, der sich in ihrem Fußknöchel ausbreitete, ignorierte sie. Er glaubte wohl, er könne ihr eine Minute Vorsprung geben, um sie dann wie ein Tier zu jagen, was? Na, da würde sie ihn aber überraschen. Ihr ganzes Leben lang hatte sie mit ihrem Vater und ihren Brüdern in diesem Wald gejagt. Sie kannte sich hier ebenso gut aus wie der Killer. Vielleicht sogar noch besser.

Die anderen Frauen waren kopflos umhergerannt. Sie hatten weder gewusst, wohin sie liefen, noch, wie sie ihrem Verfolger entkommen konnten.

Sie nicht.

Sie hatte einen Plan.

Natürlich fürchtete sie sich zu Tode. Aber sie war außerdem extrem wütend. Ihre einzige Chance bestand darin, beides für sich auszunutzen, die Angst und die Wut. Sie musste es versuchen. Herrgott, sie *musste* es einfach versuchen!

Sie rannte noch tiefer in den Wald hinein, der sich den Berg hinaufzog. Es war anstrengend. An einigen Stellen war die Steigung gering, an anderen konnte sie die steilen Strecken nur bewältigen, indem sie nach Büschen und Ästen griff, um sich daran hochzuziehen. Aber das Adrenalin gab ihr Kraft. Als sie ungefähr eineinhalb Kilometer vorangekommen war, steuerte sie in einem großen Bogen nach links. Nach einer Weile fand sie, wonach sie gesucht hatte. Sie sprang in den flachen Bergbach, dann wandte sie sich wieder nach links und rutschte im Wasser den Hang wieder hinab.

Sie war nicht so dumm zu glauben, dass ihre Taktik den Mann längere Zeit an der Nase herumführen würde. Aber wenn sie Glück hatte, würde er einige Minuten brauchen, um sie wieder einzuholen. Wahrscheinlich nahm er an, dass sie desorientiert durch den Wald lief wie die anderen Frauen auch. Vielleicht hatte er nicht mitbekommen, dass sie wieder auf dem Weg zurück war.

Jedenfalls würde er es nicht bemerken, bis sie sich wieder auf dem Forstweg befand. Zwar könnte man sie dort sehen, und es gab wenig Fahrzeuge, die diese Straße befuhren, besonders so früh am Morgen, aber wenigstens kam sie dort ein gutes Stück voran.

Als sie auf der Fläche des Lastwagens von ihrem Entführer lag, hatte sie die Male gezählt, die er herunterschalten musste, als er die Schotterpiste hinauffuhr. Und sie wusste, dass sie sich nur drei Kurven außerhalb der Stadt befanden, vielleicht war sie hier sogar noch innerhalb der Stadtgrenzen.

Als er am Straßenrand anhielt und sie aus dem Wagen holte, hatte sie zwischen den Bäumen die Kirchturmspitze der Ebenezer Baptistengemeinde und die vergoldete Kuppel der First National Bank gesehen. Auf beiden lag Frost, der im Morgenlicht glänzte. Beide Gebäude lagen am östlichen Rand von Mears. Genauso wie das Polizeirevier.

Der Weg in die Stadt führte den Berg hinunter. Wenn sie auf der Innenseite der Kurven lief, würde man sie von oben nicht so leicht sehen können. Und wenn sie Glück hatte, würde zufällig ein Förster die Straße entlangfahren und sie mitnehmen. Falls nicht, würde sie wie der Blitz in die Stadt rennen.

Hundert Meter den Bach hinunter gab es eine drei Meter hohe Stromschnelle. Die Frau krabbelte ans Ufer und den Hang herab. Das Ufergebüsch gab ihr Halt.

Während sie um einen Geröllhaufen herumlief, nahm sie aus den Augenwinkeln eine Bewegung wahr. Ihr Herz machte einen Satz. Sie hielt die Luft an und duckte sich auf den Boden. Sie betete. Ihr Herz schlug so laut, dass sie sicher war, man würde es hören. Nach einem Augenblick entspannte sie sich ein wenig und spähte zwischen zwei Felsblöcken hindurch. Hinter den Bäumen sah sie ihren Verfolger. Er war etwa fünfhundert Meter entfernt.

Sie duckte sich wieder hinter die Felsen und hielt sich die Hände vor den Mund. *Oh mein Gott!* Sie hatte nicht erwartet, dass er ihr schon so dicht auf den Fersen war. Sie hatte die Entfernung, die sie zurückgelegt hatte, falsch eingeschätzt. Was sollte sie jetzt tun?

Sie schob sich am Felsen hoch, um noch einen Blick zu wagen. Der Mann ging an ihr vorbei, allerdings in die entgegengesetzte Richtung. Sein Blick war auf den Weg vor ihm gerichtet. Er verfolgte ihre Spuren zurück. Mit beiden Händen hielt er sein Jagdgewehr in Schussposition.

Ohne Vorankündigung hob er den Kopf und lauschte. Das Raubtier schnupperte nach der Fährte seines Opfers. Langsam drehte er sich um und schien sie einige Sekunden lang direkt anzusehen.

Die Frau hielt die Luft an. Sie wagte nicht, sich zu rühren. Oder nur zu blinzeln. Sie wusste aus Erfahrung, dass in der Stille des Waldes die geringste Bewegung die Aufmerksamkeit auf sich zog.

In der Nähe schrie eine Elster in einem Baum. Irgendwo schnatterten Meisen, und ein kleines Tier raschelte durch das Unterholz. Die Frau bewegte sich nicht. Nach einer Weile, die ihr wie eine Ewigkeit erschien, senkte der Mann seinen Blick wieder auf den Boden und fuhr fort, ihre Spur zu verfolgen.

Sie wartete so lange, wie sie es aushielt, so lange, wie ihre Nerven es erlaubten. Aber als ihr Verfolger wieder im Unterholz verschwunden war, lief sie wie der Teufel los.

Zuvor hatte sie sich bemüht, sich vorsichtig und ruhig zu bewegen, während sie aus ganzer Kraft rannte. Da sie aber ihren Mörder so nah gesehen hatte, war sie nicht mehr zu halten. Schrecken und Hysterie bemächtigten sich ihrer. Sie gab ihr letztes Bisschen Selbstkontrolle auf. Sie rannte um ihr Leben.

Sie flog, schlitterte den Hügel in einem gefährlichen Galopp hinunter, der unter ihren Füßen Geröll, Äste und Laub wie kleine Erdrutsche lostrat. Das Echo des Lärms hallte vom Wald zurück, aber sie hörte es nicht.

Ihre Lungen und ihre Kehle brannten. Ihre Jacke war zerrissen, und überall auf der bloßen Haut hatten Dornen blutige Wunden hinterlassen. Während sie nach Luft rang, rollte sie kopfüber den Hügel hinunter, jede Faser ihres Körpers war nur auf ein einziges Ziel gerichtet: zu entkommen.

Sie rannte aus dem Wald heraus. Ihr Herz hüpfte vor Freude. Gott sei Dank!

Sie hatte Glück. Von links kam ein Lieferwagen die Straße hinab und fuhr auf sie zu. Sie watete durch den eiskalten Bach, der neben der Straße floss. Fast hätte sie das Gleichgewicht in dem schnell fließenden knietiefen Wasser verloren. Aus Angst, dass der Wagen an ihr vorbeifahren könnte, ohne dass der Fahrer sie gesehen hätte, kletterte sie die Böschung hinauf, während aus ihrer Kehle kleine verzweifelte Krächzer drangen. Als sie die Böschung erklommen hatte, war der Wagen fast auf ihrer Höhe. Sie schnellte mitten auf die Straße, direkt vor den Kühlergrill und hob beide Arme.

Der Fahrer trat auf die Bremse und lenkte das Fahrzeug knapp an ihr vorbei. Noch bevor der Wagen zum Stehen kam, war sie auf die Beifahrerseite gelaufen.

„Verdammt! Sind Sie irre? Was glauben Sie eigentlich, was Sie hier tun? Einfach so auf die Straße zu laufen! Ich hätte Sie umnieten können!"

„B-bitte helfen sie mir", japste sie. „Sie müssen mich von hier wegbringen. Ein Verrückter versucht, mich umzubringen!"

„Verdammt!" Der Fahrer sah sich um und lehnte sich hinüber, um ihr die Tür aufzuhalten. „Steigen Sie ein."

Sie stellte einen Fuß auf das Trittbrett und hielt sich am Türrahmen fest, um sich hinaufzuziehen, als die erste Kugel sie mitten in den Rücken traf.

„Verdammte Scheiße!", rief der gute Samariter.

Die Wucht des Schusses warf sie nach vorn und ließ einen Regen aus Blut auf den unteren Teil des Armaturenbrettes und die Fußmatten niedergehen. Ein Loch von der Größe eines Daumens erschien im Bodenblech, nur wenige Zentimeter vom rechten Fuß des Mannes entfernt.

Einen Moment lang sahen sie und der entsetzte Mann sich an. Als der zweite Schuss sie traf, zuckte sie und riss die Augen auf. Ganz langsam erlosch ihr Blick. Ihr lebloser Körper rutschte von dem Sitz und auf den Boden.

Der Fahrer fluchte ununterbrochen, als er aufs Gaspedal trat und mit quietschenden Reifen davonfuhr. Der Wagen nahm Fahrt auf, beschleunigte und raste die nächste Haarnadelkurve hinunter, während die noch offene Beifahrertür hin und her schwang.

Die Frau lag zusammengekrümmt auf der Straße. Für sie kam jede Hilfe zu spät.

2. KAPITEL

„Was haben wir hier, Novak?"

Während sie sich Latexhandschuhe anzog, duckte sich Detective Casey O'Toole unter der Polizeiabsperrung hindurch und näherte sich der Leiche. Sie achtete darauf, keine Spuren zu verwischen, und musterte kurz die Abdrücke, die Schuhe und Reifen im weichen Boden hinterlassen hatten. Zwar waren schon einige Streifenwagen, ein Krankenwagen und die Spurensicherung vor Ort, aber als Hauptkommissarin war es Caseys Aufgabe, den Tatort als Erste in Augenschein zu nehmen.

„Weibliches Tötungsopfer. Schusswaffe", antwortete ihr der uniformierte Beamte.

Na toll, dachte Casey. Noch ein weibliches Mordopfer. Wenigstens hatte Novak sich zurückgehalten und nicht alles gleich über Funk weitergegeben. Der routinierte Polizeibeamte hatte alle über sein privates Mobiltelefon angefordert und so vermieden, dass die Medien davon Wind bekamen. Sonst hätte sich der Tatort schon jetzt in einen Zirkus verwandelt.

Natürlich würden sie früh genug von dem Mord erfahren. Die Geier von der Presse schienen sehr schnell von einem neuen Todesfall die Witterung aufzunehmen. In den letzten Monaten hatten sie Sheriff Crawford wegen der anderen Morde das Leben zur Hölle gemacht. Und auch wenn sie wenig Respekt für diesen Mann hegte, tat er ihr fast leid.

Casey verzog das Gesicht. Wenn die Reporter herausbekamen, dass es einen Mord an einer weiteren Frau, nun schon der dritten, gab, dann würden sie erst recht Blut lecken.

„Es muss erst vor wenigen Minuten passiert sein, kurz nachdem es hell geworden ist", erklärte Novak. Er deutete mit dem Kopf auf einen Mann, der auf der anderen Seite der Absperrung auf der Stoßstange eines Pick-ups saß. „Wir hatten schon fast Feierabend. Mein Partner und ich fuhren gerade die

Pinion Avenue hinunter, als uns plötzlich dieser Typ da entgegenkam. Er fuhr, als sei der Teufel hinter ihm her."

Casey ging um die Leiche herum und machte aus jedem Winkel ein Foto. Auch später würde die Spurensicherung Fotos von dem Opfer und dem Tatort machen, aber sie hatte gern ihre eigenen Bilder.

Als sie damit fertig war, zupfte sie ihre Hosenbeine an den Oberschenkeln ein wenig herauf und ging neben dem Opfer in die Hocke. Diese Frau war attraktiv. Anfang dreißig, schlank, durchtrainierter Körper. Schöne Haut, mal von den blutigen Kratzern abgesehen. Langes rotes Haar. Zwar gefärbt, aber gut gemacht.

Ihre Kleidung war ungewöhnlich. Hautenge Lycraleggings, die auf der Hüfte saßen und dazu ein passendes Oberteil, das ebenso eng anlag. Es sah nach etwas aus, was man im Sportstudio oder zum Aerobic anziehen würde. Der einzige Schmuck, den sie trug, waren kleine Diamantohrstecker. An der Taille hatte sie eine kleine Rose eintätowiert.

Ihre Sportschuhe und die Hosenbeine waren bis zu den Knien nass. Rote Male von Fesseln waren an den Hand- und Fußgelenken zu sehen, aber sonst zeigte sie keine offensichtlichen Spuren von Gewalt.

Die Frau lag auf ihrer Seite mit im spitzen Winkel angezogenen Knien, als sei sie auf die Knie gefallen und dann zur Seite gekippt. Ihre Arme waren ein wenig erhoben. Der Tod war erst kürzlich eingetreten, sodass immer noch Blut aus ihren Wunden austrat, ihre Haarspitzen durchnässte und einen dunklen Kreis unter ihrem Rücken hinterließ.

„Er heißt Alfred Denner. Er ist mindestens hundert gefahren", fuhr Officer Novak fort. „Ich wollte ihn gerade an die Seite winken, aber bevor ich noch die Sirene anschalten konnte, hatte er uns schon gesehen. Er hätte uns fast über den Haufen gefahren, so schnell wollte er uns einholen. Er war so geschockt, dass er nur Unsinn gebrabbelt hat. Als ich und Henderson ihn endlich so weit hatten, dass er reden konnte, sagte er, dass gerade vor seinen Augen eine Frau erschossen worden sei."

Casey sah auf. „Er war dabei, als sie erschossen wurde?"

„Ja. Er hat noch die Blutspritzer auf seinem rechten Hosenbein, und die Kabine seines Lieferwagens sieht schlimm aus. Er sagte, sie sei gerade dabei gewesen, zu ihm ins Auto zu steigen, als die Kugeln sie trafen. Der Ärmste! Er ist immer noch ganz durcheinander."

„Stellen Sie sicher, dass er hierbleibt. Ich will mit ihm reden, sobald ich fertig bin. Und lassen Sie niemanden an den Pick-up."

„Alles klar, Detective." Officer Novak ging zu dem Zeugen.

Das Geräusch auf dem Schotter kündigte ein weiteres Fahrzeug an, das die Straße hinauffuhr. Einige Sekunden später bog eine unauffällige graue Limousine um die Kurve. Sie kündigte sich mit angeschalteter Sirene an. Dennis Shannon, Caseys Partner, verlangsamte den Wagen. Er parkte auf der anderen Seite der Absperrung und stieg aus.

Er ging geduckt unter dem Band hindurch und näherte sich ihr mit seinem typischen zögernden Gang, der sie an einen Bären erinnerte. Als früherer Abwehrspieler der Denver Broncos, einer bekannten Footballmannschaft, war Dennis kräftig, stämmig und Furcht einflößend. Allein seine Größe reichte meist aus, um seine Gegner einzuschüchtern. Für den seltenen Fall, dass ein Verdächtiger nicht gleich Angst bekam, brachte er ihn mit demselben wilden Gesichtsausdruck zum Schweigen, der ihm auch auf dem Footballfeld zu Ruhm und Ehre gereicht hatte. In der Abteilung wurde Dennis scherzhaft „Hulk" genannt.

Aber seine animalische Bissigkeit war nur Show. Casey hatte schon vor langer Zeit begriffen, dass hinter der rauen Schale ein liebenswerter alter Softie steckte. Besonders, wenn es um seine

Frau und seinen zweijährigen Sohn Roger ging.

„Hey, Tiger, wie sieht's aus?", rief er ihr zu.

Casey sah ihn aus zusammengekniffenen Augen an und verzog den Mund. „Der Boss hat mich mitten beim Laufen angerufen. Ich habe meinen Tag mit einem sinnlosen Mord begonnen. Und dabei habe ich noch nicht mal einen Kaffee gehabt! Was sagst du nun?"

„Oh, oh. Warte 'ne Sekunde." Dennis hielt kurz an und hielt seine Hände wie ein Megafon vor den Mund: „Alarmstufe Rot! Casey hatte noch keinen Kaffee! Hat jemand welchen dabei?"

Ein allgemeines Murren wurde laut, und sowohl uniformierte Beamte wie Kommissare setzten sich in Bewegung. Innerhalb von Sekunden brachte ein neuer junger Kollege eine Thermoskanne und gab sie Dennis. „Der ist aus der Maschine vom Revier. Er ist wahrscheinlich so stark, dass man damit eine Eisenplatte zersägen kann, und es gibt keine Informationen darüber, wie alt er ist, aber es ist Koffein."

„Das ist die Hauptsache. Danke. Sie retten mein Leben."

„Ich versuche nur, meine Haut zu retten", gab der junge Polizist zurück und verdrehte dabei die Augen.

Caseys sagenumwobene Koffeinabhängigkeit sowie die katastrophale Auswirkung auf ihren Zustand, wenn sie nicht mit dem Getränk versorgt wurde, waren Teil einer urbanen Legende, die sich Polizisten in der Stadt untereinander erzählten, besonders im Zweiten Bezirk. Ihre Mitarbeiter mochten und respektierten Casey, und sie wurde in der Abteilung von ihren Kollegen gleichberechtigt behandelt. Seit ihr Mann ein Jahr zuvor gestorben war, hatten alle in der Truppe das Gefühl, ein bisschen auf sie aufpassen zu müssen. Aber wenn der Koffeinspiegel in Caseys Blut zu stark abfiel, dann rannten auch die stärksten Polizisten um ihr Leben.

„Hier, Tiger. Nimm einen Schluck", sagte Dennis und reichte

ihr die Kappe der Thermoskanne.

Sie griff danach wie ein Ertrinkender die rettende Leine und spülte die Brühe in drei Schlucken hinunter. Sollte sie den bitteren Geschmack und die Temperatur gespürt haben, ließ sie sich davon nichts anmerken.

„Himmel, die Schleimhäute in deinem Mund müssen aus Asbest sein“, rief ihr Partner aus und verzog das Gesicht.

„Was?“, fragte Casey und sah ihn irritiert an. „Es ist doch nur Kaffee.“

„Machst du Witze? Mit dem Zeug kann man Möbel abbeizen. Ich würde es nicht in den Mund nehmen.“

„Ja, lieber eine altmodische Tasse Java als dieser Kräutertee, den dir Mary Kate verabreicht.“

„Das stimmt. Tut mir außerdem leid, dass ich zu spät dran bin.“ Dennis schraubte den Becher zurück auf die Kanne. „Mein Tag hat heute Morgen auch nicht gerade sanft begonnen.“

„Was ist los? Hatte Mary Kate noch einen Hormonschub?“

„Oh ja. Ich hatte nur die Vorhänge aufgemacht und gesagt, dass es ein schöner Tag sei, und schon brach sie in Tränen aus. Mann, und ich dachte, dass die ersten vier Monate mit der Morgenübelkeit schlimm wären.“ Dennis holte Latexhandschuhe aus seiner Manteltasche und zog sie über. „Jedes Mal, wenn sie sich übergab, sah sie mich mit einem Blick an, als wollte sie mir sagen: ‚Das ist alles nur deine Schuld.‘ Aber diese Stimmungsschwankungen, die sie hat, seitdem die Übelkeit weg ist, sind noch schlimmer. Wenn das so weitergeht, glaube ich nicht, dass ich das die nächsten zwei Monate noch länger durchstehe. Ich liebe diese Frau bis zum Wahnsinn, aber sie macht mich auch echt verrückt.“

„Armer Hase.“ Casey sah zu ihrem Kollegen auf und grinste. „Von mir bekommst du kein Mitleid! Drei Kinder in drei Jahren Ehe, das macht jede Frau ein wenig bekloppt.“

„Woher sollte ich denn wissen, dass es beim zweiten Mal

Zwillinge würden? Und außerdem, du bist meine Partnerin. Du solltest auf meiner Seite sein."

„Pech gehabt. Mary Kate ist meine Cousine und schon viel länger meine beste Freundin, als wir beide zusammenarbeiten."

Er verdrehte die Augen und murmelte vor sich hin: „Frauen! Sie halten zusammen wie Pech und Schwefel. Sogar Tante Maureen. Als ich heute Morgen zur Arbeit ging, kümmerte sie sich um Mary Kate wie eine alte Glucke."

„Gut." Casey sagte das ohne die geringste Spur von Mitleid. „Mary Kate hat es verdient, dass man sie jetzt besonders verwöhnt."

Die Schwangerschaft ihrer Cousine war schwierig, denn sie erwartete Zwillinge. In der Mitte des fünften Monats hatte der Gynäkologe ihr strikte Bettruhe verordnet – eine unmögliche Anweisung für die Mutter eines aufgeweckten zweijährigen Jungen. Es sei denn, sie hatte die Unterstützung ihrer Familie.

Die hatte Mary Kate allerdings in Hülle und Fülle. Kaum dass sie von der Anweisung des Arztes gehört hatte, war Caseys Mutter Maureen Collins zusammen mit Francis O'Toole in die Wohnung der Shannons eingefallen wie ein Sondereinsatzkommando. Francis war die Nachbarin und beste Freundin von Maureen und zufällig auch Caseys Schwiegermutter. Die beiden Frauen hatten das Hab und Gut der jungen Familie kurzerhand eingepackt und in das kleine Wochenendhaus befördert, das hinten auf dem Grundstück ihrer beiden Einfamilienhäuser stand. Caseys Vater, Patrick Collins, und ihr Schwiegervater, Joe O'Toole, hatten es vor mehr als fünfunddreißig Jahren gebaut; es war Caseys Hochzeitsgeschenk gewesen, als sie vor zehn Jahren Tim geheiratet hatte. Das Häuschen hatte leer gestanden, seit Casey vor fast einem Jahr nach Mears in ein Stadthaus gezogen war.

Jetzt brachte Dennis seine schwangere Frau und ihren kleinen Sohn fast täglich zu Tante und Onkel. Das passte allen Betroffenen ausgezeichnet. Jemand kümmerte sich um Mary Kate, und ihre Mutter und ihre Schwiegermutter genossen es, sich mit dem kleinen Roger zu beschäftigen, und Dennis konnte arbeiten gehen und wusste, dass seine Frau und der Sohn in guten Händen waren.

Dennis kam zu Casey und beugte sich über den Leichnam, um ihn sich genauer anzusehen. „Nicht schon wieder eine Frau!"

„Sieht ganz danach aus." Casey benutzte das Ende ihres Bleistiftes, um vorsichtig das Haar der Frau anzuheben. So konnte sie besser die Wunden sehen, die sich auf ihrem Rücken befanden. „Zwei Schüsse in den Rücken."

„Hm. Genau wie bei den beiden Fällen von Sheriff Crawford."

Diese Opfer waren in den Wäldern von Spaziergängern entdeckt worden. Beide waren erschossen worden, bei beiden wurden Spuren von Fesseln an Handgelenken und Fußknöcheln gefunden. Da Casey sich Mühe gab, Sheriff Crawford, so gut es ging, aus dem Wege zu gehen, hatte sie keine detaillierten Informationen über die Fälle, aber nach dem zu urteilen, was sie gehört hatte, gab es nur wenige Hinweise auf den Täter. Dem Sheriff zufolge hatte der Täter die Frauen sexuell belästigt, sie dann im Wald ausgesetzt und sie schließlich wie Wild gejagt.

„Sieht so aus", stimmte Casey zu. „Nur mit dem Unterschied, dass auf diese Opfer nur einmal geschossen worden ist. Es scheint so, dass diese Frau, anstatt kopflos durch den Wald zu fliehen, so klug war, einen Ausweg zu suchen. Ich nehme an, sie hat sich auf die Straße gerettet, um Hilfe zu suchen, oder weil sie hoffte, es in die Stadt zu schaffen. Gute Idee. Nur ein paar Sekunden später, und sie hätte in Sicherheit sein können. Pech für uns. Weil sie es bis auf die Straße geschafft hat, fällt sie in unseren Bezirk. Knapp." Casey deutete auf den anderen Straßengraben. „Die Stadtgrenze verläuft an der Böschung. Nur fünf Meter weiter in die Richtung, auf der anderen Seite des Baches, dann wäre dieser Fall dem Sheriff in den Schoß gefallen. Wie die beiden anderen Fälle."

Dennis schnaufte verächtlich. „Und nun haben wir den Ärger am Hals. Was wahrscheinlich bedeutet, dass wir mit diesem widerlichen arroganten Typen zusammenarbeiten müssen."

„Ach, erinnere mich bloß nicht auch noch daran", bat Casey. „Ich hatte erst eine Tasse Kaffee, ja?"

„Drei Morde an Frauen in zwei Monaten." Dennis schüttelte seinen Kopf. „Das ist Rekord für diese Gegend."

Mit knapp über 90.000 Einwohnern zählte Mears zu den größten Städten im Westen Colorados. Die Stadt wuchs ständig, dank der zuziehenden Rentner und Großstädter, die den Massen und der Kriminalität der Metropolen zu entkommen versuchten.

Die Innenstadt bestand aus den typischen Bürogebäuden und Geschäften. Es gab reiche Viertel, Slums, einen historischen Stadtkern und moderne Wohngegenden, in denen die Mittel- und die Oberschicht wohnten, die sich durch den Norden und den Süden der Stadt zogen.

Mears, Colorado, lag in einem tiefen, schmalen Tal zwischen zwei lang gestreckten Bergketten. Die Industrie- und Handelskammer bezeichnete die Stadt als „pittoreskes Paradies der Rocky Mountains", Casey und ihre Kollegen hatten jedoch eine realistischere Sicht auf ihre Heimatstadt.

Wie in jeder Stadt, so gab es auch in Mears Überfälle, Kneipenprügeleien, Vergewaltigungen und Drogenhandel – und ab und zu sogar einen bewaffneten Bankraub. Aber die durchschnittliche Anzahl der Morde im gesamten Regierungsbezirk pendelte sich gewöhnlich bei achtzehn oder zwanzig ein. Dieses Jahr allerdings wurden schon vierzehn Morde gezählt, und es war erst der 1. Juni.

Die Tötungsdelikte, mit denen sie sich beschäftigten, waren hauptsächlich Morde aus Leidenschaft, das Ergebnis eines Ehekrachs oder wenn der betrunkene Ex nach einer Auseinandersetzung eine Waffe in die Hand bekam. Soweit Casey wusste, hatten sie es bisher noch nie mit einem mordenden Psychopathen zu tun gehabt.

Sie stand auf und ging um die Leiche herum. „Aufgrund der Größe der Wunde würde ich sagen, dass der Mörder ein großkalibriges Jagdgewehr benutzt hat. Zweimal auf sie zu schießen, erscheint mir ein bisschen übertrieben gewesen zu sein. Schon der erste Schuss muss sie tödlich getroffen haben."

„Ja", stimmte ihr Dennis zu. „Entweder hatte er es wirklich auf sie abgesehen, oder er wollte ganz sichergehen, dass sie wirklich tot ist. Ich glaube, bei der Patrone handelt es sich um eine .300 Winchester Magnum. Es gibt fünf oder sechs Jagdgewehre, für die diese Patronen benutzt werden. Ich habe auch einige davon zu Hause."

„Die hatten mein Vater und meine Brüder auch", fügte Casey hinzu. „Mit so einer großen Patrone kann man mühelos einen Elch auf einige hundert Meter erlegen."

„Hm. Die Ausschusswunden liegen einige Zentimeter tiefer als die Einschusslöcher", bemerkte Casey. Sie stand wieder auf und starrte den Hügel hinauf. „Die Schüsse müssen von dort oben gekommen sein. Schau mal, du kannst sogar noch ihre Fußspuren im Frost auf der anderen Seite des Baches erkennen. Dort muss sie aus dem Wald herausgekommen sein."

„Dann kann der Todeszeitpunkt noch nicht lange her sein."

„So, wie unser Zeuge sagte, ist es weniger als eine halbe Stunde her."

Dennis riss überrascht die Augen auf. „Wir haben einen Zeugen? He, da haben wir aber Glück gehabt."

„Das hoffe ich. Aber das hängt davon ab, was er wirklich gesehen hat." Casey suchte mit den Augen den ganzen Berg ab.

„Der Killer ist vielleicht noch da oben und beobachtet uns."

Dennis zog die Stirn in Falten. „Oder macht sich an sein nächstes Opfer heran." Wie zufällig veränderte er seinen Standort, sodass er nun zwischen dem Berg und Casey stand.

Auch wenn es ganz zufällig erschien, war es Casey nicht entgangen. „Was machst du da?", fragte sie ihn und knuffte ihn auf den Arm. „Du bist mein Partner, nicht mein Beschützer. Ich dachte, das hätten wir schon vor Jahren geklärt."

„Ja, aber der Psycho knallt Frauen ab, nicht Männer. Außerdem weißt du, dass Mary Kate mich umbringen würde, wenn dir etwas passiert."

„Oh, verstehe", gab sie zurück und sah ihn ausdruckslos an. „Eigentlich geht es dir nur darum, dass dir selbst nichts passiert, oder? Na, mach dir keine Sorgen, ich glaube, du bist in Sicherheit. Auch wenn er noch da oben sein sollte, bin ich mir sicher, dass er nicht irgendetwas anstellt, solange hier noch so viele Menschen sind. Wenn es derselbe Mann ist, der die beiden anderen Frauen umgebracht hat, dann steht er darauf, das Opfer zuerst zu vergewaltigen und es dann herumzujagen."

„Die Armen. Eine Scheißart, die letzten Minuten auf der Erde zu verbringen."

„Stimmt", gab ihm Casey trocken recht.

Sie versuchte nicht, sich vorzustellen, was die Opfer durchgemacht haben mussten: die Erniedrigung, die schreckliche Angst, für jemanden in einem tödlichen Spiel das Opfer zu sein und wie ein wildes Tier gejagt zu werden. Diese Morde erschütterten sie. Sie empfand Trauer und Mitleid für die unglücklichen Frauen. Aber es war ihr Job, den Mörder zu finden, bevor noch andere Frauen durch ihn zum Opfer wurden. Sie musste all ihre Aufmerksamkeit und Energie auf diesen Fall richten.

„Ich möchte, dass einige Männer ihre Spuren zurückverfolgen. Los, lass sie an die Arbeit gehen."

Eine Gruppe Polizisten in Uniformen und einige in Zivil standen vor dem Absperrband. Normalerweise gehörte es zu ihren Aufgaben, nach Zeugen zu suchen, Passanten zu verscheuchen oder den Verkehr am Tatort vorbeizuleiten, aber aufgrund des abgelegenen Ortes und der frühen Tageszeit war das nicht nötig. Einige von ihnen hatten sich etwa hundert Meter weiter unten auf der Straße postiert, um ankommende Fahrzeuge zu stoppen, aber der Forstweg war immer noch leer. Die meisten Beamten warteten auf einen Befehl von ihr.

„Ist das Keith?", fragte Casey, als sie auf das Grüppchen zuging. Sie deutete mit dem Kopf auf jemanden in Jeans und Lederjacke, der mit dem Rücken zu ihr stand und sich mit zwei Kollegen unterhielt.

„Ja, glaube schon. Wir haben sonst niemanden mit dieser Haarfarbe."

„Keith, was machst du denn hier?"

Der blonde Mann drehte sich zu ihr um und warf ihr sein strahlendes Lächeln zu. „Hey, Casey. Martin hat mir gesagt, dass du diesen Fall erwischt hast. Eine tolle Art, einen so schönen Morgen zu verbringen."

„Das kannst du laut sagen. Aber was treibt dich hierher? Ich dachte, du hättest heute frei?"

„Habe ich auch." Er sah sie ein wenig schief an. „Aber du kennst das ja. Ich wollte ein bisschen zum Angeln raus, als ich den Wagen von der Spurensicherung und eine Menge Streifenwagen hier hochjagen sah, also bin ich ihnen hinterhergefahren."

„Wenn du schon mal hier bist … Würde es dir etwas ausmachen, wenn ich dir Arbeit gebe?"

„Natürlich nicht. Du weißt doch, dass ich alles für dich tun würde, Puppe."

Sie ignorierte den Kosenamen und deutete mit dem Finger auf die noch sichtbaren Spuren im vom Frost bedeckten Gras.

„Du bist doch ein großer Reh- und Elchjäger. Ich brauche dich zum Spurenlesen. Das Opfer hat eine Spur hinterlassen. Such dir ein paar Männer zusammen, und verfolge mit ihnen diese Fußabdrücke zurück zu der Stelle, wo der Schütze das Opfer hat laufen lassen. Wenn du den Ort gefunden hast, ruf mich. Geh langsam und achte auf alles, was uns helfen könnte. Und lass die Grobiane bitte nicht meine Spuren zerstampfen."

Keith lachte. „Okay. Lass mich nur schnell meine Pistole aus meinem Wagen holen. Hey, Bennetti. Adams. Kommt mit", rief er und machte sich auf den Weg zu seinem Pick-up.

„Und seid vorsichtig", rief ihm Casey hinterher, „der Schütze ist vielleicht noch da oben."

„Machen wir. Und außerdem: Ich hoffe, er treibt sich noch im Berg herum. Ich würde diesen Schuft gern erwischen."

„Das glaube ich sofort", murmelte Dennis.

„Was?"

„Nichts. Ich habe nur Selbstgespräche geführt."

Casey neigte den Kopf zur Seite und betrachtete ihren Partner mit einem scharfsinnigen Blick. „Du kannst Keith nicht sonderlich leiden, oder?"

Dennis zuckte mit den Schultern. „Er regt mich einfach auf. Er macht immer alles komplizierter, als es ist. Wenn er nicht so einen Schlag bei Frauen hätte, würde ich denken, er sei schwul."

Casey lachte. „Komm schon, so schlimm ist er auch wieder nicht."

„Machst du Witze? Hast du dir mal seinen Schreibtisch angesehen? Der sieht aus, wie mit einem Lineal ausgerichtet – und wehe dir, wenn du etwas verschiebst oder eine Schublade öffnest ... Seine Briefe sind immer perfekt, und nie sitzt auch nur ein einziges Haar seiner Frisur schief. Sein Hemd ist immer supergebügelt, seine Bügelfalten sind immer frisch, und in seinem Spind hat er ein Outfit in Reserve, inklusive Schuhe,

Socken und Unterwäsche, falls bei einer Verhaftung mal etwas derangiert wird. Ich habe keine Ahnung, worum er sich Sorgen macht. Ich kenne sonst niemanden, der auf einer Müllhalde nach Beweisen suchen kann und hinterher immer noch so frisch aussieht wie ein Gänseblümchen."

Als Dennis seine Tirade beendet hatte, lachte Casey laut auf. „Komm schon, sei nicht so", schalt sie ihn aus Spaß. „Ich weiß, dass Keith manchmal mit seinem Ordnungsfimmel nervt, aber das ist kein Grund, ihn nicht zu mögen. Und du musst zugeben, dass er viel arbeitet und ein guter Kommissar ist."

Das stimmte zwar alles, aber insgeheim wusste Casey, dass genau diese Ordnungsliebe, ja fast Zwanghaftigkeit, mit der Keith die Regeln befolgte, ihn daran hindern würde, in der Abteilung, in der er sich gerade befand, aufzusteigen. Ihm fehlten Flexibilität und eine Vision. Wirklich gute Ermittler vertrauten ihrem Bauchgefühl und hielten sich nicht immer an die Regeln, um einen Fall zu lösen. Casey bezweifelte, dass Keith sich jemals von seinem Instinkt hatte leiten lassen.

„Ach ja? Das kann ich leider nicht bestätigen", grummelte Dennis.

Casey neigte wieder den Kopf zur Seite. „Da ist noch etwas, was du mir nicht erzählst, stimmt's? Los, Dennis. Ich kenne dich doch. Du magst jemanden nicht nur deswegen nicht, weil er einen Ordnungstick hat. Also, raus damit!"

Dennis presste die Lippen aufeinander. Es war offensichtlich, dass er die Frage nicht beantworten wollte. Aber auch er kannte Casey gut. Sie würde nicht eher Ruhe geben, bis er ihr die Wahrheit sagte. „Der Typ läuft dem Ruhm hinterher. Wenn wir diesen Mörder fangen, wird unser guter Keith es irgendwie schaffen, die Lorbeeren dafür einzuheimsen. Seit letztes Jahr sein Foto in der Zeitung war, glaubt er, er sei eine bekannte Persönlichkeit. Und es ist nicht sehr hilfreich, dass ihn jeder auf dem Revier wie einen Helden behandelt."

Casey schloss kurz die Augen, damit Dennis nicht sehen konnte, wie sehr sie sein letzter Satz verletzt hatte. Deshalb drehte sie sich weg und ging los, um den Zeugen zu suchen. Dennis holte sie ein. „Lass ihn einfach in Ruhe, okay?“, sagte sie mit zitternder Stimme. „Immerhin hat er Juan Santos erwischt.“

„Verdammt! Es tut mir leid, Casey. Ich hätte davon nicht anfangen dürfen. Ich wollte nicht, dass du an die Sache erinnert wirst. Ich weiß, wie dankbar du Keith dafür bist, dass er den Mörder deines Mannes gefunden hat. Es ist nur so, dass ...“

„Was?“

„Ach, schon gut. Ich muss lernen, einfach mal meine große Klappe zu halten.“

„Nein. Komm schon, spuck's aus.“

„Nun ... ich finde, Keith wäre ein Held gewesen, wenn er Santos erschossen hätte, bevor der Tim mit vier Schüssen durchsiebte.“

„Er hat doch erklärt, wie es passiert ist.“

„Ja, schon gut, ich weiß.“ Dennis legte seinen Arm um ihre Schultern und drückte sie kurz. „Vergiss, was ich gesagt habe, okay? Vielleicht bin ich einfach nur neidisch, dass der Kerl so gut aussieht, und das ist alles.“

Sie sah ihren Kollegen mit einem müden Lächeln an. Casey bezweifelte, dass es nur an Keiths Aussehen lag. Dennis war der nüchternste Mensch, den sie kannte, und er war mit seinem Leben zufrieden. Außerdem betete Mary Kate ihren bärenstarken Mann an, so wie er war, und Casey wusste, dass Dennis das um nichts in der Welt ändern wollte.

Allerdings gab es jede Menge Polizisten in Mears, die den Expartner ihres Mannes beneideten. Detective Keith Watson hatte das jungenhafte Aussehen eines blonden Surfers aus Kalifornien, ein perfektes Lächeln und aufregende blaue Augen.

Er hatte den Ruf eines Frauenhelden und genoss sein Singledasein in vollen Zügen. Immerzu riefen Frauen auf der Wache an und hinterließen Nachrichten für Keith. Tim hatte ihr einmal erzählt, dass Keith eine ganze Reihe von Frauen traf, aber er hielt es mit keiner lange aus.

„Mr. Denner?“, fragte Casey, während sie auf den Mann zuging, der immer noch auf der Stoßstange seines Lieferwagens saß.

Officer Novak, der den Zeugen und seinen Wagen im Auge behalten hatte, ging auf ihn zu. „Das hier ist Detective O'Toole und ihr Partner, Detective Shannon – Mr. Denner. Detective O'Toole betreut diesen Fall. Sie wird ihnen ein paar Fragen stellen.“ Er sah Casey an. „Wollen Sie, dass ich den Leuten von der Spurensicherung jetzt grünes Licht gebe?“

„Ja, sie können mit der Leiche anfangen, aber sie sollen mit dem Lieferwagen warten, bis ich ihn mir angesehen habe.“ Während sie sich zu dem Zeugen umdrehte und ihn kurz musterte, notierte sie in Gedanken automatisch eine Personenbeschreibung. Er war so groß und so dünn, dass seine Hose nur mit großer mentaler Willensanstrengung auf seinen Hüftknochen zu sitzen schien. Er hatte braunes Haar, das schon dünner wurde, tief liegende dunkelbraune Augen und dunkle Haut, wie sie Menschen haben, die viel Zeit draußen verbringen. In diesem Augenblick zitterte er so stark, dass seine Knochen buchstäblich aneinander klapperten.

„Wie heißen Sie, Sir?“, fragte Casey höflich.

„Alfred Picket Denner.“ Er hielt eine brennende Zigarette zwischen dem gelben Zeige- und Mittelfinger seiner rechten Hand. Er hob die Zigarette, um einen Zug zu nehmen, aber seine Hand zitterte so stark, dass er mit ihr seinen Mund fast verfehlte. Er inhalierte tief, atmete eine Wolke Rauch aus und schnippte dann die Asche auf den Boden.

„Schlimme Angewohnheit“, sagte er voller Reue und schüttelte den Kopf. „Ich habe vor vier Monaten mit dem Rauchen aufgehört, aber nach dem, was passiert ist, musste ich eine rauchen, um mich zu beruhigen. Ich habe einen Ihrer Officer um einige Zigaretten angepumpt. Ich hoffe, es stört Sie nicht, dass ich rauche."

Casey zuckte mit den Schultern. „Es sind Ihre Lungen." Sie zog einen kleinen Notizblock und einen Bleistift aus der Tasche ihres Blazers. „So. Ich möchte, dass Sie mir erzählen, was passiert ist. Lassen Sie sich Zeit, Mr. Denner, und versuchen Sie, sich so genau wie möglich zu erinnern. Für mich ist jedes Detail wichtig. Einverstanden?"

„Okay." Mit zittriger Stimme erzählte er, wie die Frau aus dem Wald gerannt kam, ihn anhielt und ihn bat, sie ein Stück mitzunehmen, weil ein Verrückter sie angeblich umbringen wolle.

„Ich habe ihr gesagt, sie soll einsteigen, aber kaum hatte sie einen Fuß auf das Trittbrett gesetzt, schoss ihr jemand in den Rücken. Es war furchtbar. Die Kugel ging einfach durch sie hindurch und dann auch noch durch mein Bodenblech. Das Blut spritzte überallhin. Dann sah sie mich nur an, sie war unter Schock, und ihre Augen waren glasig. Dann traf sie ein zweiter Schuss, und sie rutschte auf den Boden. Dann habe ich mich aus dem Staub gemacht. Ich konnte ihr nicht mehr helfen, verstehen Sie?", fügte er schnell hinzu. „Wenn ich hiergeblieben wäre, wäre ich einfach auch erschossen worden."

„Ich verstehe, Mr. Denner. Sie haben richtig gehandelt", versicherte Casey ihm. „Wahrscheinlich war sie schon tot, bevor sie auf die Straße fiel."

„Richtig. Sie war schon tot", bestätigte er eilfertig, um sich einer möglichen Schuld zu entledigen. Offensichtlich hatte er ein schlechtes Gewissen. „Nie werde ich den Ausdruck in ihren Augen vergessen, als sie mich ansah. Solange ich lebe." Wieder hob er die Hand, um zitternd einen Zug von der Zigarette zu nehmen. „Verdammte Scheiße."

Casey wandte sich an Dennis. „Geh und sag der Spurensicherung, sie sollen nach den Patronen suchen, die in der Nähe des Opfers in den Boden eingeschlagen sind.“

„Mach ich.“ Dennis verschwand in Richtung ihrer Kollegen.

„Kannten Sie das Opfer, Mr. Denner?“

„Nee. Habe sie noch nie vorher gesehen.“

„Ich verstehe. Was haben Sie so früh am Morgen hier oben gemacht?“

„Ich war – hey! Einen Moment mal!“ Er rutschte wütend von der Stoßstange. „Was fragen Sie mich da? Verdächtigen Sie etwa *mich?* Ich habe Ihnen doch gerade erzählt, was passiert ist. Sehen Sie sich mal meine Klamotten an – alles voller Blut. Gucken Sie in meinen Truck. Sie werden die Einschusslöcher im Bodenblech finden, genau so, wie ich es Ihnen gesagt habe.“

„Beruhigen Sie sich, Mr. Denner. Niemand verdächtigt Sie. Ich stelle Ihnen nur einige Routinefragen. Der Staatsanwalt wird wissen wollen, was Sie hier getan haben, um Sie zu einem glaubwürdigen Zeugen erklären zu können. Erst dann können Sie vor Gericht gegen denjenigen aussagen, der das hier gemacht hat.“

Eigentlich schloss Casey zu diesem Zeitpunkt nichts und niemanden aus. Wenn Alfred Denner die Wahrheit sagte, würde sich seine Geschichte mit Leichtigkeit nachprüfen lassen. Aber bis dahin hielt sich Casey mit einem Urteil zurück.

„Oh, verstehe. Entschuldigung“, sagte er und sprach wieder langsamer. „Ich bin immer noch etwas durcheinander. Ich bin Förster. Wir haben ein Problem mit Landstreichern, die sich im Naturschutzgebiet um Echo Basin niederlassen. Wir haben sie vor ein paar Tagen verjagt, aber um sicherzugehen, dass sie nicht zurückgekommen sind, bin ich vor Sonnenaufgang noch einmal hinaufgefahren, um nachzusehen. Sie waren nicht dort, also bin ich wieder heruntergefahren, um mir etwas zum Frühstücken zu kaufen.“

„Ich verstehe. Sind Ihnen auf dem Weg andere Fahrzeuge begegnet?“

„Nur ein heller Lieferwagen – beige, glaube ich, vielleicht war er auch weiß und einfach nur schmutzig. Er parkte genau hinter der Kurve da oben. Ich dachte, vielleicht sollte ich anhalten und nachsehen, ob das ein Wilderer ist. In dieser Jahreszeit ist die Schädlingsjagd die einzige, die erlaubt ist. Aber ich hatte Lust auf eine Tasse Kaffee, und da in neun von zehn Fällen der Fahrer eines geparkten Fahrzeugs nur jemand ist, der sich im Wald erleichtern geht, bin ich weitergefahren.“

„Haben Sie die Marke erkannt? Oder den Bautyp?“

„Es war ein Plymouth, glaube ich. Einer von diesen Lieferwagen, die hinten an den Seiten keine Fenster haben. Ich habe nicht auf das Modell oder das Alter des Wagens geachtet, aber er hatte ein Kennzeichen aus Colorado. Ich habe mir die Zahlen nicht gemerkt. Tut mir leid.“

„Gab es an dem Lieferwagen irgendetwas Auffälliges? Vielleicht etwas, an dem man ihn erkennen könnte? Vielleicht eine Beule? Ein Logo? So etwas Ähnliches?“

„Ich glaube nicht, aber ich bin mir nicht sicher. Glauben Sie, der Fahrer war der Mörder? Jesus Maria!“ Alfred Denner wurde blass und schluckte schwer, sein hervorstehender Adamsapfel bewegte sich auf und ab. „Mann, bin ich froh, dass ich ihm nicht in den Wald gefolgt bin und ihn angesprochen habe. Er hätte mich umbringen können!“

„Gibt es sonst noch etwas, was Ihnen einfällt? Irgendetwas?“

„Das ist alles.“

„Okay. Danke für Ihre Hilfe, Mr. Denner. Hier ist meine Visitenkarte. Sollte Ihnen später noch etwas einfallen, rufen sie mich einfach an. Im Moment ist das alles. Wenn Sie jetzt einfach dort drüben bei dem Wagen warten wollen. Sobald ich hier fertig bin, fahren wir aufs Revier und nehmen Ihre Zeugenaussage auf. Danach können Sie gehen."

„Was ist mit meinem Truck? Ich kann ihn doch nicht einfach hierlassen! Er ist Eigentum der Bezirksregierung."

„Ich fürchte, wir werden Ihren Wagen beschlagnahmen müssen. Sobald er von meinen Kollegen von der Spurensicherung gründlich untersucht und fotografiert worden ist, bekommen Sie ihn wieder."

„Na toll! Das wird meinem Chef aber nicht gefallen."

„Wenn wir auf dem Revier sind, rufe ich ihn an und erkläre ihm die Situation, wenn Sie wollen."

„Danke", grummelte er und machte sich auf den Weg zu Caseys Wagen. „Junge, der Tag fängt ja wirklich gut an."

Casey öffnete die Beifahrertür des Pick-ups und musterte den Innenraum der Fahrerkabine, ohne etwas zu berühren. Es sah genau so aus, wie es der Förster beschrieben hatte: Im Bodenblech befanden sich neben dem Gaspedal zwei daumengroße Einschusslöcher. Blut und Gewebereste waren über dem Sitz, dem Armaturenbrett und auf dem Boden verteilt. Entlang der Außenkante des Beifahrersitzes und dem Laufbrett war ein langer Schmierstreifen Blut zu sehen, der von dem Abrutschen des Opfers stammen musste. Alles stimmte mit den Angaben des Zeugen überein.

„Hey, Casey."

Sie machte die Wagentür zu und drehte sich um. Keith kam geradewegs auf sie zu. Hinter ihm stand das kleine Grüppchen Polizisten, das mit ihm auf Spurensicherung am Rande des Waldes gewesen war. „Das ging ja schnell."

„Das liegt daran, weil ich die Spur verloren habe." Er deutete auf den kleinen Bach, der den Berg hinabplätscherte und in den Wasserlauf mündete, der entlang der Straße floss. „Irgendwo weiter oben muss sie in den Bach gelaufen sein. Ich kann nicht sagen, wo."

„Kannst du dem Fluss nicht aufwärts folgen, bis du ihre Spur wiederfindest?"

„Kann ich tun, aber ich kann nicht garantieren, dass ich ihre Spur finde. Und ich weiß auch nicht, wie lange es dauert."

„Verstehe. Nun, dann sollte ich wohl besser Oscar Tuttle und seine Hunde herholen."

Keith grunzte. „Ich kann den alten Knacker nicht leiden. Er stinkt mehr als seine Hunde. Ich wette, es ist Jahre her, dass er gebadet hat. Gib mir doch noch einen Versuch, bevor du ihn rufst."

„Okay, aber ich kann nicht zu lange warten, sonst wird die Spur kalt."

„Genau." Keith drehte sich um und joggte seinen Kollegen entgegen. Innerhalb von Sekunden waren sie wieder im Wald verschwunden.

„Wir haben die Patronen! Sie sind beschriftet und eingetütet", rief ihr Dennis mit einem triumphierenden Lächeln zu und hielt die beiden Papiertüten hoch, in denen sich die Beweise befanden.

„Super. Bin gleich da", antwortete Casey und ging zu dem Team, das sich an der Leiche zu schaffen machte.

Sie sah sich noch einmal die Stelle an, wo das Opfer aus dem Wald herausgekommen war. Im Osten würde die Sonne bald die Wipfel erreichen. Wenn das passierte, würde der Frost innerhalb von Sekunden vom Gras verschwinden, zusammen mit allen, auch den kleinsten Hinweisen auf den Weg des Opfers.

Dennis hielt ihr die Papiertüten entgegen und grinste immer noch. „Vielleicht können wir den Fall mit den Patronen lösen. Gott sei Dank haben wir sie gefunden."

Casey sah ihren Partner matt an. Dieser Tatort hatte nur wenige Informationen preisgegeben, aber das schmälerte Dennis' Optimismus nicht. Er war wie ein großer, sanfter Bär. Nichts konnte ihn so schnell entmutigen, nicht einmal die derzeitigen Stimmungsschwankungen seiner Frau.

„Ja, klar“, sagte Casey gedehnt. „Jetzt müssen wir nur noch die Waffe finden, aus der geschossen wurde. Und davon gibt es hier in der Gegend schließlich nur Tausende.“

„Hey. Im Moment ist es vielleicht noch nicht viel, aber es ist der erste reelle Beweis, den wir gegen diesen Typen in der Hand haben.“ Er grinste wieder, aber dieses Mal mit einem diabolischen Augenzwinkern. „Das ist schon eine ganze Menge mehr, als der Sheriff vorzuweisen hat.“

Casey schüttelte den Kopf, während sie gegen ihren Willen anfangen musste zu lächeln. Eine Strähne ihres lockigen hellroten Haares war aus dem Knoten, den sie auf dem Hinterkopf gebunden hatte, gerutscht und wehte im Wind. Das Licht der frühen Morgensonne verfing sich darin und ließ es wie ein Flammenband erstrahlen, während Casey zum Leiter der Spurensicherung ging.

„Bitte markiere die Stelle, an der sie gefallen ist, besonders sorgfältig, Rob. Ich will, dass die Flugbahn der Patronen berechnet wird.“

„Wird gemacht, Detective.“

Von der nächsten Straßenbiegung drang ein Ruf zu ihr hin, und Casey drehte sich in Richtung der nächsten Nadelkurve, während sie geistesabwesend die Strähne hinters Ohr klemmte. „Das wird Keith sein. Komm!“, rief sie Dennis zu und lief den Forstweg hinauf.

Hinter der nächsten Kurve, ungefähr dreißig Meter die Straße hinauf, fanden sie Keith und die anderen Polizisten. Keith und sein Kollege, Detective Tony Bennetti, kauerten auf ihren Fersen und betrachteten den Boden. Die anderen Polizisten untersuchten die umliegende Region.

„Habt ihr was gefunden?“, fragte Casey, als sie neben Keith stand.

„Ja. Das hier ist die Stelle, an der der Schuft sie losgelassen hat.“ Er deutete auf zwei Fußspuren und Reifenabdrücke, die auf den weichen Boden neben dem Asphalt geprägt waren. „Sieht so aus, als habe er sie hier hinten aus seinem Fahrzeug gezogen. Vielleicht aus einem Kofferraum oder aus dem Laderaum eines Lieferwagens. Ich glaube nicht, dass er sie auf der Ladefläche eines offenen Pick-ups transportiert hat. Das Risiko wäre zu groß gewesen, dass jemand sie gesehen hätte.“

„Glaube ich auch“, stimmte Casey ihm zu.

„Sichst du, wie die ersten Fußabdrücke der Frau vom hinteren Ende des Fahrzeugs wegzeigen? Seine Abdrücke kommen von der Fahrerseite. Hier wurde ein wenig hin und her gegangen“, sagte Keith und zeigte auf ein Stück, wo die Erde platt getrampelt war. „Dann führen ihre Abdrücke in diese Richtung. Siehst du, wie tief sie sind? Sie muss gerannt sein. Ich nehme an, dass er ihr ein wenig Vorsprung gegeben hat, dann hat er sie verfolgt.“

„Wie kannst du das wissen? Vielleicht hat sie sich losgerissen und er ist ihr hinterhergelaufen?“

„Das glaube ich nicht. Siehst du, wie seine Fußabdrücke parallel zu ihren verlaufen? Er hat sehr darauf geachtet, nicht auf ihre Abdrücke zu treten. Nein, er hat sie definitiv anhand ihrer Spuren verfolgt.“

Casey durchlief ein Schauer. Welcher Mensch jagte einen anderen, als wäre er eine Trophäe?

„Die Spur insgesamt ist ein weiter Bogen. Unser Mädchen ist wohl einige Hundert Meter geradewegs in den Wald gerannt, bis sie an den Fluss gekommen ist. Dort ist sie dann umgekehrt. Der Jäger muss sie gesehen haben, denn seine Spuren folgen ihren nur für ein Stück, dann biegen sie senkrecht ab. Es sieht so aus, als sei er den Berg hinabgerannt und habe hier angehalten. Hier hatte er einen guten Überblick.“

„Hast du irgendetwas gefunden, was wir verwenden können? Patronenhülsen? Hat er irgendetwas verloren?“

„Nein, nichts. Aber ich habe das Gebiet abgesteckt. Möchtest du es dir anschauen?“

„Ja, danke. Aber erst einmal muss ich den Chef anrufen.“ Sie drehte sich zu ihrem Partner um und sagte: „Würdest du bitte die Leute von der Spurensicherung herbringen? Sag ihnen, ich möchte Fotos aus allen möglichen Winkeln und Gipsabdrücke sowohl von beiden Fußspuren als auch von den Reifenabdrücken.“

„Ich kümmere mich darum“, entgegnete Dennis und ging wieder auf die Straße.

Casey nahm ihr Mobiltelefon aus der Tasche ihres Blazers und wählte eine Kurzwahltaste. Schon nach dem ersten Läuten war ihr Chef dran.

„Lieutenant Bradshaw.“

„Ich bin’s, Boss. Casey.“

„Das wurde ja auch Zeit. Wie sieht’s aus?“

„Wir haben Hinweise darauf, dass wir hinter demselben Mann her sind, der die Mordfälle von Sheriff Crawford begangen hat.“

„Ach du Scheiße.“ Lange Zeit kam dann nichts mehr. Casey konnte sich vorstellen, wie ihr Chef nun in seinem Büro auf und ab ging und sich mit der Hand durch seine silbergrauen Haare fuhr.

„Sind Sie sicher?“

„Ich bin sicher.“ Sie hielt inne und fügte dann mit einer ernsten Stimme hinzu: „Wir haben es mit einem Serienmörder zu tun. Und der befindet sich auf freiem Fuß.“

3. KAPITEL

„Ist das alles? Einige Kugeln und ein Zeuge, der den Mord gesehen hat, aber nicht den Schützen?" Lieutenant Bradshaw saß Casey an seinem Schreibtisch gegenüber und runzelte die Stirn.

„Plus Fuß- und Reifenspuren", erinnerte sie ihn ruhig. Sie ließ sich nicht von der schlechten Laune ihres Chefs beeindrucken.

Lieutenant Bradshaw war ein erfahrener Polizist, der seinen Job seit einunddreißig Jahren machte. Die ersten neunzehn hatte er sowohl als Beamter in Uniform als auch als Kommissar auf der Straße gearbeitet. Er war mürrisch und nicht kleinzukriegen, schonungslos und jähzornig. Narren und Faulpelze konnte er nicht leiden. Punkt. Aber er war auch geradeheraus, ehrlich, fair und klug. Und er stand hinter seinen Detectives. Wenn man seinen Job erledigte und ehrlich zu ihm war, konnte man in jedem Fall auf ihn zählen, sei es, wenn es Ärger mit der Staatsanwaltschaft gab, mit dem Innenministerium, der Presse oder Politikern. Kurz, Lieutenant Bradshaw war ein Polizist, wie er im Buche stand.

Bei Bradshaw musste man nie fürchten, dass er etwas im Schilde führte. Was man sah, war so ziemlich das, was man bekam: einen routinierten Polizisten, der hart mit einem umsprang, hohe Ansprüche stellte und der für seine Arbeit lebte.

Casey mochte seine aufrichtige Art. Sie hatte einen alten, schlecht gelaunten Veteranen sehr viel lieber zum Boss als einen überambitionierten Streber, der Fälle nur löste, um auf der Karriereleiter aufzusteigen.

Man munkelte, dass es genau diese Loyalität von Lieutenant Bradshaw war, die ihn vor einigen Jahren daran gehindert hatte, zum Captain befördert zu werden. Deshalb mochten ihn alle Kollegen und Kolleginnen in der Staffel besonders.

„Wir müssen auf die Ergebnisse des Mediziners warten, dann wissen wir, ob der Typ das Opfer vergewaltigt hat", fuhr Casey fort. „Aber als Todesursache kommen hundertprozentig nur die beiden Schüsse in den Rücken infrage, genau wie in den anderen Fällen."

„Unser Zeuge hat einen hellen Lieferwagen am Straßenrand parken sehen, bevor die Frau aus dem Wald rannte", fügte Dennis hinzu. „Aber er hat sich das Nummernschild nicht gemerkt."

„Prima", zischte Lieutenant Bradshaw. „Das hilft uns ja mächtig weiter. Allein in dieser County gibt es Tausende von hellen Lieferwagen, wenn wir mal davon ausgehen, dass der Mörder hier aus der Gegend stammt."

„Die Spurensicherung ist noch dabei, den Tatort zu untersuchen." Casey stützte die Ellbogen auf die Stuhllehnen, verschränkte ihre Finger und schürzte die Lippen. „Allerdings glaube ich nicht, dass sie noch viel finden werden. Dieser Typ ist nicht dumm. In den ersten beiden Fällen ist er sofort nach der Tat verschwunden. Dass wir in diesem Fall einige Hinweise haben, liegt nur daran, dass das Opfer einen klaren Kopf behalten hat und dem Täter fast entkommen ist. Das war in zweifacher Hinsicht Glück für uns: Wir haben erstens einen Zeugen, und zweitens hatte der Mörder keine Zeit, Fuß- und Reifenspuren zu vernichten. Er wusste, dass wir innerhalb von Minuten dort sein würden, deshalb musste er so schnell wie möglich verschwinden. Und deswegen waren wir in der Lage, die Patronen zu finden, die unser Opfer getötet haben. Sie wurde auf der Straße erschossen und nicht im Wald."

„Genau", stimmte ihr Partner zu. „Es wird so viel gejagt in diesen Wäldern. Wenn die Spurensicherung dort Patronen gefunden hätte, hätten sie ebenso gut von einer Jagd stammen können."

„Die Ballistiker werden die Spuren auf den Patronen dokumentieren, und das Labor wird die Kleidung des Mädchens, des Zeugen und die Spuren im Wagen untersuchen. Außerdem schicke ich die Gipsabdrücke der Reifen an einen Spezialisten, der herausfinden wird, um welches Modell es sich handelt und ob es einen speziellen Hinweis auf den Täter durch das Reifenprofil gibt. Aber bis wir diesen Lieferwagen oder die Waffe oder einen Verdächtigen haben, nützen uns alle bisherigen Ergebnisse nichts."

„Haben wir den Namen des Opfers?", fragte der Lieutenant.

„Nein, wir haben sie noch nicht identifizieren können. Sie hatte keine Papiere bei sich. Ihre Leggings und das Sportoberteil hatten keine Taschen, und bisher wurden weder ein Portemonnaie noch ein Ausweis gefunden."

„Das stimmt auch wieder mit den Fällen vom Sheriff überein. Verdammt", fluchte Dennis. „Das bedeutet, dass wir Crawford anrufen und ihn überreden müssen, mit uns zu kooperieren."

Die Wände von Lieutenant Bradshaws Büro bestanden in der oberen Hälfte aus Glas. Dennis lehnte sich mit verschränkten Armen dagegen, sein Rücken war dem Großraumbüro zugewandt. Mit den ausgestreckten Beinen und den muskulösen Armen, die sich über seiner massiven Brust spannten, sah er so aus, aus würde er alles tun, um nicht mit Sheriff Crawford zusammenarbeiten zu müssen.

„Ich werde mich darum kümmern. Ich möchte, dass Sie herausfinden, wer diese Frau ist", forderte Lieutenant Bradshaw die beiden auf. „Niemand sollte sterben, ohne dass die Familie davon erfährt."

„Okay, Chef." Casey stand auf, dann gingen sie und Dennis zur Tür. „Ich werde die Vermisstenanzeigen überprüfen. Wenn das nichts bringt, besuchen wir Sport- und Tanzstudios."

„Gut. Halten Sie mich auf dem Laufenden."

Fünfzehn Minuten später telefonierte Casey noch immer

mit der Vermisstenabteilung, als ein älterer Mann das Büro betrat. Er trug eine Jeans, ein Westernhemd, Cowboystiefel und einen Stetson. Er war groß und sehr schlank, seine Haut war von der Sonne gebräunt und faltig. Er sah aus wie der Prototyp eines gealterten Cowboys. Zwei jüngere Männer, die ähnlich gebaut waren und deren Kleidung der seinen sehr ähnlich war, begleiteten den alten Mann. Sie alle sahen besorgt aus.

Das Trio stand vor dem Tresen von Monica Hudson, der Zivilassistentin. Bevor sie sie ansprachen, nahmen die Männer höflich die Hüte ab.

„Entschuldigen Sie, Miss. Mein Name ist Henry Belcamp. Ich möchte meine Tochter als vermisst melden“, sagte der alte Mann, während er seinen zerschlissenen Stetson nervös in seinen riesigen rauen Händen drehte.

Casey beendete schnell ihr Telefonat und stand auf.

„Es tut mir leid, Sir, aber die Vermisstenabteilung ist oben im vierten Stock. Sie müssten …“

„Schon gut, Monica. Ich rede mit Mr. Belcamp“, unterbrach sie Casey. Sie ging auf die Männer zu und streckte ihnen die Hand entgegen. „Hallo, Sir. Ich bin Detective O'Toole, und das hier ist mein Partner, Detective Shannon.“

„Henry Belcamp. Das sind meine Söhne John Henry und Rafe.“

Nachdem Dennis und sie die Männer begrüßt hatten, schlug Casey vor: „Lassen Sie uns in der Cafeteria reden, wenn Sie nichts dagegen haben.“

Als sie sich um den langen Tisch gesetzt hatten, fragte sie: „Wie heißt Ihre Tochter, Mr. Belcamp, und seit wann vermissen Sie sie?“

„Sie heißt Becky. Becky Sue Belcamp. Soweit wir das sagen können, hat sie seit gestern Abend um sechs niemand mehr gesehen. Da sind die beiden Fitnesstrainer, die für sie arbeiten, nach Hause gegangen. Becky hat das Studio abends bis neun

Uhr geöffnet für Mitglieder, die nach der Arbeit noch trainieren wollen. Meistens übernimmt sie diese Schicht. Wir haben eine Ranch ungefähr dreißig Kilometer nördlich von hier. Ich und die Jungs stehen auf, bevor es hell wird, deswegen schlafen wir immer schon, wenn Becky heimkommt. Wir wussten nicht, dass sie weg ist, bevor sie nicht zum Frühstück herunterkam."

„Ihre Tochter wohnt bei Ihnen?"

„Ja. Sie hat ihr Aerobicstudio erst vor vier Monaten eröffnet, deswegen hat sie wenig Geld."

„Becky hat schon immer zu Hause gewohnt", warf Rafe ein. „Sie hat Geld für ihr eigenes Studio gespart, seitdem sie zwanzig ist."

„Und wie alt ist sie jetzt?"

„Achtundzwanzig."

„Sie hat wirklich eine ordentliche Summe gespart", sagte ihr Vater stolz. „Und ich habe ihr den Rest geliehen, damit sie das Studio aufmachen konnte. Jedenfalls habe ich heute John Henry nach oben geschickt, um sie aufzuwecken. Aber in ihrem Bett hatte sie nicht geschlafen."

„Ist Ihre Tochter jemals über Nacht fortgeblieben?"

„Nein, natürlich nicht!", fuhr der alte Mann auf. „Was wollen Sie mit der Frage sagen? Becky ist ein ordentliches Mädchen."

„Bitte, Sir, regen Sie sich nicht auf. Es gibt einige Routinefragen, die ich Ihnen stellen muss. Ist es möglich, dass Ihre Tochter in ihrem Studio übernachtet hat? Oder bei einer Freundin?"

„Nein, sonst hätte sie uns angerufen. Wir haben im Studio angerufen, als wir gesehen haben, dass sie nicht zu Hause ist. Wir haben es auch auf ihrem Handy versucht, aber da ging auch niemand ran. Dann, gegen halb sieben Uhr morgens, rief uns eine ihrer Trainerinnen an, dass das Studio verschlossen sei und niemand die Tür öffne. Becky ist um diese Zeit aber immer dort. Ich und meine Jungs sind dann in die Stadt gefahren, um nachzusehen, was los ist. Beckys Auto stand noch auf dem Parkplatz. So, wie es aussah, hat es dort die ganze Nacht gestanden. Als wir ankamen, war noch Frost drauf. Ich habe dann mit meinem Schlüssel das Studio aufgeschlossen." Der alte Mann fuhr sich mit der Hand durch seine grauen Haare. „Ich sage Ihnen, ich habe mich zu Tode gefürchtet, weil ich nicht wusste, was mich drinnen erwarten würde, aber drinnen war alles leer."

„War alles an seinem Ort? Fehlte etwas?"

„Nein. Becky verlässt das Studio immer erst, nachdem sie aufgeräumt hat. Alles sah ordentlich aus."

„Ich verstehe. Würden Sie uns Ihre Tochter beschreiben, Mr. Belcamp?"

„Sicher. Sie ist ungefähr ein Meter siebzig groß, hat braune Augen und lange Haare. Jetzt sind sie rot, aber nächste Woche können sie auch blond oder schwarz sein. Bei Becky weiß man nie."

„Sie ist schlank, sehr sportlich, eher muskulös", warf ihr Bruder John Henry ein. „Und sie trägt immer die Diamantohrstecker von unserer Mutter."

„Und sie hat eine kleine Rose auf die Hüfte tätowiert", ergänzte Rafe.

Der alte Belcamp schnaufte verächtlich. „Total verrückt, wenn Sie mich fragen, seinen Körper so zu verschandeln. Wir hatten deswegen einen ordentlichen Streit. Sie sagte, damit würde sie hip aussehen, und das sei wichtig in ihrem Geschäft."

„Haben Sie sich oft mit Ihrer Tochter gestritten?"

„Worauf wollen Sie hinaus? Wenn Sie glauben, mein Vater ..."

Casey brachte John Henry mit einem Blick zum Schweigen. „Wie ich bereits sagte, diese Fragen hier gehören zur Routine. Ich würde meiner Pflicht nicht nachkommen, wenn ich sie nicht stellen würde."

„Manchmal fragt man unangenehme Dinge, um jemanden als Verdächtigen auszuschließen“, setzte Dennis nach.

„Reg dich ab, Junge. Detective O'Toole weiß, was sie tut“, redete der alte Mann auf seinen Sohn beruhigend ein. „Abgesehen von dem Tattoo, habe ich mit meiner Tochter immer nur darüber gestritten, dass sie mit ihrem Aussehen unzufrieden war. Sie hat immer verrücktes Zeug mit sich angestellt. Ich habe ihr gesagt, dass sie ihre Zeit damit verschwendet – und auch ihr Geld. Sie ist schön, und zwar so, wie Gott sie geschaffen hat.“

Casey verkniff sich ein Lächeln. Dieser Ausspruch strotzte vor väterlicher Liebe und Stolz und hörte sich an wie etwas, das auch ihr eigener Vater gesagt haben könnte.

Casey und Dennis sahen sich kurz an. Sie wusste, dass er das gleiche Gefühl in der Magengegend hatte wie sie. Es war nötig, das Opfer zu identifizieren, um den Fall lösen zu können. Sie wollte dieser Familie nicht sagen müssen, dass ihre geliebte Tochter und Schwester einem Mord zum Opfer gefallen war.

„Normalerweise suchen wir nicht nach einer erwachsenen Person, solange sie nicht bereits achtundvierzig Stunden vermisst ist. Jedoch glaube ich, dass wir Ihnen über Ihre Tochter Auskunft geben können.“ Casey streckte eine Hand aus und legte sie auf die geballte Faust des alten Mannes. „Mr. Belcamp, würden Sie sich ein paar Fotos ansehen?“

„Was für Fotos?“

Sorge und Mitleid schwangen in Caseys Stimme, als sie sagte: „Fotos einer toten Frau.“

„*Tot!* Denken Sie, es ist meine Becky?“

„Ich weiß es nicht. Die Frau auf den Fotos wurde heute früh auf der Forest Service Road tot aufgefunden“, fügte sie so sanft wie möglich hinzu. „Aber sie entspricht im Großen und Ganzen der Beschreibung Ihrer Tochter.“

„Oh Gott.“ Angst schien das Gesicht des alten Henry Belcamp erschlaffen zu lassen. Tränen standen ihm in den Augen.

„Wie ist sie getötet worden?“, fragte Rafe.

„Ihr wurde mit einem großkalibrigen Jagdgewehr in den Rücken geschossen.“

„Sie meinen, wie diese beiden anderen Frauen?“

„Ich fürchte, ja.“

Der alte Mann stöhnte auf.

„Ich werde mir die Bilder ansehen“, sagte John Henry und stellte sich offenbar innerlich darauf ein, diese Aufgabe seinem Vater abzunehmen. Er legte seine Hand auf Henrys Arm. Rafe, der auf der anderen Seite saß, rückte seinen Stuhl näher an seinen Vater heran und legte ihm einen Arm um die Schulter.

„Nein, ich werde es tun“, wehrte Henry ab. „Sie ist mein Kind.“ Er schniefte und wischte sich die Augen mit dem Handrücken ab. Dann richtete er sich auf und nickte.

Ohne etwas zu sagen, holte Casey die Fotos aus einer Mappe und legte sie auf dem Tisch vor den drei Männern aus.

Einer der jungen Männer holte tief Luft, während Henry Belcamp aschfahl im Gesicht wurde.

„Nein. Nein, nein, nein, nicht mein kleines Mädchen. Nicht mein Baby. Oh Gott, oh Gott, oh Gott“, jammerte der alte Mann, bevor er sein Gesicht in seinen Händen vergrub.

Während die beiden Jungen ihren Vater trösteten, bemühten sie sich, ihre Tränen zu verbergen. Sie rückten noch näher an den Alten heran, der vor Caseys Augen in sich zusammensackte.

„Es tut mir leid“, murmelte sie. „Mein Partner und ich gehen jetzt eine Weile hinaus, damit Sie Zeit für sich haben.“

„Verdammt“, raunte Dennis, als sie draußen waren. „Warum passieren die schlimmsten Dinge immer den netten Leuten? Das ist das Schlimmste an diesem Job, netten Leuten, wie denen da drinnen, mitzuteilen, dass ihr geliebtes Kind getötet worden ist.“

„Ich weiß es auch nicht.“ Casey schüttelte den Kopf. Sie hatte sich dieselbe Frage im letzten Jahr schon tausendmal gestellt. Gott weiß, wenn man als normaler guter Mensch immun gegen Tragödien wäre, dann wäre ihr Mann Tim nicht von einem Drogendealer ermordet worden.

Sie ließen die Familie allein trauern und gingen zum Lieutenant, um zu melden, dass das Opfer jetzt identifiziert sei. Dann gingen sie zurück an ihre Schreibtische, um Papierkram zu erledigen und einige Telefonate zu führen. Als genügend Zeit verstrichen zu sein schien, kehrten sie in die kleine Cafeteria zurück. Die Belcamps hatten ihre Gefühle wieder unter Kontrolle.

„Bitte entschuldigen Sie, dass wir Sie in Ihrer Trauer stören müssen. Ich weiß, dass Sie sich in diesem Moment nicht gut fühlen, aber mein Partner und ich müssen mit Ihnen noch über Ihre Tochter sprechen“, sagte Casey und setzte sich Henry Belcamp gegenüber. „Wir hätten gern Ihre Erlaubnis, das Aerobicstudio, Ihr Haus und Beckys Auto zu durchsuchen.“

„Wozu?“, frage John Henry in einem angriffslustigen Ton. „Ist es nicht schon schlimm genug, dass unsere Schwester von einem Irren umgebracht worden ist? Und jetzt wollen Sie auch noch in ihrem Geschäft und Privatleben herumschnüffeln?“

„Wir wollen keinen Staub aufwirbeln. Wir machen nur unsere Arbeit. Wir versuchen, den Täter zu finden und ihn vor Gericht zu bringen. Man weiß nie, was man bei einer Durchsuchung findet. Manchmal bringt einen eine Kleinigkeit auf die Verbindung eines Opfers zu seinem Mörder. Wir suchen nach Informationen, die für uns wichtig sind.“

„Unsere Schwester hatte keine Verbindung zu diesem Killer“, darauf bestand John Henry. „Das waren Zufallsmorde. So stand es doch in der Zeitung.“

„Das mag sein, aber bis wir nicht sicher sind, müssen wir jede Möglichkeit in Betracht ziehen. Wir können den einfachen

Weg gehen – mit Ihrer Erlaubnis –, oder ich kann einen Durchsuchungsbefehl erwirken. Sie haben die Wahl."

„Machen Sie schon. Suchen Sie, wo Sie wollen", sagte der alte Mann mit gebrochener Stimme.

„Aber Dad ..."

„Beruhige dich wieder, Sohn. Wir können jetzt nichts mehr für Becky tun, außer der Polizei dabei zu helfen, ihren Mörder zu finden. Wenn mich meine Menschenkenntnis nicht täuscht – und ich glaube, ich kann Menschen nach dem ersten Eindruck beurteilen –, dann denke ich, dass Detective O'Toole hier ein guter Mensch ist. Wir sollten ihr vertrauen. Ich habe das Gefühl, dass sie weiß, was sie tut. Und ich glaube, sie wird ihr Bestes geben, um den Mann zu finden, der das getan hat." Er sah Casey direkt an. Sein Vertrauen in ihre Fähigkeiten lag wie Blei auf ihren Schultern. „Ich zähle auf Sie, kleine Lady."

Normalerweise hätte sich Casey über die Anrede aufgeregt, aber Mr. Belcamp stammte aus einer Generation, in der das schöne Geschlecht noch idealisiert und beschützt werden sollte. Sie wusste, dass er sie nicht beleidigen wollte.

Casey holte tief Luft und drückte dem alten Mann die gichtige Hand. „Ich werde mein Bestes tun, Sir. Ich wünschte, ich könnte Ihnen garantieren, dass ich den Mörder Ihrer Tochter finde, aber das kann ich nicht. Jedoch werde ich Ihnen eines Versprechen: Ich werde nicht aufgeben, ihn zu suchen."

Nach einem wortkargen Mittagessen verbrachten Casey und Dennis die meiste Zeit des Nachmittags damit, das Haus auf der Ranch der Belcamps gründlich zu durchsuchen. Sie lag knapp dreißig Kilometer nördlich von Mears in einem hübschen, aber sehr weit abgelegenen Tal.

Wie Casey erfuhr, waren die Belcamps dort seit den 1870er Jahren ansässig, als Henrys Großvater die Ranch erwarb. Das Wohnhaus der Ranch war alt und gemütlich eingerichtet, die

Sessel waren ein wenig durchgesessen, aber insgesamt machte es einen sauberen und ordentlichen Eindruck, das galt besonders für Beckys Zimmer.

Sie fanden wenig, was ihnen weiterhalf, und nichts, was eine Verbindung zu einem psychopathischen Mörder herstellte. Das Einzige, was Casey und Dennis zurück zur Wache nahmen, waren Beckys Adressbuch und ihr Tagebuch.

Mehr Glück hatten sie auch im „Body Beautiful Aerobic Studio" nicht, das in der Nähe der Tundra Mall, des Einkaufszentrums im Norden der Stadt, lag. Beckys Wagen stand immer noch auf dem Parkplatz. Die Leute von der Spurensicherung hatten ihn schon abgesperrt und nahmen die ersten Proben, bevor das Auto ins Labor abgeschleppt wurde.

Wie ihr Zuhause, so waren auch Beckys Studio und ihr Büro sauber und ordentlich. Der Schreibtisch war makellos – Stifte und Kulis waren weggeräumt, die Unterlagen zu ordentlichen Stapeln in „Eingang" und „Ausgang" sortiert, ihr Hefter, der elektrische Anspitzer, die Schreibtischunterlage sowie der Taschenrechner – alles fein säuberlich ausgerichtet.

„Becky war ein Ordnungsfreak", sagte Casey, als sie und Dennis jeden Zentimeter des Büros durchkämmten.

„Sehe ich auch so. Aber dafür werden ihre Bücher genauso leicht zu durchschauen sein."

Es gab einige Notizen auf dem Tischkalender, aber die Zeile, die Caseys Aufmerksamkeit erregte, war unter dem gestrigen Tag geschrieben, dem Tag, an dem das Opfer verschwand.

„Sieh dir das mal an", rief Casey Dennis zu sich.

Er ließ den Aktenschrank, den er durchstöberte, in Ruhe und kam zu ihr, um ihr über die Schulter zu gucken. Die Notiz lautete: „Dr. Adams, 16.30 Uhr."

„Hm. Sie muss nach dem Termin zurückgekommen sein", vermutete Dennis. „Den anderen Trainern zufolge war Becky hier, als sie gegen achtzehn Uhr das Studio verließen."

„Stimmt. Aber es kann nicht schaden, dem Arzt einen Besuch abzustatten." Sie erfuhr die Adresse des Arztes aus Beckys Rolodex und notierte sie sich in ihrem Notizbuch. „Seine Praxis ist nicht zu weit von der Wache entfernt. Wir fahren auf dem Rückweg bei ihm vorbei."

Die Tatsache, dass die Durchsuchung keine handfesten Hinweise hervorbrachte, überraschte Casey nicht. Wenn der Fall etwas mit den ersten zwei im Bezirk des Sheriffs zu tun hatte, dann waren die Opfer wahrscheinlich zufällig ausgewählt worden – bis zu einem gewissen Punkt zufällig.

Serienmörder kennen ihre Opfer meistens nicht. Doch Casey hatte keinen Zweifel daran, dass diese Frauen etwas verband. Studien belegten, dass Serientäter ihre Opfer nach spezifischen Kriterien auswählen. Vielleicht sahen sie sich ähnlich oder hatten denselben Beruf. Was sie alle in Gefahr brachte, konnte eine Kleinigkeit sein, die bedeutungslos war, wie braune Augen und Sommersprossen. Es war nicht immer logisch oder auf den ersten Blick ersichtlich, aber in den Gedanken des Täters ergaben diese Nebensächlichkeiten einen Sinn.

Wenn sie diese Gemeinsamkeit herausfinden würde, wäre sie einen ordentlichen Schritt weiter. Doch dafür müsste sie Zugang zu den Akten von Sheriff Crawford bekommen.

Die Behörden von Stadt, County und Staat agierten getrennt voneinander. Lieutenant Bradshaw könnte vom Sheriff eine Zusammenarbeit verlangen, aber sie wussten alle, dass er ihnen nicht helfen würde, solange seine Vorgesetzten, die County Commissioners, es ihm nicht befahlen.

Casey und Dennis beschlagnahmten die Bücher des Studios, die Kundenkartei und das Tischadressverzeichnis des Opfers sowie den Tageskalender. Sie packten alles in einen Karton und nahmen es mit aufs Revier, um es später durchzugehen. Danach fuhren sie auf den Jim Bridger Boulevard und betraten das Powers Building, in dem sich die Praxis von Dr. Mark Adams befand.

„Ich hoffe, dass er noch da ist“, bemerkte Dennis, als sie kurz darauf die Empfangshalle betraten. „Der Nachmittag ist fast vorbei. Einige Ärzte gehen früher, um noch Visite im Krankenhaus zu machen.“

„Na, mal sehen“, murmelte Casey und las den Wegweiser. „So wie es aussieht, ist der Arzt ein Schönheitschirurg.“

„Warum sollte denn eine junge Frau wie Becky Belcamp zu einem Schönheitschirurgen gehen? Sie sah gut aus, fand ich.“

Casey verdrehte die Augen und streckte den Arm aus, um ihrem Partner über die Wange zu streicheln. „Männer. Ihr seid manchmal so naiv. Hast du noch nie etwas von Nasenkorrektur, Fettabsaugung, Postraffung, Brust-, Kinn- und Wangenimplantaten ...“

„Stopp! Es reicht! Igittigitt! Vielen Dank, Tiger. Jedes Mal, wenn ich jetzt eine gut aussehende Frau sehe, werde ich mich fragen, was davon echt ist und was sie dazugekauft hat. Gott sei Dank hat sich meine Mary Kate nie für so etwas interessiert.“ Sobald er es ausgesprochen hatte, runzelte er die Stirn. „Hat sie doch nicht, oder?“

„Entspann dich, Kumpel.“ Sie betraten den Aufzug und Casey drückte die Taste für den vierten Stock. „An deiner Frau ist alles echt. Vertrau mir. Du bist mit einer der heißesten Bräute überhaupt verheiratet.“

„Ja“, stimmte ihr Dennis mit einem zufriedenen Grinsen zu.

Als sie die Praxis von Dr. Adams betraten und Dennis den Wartebereich sah, pfiff er leise. „Wow.“

Der Raum war ebenso klar wie luxuriös gestaltet. Dr. Adams hatte seine Praxis offensichtlich mit viel psychologischem Fingerspitzengefühl gestaltet, um alle möglichen Bedenken seiner Patienten auszuräumen. Der Raum verströmte zurückhaltende Eleganz. Er war in Beige- und Sandtönen gehalten und mit einigen Farbtupfern in Apricot versehen. Sobald man die Praxis betrat, senkte sich die Herzfrequenz und die Muskeln entspannten sich. Instinktiv reagierte der Körper auf die Atmosphäre.

„Ich wette, hier geht der Blutdruck bei jedem runter", flüsterte Casey.

Auf dem Boden lag ein hochflooriger Teppich, die Wände waren mit gestreiften Ton-in-Ton-Tapeten in Cremefarben tapeziert, und elegante Stühle und Sofas mit Seidenbrokatbezügen, die mit samtenen Kissen ausgestattet waren, boten angenehme Sitzgelegenheiten. Sandfarbene Samtvorhänge umrahmten die großen Fenster, durch die das Tageslicht durch Seidengardinen hereindrang. An den Wänden hingen Aquarellzeichnungen in hochwertigen, teuren Rahmen.

Die chinesischen Porzellanlampen, schwimmende Kerzen mit Rosenduft, kleine Lackpapierdosen sowie Kristallschüsselchen, die mit Minztrüffeln gefüllt waren, standen auf den Couchtischchen und den Beistelltischen neben den Sofas. In den Vasen befanden sich weiße und cremefarbene Rosen. Jedes Detail war mit Sorgfalt ausgewählt. Klassische Musik erklang leise durch die verborgenen Lautsprecher in der Decke. In einer Ecke war ein großes, ein Meter fünfzig hohes zylindrisches Aquarium untergebracht, in dem farbenfrohe Fische durch sich sanft bewegende Wasserpflanzen schwammen. Ihre Eleganz war faszinierend.

„Ja", stimmte Dennis zu. „Der Doc muss ein ganz schön schlauer Bursche sein. Ich kann mir nicht vorstellen, dass irgendjemand an einem Ort wie diesem vor Angst zittert."

Zumindest sah keine der drei attraktiven Frauen, die in dem Raum warteten, nervös aus.

Als sie sich dem Empfangstresen näherten, trat aus einer Tür eine Schwesternhelferin und rief einen Namen. Eine Blondine, die aussah wie eine Marmorstatue, stand auf und folgte ihr.

„Kann ich Ihnen helfen?“, fragte die Frau hinter dem Tresen.

„Wir möchten zu Dr. Adams, bitte.“

„Es tut mir leid, aber ohne Termin ist das leider nicht möglich. Er ist heute völlig ausgebucht.“ Die Frau sah auf ihre Armbanduhr und nickte in Richtung Wartezimmer. „Die beiden Damen sind seine letzten Patienten.“

„Er wird sich für uns Zeit nehmen.“ Casey nahm ihre Polizeimarke aus der Jacke und hielt sie der Frau hin. „Ich bin Detective O’Toole, und das hier ist mein Kollege Detective Shannon. Wir sind dienstlich hier.“

Die Empfangsdame sah sie geschockt an. „Ich ... ich werde nachschauen. Wenn Sie mit mir kommen möchten ... Sie können im Besprechungszimmer Platz nehmen, während ich ihm sage, dass Sie hier sind.“

Eingerichtet wie eine englische Bibliothek, war Dr. Adams Sprechzimmer warm und wirkte männlich, verströmte aber eine ebenso beruhigende Atmosphäre wie das Wartezimmer. Zwei Wände waren mit Bücherregalen bedeckt, und die Ledermöbel waren riesig, der Schreibtisch war dunkel und aus massivem Holz.

„Wenn Sie sich schon einmal setzen mögen, ich hole den Doktor“, ließ sie die nervöse Empfangsdame wissen.

„Wow.“ Dennis gab dem riesigen Globus auf einem Stativ aus Walnussholz einen Schubs, bevor er sich neben Casey in einen ledernen Freischwinger setzte. Er sah sich um. „Plastische Chirurgie wird wohl doch besser bezahlt, als ich immer dachte. Das hier riecht nach Geld.“

Casey machte ein Geräusch, eine Mischung zwischen abschätzigem Grunzen und Gekicher. „Wer schön sein will, muss leiden. Und das kostet nun mal.“

„Ha. Ich hätte mich gegen professionellen Football und die Polizei entscheiden und Medizin studieren sollen. Offensichtlich habe ich den falschen Beruf."

Casey grinste. „Ich sehe es vor mir: Dr. Hulk."

Hinter ihnen wurde die Tür geöffnet. „Guten Tag. Ich bin Dr. Adams. Jolie hat gesagt, Sie wollen mit mir sprechen?"

Casey drehte sich um und war sehr überrascht. In ihrer Vorstellung war Dr. Mark Adams mittleren Alters und eher unscheinbar, vielleicht mit ergrautem Haar und einem dicken Bauch. Nachdem, was sie im Wartezimmer wahrgenommen hatte, hätte sie es auch nicht gewundert, wenn der Doktor eher feminin ausgesehen hätte. Aber nichts war von der Realität weiter entfernt.

Der Mann, der nun das Büro betrat, war Mitte dreißig und sah unglaublich gut aus. Er war groß, hatte breite Schultern und war muskulös, dabei aber schlank. Er hatte schwarze Haare, sexy hellgraue Augen, die von lächerlich langen schwarzen Wimpern umrahmt wurden, dazu kamen fein geschnittene Gesichtszüge.

Aber es gibt noch mehr, was ihn interessant macht, abgesehen von seinem guten Aussehen, dachte Casey, als sie sich einander vorstellten. Dr. Adams schüttelte ihr und Dennis die Hand und setzte sich hinter seinen riesigen Walnussholzschreibtisch. Der Mann hatte das gewisse Etwas, er verfügte über eine Art stille animalische Anziehungskraft, die Überheblichkeit oder Aggressivität überflüssig machte. Ein Blick und man wusste, dass hinter dem gestärkten Kittel und dem teuren Maßhemd mit der Seidenkrawatte ein starker, durch und durch männlicher Typ steckte.

Das wurde in allem bestätigt, was er tat – seine Körpersprache, die selbstbewusste Art und Weise, wie er hereinkam und sprach, die männliche Eleganz seiner Handbewegungen. Dr. Adams war ein selbstbewusster und sicherer Mann, der mit sich selbst im Reinen zu sein schien.

Die direkte Art, wie er einen ansah, war ein wenig irritierend, fand Casey und wand sich unter seinem durchdringenden Blick auf ihrem Stuhl. Aber auf alle Fälle konnte man sich sicher sein, dass er einem zuhörte.

Kein Wunder, dass die Damen im Wartezimmer so gespannt ausgesehen hatten.

Der Doktor sah Dennis an. „Sie kommen mir bekannt vor. Shannon. Shannon. Sagen Sie, Sie sind doch nicht etwa Dennis Shannon von den Denver Broncos? Es ist einige Jahre her?"

„Doch, das bin ich. Sind Sie ein Football-Fan, Doc?"

„Aber ja. Ich mag besonders die Broncos. Ich habe eine Dauerkarte. Ich verpasse kein einziges Heimspiel. Das ist natürlich nicht immer einfach, mit meiner Praxis, aber ich gebe mir Mühe, zu jedem Spiel hinzugehen."

„Eigentlich überrascht es mich, dass Sie sich an mich erinnern können, Doc. Ich war nur drei Jahre in der Mannschaft, bevor ich mir das Knie verletzt habe und meine Karriere aufgeben musste."

„Ja, aber Sie waren ein hervorragender Spieler."

„Danke."

Der Arzt lehnte sich in seinem Sessel zurück. „Wie kann ich Ihnen helfen, Detectives?"

Und außerdem hat er ein listiges Grinsen, dachte sich Casey. Sie sah auf ihren Notizblock, um seinen hypnotischen Blick zu vermeiden, und fragte: „Haben Sie eine Patientin namens Becky Belcamp?"

„Ja, habe ich. Warum?"

„Wann haben Sie sie das letzte Mal gesehen?"

„Sie war gestern Nachmittag in meiner Praxis. Sie war die letzte Patientin."

„Verstehe. Und als Sie ging … haben Sie sie begleitet?"

„Entschuldigung?"

„Nach Ihrem Termin, sind Sie und Miss Belcamp, sagen wir … zusammen noch etwas trinken gegangen? Oder vielleicht auch essen gegangen?"

„Neein", antwortete der Arzt, indem er die Vokale in die Länge zog. „Wie ich Ihnen sagte, ist Becky Belcamp eine meiner Patientinnen. Ein persönliches Verhältnis würde meinen ethischen Grundsätzen widersprechen. Ich bin da konsequent; ich verkehre mit Patientinnen nicht auf romantischer Ebene. *Das* ist es doch, was Sie wissen wollten, nicht wahr, Detective O'Toole?"

Er starrte sie bewusst an, als würde er sie faszinierend finden. Vielleicht denkt er, dass ich ein außerirdisches Lebewesen bin, dachte Casey trocken. Wahrscheinlich geht er in seinem Kopf die Liste der Korrekturen durch, die er an mir vornehmen würde. Und als hätte er ihre Gedanken erraten, lächelte er sie mit seinen wunderbaren Lippen an und zwinkerte ihr mit seinen verführerischen grauen Augen zu.

Zum ersten Mal seit dem Tod ihres Mann spürte Casey ihren Körper wieder auf diese Weise: Plötzlich wurde es ihr eng um die Brust, und das Atmen fiel ihr schwer, als würde ein Schwarm Schmetterlinge seine Flügel gegen ihre Rippen schlagen.

Casey war von diesem Gefühl erschüttert. Sie wollte es nicht spüren. *Verdammt noch mal, Casey, reiß dich zusammen. Das hier ist weder die Zeit noch der Ort, der wiedererwachten Libido nachzugehen. Der Mann ist ein potenzieller Verdächtiger, um Himmels willen. Und außerdem – seit wann stehst du auf hübsche Jungs?*

Sie hob das Kinn ein wenig und sah dem Arzt geradewegs in die Augen. „Mein Partner und ich versuchen, Miss Belcamps Tagesverlauf nachzuvollziehen."

„Jetzt muss ich noch einmal nachfragen: Warum? Hat sie Ärger?"

Casey wartete einen Augenblick lang und betrachtete den Mann. „Becky Belcamp ist tot."

„Was?" Seine entspannte Haltung verflog abrupt. Er setzte

sich auf und lehnte sich nach vorn. Sein Gesicht zeigte seine Überraschung deutlich. „Tot? Wie ist sie gestorben? Sie war jung, eine dynamische Frau in der Blüte ihres Lebens."

„Sie ist heute Morgen sehr früh umgebracht worden. Sie wurde erschossen, wie wir glauben, von derselben Person, die auch die beiden anderen Frauen letzten Monat ermordet hat."

„Du lieber Gott." Der Arzt sah sie an, als könne er nicht glauben, was er gerade gehört hatte. „Das ist furchtbar. Das arme Mädchen. Ihre Familie muss sehr unglücklich darüber sein. Hören Sie, bitte entschuldigen Sie, dass ich vorhin so leichtfertig war. Bitte erzählen Sie mir, wie ich Ihnen weiterhelfen kann."

„Sie können uns helfen, indem Sie uns erklären, warum Becky Belcamp Ihre Patientin war."

Er schüttelte den Kopf und lächelte, aber dieses Mal war es ein bedauerndes Lächeln. „Detective O'Toole, Sie wissen, dass ich Ihnen das nicht sagen kann."

„Warum nicht? Wie Sie sicher wissen, endet die ärztliche Schweigepflicht mit dem Tod des Patienten."

Dr. Adams stand auf und ging um den Schreibtisch herum. Er setzte sich auf die Kante und streckte sein Bein aus. Fast hätte er damit Caseys Bein berühren können. Sie schluckte ein paarmal und widerstand dem Impuls, ihren Stuhl ein Stück zurückzurücken.

Er faltete seine Hände und legte sie auf einen seiner Oberschenkel. Er lächelte Casey an. „Das mag sein. Aber ich persönlich fühle mich nicht wohl dabei, Ihnen Unterlagen über Patienten auszuhändigen, ohne dass ich einen gerichtlichen Beschluss habe oder zumindest die Einwilligung der nächsten Angehörigen. Außerdem – was hat ihre Krankengeschichte mit ihrem Mord zu tun?"

„Vielleicht nichts", gab Dennis zu bedenken, „aber das wissen wir erst, wenn wir uns ihre Krankenakte angesehen haben."

Dr. Adams hob die Arme. „Verzeihen Sie, aber wie ich schon sagte …"

„Gut." Casey deutete auf das Telefon auf dem Tisch. „Rufen Sie den Vater von Miss Belcamp an. Ich bin sicher, dass er in Ihren Unterlagen als die Person verzeichnet ist, die im Notfall informiert werden soll. Ich bin sicher, dass er sein Einverständnis gibt. Bisher war er sehr kooperativ und entgegenkommend, uns dabei zu helfen, den Mord an seiner Tochter aufzuklären."

Dr. Adams zögerte und betrachtete dabei Caseys entschlossenen Gesichtsausdruck. „Sehr schön." Er griff hinter sich und drückte einen Knopf auf der Gegensprechanlage. „Jolie, bitte hol mir den Vater von Becky Belcamp ans Telefon. Danke."

Innerhalb von Sekunden klingelte sein Telefon. Ohne sich von seinem Fleck auf dem Schreibtischrand zu bewegen, griff Dr. Adams hinter sich zum Telefon und nahm den Hörer beim ersten Klingeln ab. „Hallo Mr. Belcamp. Hier ist Dr. Adams. Zuerst lassen Sie mich sagen, wie leid es mir tut zu hören, was Becky geschehen ist. Deswegen rufe ich auch an. Hier sitzen gerade zwei Detectives in meinem Büro und …"

Das Telefonat war kurz. Als der Arzt auflegte, sah er Casey an und lächelte. „Es sieht aus, als hätten Sie recht. Mr. Belcamp hat die Erlaubnis gegeben, Ihnen die Krankenakte von Becky Belcamp auszuhändigen. Er sagte, er vertraue Ihnen voll. Das sagt schon einiges. Ich habe den Mann kennengelernt. Er und seine Söhne hatten Becky an dem Morgen begleitet, als sie ihre Operation hatte. Sie sind ihr nicht von der Seite gewichen, bis sie wieder entlassen wurde. Ich habe noch nie eine Familie gesehen, die derart zusammenhält. Wie ich beobachten konnte, ist ihr Vater ein Raubein und lässt sich nicht leicht einnehmen, aber er verfügt über eine hervorragende Menschenkenntnis."

Casey war es schon immer schwergefallen, Komplimente anzunehmen, die Tatsache, dass diese von einem gut aussehenden Arzt kamen, machte es nicht leichter. Schnell sah sie auf ihren Notizblock hinunter. „Können Sie uns sagen, wie spät es war, als Miss Belcamp Ihre Praxis gestern verließ?"

Als wüsste er genau, wie unangenehm es ihr war, lächelte Dr. Adams Casey an, bevor er antwortete. „Warten Sie. Mein letzter Termin ist um sechzehn Uhr dreißig. Also nehme ich an, dass es zwischen siebzehn Uhr und siebzehn Uhr dreißig gewesen sein muss. Sie können am Empfang fragen. Vielleicht kann Jolie Ihnen die genaue Uhrzeit nennen."

„Und wo waren Sie heute Morgen gegen Sonnenaufgang?"

„Ich?" Dr. Adams lachte überrascht auf. „Werde ich verdächtigt, Detective?"

„Solange wir keine anderen Anhaltspunkte haben, ist jeder verdächtig."

„Verstehe. Nun, heute Morgen zwischen vier Uhr dreißig und zehn hatte ich eine Notoperation. Ich habe mich bemüht, das Gesicht eines kleinen Jungen wieder zusammenzusetzen, der in einen Autounfall verwickelt war. Fragen Sie im St. Mary's Hospital nach. Gestern Nacht waren dort mindestens ein Dutzend Menschen im Dienst, die das bezeugen können."

„Gut, das werden wir tun." Casey klappte ihren Notizblock zu und steckte ihn zurück in die Tasche ihres Blazers. So unbefangen wie möglich, schob sie ihren Stuhl zurück und stand auf. Aber immer noch befand sie sich für ihren Geschmack zu sehr in der Nähe des Arztes. Sie konnte tatsächlich die Wärme spüren, die von seinem Körper ausging, und ihr entging nicht der leichte Geruch nach Seife und Desinfektionsmittel … und nach etwas Männlichem.

Sie hätte erwartet, dass er aufgestanden und ihr Platz gemacht hätte oder zumindest zur Seite gerutscht wäre, um sie durchzulassen, aber Dr. Adams bewegte sich nicht von der Stelle. „Danke für Ihre Hilfe, Doktor. Hier ist meine Karte. Wenn Ihnen noch irgendetwas einfällt, rufen Sie mich an."

Er nahm die Karte in die Hand und schaute drauf. „Ihr Vorname ist Casey. Das gefällt mir. Er passt zu Ihnen."

„Danke." Caseys Blick wanderte zu seinen Händen, deren schlanke gepflegte Finger die Karte in den Händen hielten. Seine Fingernägel waren sauber und kurz und, wie sie feststellte, gut manikürt. Obwohl seine Hände groß waren, waren sie sehr schön geformt und elegant – und dennoch sehr männlich. Auf dem Handrücken und auf den Fingergliedern wuchsen vereinzelte kleine seidige schwarze Härchen. Aus unerfindlichen Gründen ließ nur der Anblick dieser Hände Casey erschauern, und sie spürte, dass ihr Brustkorb enger zu werden schien.

Verdammt noch mal, reiß dich zusammen, ermahnte sie sich, aber sie kam nicht dagegen an. Obwohl es keinen Sinn ergab, erschienen ihr diese großen fähigen Hände das Aufregendste zu sein, was sie jemals gesehen hatte.

„Ich rufe Jolie. Sie macht Ihnen eine Kopie von Miss Belcamps Akte", bot der Arzt an. „Sie können sie auf dem Weg nach draußen mitnehmen."

„Danke sehr."

Er sah ihr in die Augen und lächelte, als Casey um ihn herumging. „Wenn ich noch weiterhelfen kann, rufen Sie mich einfach an. Ich hoffe, wir sehen uns wieder, Detective."

Auf dem Weg nach draußen sprachen weder Casey noch Dennis, aber sobald sich die Türen des Aufzuges hinter ihnen schlossen, ließ sie sich an die verspiegelte Wand des Lifts fallen und fächelte sich Luft zu. „Wow! Das ist vielleicht ein heißer Typ!"

Dennis lachte in sich hinein. „Ja, das ist sogar mir aufgefallen. Und augenscheinlich fand er dich auch nicht schlecht."

„*Was?* Ach komm!" Casey sah ihren Partner ungnädig an. „Mach dich nicht lächerlich."

„Mache ich nicht. Hast du etwa nicht bemerkt, wie er mit

dir geflirtet hat? Ich jedenfalls habe es bemerkt."

„Er hat nicht mit mir geflirtet. Das ist absurd. Warum sollte ein Mann, der so großartig aussieht, mich auch nur ein zweites Mal anschauen?"

Wenn sie einen guten Tag hatte, fand Casey, dass sie irgendwie süß aussah. Das war das höchste der Gefühle. Sie hatte eine lange Mähne mit roten Locken, und obwohl sie helle Haut hatte, befanden sich genau sieben Sommersprossen auf ihrer Nase, die mit keinem Mittel der Welt wegzubekommen waren. Und als ob das nicht schon schlimm genug wäre, hatte sie feine Gesichtszüge und große blaue Augen, die von langen Wimpern umrahmt waren und immer schrecklich unschuldig wirkten. Das hatte sich bisher auch nicht geändert, obwohl sie auf die dreißig zuging.

Ich denke über mein Aussehen nach, dachte Casey und seufzte. Sie wusste, dass sie zu streng mit sich war, aber es fiel ihr schwer, das nicht zu sein. Sie war mit ruppigen älteren Brüdern aufgewachsen, die sie immer geärgert hatten, wenn auch auf liebevolle Weise. So war Casey zu einer rauflustigen unabhängigen Erwachsenen geworden, die sich selbst aber nicht als eine attraktive und begehrenswerte Frau empfand.

Nicht nur hatte sie schon vor ihrer Pubertät ihre Größe von ein Meter siebzig erreicht, sondern sie war auch noch ein Spätentwickler. Brüste oder feminine Formen hatte sie erst mit achtzehn bekommen. Aber als wollte Mutter Natur ihre Versäumnisse wettmachen, hatte sie Casey mit einem großen Busen gesegnet, mit langen Beinen und einer Taille, die die meisten Männer mit den Händen umspannen konnten.

Sollte das allerdings jemand versuchen, würde sie ihn natürlich umhauen, und zwar bevor er sich umdrehen konnte.

Bis Casey erwachsen geworden war, waren Will, Brian, Ian und Aiden zur Polizei in Mears gegangen und von zu Hause ausgezogen. Wie es für große Brüder typisch war, hatte keiner von ihnen irgendwelche Veränderungen an ihrer kleinen Schwester wahrgenommen. Bis zum heutigen Tag nannten sie alle Casey bei ihrem Teenagerspitznamen, den sie bekommen hatte, als sie in die Höhe geschossen war: „Stretch".

Sie liebte ihre Brüder viel zu sehr, um sich darüber zu beschweren, wenn sie aber die Wahl hatte, wurde sie am liebsten mit ihrem Vornamen angesprochen. Da aber jedermann sie mit einem Spitznamen bedenken zu wollen schien, hatte sie sich an „Tiger" gewöhnt, wie Dennis sie nannte. Sie mochte diesen Namen. Die meisten Detectives riefen sie so.

Nachdem sie aus dem Aufzug ausgestiegen waren, ging Casey mit großen Schritten durch die Empfangshalle und stieß die riesigen Glastüren auf, bevor Dennis sie für sie aufhalten konnte. „Außerdem", erklärte sie, als sie auf den Streifenwagen zugingen, „hast du nicht die Schönheiten gesehen, die im Wartezimmer des Doktors seiner harrten? Die hatten praktisch schon alle verstärkten Speichelfluss."

„Sei nicht so hart zu dir, Tiger." Dennis lief neben ihr her, die Hände in den Taschen und ein dickes Grinsen im Gesicht. „Vertrau mir. Ein Mann weiß, wann ein anderer Mann an einer Frau interessiert ist. Und der Doc hat definitiv Interesse an dir."

Casey rümpfte ihre Nase und machte ein verächtliches Geräusch.

4. KAPITEL

Während sie Becky Belcamps Sachen in Kisten packten und zum Revier schleppten, lungerte dort schon ein Haufen lärmender Journalisten am Empfang herum.

Sergeant Bartowski, der wachhabende Beamte, war rot angelaufen. Er wusste offensichtlich nicht weiter. Die Medienleute schoben einander weg, um den besten Platz am Tresen zu ergattern, alle schrien ihre Fragen durcheinander.

„Ist das letzte Opfer auch vergewaltigt worden?"

„Wurde sie auch erschossen?"

„Haben Sie schon einen Verdächtigen?"

„Wird sich das FBI einschalten, da es jetzt schon drei Opfer gegeben hat?"

Der Sergeant hob die Hände und bat um Ruhe: „Würden Sie vielleicht mal still sein!", brüllte er über den Lärm hinweg. „Ich habe es Ihnen schon gesagt: Ich habe keine Antworten für Sie! Sie werden sich bis zur Pressekonferenz gedulden müssen. Siebzehn Uhr! Und nun regen Sie sich mal wieder ab! Alle!"

Als sie eine Journalistin aus Denver erkannte, seufzte Casey. Sie hatte gehofft, ein wenig Ruhe zu bekommen, bevor der dritte Mord Schlagzeilen machte.

„Komm schon, lass uns verschwinden, bevor uns jemand erkennt", raunte sie Dennis zu. Den Kopf eingezogen, schlich sie zur Treppe. Dennis folgte ihr und schimpfte: „Verdammte Aasgeier."

Auch das Büro von Lieutenant Bradshaw war voller Menschen. Unter ihnen befand sich auch Sheriff Crawford.

„Oh, oh. Das sieht aber gar nicht gut aus", murmelte Dennis.

Im Vorbeigehen hielt Casey an Monicas Schreibtisch an und stellte die Kiste kurz ab. Sie nickte in Richtung Bradshaws Büro: „Was ist denn da los?"

„Ich habe keine Ahnung", antwortete die Assistentin und blickte verärgert drein. „Sie sind vor etwa einer halben Stunde gekommen. Dieser Sheriff Crawford kam hier hereingestürmt, als würde ihm das ganze Büro gehören. Ich versuchte, ihn aufzuhalten, aber er ignorierte mich und rannte gleich zum Lieutenant. Er hatte noch nicht einmal einen Termin. Genauso gut hätte ich unsichtbar sein können."

„Typisch. Aber mach dir keine Sorgen, er meint es nicht persönlich. Er behandelt jeden so."

„Arschloch", entfuhr es Dennis.

„Lieutenant Bradshaw hat mich gebeten, euch zu ihm hineinzuschicken, sobald ihr da seid."

„Oh, prima."

In der Hoffnung, wieder aus dem Büro verschwinden zu können, ohne bemerkt worden zu sein, warf Casey einen Blick zum Büros ihres Chefs. Sie hatte kein Glück. Er hatte sie und Dennis schon gesehen und winkte sie herein.

Resigniert stellten sie die Kisten auf ihren Schreibtischen ab und betraten die Höhle des Löwen.

„Sie wollten uns sprechen, Sir?"

„Ja. Ich möchte Ihnen Bürgermeister Guthrie, Police Chief Peterson und die County Commissioners Albright, Swanson und Attee vorstellen. Meine Herren, Mrs. Albright, dies hier sind Detective Casey O'Toole und ihr Partner, Detective Dennis Shannon. Sheriff Crawford kennen Sie ja bereits."

Jeder in der County kannte den Sheriff, dafür hatte er gesorgt. Er war ein großer, überheblicher Mann mit einem Bierbauch und der Angewohnheit, den Charme eines alten Kumpels zu versprühen, wenn er es für angemessen hielt. Er war ein relativer Neuling in der Gegend. Er hatte fast keine Erfahrungen mit der Exekutive und umging die wichtigen Probleme der Verbrechensbekämpfung. Mit seinen Cowboystiefeln, dem großen Stetson und dem wichtigtuerischen Gehabe sprach, ging und gab er sich wie ein Sheriff aus dem Bilderbuch.

Die letzte Wahl hatte er mit leeren Versprechungen, Drohungen, falschen Behauptungen und Schmeicheleien gewonnen. Es war das knappste Wahlergebnis in der Geschichte der County gewesen; Crawford hatte den lang gedienten Sheriff Dwight Henman überholt. Henman war ein ruhiger, bedachter Mann gewesen, der mehr über Strafrecht vergessen würde, als Charlie Crawford je lernen konnte, auch wenn er hundert Jahre alt würde.

„Einen Augenblick mal!“, rief Crawford jetzt aus. „*Das* ist Detective O'Toole? Sie haben *sie* als Chefin Ihrer Einsatzgruppe vorgesehen? Ich soll *ihr* meine Akten zur Verfügung stellen? Sie ist ja noch ein Kind! Noch nicht mal trocken hinter den Ohren.“

„Oh, oh“, murmelte Dennis. „Da haben wir den Salat.“

„Nun, Sheriff“, fuhr der Bürgermeister in friedfertigem Ton dazwischen, „wir wollen uns doch in Ruhe unterhalten, nicht wahr?“

Lieutenant Bradshaw wollte gerade etwas sagen, um die Unterhaltung wieder auf sicheren Boden zu steuern, aber er war leider nicht schnell genug.

Caseys Augen blitzten kampflustig auf. Sie war bereit. Sie stellte sich aufrecht hin, straffte ihre Schultern und fixierte Sheriff Crawford mit einem Blick, dem jeder Mann im Bezirk, der einigermaßen bei Sinnen war, aus dem Weg gehen würde.

Normalerweise war Casey gut gelaunt und unkompliziert, aber wenn ihr irisches Temperament mit ihr durchging, dann war was los! Sie war kratzbürstig, wild entschlossen und absolut unerschrocken, und sie trainierte ihre Schützen- und Kampfkünste regelmäßig. Dazu besuchte sie das Sportzentrum des Polizeibezirks, und außerdem ging sie jeden Tag joggen, um ihren schlanken Körper fit zu halten.

Darüber hinaus verfügte sie über die Schlagfertigkeit ihrer Vorfahren. Wenn jemand sie angriff, war Casey dazu in der Lage, jeden, der das wagte, sowohl physisch als auch verbal aufs Kreuz zu legen.

„Sheriff Crawford", fing sie mit relativ leiser Stimme an und ging einen Schritt auf den ungesund aussehenden Herrn zu.

Während Dennis einen Schritt zurückging, murmelte er mehr zu sich selbst: „Na, jetzt wird es was geben."

„Lassen Sie sich nicht von meinen Sommersprossen täuschen. Ich bin *kein* Mädchen mehr. Ich bin eine neunundzwanzigjährige Frau. Ich bin seit fast neun Jahren bei der Polizei von Mears im Dienst und habe in meiner Laufbahn bereits mehr Fälle aufgeklärt, als Sie jemals bearbeiten werden."

Sie ging noch einen Schritt auf den Sheriff zu und kniff die Augen zusammen. Jedes Wort, das sie nun sprach, wurde im Ton schärfer und lauter: „Sie, gerade Sie, wagen es, *meine* Berufserfahrung und Kompetenz infrage zu stellen?" Sie tippte sich auf die Brust. „*Ich* habe mir meine Position verdient. *Ich* habe mir meinen Dienstgrad nicht erschlichen, indem ich unschuldige Wähler mit großen Worten, verdrehten Halbwahrheiten und Ausweichmanövern getäuscht habe."

Seine Gesichtsfarbe wechselte von knallrot zu schlaganfalllila.

„Nun, also hier …"

„O'Toole!", bellte der Lieutenant. „Das reicht!"

Casey hielt ihren Mund und knirschte mit den Zähnen. Sie brannte darauf, dem Sheriff ein Stück Fleisch aus seinem fetten Wanst zu reißen, beschränkte sich aber darauf, wütend zwischen ihm und ihrem Chef hin- und herzugucken. In ihrem tiefsten Inneren wusste sie, dass der Lieutenant recht hatte. Auch wenn Crawford sie provoziert hatte, gab es keinen Grund, in dieser Weise mit dem Sheriff zu sprechen. Ob es ihr gefiel oder nicht: Er war rechtmäßig von den Bewohnern der County gewählt worden und dementsprechend eine Respektsperson. Das aber war eine bittere Pille, die sie nicht gern schluckte.

Das Einzige, zu dem sie noch fähig war, war kurz zu nicken. „Entschuldigung. Ihre Position verdient Respekt, denke ich."

Sheriff Crawford entging weder, dass sie das Wort *Position* betonte, noch der zufriedene Blick in ihren Augen.

„Verdammt! Ich werde diese Art der Missachtung …"

„Das reicht, Sheriff", unterbrach ihn Police Chief Peterson. „Das ist überflüssig. Die Entscheidung ist gefallen. Wir stellen ein Einsatzkommando zusammen, um diese Morde aufzuklären, und den Vorsitz hat Detective O'Toole. Sie verfügt über die nötige Erfahrung, und, wie bereits gesagt, über eine gute Erfolgsquote."

Es war diese Aufklärungsquote, die Casey vor Jahren auf die steile Karriereleiter gebracht hatte. Innerhalb von drei Jahren Dienstzugehörigkeit wurde ihr die goldene Polizeimarke verliehen. Damit war sie der jüngste Detective in der Bezirksgeschichte. Sie war als Spitzendetektiv unter den Kollegen und Kolleginnen des Polizeireviers und in der ganzen Stadt bekannt. Casey hatte ihren Erfolg ihrer harten Arbeit und Verbissenheit zu verdanken, aber ebenso ihrer weiblichen Intuition, auch wenn dies heute aus der Mode gekommen zu sein schien. Einige bezeichneten sie allerdings auch als verrückt.

Wieder setzte Sheriff Crawford an zu protestieren, aber dieses Mal schritt der Bürgermeister ein.

„Police Chief Peterson hat recht, und ich bin sicher, dass auch die County Commissioners zustimmen werden." Er sah zu den dreien hinüber, um sich Bestätigung zu holen, und schon nickten sie beflissen. „Die Öffentlichkeit ist schon ziemlich gereizt wegen der ersten beiden Morde. Die Presse hat von dem dritten Fall Wind bekommen, als die Leiche ins

Leichenschauhaus gebracht wurde. Unten wartet ein Haufen Journalisten, der nach Informationen schreit. Wenn sie das in den Nachrichten bringen, wird Panik ausbrechen. Dieser Fall braucht jemanden mit Erfahrung und der Fähigkeit, schnell Entscheidungen zu treffen. Bitte entschuldigen Sie, Sheriff, wir bezweifeln nicht Ihre Kompetenzen, aber wir haben es hier mit einer heiklen Situation zu tun."

„Wir haben die Pressekonferenz auf siebzehn Uhr angesetzt. Das ist in einer halben Stunde", unterbrach Lieutenant Bradshaw. „Wir werden ankündigen, dass wir ein Sondereinsatzkommando zusammengestellt haben, und wir werden Sie vorstellen, Detective O'Toole. Man wird von Ihnen erwarten, dass Sie einige Worte sagen. Tun Sie bitte Ihr Möglichstes, um die Öffentlichkeit davon zu überzeugen, dass wir die Dinge im Griff haben."

Casey war noch so mit ihrer Wut beschäftigt, dass sie erst jetzt ahnte, was auf sie zukam. Sie sah sich um und kniff die Augen zusammen. „Wow. Einen Moment mal. Sie stellen ein Sondereinsatzkommando zusammen und setzen mich an die Spitze? Übertreiben Sie es nicht ein wenig? Dennis und ich haben kaum damit angefangen, den Fall zu untersuchen. Und es muss erst einmal bestätigt werden, dass der Mord von heute Morgen überhaupt etwas mit den anderen beiden zu tun hat."

„Da, sehen Sie? Sogar Ihr Detective denkt, dass Sie zu schnell vorgehen", lamentierte der Sheriff.

Lieutenant Bradshaw überging ihn und wandte sich an Casey. „Der vorläufige Bericht aus der Gerichtsmedizin kam gerade herein, als Sie beide noch unterwegs waren. Das Opfer ist vergewaltigt worden, bevor es getötet wurde. Daher können wir davon ausgehen, dass alle drei Delikte vom selben Täter verübt wurden."

„Wir müssen ihn kriegen. Schnell. Bevor er eine weitere Frau tötet. Das Sondereinsatzkommando soll aus folgenden

Leuten bestehen: aus zwei Beamten von der State Highway Patrol, zwei Beamten vom Sheriff sowie Ihnen und Shannon. Wenn Sie das FBI um Hilfe bitten wollen, tun Sie das. Sie bekommen alles, was Sie brauchen. Ich zähle auf Sie, O'Toole. Konzentrieren Sie sich voll auf diese Sache, bis wir diesen Schweinehund erwischt haben."

„Wie Sie meinen, Boss", gab Casey kühl zurück. Sie hätte lieber allein mit Dennis weiter an dem Fall gearbeitet, obwohl sie wusste, dass sie mit mehreren Leuten schneller zu einem Ergebnis kommen würde.

Ein Sondereinsatzkommando zu führen, machte sich sicherlich auch nicht schlecht im Lebenslauf – falls sie den Burschen schnappten. In besonders schwierigen oder wichtigen Fällen wie diesem gehörte es zur Tagesordnung, dass die verschiedenen Einheiten und Dienststellen zusammenarbeiteten, aber Casey wusste, dass Charlie Crawford nichts davon hielt.

Wenn Dwight Henman noch auf diesem Posten gewesen wäre, dann wäre es kein Problem gewesen. Mit seiner Erfahrung und seinem Hintergrund hätte er das Sondereinsatzkommando wahrscheinlich geleitet, und das wäre ihr nur recht gewesen. Sie bewunderte und verehrte Henman und vertraute seinen Fähigkeiten.

Das mit Sheriff Crawford war eine ganz andere Geschichte.

„Haben wir uns jetzt verstanden?", fragte der Bürgermeister.

Es sah so aus, als ringe der Sheriff mit sich, aber er hielt den Mund. Dann sagte er mit gepresster Stimme: „Ich schicke Ihnen die Akten und meine Männer rüber." Mit seinem Zeigefinger deutete er in Richtung Casey und Lieutenant Bradshaw: „Aber ich warne Sie. Wenn Sie nicht schnell den Mörder fangen, dann werde ich mich beim Gouverneur über Sie beschweren."

„Keine Sorge. Wir kriegen ihn ganz bestimmt", versicherte Lieutenant Bradshaw.

Casey biss sich auf die Zunge und schwieg.

„Und Sie sorgen besser dafür, dass ich immer umgehend über alle Entwicklungen informiert werde."

„Gut." Der Lieutenant sah sich im Raum um. „Okay, ich glaube, das war alles. Wir treffen uns alle in zwanzig Minuten unten."

„Kriegst du diesen Zirkus ohne mich hin?", fragte Dennis leise, als sie das Büro des Lieutenants verließen und an ihre Schreibtische gingen. Das Büro war fast menschenleer. „Ich würde gern, so schnell es geht, zu Mary Kate und Roger nach Hause fahren. Vielleicht hole ich ihr unterwegs noch einen Blumenstrauß. Das scheint sie immer ein wenig aufzuheitern."

Casey grinste. „Klar, mach nur. Und sag Mom und den anderen, dass ich so schnell wie möglich komme. Ich muss noch den Papierkram erledigen."

„Okay, mache ich. Und danke, Tiger. Du hast einen gut bei mir."

„Hi, Casey!"

Casey drehte sich um und entdeckte Danny Watson, Keiths jüngeren Bruder. Er saß auf einer Bank vor Monicas Empfangstresen und sah sie erwartungsvoll an. Sie hätte schreien können. Sie mochte Danny, aber sie hatte gerade keine Zeit für ihn.

„Oh, oh", flüsterte Dennis und grinste schelmisch. „Hier ist dein flammender Verehrer. Ich lass euch beide jetzt besser allein."

„Witzig, Shannon. Wirklich sehr witzig."

„Wie geht es dir, Danny?", fragte Dennis und blieb im Hinausgehen kurz stehen, um Danny die Hand zu schütteln.

„Prima, Detective Shannon. Wirklich prima."

„Das ist gut. Das freut mich zu hören. Ich bin schon auf dem Weg nach Hause zu meiner Frau und meinem Sohn. Wir sehen uns …"

„Bis dann", rief Danny ihm nuschelnd nach. Kaum, dass Dennis die Stufen hinuntergeeilt war, konzentrierte sich der junge Mann wieder voll auf Casey.

„Tut mir leid, Danny, aber wenn du Keith suchst, kann ich dir leider auch nicht helfen. Ich habe keine Ahnung, wo er sein könnte."

„Ich weiß, wo er ist. Er ist unten im Keller, im Lager", gab Danny stolz bekannt. „Soll ich ihn für Sie holen?"

„Nein. Nein, das ist schon okay."

„Er sagte, ich solle schon mal hochgehen und Ihnen Hallo sagen, während er einige Sachen verstaut. Aber ich solle Sie nicht stören, wenn Sie arbeiten müssen."

„Nun, das ist aber schön." Casey strich dem jungen Mann über den Arm. „Ich freue mich immer, wenn wir uns sehen. Ich muss noch einen Bericht schreiben, aber wir können uns unterhalten, während ich das tue. Wie wäre es damit?"

„Das wäre sehr schön."

Es würde schneller gehen, wenn Danny nicht da wäre, aber Casey brachte es nicht übers Herz, ihm zu sagen, dass er störte.

Viele Männer beneideten Keith um sein Aussehen. Andere wiederum waren von seiner Großspurigkeit irritiert, wie Dennis. Aber alle waren sich darin einig, dass er toll mit seinem geistig behinderten kleinen Bruder umging und sich rührend um ihn kümmerte.

Bevor ihr Ehemann getötet worden war, waren Keith und Tim Partner gewesen. Tim hatte seinen Partner gemocht und Casey oft von ihm erzählt. So hatte sie von Keiths kleinem Bruder Danny erfahren, der nur einen Intelligenzquotienten von siebzig Punkten hatte. Er war leicht behindert. Er konnte wie ein Sechstklässler lesen und schreiben, Auto fahren und sich um seine Körperhygiene kümmern.

„Danny würde prima in einem Haus mit betreutem Wohnen klarkommen", hatte ihr Tim einmal erzählt. „Aber Keith will davon nichts wissen. Für ihn wäre das wahrscheinlich dasselbe, wie Danny auszusetzen. Keith hat geschworen, dass, solange er lebt, Danny bei ihm wohnen soll. Ich sag dir, Sweety, Keith hat sicher seine Schwächen, aber so etwas muss man schon bewundern."

Man musste Keith zugutehalten, dass er Danny darin bestärkte, seine eigene Individualität zu entwickeln. Vor vier Jahren, als Danny achtzehn Jahre alt geworden war, hatte Keith Danny bei einer kleinen Firma untergebracht, die Aquarien reinigte. Diese Tätigkeit konnte Danny problemlos erledigen. Auch wenn sie langweilig war und kaum Abwechslung bot, gab sie ihm ein Gefühl von Unabhängigkeit und einen Grund, auf sich stolz zu sein.

Für Casey war Keiths Liebe zu seinem Bruder stärker als all die negativen Eigenschaften, die ihm die Kollegen zuschreiben mochten. Und darüber hinaus hatte sie nie vergessen, dass Keith das Schwein erschossen hatte, das für den Tod ihres Mannes verantwortlich gewesen war.

Keith hatte sich kurz nach Tims Tod versetzen lassen und arbeitete jetzt ebenfalls für Lieutenant Bradshaw, daher sah Casey ihn und seinen Bruder öfter. Beide lebten zusammen in einem Haus, das vom Revier aus zu Fuß zu erreichen war. Daher kam Danny fast jeden Tag vorbei.

Man munkelte, Keith habe Tim vor seinem Tod versprochen, sich um Casey zu kümmern. Obwohl sie den Gedanken als wohltuend empfand, ließ sie keine Gelegenheit aus, Keith zu erklären, dass sie keinen Beschützer brauchte. Ihr Protest verhallte ungehört.

Keith war immer in ihrer Nähe. Er schaute an ihren Tatorten oder ihrem Schreibtisch vorbei und hatte es einmal tatsächlich geschafft zu protestieren, als ihr Chef sie zu einem riskanten Auftrag schicken wollte.

Casey hatte Keith unmissverständlich gesagt, was sie davon hielt. Er hatte sich bei ihr entschuldigt und sich zurückgezogen. Aber dennoch hielt er sich die ganze Zeit in ihrer Nähe auf.

Casey sah kurz auf und bemerkte, dass sie Danny erwartungsvoll anstrahlte. Gleichgültig, wie schwierig ihr Verhältnis zu Keith war, sie konnte Danny einfach nicht enttäuschen. Aus irgendeinem Grund war er ganz hin und weg von ihr.

Es war ein harmloses Verknalltsein, und er war schon in der Lage wahrzunehmen, dass sie zu verschieden waren und dass der Altersunterschied zu groß war, als dass etwas daraus werden würde. Aber wenn er mit ihr zusammen war, war er glücklich, also gab sie sich Mühe, zu ihm besonders nett zu sein. Er war ein lieber Junge.

„Hattest du einen schönen Tag?“, fragte Casey und setzte sich an ihren Schreibtisch. Sie rief ein Formular auf ihrem Monitor auf und tippte die Einzelheiten des Falles ein.

„Oh ja. Ich habe heute zwei Aquarien ganz allein sauber gemacht. Und nach dem Abendessen wird Keith mir helfen, noch eines sauber zu machen. Das ist zu groß für mich allein“, erklärte er und riss dabei die Augen auf wie ein ernsthaftes Kind.

„Das ist toll, Danny. Es hört sich an, als würde dein Geschäft gut laufen.“

„Ja.“ Er trat von einem Fuß auf den anderen und sah sie an, als sei sie nur für ihn da.

„Da bist du ja, Kumpel.“ Keith kam in das Büro und grinste seinen kleinen Bruder an. „Ich habe schon gedacht, dass du hier bist und schon wieder mit dem hübschesten Mädchen vom Revier flirtest.“

Danny wurde von seinem blonden Scheitel bis zur Sohle rot. Er trat von einem Fuß auf den anderen und sah zu Boden.

„Aber Keith, ich habe … ich und Casey … wir haben nur

geredet", stotterte er, „... sonst nichts."

Keith legte schwungvoll seinen Arm um die Schultern seines Bruders und schüttelte ihn ein wenig durch. „Vor mir brauchst du dich doch nicht zu schämen! Ich habe nur Spaß gemacht. Ich weiß doch, dass du Casey gern magst." Er puffte Danny in die Seite und riss seine Augen übertrieben auf. „Ich muss schon sagen, Junge, bei Frauen hast du Geschmack."

Als die beiden Männer so nebeneinanderstanden, fiel Casey auf, wie ähnlich sie sich sahen. Hätte Danny nicht immer diesen leeren Gesichtsausdruck, würde er später genauso attraktiv aussehen wie Keith.

„Danny und ich wollen uns heute Abend etwas bei Giovanni's zu essen holen. Warum kommst du nicht mit?" Keith knuffte Danny schon wieder in die Seite. „Das würde dir doch gefallen, oder?"

Danny nickte und wurde wiederum rot.

„Hört sich gut an, aber ich kann leider nicht. Meine Mutter kocht heute Abend. Außerdem muss ich nach unten wegen einer Pressekonferenz in genau ..." Sie schob den linken Ärmel ihres Blazers zurück und schaute auf ihre Uhr. „Oh mein Gott! Ich sollte längst da sein! Entschuldigt, Jungs, ich muss rennen!"

Nachdem sie ihre Handtasche aus der untersten Schreibtischschublade genommen hatte, drehte sie sich über die Schulter nach den beiden um: „Schönen Abend, Keith! Bis dann, Danny!"

5. KAPITEL

Casey steuerte ihren Wagen über die gewundene Landstraße, die zum Haus ihrer Eltern führte. Das große verschachtelte Gebäude lag in einem Waldstück, das etwa achthundert Meter von dem Highway entfernt lag. Es befand sich sechzehn Kilometer nördlich von Mears. Das Grundstück war zwei Quadratkilometer groß und bewaldet. Als Casey die Lichtung erreichte, die das Haus umgab, sah sie, dass ihre Brüder schon dort waren. Ihre Wagen standen in einem Halbkreis vor dem Eingang.

Das war keine Überraschung. Innerhalb der Polizei von Mears gab es kaum Nachrichten, die nicht die Runde machten – schon gar nicht über einen Serientäter, der auf freiem Fuß war.

Wahrscheinlich hatten alle Collins-Brüder – Will, Ian, Aiden und Brian –, die alle in unterschiedlichen Bezirken arbeiteten, schon von dem Fall gehört. Sicher wussten sie auch schon, dass sie das Sondereinsatzkommando leiten sollte. Deswegen waren alle gekommen, um ihr zu gratulieren und sie ein wenig zu unterstützen.

Casey sah zum Haus herüber und lächelte, als sie an ihre Mutter dachte.

Maureen Collins hatte einen untrüglichen Instinkt, was ihre Kinder anging. Sie musste ihren Kindern nur einmal ins Gesicht sehen oder ihre Stimmen am Telefon hören, schon wusste sie, wie es ihnen ging. Sie erwartete Casey schon auf der Veranda.

Casey stellte ihren Wagen hinter dem Pick-up ihres Bruders Brian ab, stieg aus und ging die Stufen hinauf. Mit einem Seufzer umarmte sie ihre Mutter, die sie herzlich willkommen hieß.

„Ach Liebes, was muss das für ein Tag für dich gewesen sein“, sagte ihre Mutter leise. Sie strich Casey übers Haar und wiegte sie ein wenig. „Was für eine schreckliche Geschichte. Das arme, arme Mädchen. All diese armen Mädchen. Es muss dir durch Mark und Bein gegangen sein."

Sie ließ Casey los, hielt sie an den Schultern ein Stück von sich weg und sah sie mit verständnisvollem und mitfühlendem Blick an. Sie hob eine Hand und streichelte ihre Wange. „Du musst dich schrecklich fühlen, mein Schatz. Du hast dir schon immer alles zu Herzen genommen, viel mehr als deine Brüder. Sei unbesorgt! Du wirst den Mann schon fassen, der all diese schlimmen Dinge getan hat. Ich weiß, dass du ihn kriegen wirst. Ich glaube fest an dich."

Wie von Zauberhand wich ein wenig Anspannung von Caseys Schultern, und ihr Nacken entspannte sich. Ihre Mutter schien auch ohne Worte immer zu verstehen, was in ihr vorging. Sie wusste immer genau, was sie sagen musste, damit Casey sich besser fühlte.

„Ich hoffe, du hast recht, Mom. Gott, ich hoffe wirklich, dass du recht hast."

Die beiden Frauen drückten sich noch ein zweites Mal. Casey ließ sich völlig in die vertrauten Arme fallen.

Ich bin eine der wenigen, die Glück haben, dachte sie bei sich. Welcher Schmerz oder welches Schicksal ihr auch immer zuteilwurde, sie hatte die Gewissheit, dass ihre Familie für sie da war. Hier fühlte sich Casey wirklich sicher.

Becky Sue Belcamp würde dieses Gefühl nie wieder spüren können. Genauso wenig wie die beiden anderen armen Frauen.

Casey schloss die Augen und holte tief Luft. Von ihrer Mutter ging ein Duft aus, der ihr Kraft und Trost gab – es war eine wunderbare Mischung aus Waschpulver, Gesichtspuder, frisch gebackenem Brot und Fliederparfum. Sie kannte diesen Geruch gut, und er gab ihr das Gefühl, wirklich zu Hause zu sein.

„Komm rein", sagte ihre Mutter und löste sich von ihr, um sie am Arm zu nehmen und ins Innere des Hauses zu führen.

„Mary Kate hat genug davon, den ganzen Tag die Füße hochzulegen und freut sich schon darauf, ein wenig mit dir zu plaudern. Und natürlich wollen die Männer auch mit dir reden. Sie werden dich erst in Ruhe lassen, sobald du ihnen jedes unappetitliche Detail erzählt hast."

Wie ihre Mutter schon vorausgesagt hatte, wurde sie mit Fragen bestürmt, kaum dass Casey ins Wohnzimmer gekommen war.

„Hey, Stretch!"

„Wurde ja auch Zeit, dass du kommst."

„Wie geht's dir?"

„Komm her, Schätzchen, und rede dir alles von der Seele", forderte sie ihr Vater auf. Patrick Collins saß in seinem Lehnstuhl.

„Oh nein, so läuft das nicht", rief Mary Kate dazwischen, „Onkel Patrick, ich habe schon den ganzen Tag darauf gewartet, dass ich mit Casey reden kann. Ihr alle könnt sie während des Essens mit euren Fragen löchern, während ich hier allein vor dem Fernseher mit meinem Essen auf dem Tablett liegen muss. Erst mal gehört sie mir!" Sie nahm Caseys Hand. „Gott sei Dank bist du endlich hier! Du hast mich seit Sonntag nicht mehr besucht."

Caseys Cousine lag auf einem der beiden Sofas in der Ecke. Mit ihrem riesigen Bauch sah sie aus wie ein gestrandeter Wal. Man hätte meinen können, sie würde explodieren, wenn man mit einer Nadel in ihren Bauch pikste. Immerhin musste er Raum für Zwillinge bieten.

„Entschuldige, ich hatte so viel zu tun", Casey beugte sich zu dem Sofa herunter und umarmte Mary Kate. „Und außerdem – wo ist das Problem? Wir reden doch jeden Tag miteinander. Wir haben erst gestern Abend fast eine Stunde lang miteinander telefoniert."

„Das ist nicht dasselbe", gab ihre Cousine kleinlaut bei und schmollte. „Ich werde langsam verrückt, aber ich darf ja nicht aufstehen."

Der zweijährige Roger rannte derweil mit ausgestreckten Armen durchs Wohnzimmer und machte Geräusche wie ein Flugzeug.

Casey schnappte sich ihn, als er das zweite Mal an ihr vorbeirannte, hob ihn hoch und gab ihm einen lauten Kuss. Der Kleine wand sich und quietschte, erst aus Protest, dann vor Freude. Als Casey ihn in die Luft warf, um ihn danach wieder aufzufangen, kicherte er vor Vergnügen. „Na komm schon, kleiner Mann", sagte sie und stellte ihn wieder auf den Boden.

„Brumm, brumm!" Schon lief er wieder davon.

„Wie geht es dir?" Casey ließ sich auf dem Sitzkissen neben Mary Kate nieder. Auch wenn sie gerade aussah wie ein Wasserballon, war ihre Cousine ein echter Hingucker. Sie hatte schwarzes Haar, helle Haut und riesige blaue Augen, so wie alle in ihrer Familie. Wenn sie nicht schwanger war, hatte sie eine kurvigere Figur als Casey, aber sie waren etwa gleich groß und schwer.

Seitdem Mary Kate zwölf Jahre alt war, hatte sie bei Caseys Eltern gewohnt. Ihre Eltern, Maureens Schwester und ihr Mann, waren bei einem Autounfall ums Leben gekommen. Casey und Mary Kate standen sich wahrscheinlich ebenso nahe wie richtige Schwestern: Sie hatten sich als Kinder nicht nur ein Zimmer und ihre Kleidung geteilt, sondern auch ihre geheimsten Gedanken und Gefühle.

„Körperlich geht es mir und den Babys gut", antwortete Mary Kate und streichelte ihren Bauch. „Aber ich darf nur aufstehen, um auf die Toilette zu gehen."

„Und das bedeutet ungefähr alle fünfzehn Minuten", ergänzte ihr Ehemann grinsend.

„Ja, aber Tante Maureen zwingt mich, einen Rollstuhl zu benutzen, auch wenn ich nur über den Flur gehen muss."

„Ich tue nur, was der Arzt gesagt hat, Süße“, rief Maureen aus der benachbarten Küche herüber. Dort war sie mit Caseys Schwiegermutter, Francis O'Toole, dabei, das Abendessen zuzubereiten. „Dr. Thomas hat gesagt, du sollst nicht so viel herumlaufen. Und genau das, meine Liebe, wirst du tun.“

Im Clan der Collins war Maureen der Fels in der Brandung. Sie war ein ewiger Quell der Ruhe und der Vernunft, während der Rest der Familie aus gut gelaunten Iren bestand, die sich in dem permanenten fröhlichen Chaos, das meist herrschte, prächtig zurechtfanden. Sie nahm die schlechte Laune ihrer Nichte oder den Lärm ihres Großneffen augenscheinlich nicht wahr.

„Du kannst von Glück sagen, dass du eine Tante hass', mein Mä'chen“, gab Großvater Seamus Collins zum Besten und drohte Mary Kate mit dem Finger. „Wir woll'n doch, dass die Babys groß und stark auf die Welt komm', oder nicht?“

„Ja, Opa, ich weiß.“ Mary Kate senkte den Blick und sah dann den alten Mann mit einem reuevollen Blick an. „Mir ist nur so langweilig.“

„Es ist für sie nicht leicht, den ganzen Tag nichts tun zu können, weißt du“, gab Dennis zu bedenken. „Da würde jeder unruhig werden.“

Mary Kate sah ihn an und warf ihm eine Kusshand zu.

Dennis saß auf dem anderen Ende des Sofas und massierte seiner Gattin die Unterschenkel und Füße, während er sie dabei anhimmelte.

Caseys schöne Cousine hatte eine Menge Verehrer gehabt, und alle – außer Casey – waren überrascht gewesen, als Mary Kate sich den unscheinbaren Dennis Shannon ausgesucht hatte. Am meisten Dennis selbst.

Casey kannte ihre Cousine besser als sonst jemanden. Auch wenn Mary Kate manchmal wie eine Femme fatale wirkte, steckte in ihr ein wunderbarer Mensch. Mary Kate hatte ein gutes Herz und jede Menge gesunden Menschenverstand. Gutes Aussehen, Geld und Macht, all die Dinge, die schöne Frauen angeblich attraktiv finden, waren ihr bei ihrem Mann egal. Was sie wollte, war ein Mann mit Herz. Auch wenn sie früher davon gesprochen hatte, dass sie sich einen Millionär suchen wolle, legte Mary Kate doch Wert auf grundlegende Werte wie Güte, Liebe und einen guten Charakter. Deshalb hatte sie sich vor vier Jahren in Dennis verliebt. Casey hatte die beiden einander vorgestellt.

„Okay, das Abendessen ist jetzt fertig." Francis stellte die letzte Schüssel auf die lange Tafel und nahm ihre Schürze ab, während sich alle, außer Mary Kate, an den Tisch setzten.

Wie so oft blieben auch Joe und Francis O'Toole bis zum Abendessen bei den Collins. Kaum war das Gebet gesprochen und die Platten und Schüsseln herumgereicht, fingen auch schon alle an, Casey auszufragen.

Genauso wie ihre Brüder waren auch ihr Vater Patrick Collins und ihr Schwiegervater, Joe O'Toole, neugierig. Die beiden waren früher selbst bei der Polizei gewesen.

„Lässt der Typ seine Opfer wirklich erst laufen und jagt sie dann?"

„War euer Opfer eine Prostituierte? Ich habe einen Kumpel auf der Wache, der sagt, das sei Crawfords Theorie über die anderen beiden Frauen."

„Habt ihr schon herausgefunden, welche Waffe der Täter benutzt hat? Das muss ein ziemliches Kaliber gewesen sein. Ich habe gehört, dass man durch die Schusswunde des Opfers eine Hand hindurchstecken könnte."

„Ian, um Himmels willen. Denk mal dran, wo du gerade bist", ermahnte Maureen ihren jüngsten Sohn. Sie und Francis sahen sich bedeutungsvoll an, aber beide Frauen wussten, dass sie mit weiterer Schelte ihre Zeit verschwenden würden. Sie hatten sich schon vor Jahren daran gewöhnt, dass solche

Gesprächsthemen am Esstisch zum Alltag eines Polizisten gehörten.

„Tut mir leid, Leute, aber ich kann euch nicht viel erzählen", sagte Casey, als sie endlich zu Wort kam. Sie sah sich in der Runde um, wie um sich zu entschuldigen. „Ich habe Order, mit niemandem außerhalb des Sondereinsatzkommandos über den Fall zu sprechen. Es gibt einige Dinge, die wir lieber unter Verschluss halten wollen, damit die Presse davon nicht erfährt. Und je weniger Leute davon wissen, umso besser."

„Seht ihr? Ich habe es euch ja gleich gesagt, dass wir nicht über den Fall sprechen sollten." Dennis warf seiner Partnerin einen verzweifelten Blick zu. „Sie haben mich degradiert, kaum dass ich zur Tür hereingekommen war."

„Das Sondereinsatzkommando hat seine Arbeit ja noch gar nicht aufgenommen. Erzähl uns doch einfach, was ihr bisher herausgefunden habt", hakte ihr Bruder Brian nach, während er sich eine Portion Roastbeef auf den Teller hievte.

„Du hast sie doch gehört. Stretch darf nicht darüber reden, also lass sie in Ruhe", ermahnte ihn Will.

Das älteste und ernsthafteste der fünf Collins-Kinder, der sechsunddreißigjährige Will, war schon immer der Anführer gewesen. Als Lieutenant befehligte er die Detectives im Fünften Bezirk, damit hatte er den höchsten Dienstrang aller Geschwister. Er hatte sogar einen höheren als sein Vater und Joe, die als Detectives in Pension gegangen waren. Und wann immer sich die Gelegenheit bot, spielte Will seine Autorität gegenüber seinen Geschwistern aus.

Allerdings nahmen sie ihn nicht besonders ernst – zumindest nicht seine Brüder.

„Ach, komm schon. Was ist denn schon dabei?", fragte Brian. „Wir sind hier doch unter uns. Es ist ja nun wirklich nicht so, dass nach dem Essen jemand aus der Tür rennt und mit der Presse spricht."

Will gestikulierte mit seiner Gabel in Brians Richtung. „Genau das ist es. Das ist genau die Einstellung, warum du noch nicht befördert worden bist."

Die jüngsten Brüder, die einunddreißigjährigen Zwillinge Ian und Aiden, stießen einander mit den Ellbogen an und kicherten. Obwohl Ian seines überschäumenden Temperaments wegen immer noch Uniform tragen musste und Aiden nur einen Grad über ihm war, ließen sich die beiden nicht im Geringsten von ihrem ältesten Bruder einschüchtern.

„Yes Sir! Lieutenant, Sir! Was immer Sie sagen, Sir!", neckten sie ihn. „Ihr Wunsch ist uns Befehl, Sir!"

Kopfschüttelnd wandte sich Will wieder dem Essen auf seinem Teller zu. „Ihr Clowns", murmelte er, aber er konnte sich ein Grinsen nicht verkneifen, während er sich über den Kartoffelbrei hermachte.

„Barbaren sind das, alle, wie sie da sitzen, und das ist die Wahrheit, bei Gott", erklärte Granda Seamus und starrte die beiden ungehörigen Enkel an. Dann lächelte er verschmitzt und fügte hinzu: „Und ist das nicht prima?"

Die drei jüngsten Collins-Brüder lachten darüber und prosteten dem alten Mann zu, bis ihr Vater sie zur Ordnung rief.

„Okay, das reicht jetzt. Und du, hör auf, sie auch noch anzustacheln", sagte er zu seinem Vater. Der wiederum gab sich Mühe, seinen Sohn zu ignorieren. „Euer Großvater sät schon genug Zwietracht, ohne dass ihr ihn dazu ermuntert."

Casey sah auf ihren Teller, um ihr Grinsen zu verbergen. Es stimmte, ihr Großvater Seamus war ein kleiner Teufel.

Es war schwer zu glauben, dass der kleine zierliche Mann der Patriarch der großen Familie Collins war. Casey wusste, dass ihr Großvater in seiner Jugend genauso groß und muskulös gewesen sein musste wie die anderen Männer des Clans. Aber mit seinen neunzig Jahren war er nicht mehr der Alte.

Doch obwohl er mittlerweile schmächtig wirkte, war sein

silbergraues, ehemals leuchtend rotes Haar noch voll, er war geistig auf der Höhe, und seine blauen Augen strahlten wie je zuvor. Und wenn er das Gefühl hatte, das jemand vergessen könnte, wie fit er noch war, flirtete er mit den Damen und unterhielt die anderen mit seinem charmanten Witz.

Doch leider und zu Caseys großem Unbehagen geriet Seamus Collins nur allzu oft mit seinen Freunden in Streit, wenn er mit ihnen Karten spielte. Sie spielten im Muldoon's, dem Irish Pub, in dem auch Caseys Kollegen ein- und ausgingen. Es lag um die Ecke vom Revier. Und so wurde Casey gelegentlich die Aufgabe zuteil, Zwistigkeiten zu schlichten.

„Und dein Bruder hat recht", fuhr ihr Vater fort. „Uns geht der Fall eurer Schwester nichts an. Und nun esst weiter!"

Danach wurde es ruhiger, auch wenn weiter über die Morde gesprochen wurde. Aber jetzt ging es nur um Informationen, die schon jeder hatte, und um die Spekulationen über die Person, die den Mord verübt haben könnte, und wie man sie erwischen könnte.

Caseys Eltern, Granda Seamus und die Schwiegereltern sowie Dennis und Mary Kate hatten schon in den Nachrichten Berichte über den Fall gesehen, und die Pressekonferenz war bereits in den Sechs-Uhr-Nachrichten gesendet worden. Casey hoffte, um die Wiederholung um zehn Uhr herumzukommen. Aber das sah ihrer Familie nicht ähnlich.

Wie erwartet, war ihr Mordfall das erste Thema in den Lokalnachrichten. Auf dem Bildschirm war eine junge Reporterin zu sehen, die auf einem Waldweg nahe dem Tatort stand und über den Tathergang berichtete.

„Die Polizei sagt, dass Miss Belcamp etwas weiter oben auf der Straße freigelassen wurde, ein wenig hinter der nächsten Kurve. Sie glaubt, dass ihr ein wenig Vorsprung gewährt wurde, bevor der Täter sie wie ein Tier gejagt hat. Miss Belcamp hat offensichtlich ihr Bestes gegeben, um dem Mörder zu entkommen, aber sie kam nicht weiter als bis zu dieser Straße. Die Parallelen zu den beiden Morden des letzten Monats sind augenscheinlich, aber die Polizei ist der Meinung, dass ..."

Die junge Frau deutete an, dass der Mörder aufgrund von Ermittlungsfehlern noch auf freiem Fuß sei und spekulierte darüber, ob er ein weiteres Mal zuschlagen würde. Die Reportage wurde von einem nüchternen Interview zwischen einem Journalisten und dem Nachrichtensprecher abgelöst. Danach wurde ein Ausschnitt der Pressekonferenz gesendet.

„Seid doch mal ruhig", sagte Maureen. „Jetzt kommt Casey."

„Ihr habt eure Mutter gehört", wies Patrick in energischem Tonfall seine lauten Söhne zurecht. „Seid ruhig."

„Ah, da kommt sie", erklärte Granda Seamus mit seinem schleppenden Akzent. Er strahlte und zeigte mit seiner knochigen Hand auf den Fernseher. „Da ist ja unser Mädchen. Ich frag euch jetz', ist sie nicht groß, wie sie da steht, ganz gerade und wichtig, genau neben dem Bürgermeister? Und wie hübsch du bis', Casey, Liebling. Wir sin' alle so stolz auf dich."

Casey zwinkerte ihm zu. Wenn jemand aus seiner Familie im Fernsehen zu sehen war, platzte er fast vor Stolz.

Caseys Vater saß neben ihr auf dem Sofa und nutzte die Gelegenheit, nach ihrer Hand zu greifen und sie zu drücken. Sie erkannte die Anzeichen der Rührung und murmelte: „Danke. Aber ich habe doch noch gar nichts getan."

Seamus erwiderte: „Na, du has' ja auch noch keine Zeit gehabt, nich' wahr. Und auch noch mit diesem Prahlhans', der dir immer Steine in den Weg legen will."

„Oh nein. Jetzt bist du schon mal im Fernsehen, und nun trägst du *diesen* Blazer", entfuhr es Mary Kate. „Ich habe dir schon hundertmal gesagt, du sollst ihn wegwerfen. Diese Farbe steht dir einfach nicht, Süße. Und sieh dir nur mal deine Haare an! Sie hätten dir Zeit genug geben sollen, damit du sie bürsten und neues Make-up auflegen kannst. Offensichtlich ist die

Pressekonferenz von einem Mann geplant worden", fügte sie angewidert hinzu.

Brian verdrehte die Augen. „Das war ja klar, dass du dich nur für die Frisur und die Kleidung interessiert. Himmel, Mary Kate! Das hier ist eine wichtige Pressekonferenz und keine Beratungsshow für Stilfragen. Außerdem ist es komplett gleichgültig, wie Stretch aussieht."

„Na, das ist ja wieder typisch!"

„Jetzt beruhigt euch mal wieder. Ich will das hier hören!", befahl Will und lehnte sich in seinem Sessel nach vorn.

Nach Caseys Meinung waren Pressekonferenzen eine Zeitverschwendung und brachten wenig Nutzen. Im Normalfall dienten sie lediglich dazu, eine Plattform für die Politiker darzustellen, und auch diese hier war keine Ausnahme.

Der Bürgermeister bestätigte mit sehr ernster und besorgter Stimme, es sei in der Tat ein drittes Mordopfer gefunden worden. Er sagte weiter, dass alle bisherigen Hinweise darauf hindeuteten, dass es sich dabei um denselben Täter wie bei den anderen Fällen handelte.

Diese Ankündigung löste Bewegung bei den Journalisten aus. Sofort schnellten einige Hände in die Höhe, um Fragen zu stellen.

Doch Bürgermeister Guthrie ignorierte sie und kündigte die Gründung eines Sondereinsatzkommandos an, dem er theatralisch den Namen „Jagd auf den Jäger" gab. Als er verkündete, dass Casey die Leitung übernehmen werde, wurden die Reporter unruhig. Plötzlich redeten alle durcheinander.

Die Unruhe kam dem Sheriff gerade recht. Er trat ans Mikrofon, um die Aufmerksamkeit an sich zu reißen. „Immer mit der Ruhe!", rief er und hob die Hände, um die Journalisten zu beruhigen. „Wie mir bestätigt wurde, ist Miss O'Toole eine sehr erfahrene Polizistin. Ich bin deshalb völlig sicher, dass die kleine Lady ..."

„Kleine Lady?“ Aiden schnappte nach Luft und sprang vom Sofa auf. „Mann, entweder hast du ordentlich Rückgrat oder du bist dümmer als Brot, Stretch so zu nennen. Für die Bemerkung wirst du bezahlen.“

Wie auf Befehl ging Casey nun zum Mikrofon und unterbrach den Sheriff. „Entschuldigung, Sheriff, wenn ich Sie korrigieren darf: Detective O'Toole. Weder Miss noch kleine Lady.“

„Hoho!“ Ihre drei kleinen Brüder jubelten im Chor. „Mach ihn fertig, Stretch.“

Im Fernsehen waren jetzt einige Bruchteile von Sekunden Stille eingetreten, in denen sich die Reporter vielsagende Blicke zuwarfen. Wie Bluthunde, die etwas gewittert haben, wandten sie jetzt ihre Aufmerksamkeit dem Sheriff zu.

„Huch“, antwortete er ihr mit solch einer pathetischen Unaufrichtigkeit, dass Casey ihn sogar jetzt noch, einige Stunden später, hätte würgen können. „Verdammt, immer vergesse ich die politisch korrekte Anrede. Ich glaube, ich bin einfach nur ein alter Junge vom Lande, der es nie lernen wird. In meiner Welt sind hübsche kleine Mädchen wie Miss ... äh ... Detective O'Toole zerbrechliche Blumen, die man beschützen muss. Man schickt sie nicht los, um kaltblütige Frauenmörder zu fangen.“

Alle Männer im Raum protestierten und äußerten Mutmaßungen über die fragwürdige Abstammung des Sheriffs. Noch nicht einmal Will konnte sich länger zurückhalten.

Ungeachtet der Stimmung im Raum, fuhr der Sheriff mit einem gemeinen Grinsen fort: „Aber die Entscheidung ist gefallen, und wir werden alle mit ihr leben müssen. Ich bin sicher, dass diese kleine Lady ... verdammt, ich habe mich schon wieder versprochen. Was ich eigentlich sagen wollte, ist, dass ich sicher bin, dass Detective O'Toole sich Mühe geben wird, den Mörder zu finden. Und wenn sie Hilfe braucht, kann sie sich auf mich verlassen. Ich werde ihr jederzeit zur Seite stehen."

„Du Arschgesicht!", rief Brian dem Fernseher zu. „Du willst ihr helfen, den Mörder zu finden? Du könntest noch nicht einmal mit beiden Händen deinen Allerwertesten finden."

„Genau. Mein Freund, der im Büro vom Sheriff arbeitet, sagt, dass Crawford wirklich ein totaler Widerling ist und von Polizeiarbeit keine Ahnung hat", fügte Aiden hinzu. „Er stolziert auf der Wache herum und besteht darauf, jede Untersuchung selbst durchzuführen. Jede Aktion, die die Deputys durchführen wollen, muss erst von ihm abgezeichnet werden. Dan sagt, dass der Typ keine Ahnung hat von dem, was er da tut. Seitdem er Sheriff Henman abgelöst hat, ist die Aufklärungsrate ihrer Fälle in den Keller gegangen."

Will sah Casey ernst an. „Sei mit diesem Kerl vorsichtig, Stretch. Es ist offensichtlich, dass er dich bloßstellen will." Er nickte in Richtung Fernseher, dessen Ton jetzt abgestellt war. „Er versucht jetzt schon, dich so darzustellen, als wärst du ein kleines Mäuschen, das kein Hirn hat."

„Ich weiß. Keine Sorge, ich passe schon auf." Casey stand auf, streckte die Arme über den Kopf und rekelte sich. „Aber heute Abend gehe ich erst einmal nach Hause und ruhe mich aus."

„Aber, Liebes, es ist doch noch so früh." Caseys Mutter protestierte. „Willst du nicht noch ein wenig hierbleiben?"

„Tut mir leid, Mom, aber morgen wird bestimmt wieder ein stressiger Tag. Und außerdem bin ich kaputt."

„Ich schaffe auch mal meine müden Knochen zu Bett." Granda Seamus rappelte sich langsam von seinem bequemen Sessel auf, indem er sich mit seinem Krückstock abstützte. Will ging ihm helfend zur Hand. Er zwinkerte Casey aufmunternd zu und flüsterte: „Lass dich von dem alten Sack nicht unterkriegen, mein Schätzchen."

„Keine Sorge, Granda, mach ich schon nicht." Sie küsste seine faltige Wange, während er ihre tätschelte. Seine Augen leuchteten vor Zuneigung.

Sofort brachen auch die anderen auf. Als sich Casey von ihren Eltern und ihren Schwiegereltern mit Umarmungen und Küsschen verabschiedet hatte, waren auch Brian und die Zwillinge aus der Tür.

Will legte seinen Arm um ihre Schulter. „Komm, Stretch, ich bringe dich noch zum Auto."

Obwohl es Juni war, war es kalt, denn sobald die Sonne hinter den Bergen verschwand, sank auch die Temperatur. Die beiden betraten die vordere Veranda und blickten auf die lange Auffahrt, auf der die Rücklichter der anderen Wagen verschwanden. Sie fuhren durch den Wald in Richtung Highway, der knapp 800 Meter entfernt war.

Weder Casey noch ihr Bruder sprachen, als sie die Auffahrt entlanggingen. Aber auch als sie schon an ihrem Wagen angekommen waren, schien Will sich nicht sofort von seiner Schwester trennen zu wollen.

Casey sah, dass ihn etwas beschäftigte, etwas anderes als die Serienmorde oder Sheriff Crawford und seine Tricks. Sie wusste auch, dass es sinnlos wäre, ihn danach zu fragen. Will würde es ihr schon erzählen, sobald er den Zeitpunkt für gekommen hielt.

Er lehnte sich an den vorderen Kotflügel und verschränkte die Arme vor der Brust. Im schwachen Licht, das von der Veranda herüberschien, konnte Casey kaum sein Gesicht sehen, aber sie ahnte, dass er sie besorgt ansah.

„Es war mein Ernst, was ich über Sheriff Crawford gesagt habe, Stretch. Pass auf dich auf! Er ist ein abscheulicher Bastard, und es ist ihm egal, wessen Karriere er zerstört, solange er dabei als Held dasteht. Fälle, die so viel Wind aufwirbeln, kommen hier in der Gegend selten vor, das ist Crawford klar.

Er hat sich seinen Posten im letzten Herbst erschlichen, und er weiß, was die Leute über ihn denken. Wenn er es schafft, den Ruhm für die Festnahme dieses Mörders einzuheimsen, dann gewinnt er die nächste Wahl mit Leichtigkeit. Und das weiß er."

„Ich weiß. Mach dir keine Sorgen. Ich werde schon aufpassen." Sie lehnte sich ebenfalls gegen den Wagen, und als Will wieder seinen Arm um ihre Schulter legte, lehnte sie sich gegen ihn, um seine Wärme zu spüren. Obwohl Will der älteste der Collins-Geschwister war und sie die jüngste, fühlte sie sich mit ihm immer am stärksten verbunden. Vielleicht lag es daran, dass er von den vier Jungs der ernsteste war.

Sie und Will waren in der Schule am fleißigsten gewesen. Sie waren besonnen, intuitiv und analytisch. Und im Vergleich zu den anderen wahrscheinlich langweilig wie Toastbrot. Aber sie verstanden einander und waren auf eine Weise verbunden, die sie mit den anderen nicht teilten, auch wenn sich alle Geschwister untereinander gern hatten.

Casey atmete tief die kühle Luft ein und ließ sie ganz langsam wieder aus ihren Lungen heraus, während sie den sternenklaren Himmel betrachtete. Der gestrige Vollmond hatte kaum angefangen wieder abzunehmen. Die strahlende Kugel sah zum Greifen nah aus. Casey fühlte sich friedlich und zufrieden. „Gott, wie schön es hier ist", murmelte sie.

„Mm. Du würdest aber nicht wieder zurückkommen."

Sie zuckte mit den Schultern und sah ihn an. „Ich *kann* nicht zurückkommen. Überall, wohin ich sehe, sehe ich Tim. Das tut zu sehr weh. Trotzdem … ich kann auch nicht *nicht* herkommen. Ich *will* immer wieder herkommen. Das ist mein Zuhause. Ich schöpfe Kraft, wenn ich hier bin. Wenn ich meine Familie sehe."

„Ja, so geht es uns allen", stimmte Will zu und drückte sie fester an sich. „Dieser Ort ist der Fels in der Brandung, die

Basis für uns alle. Hier sind wir aufgewachsen, und hier waren wir immer sicher und wurden geliebt. Niemals waren wir hier allein. Es ist gut, sich ab und an wieder daran zu erinnern, wenn man herkommt. Darum kommen wir alle wieder her – und damit wir uns sehen können.“

Das stimmte. Wann immer ein Mitglied des Collins-Clans Sorgen hatte oder wenn es etwas zu feiern gab, kam die Familie zusammen – sei es aus Verzweiflung oder Freude. Auch ohne dass jemand ein Treffen einberufen hatte, waren sie auch heute zusammengekommen. Und immer wieder war das Haus im Wald der Treffpunkt für alle.

Joe und Francis O'Toole kamen aus dem Haus und gingen hinüber zu ihrem Haus; es lag auf dem Nachbargrundstück. Sie winkten und wünschten Casey und Will eine gute Nacht. Das Licht ihrer Taschenlampen hüpfte auf und ab, als die beiden Arm in Arm ihren Weg entlangliefen. Casey und Will winkten zurück.

Die Haustür ging wieder auf, und Dennis kam mit Mary Kate im Arm heraus. „Nacht!“, rief ihnen ihre Cousine über die Schulter ihres Mannes zu.

„Ruf mich morgen an, Casey, okay?“, bat Mary Kate sie.

„Mach ich. Gute Nacht!“

Patrick Collins ging hinter dem Paar her und schleppte den kleinen Roger, der in seinen Armen tief schlafend wie ein Sack lag.

„Nacht, alle miteinander. Wir sehen uns morgen, Tiger“, rief Dennis, sobald seine Familie sicher im Wagen saß. Casey und Will sahen ihm zu, wie er das Auto um das Haus und über den schmalen Kiesweg zur Hütte lenkte. Hinter den Bäumen am Ende des Grundstücks war sie kaum zu sehen.

Irgendwann war das Taschenlampenlicht der O'Tooles verschwunden und das Geräusch von Dennis' Reifen auf dem Kies nicht mehr zu hören. Nachdem er seinem ältesten Sohn und seiner Tochter einen letzten Nachtgruß zugewunken hatte, ging auch Patrick Collins ins Haus. Stille senkte sich herab.

„Du warst erst ein Baby, als wir hierhergezogen sind", erinnerte sich Will, als hätte er die Außenwelt gar nicht wahrgenommen. „Deshalb wirst du dich nicht mehr daran erinnern, als Dad und Joe die beiden Häuser für die Familien gebaut haben. Mom und Francis haben meistens hier auf der Lichtung mit einem Campingkocher Mittag gekocht, sodass die Männer arbeiten konnten, bis die Dunkelheit hereinbrach. Sobald es Elektrizität gab, haben Dad und Joe Strahler aufgestellt und bis in die Nacht hinein gearbeitet. Wir Kinder haben in Schlafsäcken auf der Ladefläche des Pritschenwagens geschlafen. Manchmal sprangen Dads Kumpels vom Revier ein, aber er und Joe haben die meiste Arbeit alleine erledigt. Sie haben insgesamt fünf Jahre gebraucht, um beide Häuser fertigzustellen, aber sie haben es geschafft", sagte er stolz.

„Hm." Casey und Will sahen zum Haus hinüber, das still und verwinkelt im Dunklen lag. Es lag ruhig zwischen den Bäumen da. Casey hatte diese Geschichte schon so häufig gehört, aber sie langweilte sie nie.

Von fern hörte man einen Kojoten bellen. Ein anderer antwortete ihm auf der anderen Seite des Tales. Nahebei hörte man ein Tier durch das Unterholz kriechen. Wahrscheinlich Damwild, dachte Casey. Oder ein Bär.

Sie sah hinüber zu der schwarzen Silhouette der Bäume, die die beiden Grundstücke der Collins und der O'Tooles voneinander trennten. Sie versuchte, den Punkt zu erkennen, an dem ihre Schwiegereltern im Dunklen verschwunden waren, die Schneise im Wald, die die beiden Häuser miteinander verband. Es standen einige Bäume zwischen den beiden Häusern, die nur wenige Hundert Meter voneinander entfernt waren – nah genug, dass die beiden ehemaligen Kollegen und ihre Ehefrauen sich bequem besuchen konnten.

Als Kinder waren die fünf Collins-Sprösslinge und Tim, der einzige Sohn der O'Tooles, und später Mary Kate, so oft zwischen den Häusern hin- und hergerannt, dass ein kleiner Trampelpfad, der durch den Wald führte, entstanden war.

„Als Dad und Joe ihr Geld zusammenwarfen und einen Kredit bei der Bank aufnahmen, um das Grundstück hier zu kaufen, das damals nur aus Wald und Gebüsch bestand, dachten viele Leute, sie seien verrückt geworden", erinnerte sich Will weiter. „Aber nun können sie über diese Leute lachen. Heutzutage, da Mears weiter expandiert, gehört dieser Fleck hier zu den besten Lagen. Es vergeht kaum eine Woche ohne Angebot von einem Immobilienmakler, der das Land kaufen will. Sie könnten ein Vermögen verdienen."

Kein Wunder, dachte Casey. Es war ein wunderbares Grundstück.

„Mom und Dad werden nie verkaufen", war sich Casey sicher. „Und auch Joe und Francis werden sich nicht von ihrem Haus und dem Land trennen."

Patrick Collins und Joe O'Toole waren seit Kindertagen beste Freunde gewesen. Als Patrick zur Polizei in Mears ging, war Joe ihm gefolgt. Die meiste Zeit ihrer Laufbahn waren sie Partner gewesen.

Nun waren die beiden Männer im Ruhestand und freuten sich ihres Lebens. Sie hatten zusammen dafür geschuftet, die Häuser zu bauen. Sie hatten ihre Kinder gemeinsam großgezogen und zugesehen, wie sie allmählich erwachsen wurden und das Haus verließen. In Tims Fall mussten sie mit ansehen, wie er starb. So würden sie gemeinsam ihr Leben verbringen, bis sie selbst starben.

„Da hast du recht", stimmte Will zu. „Das ist hier schon der richtige Ort für sie. Natürlich ist jetzt das Haus zu groß für Mom und Dad und Granda, aber sie warten ja nur darauf, dass wir ihnen Enkel liefern, damit sie babysitten können."

„Solange keiner von uns verheiratet ist, wird das wohl nicht so schnell passieren. Mary Kates Kinder nehmen uns diesen Druck ein wenig. Gott sei Dank."

„Das erinnert mich daran, dass ich mit dir noch etwas besprechen wollte."

Aha, jetzt kommen wir der Sache schon näher, dachte Casey. Sie wusste doch, dass Will etwas mit sich herumtrug. „Worum geht's?"

„Wann fängst du wieder an zu leben?"

„Pardon? Worüber redest du?"

„Ich mache mir Sorgen um dich, Stretch. Alles was du tust, ist arbeiten oder die Familie besuchen, um anschließend wieder in dein verlassenes Stadthaus zurückzukehren. Ich weiß, wie sehr du Tim geliebt hast. Aber Schwesterchen – er ist seit mehr als einem Jahr tot. Es ist an der Zeit, dass du dein Leben wieder lebst. Geh raus. Verabrede dich wieder."

„Wieder?" Casey lachte bitter auf. „Wann habe ich mich jemals verabredet?"

Tim und sie waren sich sicher gewesen, dass sie einander einmal heiraten würden, schon seit ihrem vierzehnten Lebensjahr. Sie konnte sich nicht daran erinnern, Tim jemals gefragt zu haben, ob er mit ihr ausgehen würde. Es war beiden einfach immer klar gewesen, dass sie ihre Freizeit miteinander verbringen würden. Häufig wurden sie allerdings von einem oder mehreren von Caseys Brüdern begleitet.

„Du weißt schon, was ich meine."

„Trotzdem liegt es in der Natur einer Verabredung, dass jemand dich fragt, ob du mit ihm ausgehst. Das ist nie passiert."

„Das liegt nur daran, dass du etwas ausstrahlst, was die Männer abschreckt. In der letzten Zeit haben mich einige Jungs auf der Wache gefragt, wie es dir ginge. Und ich könnte wetten, dass sie mit dir ausgehen würden. Sie warten nur darauf, dass du ihnen ein Zeichen gibst, dass du wieder frei bist."

„Ja, klar. Und woher soll ich wissen, wie das geht?" Sie schüttelte den Kopf. „Um ehrlich zu sein, ich habe noch nicht darüber nachgedacht. Und außerdem bin ich gerade zu beschäftigt, um mich um mein Privatleben zu kümmern."

Vor allem war sie nicht daran interessiert. Kummer hatte eine gewisse betäubende Wirkung auf einen Menschen. Sie war seit Tims Tod jeglicher emotionaler oder romantischer Regung gegenüber taub gewesen.

Nun ja ... sie hatte etwas gespürt, als sie zuvor Dr. Adams in seiner Praxis getroffen hatte – ein kurzer Moment knisternder Lust. Aber hey! Wenn ein Mann so gut aussah und so sexy war, dann musste eine Frau schon blind oder tot sein, um nicht auf ihn zu reagieren.

Außerdem kam er nicht infrage. Das war so, als würde man für einen Filmstar schwärmen. Als würde man seine Hormone Amok laufen lassen und sich ein oder zwei harmlosen Fantasien hingeben, weil man genau wusste, dass ja nie etwas daraus werden würde.

Dr. Mark Adams gehörte in diese Kategorie. Es gab keine Chance, dass ein Mann wie er sich jemals für sie interessieren würde.

„Dann nimm dir Zeit", setzte Will nach. „Es ist nicht gesund, sich so sehr in die Arbeit zu verkriechen. Jeder braucht ein wenig Privatleben."

„Ach wirklich?", funkelte sie ihn an. „Verabredest du dich denn mit jemandem?"

„Netter Versuch, Stretch, aber wir reden hier über dich, nicht über mich."

Stimmt, dachte Casey. Niemand wagte es jemals, Will nach seinem Privatleben zu fragen. Und schon gar nicht direkt. Jeder arme Irre, der das versuchte, wurde mit einer äußerst knappen Antwort, die von einem Blick begleitet wurde, der selbst dem Teufel Angst einjagen würde, zum Schweigen gebracht.

Seitdem Will vor zehn Jahren von seiner Highschoolliebe Constance Nelson praktisch vor dem Altar stehen gelassen worden war, vermied er jegliche ernste Beziehung.

Casey hatte die meiste Zeit ihres Lebens in einer sicheren Beziehung gelebt, aber sie hatte keine Zweifel daran, dass ihr ältester Bruder nicht wie ein Mönch lebte. Jedoch verabredete er sich mit Frauen, von denen er sicher war, dass sie nicht mehr wollten als er auch: Spaß und Sex. Punkt. Er hätte diese Frauen niemals seinen Eltern vorgestellt.

„Und ich wünsche dir mehr als das einsame Leben, das du jetzt führst", fuhr Will fort. „Du hast etwas Besseres verdient." Er löste sich vom Auto und öffnete ihr die Tür. Als sie sich hinter das Steuer setzte, beugte er sich zu ihr hinab und kniff ihr in ihre kleine gerade Nase. „Versprich mir nur, dass du über das nachdenken wirst, was ich gerade gesagt habe, okay?"

Casey seufzte. „Okay, okay. Ich werde darüber nachdenken. Bist du jetzt glücklich?"

Mark Adams legte das Ärzteblatt zur Seite, in dem er gelesen hatte, und machte den Fernseher an, um die Zehn-Uhr-Nachrichten zu sehen. Wie erwartet war der Mord an Becky die erste und wichtigste Nachricht an diesem Abend. Die junge Frau, die über den Mordfall berichtete, hatte kaum zu sprechen begonnen, als es an der Tür läutete.

Während er noch den Nachrichten zuhörte, sah er durch den Spion und öffnete die Tür. „Hey Matt! Ich hatte dich noch nicht so früh erwartet."

„Es ging schneller, als ich dachte, und ich konnte einen Flug früher nehmen. Wo ist Jennifer?"

Marks Zwillingsbruder betrat die Wohnung, stellte seinen Koffer in der Eingangshalle ab und ging ins Wohnzimmer. Weil er es eilig hatte, Jennifer zu sehen, war er offensichtlich noch nicht in seiner Wohnung gewesen, die sich nebenan befand.

Mark ging ihm lächelnd hinterher. Matts Liebe zu seiner Tochter schaffte es immer wieder, dass es Mark warm ums Herz wurde – und er ein wenig Eifersucht verspürte.

„Jen ist in ihrem Zimmer und guckt einen Film."

Aufgrund seines Import- und Exportgeschäftes war Matt viel auf Reisen. Wenn er unterwegs war, dann passte Mark auf seine Nichte auf. Daher hatte das Mädchen sowohl in der Wohnung ihres Vaters als auch in der ihres Onkels ein eigenes Zimmer. Mrs. Otis, die Haushälterin, die bei Matt lebte, passte auf Jennifer auf, wenn Mark spätabends einen Notruf bekam, aber das passierte Gott sei Dank nicht allzu oft. Sowohl er als auch Matt legten Wert darauf, dass Jennifer so viel wie möglich mit der Familie zusammen war.

„Ich sag ihr kurz Bescheid, dass ich wieder hier bin!", sagte Matt und ging den Flur hinunter.

„Daddy!", schallte es einen kurzen Moment später aus ihrem Zimmer und ließ Mark erneut lächeln.

Er ging zur Bar und schenkte zwei Gläser Wein ein. Als Matt ins Wohnzimmer zurückkam, reichte er ihm ein Glas.

„Danke. Jennifer kommt gleich herüber. Der Film, den sie sich ansieht, ist fast zu Ende."

„Wie war's in Belgien?", fragte Mark, während er zurück zu seinem Lehnstuhl ging.

„Hektisch." Matt nahm einen Schluck Wein und setzte sich auf das Sofa. Wie Mark wandte er sich zum Fernsehmonitor. „Da geht es wohl um die Frau, die heute Morgen ermordet worden ist? Ich habe es im Radio auf dem Weg vom Flughafen hierher gehört. Das ist die Dritte in weniger als zwei Monaten. Das ist kein Spiel mehr."

„Hm."

Im Fernsehen begann die Pressekonferenz, und beide Männer hörten wortlos zu, wie der Bürgermeister die Bildung eines Sondereinsatzkommandos ankündigte.

Mark starrte auf die Mattscheibe, aber es war nicht der Bürgermeister, der seine Aufmerksamkeit beanspruchte. Sein Blick war auf Detective Casey O'Toole geheftet, die ein wenig links im Hintergrund stand.

„Sie beauftragen eine *Frau* damit, diese Untersuchung zu leiten?"

Mark sah seinen Bruder kurz an. „Vorsicht! Zeig es nicht so deutlich, dass du ein Chauvinist bist."

„Nein, darum geht es nicht. Ich bin nur überrascht, das ist alles. Diese Morde waren grauenvoll. Ich habe angenommen, dass sie mit der Lösung des Falls jemanden betrauen, der erfahren ist und ein dickes Fell hat. Sieh sie dir doch an! Mit diesen riesigen blauen Augen und dem roten Haar sieht sie aus wie neunzehn. So stelle ich mir einen hartgesottenen altgedienten Polizisten nicht gerade vor."

„Unterschätz sie nicht! Detective O'Toole ist intelligent und zielstrebig, und wahrscheinlich hat sie eine ziemlich gute Intuition. Wenn du mich fragst, ist sie die Beste für diesen Job."

„Du kennst sie?"

„Ich habe sie kennengelernt. Heute, wenn du es genau wissen willst."

„Hm." Matt sah sich Casey genauer an. „Sie macht nicht viel aus sich, aber wenn man sie sich anschaut, ist sie eigentlich ziemlich hübsch."

„Ja, das ist mir aufgefallen", antwortete Mark leise, ohne vom Fernseher aufzusehen.

Matt nahm einen Schluck Wein, um sein Lächeln zu unterdrücken, und sah dann kurz zu seinem Bruder hinüber. „Wirst du dich mit ihr verabreden?"

„Ich glaube nicht. Jedenfalls ... noch nicht. Es ist nicht die rechte Zeit."

„Warum nicht?"

„Weil ich im Moment der Hauptverdächtige bin."

„Was?“ Sein Zwilling fing an zu lachen. „Ist das dein Ernst?“

„Die Frau, die heute Morgen umgebracht wurde, ist eine Patientin von mir. Offensichtlich war ich einer der Letzten, die sie lebend gesehen hat.“

„Ist das tatsächlich dein Ernst? Glaubt Detective O'Toole wirklich, dass du diese Frauen umgebracht hast?“

„Sieht so aus.“

Matt betrachtete seinen Bruder eingehend. „Hast du sie umgebracht?“

Mark nahm seinen Blick vom Fernseher, drehte sich zu seinem Zwilling um und starrte ihm in die Augen.

Ungläubig las Casey die erste Seite der Akte. „Das zweite Opfer ist immer noch nicht identifiziert?“ Sie sah den Assistenten von Sheriff Crawford, der ihr das Dossier ausgehändigt hatte, scharf an. „Warum haben wir noch keine Daten von der Frau? Sie wurde schon vor einem Monat getötet.“

Deputy Lewis Manning zuckte mit den Schultern. „Es ist nichts dabei rausgekommen, als wir die Vermisstenanzeigen der umliegenden Countys überprüft haben. Ihre Beschreibung passt auf keine der vermissten Personen. Wir haben ihr außerdem die Fingerabdrücke abgenommen und sie landesweit durch alle vorhandenen Dateien geschickt, es war kein Treffer dabei.“

Neben Casey, Dennis und Lewis saßen Travis Kemp, der andere Assistent des Sheriffs, sowie die State Troopers Hugh Longmont und Hector Comal am langen Konferenztisch.

„Ist das alles?“

„Was hätten wir Ihrer Meinung nach denn tun sollen? Mit einem Foto von Tür zu Tür gehen? Hier leben mehr als hunderttausend Menschen. Wir haben nicht so viele Leute, um solche Aktionen durchzuführen. Sie hatte nun mal keine Papiere dabei, wie das erste Opfer auch.“

Casey schlug die Akte des ersten Mordes auf und überflog die erste Seite. „Hier steht, dass ihr Name Selma Hettinger ist. Woher wissen Sie das?“

„Einer unserer Deputys hat sie erkannt. Außerdem hatten wir einen Treffer bei der Überprüfung der Fingerabdrücke. Sie war einige Male im Knast.“

„Weswegen?“, fragte Casey zähneknirschend. Wenn sie jedes bisschen Information aus diesem Typen herauspressen musste, war er keine große Hilfe. Wahrscheinlich war das genau der Plan des Sheriffs.

Wieder zuckte der Assistent mit den Schultern. „Das Übliche halt – Betrug, Erregung öffentlichen Ärgernisses. Sie hing herum. Wenn sie keinen Freund hatte, der sie aushielt, arbeitete sie in einer der Kaschemmen in der Innenstadt als Thekenkraft. Ab und an spazierte sie auch zur Congress Avenue."

„Der Sheriff nimmt also an, dass die zweite Frau auch eine Prostituierte war? Die erste war eine, also musste die zweite auch eine sein?"

„Hey, das ist logisch. Serientäter suchen sich normalerweise immer dieselbe Sorte Opfer aus. Sieh dir doch nur mal Ted Bundy an. Wenn du die Bilder seiner Opfer nebeneinander hängst, sehen sie aus wie Schwestern."

Das stimmte, wie Casey und alle anderen Beamten in den USA wussten. Dennoch – Casey spürte intuitiv, dass die Verbindung der Opfer nicht darin bestand, dass sie anschaffen gingen.

Zunächst einmal stammte Becky Belcamp aus einer stabilen bürgerlichen Familie. Sie hatte hart gearbeitet. Und außerdem wies die fehlende Übereinstimmung der Fingerabdrücke darauf hin, dass die zweite Frau niemals festgenommen wurde. Sie wirkte wie zwischen fünfunddreißig und vierzig Jahre alt. Die Chance, dass eine Prostituierte so alt werden würde, ohne jemals festgenommen worden zu sein, ging gegen null.

Casey blätterte die Akten weiter durch. „Ich sehe hier nirgendwo eine Notiz, dass die Kleidung des Opfers forensisch untersucht wurde."

„Warum auch? Außer ihrem Blut gab es keine Spuren."

„Vielleicht war da nichts, was mit bloßen Augen erkennbar war, aber was ist mit Fasern, Samen und so weiter? Ich möchte, dass jedes einzelne Kleidungsstück der beiden ersten Opfer markiert und zur forensischen Untersuchung ins Labor geschickt wird."

„Ich kümmere mich darum", bot Hector an.

„Gut. Und besorgt euch von der Zulassungsstelle eine Liste, auf der alle weißen, beigefarbenen, silbernen und grauen Lieferwagen verzeichnet sind. Teilt sie unter euch vieren auf. Findet heraus, wer die Wagen fährt und was die Leute zum Zeitpunkt des Mordes gemacht haben."

„Oh nein", stöhnte Lewis. „Es gibt mindestens tausend solcher Wagen. Ich hasse diese Fisselarbeit."

„Der Großteil der Arbeit eines Kommissars ist Fisselarbeit, Deputy. Also, los jetzt. Ihr vier könnt hier im Konferenzraum arbeiten. Während Sie herumtelefonieren, sehe ich mir noch einmal diese Akten an. Vielleicht wurde irgendetwas übersehen."

„Ich muss mich erst noch vorher mit einem Kaffee stärken", sagte Lewis und machte sich auf den Weg in die Teeküche.

„Ja, ich auch", stimmte Hugh zu, und er und Hector folgten ihrem Kollegen, während Travis am Tisch sitzen blieb.

Casey und Dennis fingen an, ihre Unterlagen und die persönlichen Sachen der Opfer zusammenzupacken, die sie aus dem Lager des Sheriffs angefordert hatten.

„Detective, könnte ich Sie einen Moment sprechen?", fragte Travis, als er sicher war, dass die anderen außer Hörweite waren.

„Klar."

Er sah sich um, ob jemand zuhörte. „Ich möchte Sie nur warnen. Achten Sie darauf, was Sie zu Lewis sagen. Er gehört zu den alten Kumpels des Sheriffs, die er mitgebracht hat, nachdem er gewählt worden war. Ich bin mir nicht sicher, ob er jemals zuvor bei der Polizei gearbeitet hat."

„Verstehe. Seit wann sind Sie in der Abteilung des Sheriffs, Travis?"

„Seit elf Jahren. Wie die meisten hier, halte ich nicht viel vom neuen Chef, aber ich habe zu viele Jahre in diesen Job investiert, als dass ich einfach alles hinschmeißen und woanders neu anfangen könnte. Sie sollten wissen, dass der Sheriff Lewis und mir aufgetragen hat, ihn zu informieren, sowie wir etwas gefunden haben – und Sie darüber im Dunkeln zu lassen. Ich werde das nicht tun. Ich werde nicht für ihn spionieren oder diese Untersuchung unterwandern. Darauf haben Sie mein Wort. Allerdings … Lewis wird tun, was der Sheriff von ihm verlangt."

„Danke, Deputy. Ich weiß Ihre Offenheit zu schätzen. Ich werde darauf achten, was ich in der Gegenwart von Deputy Manning äußere." Und auch in deiner, setzte Casey für sich hinzu.

„Das ist sicherlich eine gute Idee." Travis nickte, lächelte sie düster an und verließ den Raum, wahrscheinlich um Kaffee zu holen wie die anderen.

„Was hältst du davon?", fragte Dennis. „Glaubst du ihm?"

„Wegen Lewis? Oh ja. Die Frage ist nur, ob Travis seine Loyalität heuchelt oder nicht."

„Glaubst du, er führt uns hinters Licht?"

„Wer weiß? Vielleicht sagt er ja die Wahrheit. Aber auf der anderen Seite ist der Sheriff nicht blöd. Er muss doch wissen, dass ich weder ihm noch seinen Männern vertraue. Travis' Hilfsbereitschaft und seine angebliche Abneigung gegen den Sheriff könnte auch ein cleverer Schachzug sein."

„Also, was wirst du jetzt machen?"

„Vorsichtig sein. Wir passen auf, was wir in seiner Gegenwart sagen und geben nur das heraus, was der Sheriff unbedingt wissen muss."

„Bingo. Wir lassen beide so weit wie möglich im Dunkeln."

Sie schafften die Schachteln und Akten ins Großraumbüro und stellten sie auf ihre Tische. Casey holte Kaffee für sich und ihren Partner, setzte sich an ihren Platz und nahm die Unterlagen zur Hand.

„Bevor ich damit anfange, kontrolliere ich lieber noch einmal Dr. Adams' Alibi", kündigte Dennis an und griff nach dem Hörer.

Eine halbe Stunde später legte er seufzend wieder auf. Man hatte ihn von einer Person zur anderen durchgestellt und wiederholt in die Warteschleife gelegt. „Es sieht so aus, als hätte Dr. Adams die Wahrheit gesagt. Das St. Mary's Hospital hat bestätigt, dass er gestern von sechzehn Uhr dreißig bis nach einundzwanzig Uhr eine Operation durchgeführt hat. Er kann Becky nicht umgebracht haben."

„Das überrascht mich nicht. Es wäre zu einfach gewesen." Casey starrte auf einige der Tatortfotos des zweiten Mordes. Immer wieder sortierte sie sie von vorn nach hinten, ihren Mund zum Schmollen verzogen. „Irgendetwas stimmt hier nicht. Diese Frau ist keine Prostituierte", dachte sie laut nach.

Dennis sah von seinem Schreibtisch auf und schaute auf die Fotos. „Wie kommst du darauf?"

„Sie ist zu gut angezogen."

„Ich hasse es, deine Seifenblase platzen zu lassen, Tiger, aber da draußen gibt es einige Callgirls mit Niveau."

„Ich weiß, aber auch die Niveauvollste trägt nicht solche Schuhe. Das sind Umbragos." Casey tippte auf ein Foto, auf dem ein Fuß des Opfers zu sehen war. „Guck mal hier. Ich habe genau dieselben Schuhe in einem Hochglanzmagazin letzten Monat gesehen. Leider kann ich mir so etwas nicht leisten. Ein paar Schuhe von dieser Marke kosten zwischen achthundert und zweitausend Dollar."

„Für ein Paar Schuhe?!", rief Dennis aus.

Casey nahm den Telefonhörer in die Hand.

„Wen rufst du an?"

„Deine Frau. Wenn sich jemand damit auskennt, dann sie."

Mary Kate ging bereits beim ersten Klingeln ans Telefon, und Casey musste lächeln. Ihre Cousine war so verzweifelt gelangweilt, dass sie sich durch jede Kleinigkeit ablenken ließ. Ihr

Mobiltelefon lag auf einem Tischchen direkt neben dem Sofa. Außerdem befanden sich dort weitere unverzichtbare Gegenstände wie die Fernbedienung, ein Schminktäschchen, ein Necessaire, ein Handspiegel und eine große Tüte mit Lakritztoffees, auf die sie ununterbrochen Appetit hatte.

„Hallo?"

„Mary Kate. Gut. Ich bin froh, dass du zu Hause bist."

„Sehr witzig, Casey."

„Tut mir leid, ich konnte nicht anders. Hör mal, Sweetie, ich brauche deine Hilfe."

„Wobei?"

„Bei einem Fall."

Bevor ihre Cousine auch nur ein Wort sagen konnte, spürte Casey, dass Mary Kate aufhorchte. „Du brauchst *meine* Hilfe? Bei einem Mordfall? Oh, das ist aufregend. Was kann ich tun?"

„Das ist ein wenig abwegig, aber ich muss die Spur verfolgen. Ich habe hier ein Opfer, das Umbragos trägt. Ich hoffe, dass sie sie hier irgendwo gekauft hat. Kennst du einen Laden in Mears, der die hat?"

„Da gibt es nur zwei Schuhgeschäfte", schoss die Antwort aus Mary Kate heraus. „Vanders verkauft nur Prêt-à-porter, und was die Maßgeschneiderten anlangt – weißt du, wenn sie einen Abdruck von deinen Füßen machen und dann in Italien extra den Leisten für dich anfertigen –, die musst du bei Panache bestellen. Normale Umbragos sind schon teuer, aber um dir die Maßanfertigungen leisten zu können, musst du steinreich sein. Stinkreich!"

„Danke, du hast mir sehr geholfen. Ich melde mich später noch einmal."

Casey legte auf, schob die Fotos zusammen und steckte sie in ihre Blazertasche. „Komm, lass uns gehen."

„Wohin?", fragte Dennis sie im Aufstehen.

„Wir gehen shoppen."

„Wie kann ich Ihnen helfen?“, fragte die Verkäuferin. Ihr Tonfall und ihre hochgezogenen Augenbrauen zeigten deutlich, dass sie sicher war, Casey und Dennis hätten sich im Geschäft geirrt. Sie beäugte Caseys dunkelbraune Hose, ihren Blazer sowie ihr grünes Strickoberteil und Dennis' Anzug von der Stange kritisch.

Panache war das einzige wirkliche Luxusgeschäft in Mears. Sechs oder sieben Jahre zuvor hatte es eröffnet, um die Bedürfnisse der reichen Rentner und Geschäftsleute zu befriedigen. Hier gab es alles, was die Neureichen, die in Mears in den letzten Jahren ihre Zelte aufgeschlagen hatten, brauchten.

Die Inneneinrichtung des Geschäftes war opulent: Marmorsäulen, tiefblauer Teppichboden, Accessoires in den unterschiedlichsten dunklen Blautönen und silberfarbene Details bestimmten das Interieur. Durch die Luft wehte ein exotischer Duft, und aus den Lautsprechern erklang leise Violinmusik.

Casey war nie zuvor hier gewesen; ihr Gehalt erlaubte es ihr höchstens, die Nase gegen die Schaufensterscheibe zu drücken. Dieser Meinung war offensichtlich auch die Verkäuferin.

Angesichts der hochnäsigen Haltung der Dame stellten sich Caseys Nackenhaare auf, aber sie hielt sich zurück. Die Schuhabteilung bei Vanders hatte nichts ergeben. Panache war ihre einzige Hoffnung.

„Das hoffe ich“, gab Casey zurück. Sie zeigte der Frau ihre Dienstmarke und stellte sich und Dennis vor. Sofort verschwand der arrogante Gesichtsausdruck der Frau. Sie war sichtlich geschockt.

Die Verkäuferin presste die Hand gegen ihre Brust. „Oh Gott. Sie sind … Sie sind die Kommissarin, die die Morde an den Frauen untersucht, oder? Sie waren doch gestern Abend in den Nachrichten! Ich … ich kann mir beileibe nicht vorstellen, wie ich Ihnen helfen kann, Detective.“

„Ich möchte, dass Sie sich ein Foto ansehen und mir sagen,

ob diese Frau eine Kundin von Ihnen ist", sagte Casey und zog das Foto aus der Innentasche ihres Blazers.

Sie reichte ihr ein Bild des Opfers. Die Verkäuferin schnappte nach Luft. „Das ist Mrs. St. Martin! Sie ist eine unserer besten Kundinnen! Ich bin zwar die Geschäftsführerin hier, aber Mrs. St. Martin bediene ich immer persönlich. Ist sie ... oh mein Gott! Ist sie eine der Frauen, die umgebracht wurden?"

Casey nahm das Foto wieder an sich. „Haben Sie vielleicht die Adresse von Mrs. St. Martin?"

Die Frau rang die Hände. Sie konnte den Blick nicht von dem Foto lösen, bis das Stück Papier wieder in der Tasche von Casey verschwunden war.

„Oh ... ja. Ja, die haben wir. Ich ... ich hole sie Ihnen."

Die Adresse gehörte zu den nobelsten in Mears. Mountain Laurel war ein exklusives Viertel, dessen riesige Villen von einem privaten Wachdienst bewacht wurden.

Um überhaupt auf das Anwesen zu gelangen, musste man ein bewachtes Tor passieren. Die Wache wollte Casey und Dennis zunächst nicht hereinlassen, auch nicht, nachdem die beiden ihre Dienstmarken gezeigt hatten.

Genervt griff Casey nach dem Türöffner, aber Dennis war schneller.

„Lass nur, Tiger, ich mach das schon."

Er stieg aus dem Auto, stellte sich aufrecht hin und drückte seine Schultern durch. Die Wache schaute ihn erst autoritär, dann erschrocken, dann geschockt an.

Dennis neigte sich zu ihm hinunter und raunte: „Hören Sie, Sie Wichtigtuer. Sie haben fünf Sekunden, um dieses Tor zu öffnen. Sonst lasse ich Sie verhaften, weil Sie die Arbeit der Polizei behindern. Verstanden?"

„Ja, Sir."

„Gut. Ich bin froh, dass wir uns einigen konnten.“ Er stieg ins Auto und legte den ersten Gang ein.

„Gut gemacht, Hulk“, neckte Casey ihren Partner, als er den Zivilwagen durch die bewaldete Gegend lenkte.

„Danke. Ab und zu macht es den Job einfach leichter, dass ich wie ein Tanker gebaut bin. Ich muss in den seltensten Fällen wirklich handgreiflich werden, um jemanden zu Tode zu erschrecken. Du hingegen hättest dem Kerl einen Arschtritt verpassen müssen, um von ihm ernst genommen zu werden.“

„He! Ich kann auch einschüchternd sein!“

„Ja, genau! Mit diesen großen blauen Augen und dem Engelsgesicht? Netter Versuch.“

Casey verzog das Gesicht, verschränkte die Arme und sank tiefer in ihren Sitz. „Ich schaffe das auch so.“

„Das tust du in der Tat.“ Dennis schaute sie kurz von der Seite an. „Komm schon, Tiger, das war doch nicht böse gemeint. Außerdem ist es manchmal auch von Vorteil, dass du aussiehst wie das Mädchen von nebenan. Du kannst die Leute immer überraschen. Die bösen Jungs rechnen nie damit, dass so ein süßes junges Ding ihnen wirklich Ärger machen könnte.“

Casey sah ihn aus dem Augenwinkel an und verkniff sich ein Lächeln. „Stimmt genau. Merk dir das.“

„Oh, mach dir nur keine Sorgen, Tiger. Ich hab's immer im Hinterkopf. Sieh mal, da drüben ist das Haus!“ Dennis bog in eine Auffahrt ein, die von zwei Marmorsäulen eingegrenzt war. Auf einer stand die Hausnummer in dezenten goldenen Ziffern. Das Grundstück war, soweit sie das sehen konnten, während sie hinauffuhren, von einer hohen Hecke umgeben. Offensichtlich hatten die Besitzer das Gefühl, dass die vier Meter hohe Steinmauer, die das gesamte Areal von Mountain Laurel umgab, und die Wache am Tor ausreichten, um sich sicher zu fühlen.

„Schau dir bitte mal das hier an!“, murmelte Dennis, als sie die Stufen zu einem Gebäude hinaufstiegen, das das Aussehen und die Ausmaße eines französischen Königspalastes hatte. Im Hintergrund bildeten schroffe Berge die Kulisse. „Ich wette, ihr Gärtner verdient mehr als wir."

„Wahrscheinlich hast du recht", stimmte Casey zu. Sie betätigte die Klingel, und dann hörten sie eine Melodie, die durch das ganze Haus tönte. Einen Augenblick später öffnete ihnen eine lateinamerikanische Frau in Uniform die Tür.

„Sí?"

„Polizei", sagte Casey und zeigte ihr ihre Dienstmarke. „Wir suchen Mr. St. Martin."

„Der *Señor* iss' nich' zu Hause."

Zumindest wissen wir jetzt, dass es einen Mr. St. Martin gibt, dachte Casey. „Können Sie uns sagen, wo wir ihn finden?"

Die Frau zeigte mit einem Finger in die Luft. *„Un momento."*

Als sie zurückkehrte, gab sie Casey eine Visitenkarte. „Señor St. Martins Büro", sagte sie und tippte auf die Karte.

„Danke. Ist Mrs. St. Martin daheim?"

„Nein. Nein." Die Frau schüttelte ihren Kopf. „Sie verreist."

„Wann ist sie losgefahren?"

Die Frau zuckte mit den Achseln.

„Ich verstehe. Danke für Ihre Hilfe."

„Was sollte *das* denn heißen?", fragte Dennis auf dem Weg zurück zum Auto. „Dass sie die Frage nicht verstanden hat oder dass sie nicht weiß, wann Mrs. St. Martin verreist ist? Und falls das Letztere zutrifft, wie kann das sein?"

„Ich weiß es nicht. Vielleicht kann uns da Mr. St. Martin weiterhelfen. Ich bin mal gespannt, wie ein Mann aussieht, der seine Frau nicht als vermisst meldet, wenn er von ihr seit einem Monat nichts mehr gesehen oder gehört hat."

Die Adresse auf der Visitenkarte führte sie wieder in die Innenstadt. Das Büro von Mr. St. Martin befand sich im Power

Building am Bridger Boulevard, demselben Gebäude, in dem auch Dr. Adams seine Praxisräume hatte. „Schau an, schau an. Ist das nicht interessant?"

„Das könnte ein Zufall sein", mutmaßte Dennis.

„Könnte sein. Wenn ich an Zufälle glauben würde."

Sie stiegen in den Aufzug und fuhren in den dritten Stock. Auf der Tür des Büros stand in goldenen Lettern: *Jason St. Martin, Börsenmakler.* Am Empfang saß eine Frau, die aussah, als sei sie gerade einem Männermagazin entsprungen: blond, vollbusig, hohlköpfig. Passenderweise lackierte sie gerade ihre langen falschen Fingernägel. Ihre Reaktion auf die beiden Dienstmarken, die ihr Casey und Dennis zeigten, bestätigte den ersten Eindruck.

Sie verzog keine Miene, würdigte die Dienstmarken kaum eines Blickes, klapperte zweimal mit ihren Wimpern und drückte dann mit einem resignierten Seufzer den Knopf auf der Gegensprechanlage.

„Ja, Monique?"

„Hier sind zwei Polizisten, die Sie sprechen möchten."

„Polizei? Was wollen sie?"

„Haben sie nicht gesagt. Soll ich sie zu Ihnen hineinschicken?"

„Ja. Ja, natürlich."

Jason St. Martin stand auf und stellte sich ihnen vor, als sie den Raum betraten. Er schüttelte ihnen über den Schreibtisch hinweg die Hand. Er war um die vierzig, recht sportlich und sah auf eine aristokratische Weise gut aus.

„Ich muss zugeben, dass ich ein wenig überrascht bin", sagte er, als sie sich gesetzt hatten. „Ich hatte noch nie Besuch von der Polizei. Wie kann ich Ihnen helfen, Detectives?"

„Wir werden Sie nicht lange aufhalten, Mr. St. Martin. Wir haben nur einige Fragen, was Ihre Frau betrifft."

„Madeline? Steckt sie in Schwierigkeiten?"

„Sir, wir glauben, dass Ihre Frau das Opfer widriger Umstände geworden ist."

Jason St. Martin rutschte auf seinem Sessel vor. „Was … was wollen Sie damit sagen? Heißt das, dass … Madeline tot ist?"

„Wir haben einige Fotos mitgebracht, die wir Ihnen zeigen möchten. Sehen Sie sich diese bitte an und sagen Sie uns, ob Sie die Frau wiedererkennen."

Er sah aus, als müsse er sich gleich übergeben. „Eine … tote Frau? Sie glauben, es ist meine Frau?"

„Ja. Schaffen Sie das?"

„Nur eine Minute." Er schloss die Augen und holte einige Male tief Luft. „Gut. Ich bin so weit."

Casey nahm die Fotos aus der Tasche ihres Blazers und legte sie vor Mr. St. Martin auf den Tisch. Sofort stöhnte er auf. „Oh Gott, nein. Maddy. Oh, meine arme Maddy." Zärtlich berührte er eines der Fotos. „Maddy, was hast du gemacht?"

„Also *ist* es Ihre Frau?"

„Ja. Ja, das ist Madeline. Was ist passiert?"

„Sie ist erschossen worden. Wir glauben, dass sie das Opfer eines Serienmörders geworden ist."

„Oh, mein Gott! Reden Sie etwa von dem Monster, das Frauen wie Wild jagt? Alle sprechen davon, und überall sieht man etwas darüber im Fernsehen."

„Ja, ich fürchte, das trifft zu."

Er schlug die Hände vor sein Gesicht und begann zu schluchzen.

„Oh, meine arme Maddy. Was muss sie durchgemacht haben."

„Mr. St. Martin, Ihre Frau wurde vor mehr als einem Monat getötet. Wir fragen uns, warum Sie keine Vermisstenanzeige aufgegeben haben."

Er nahm seine Hände vom Gesicht. Casey musste ihm eines lassen: Seine Augen waren feucht und rot, Tränen rannen seine Wangen hinunter. „Das kann ich Ihnen erklären. Meine Frau und ich … wir haben eine schwere Zeit hinter uns. Also haben wir uns darauf geeinigt, dass wir … hm, ich nehme an, man würde es Auszeit nennen."

„Eine Auszeit? Wovon?"

Er hob die Hände leicht an. „Eine Auszeit voneinander, von der Ehe. In der Vergangenheit hat das immer funktioniert. Nach einigen Monaten, in denen wir uns nicht gesehen haben, waren wir immer sehr glücklich, wieder zusammen zu sein. Unsere Beziehung hatte frischen Wind bekommen."

„Heißt das, dass Sie sich während Ihrer Beziehungspause mit anderen Frauen oder Männern treffen?", fragte Casey.

„Das heißt, Detective, dass wir für eine bestimmte Zeitspanne tun, was wir wollen, und unseren individuellen Interessen nachgehen. Ob meine Frau sich mit anderen Männern getroffen hat, kann ich Ihnen beim besten Willen nicht sagen. Wir fragen den anderen nicht, was er in der Zwischenzeit gemacht hat. Aber sollte sie sich mit jemandem verabredet haben, garantiere ich Ihnen, dass es von ihrer Seite nichts Ernstes war."

„Und das macht Ihnen nichts aus?", fragte Dennis ungläubig. „Es ist Ihnen egal, dass Ihre Frau in ihren sogenannten Beziehungspausen vielleicht mit anderen Männern schläft?"

Eigentlich waren Polizisten dazu verpflichtet, während eines Verhöres eine neutrale Haltung einzunehmen. Casey war sich sicher, dass Dennis nicht merkte, wie deutlich sein Widerwille gegen eine solche Vereinbarung von seinem Gesicht abzulesen war. Da er ein solider, blauäugiger Ehemann und Familienvater war, fand Dennis die Idee einer offenen Ehe geschmacklos und seltsam. Ihr ging es ähnlich.

„Ich habe immer versucht, nicht daran zu denken, Detective. Ich nehme an, dass Sie wahrscheinlich über unser Arrangement verwundert sind. Ich muss zugeben, dass es unkonventionell ist, aber für uns funktioniert es. Meine Frau ist ... war ein unruhiger Geist. Ich habe das von Anfang an gewusst. Aber wir lieben uns ... wir haben uns immer geliebt. Dieses Mal hatten wir uns darauf geeinigt, drei Monate lang keinen Kontakt zu haben. Deshalb hat es mich nicht gewundert, nichts von Maddy zu hören. Ganz im Gegenteil: Ich wäre überrascht gewesen, wenn sie sich gemeldet hätte."

„Können Sie uns sagen, warum Ihre Haushälterin glaubt, sie sei im Urlaub?"

„Als mich Isabella anrief und fragte, wo Madeline sei, nahm ich an, sie habe ihre Sachen gepackt und sei auf eine ihrer Spritztouren gegangen. Das habe ich ihr dann gesagt."

„Und finden Sie es nicht merkwürdig, dass Ihre Frau auf Reisen geht und Ihrer Haushälterin nichts davon erzählt?"

„Nein, nicht wirklich. Wann immer sie eine ihrer Launen hatte, packte sie ihre Sachen und fuhr weg. Wie ich schon sagte, sie war ein Freigeist. Jemand, der immer genau das machte, worauf er Lust hatte. Sie hatte die Mittel dazu." Er schloss die Augen und schien, gegen den Schmerz anzukämpfen. „Und jetzt hat ihr Abenteuergeist dafür gesorgt, dass jemand sie umgebracht hat. Oh Gott, wie werde ich ohne Maddy weitermachen können?"

Mr. St. Martin vergrub wieder sein Gesicht in den Händen und schluchzte eine Weile vor sich hin. Schließlich zog er ein Taschentuch mit Monogramm aus seiner Anzugjacke, tupfte sich die Tränen vom Gesicht und fuhr fort: „Sie müssen verstehen, dass Maddy es nicht mochte, wenn sie sich gebunden fühlte oder jemandem Rede und Antwort stehen musste. In der Vergangenheit ist sie schon einige Male einfach so weggefahren, ohne mir oder dem Hausmädchen Bescheid zu sagen, wohin sie fährt oder wann sie wiederkommen wird. Das können sie unsere Freunde fragen. Sie werden es bestätigen. So war Maddy eben."

„Ich nehme an, dass Sie während dieser … Pausen nicht in Ihrem Haus in Mountain Laurel wohnen“, sagte Casey.

„Nein. Ich habe noch ein Haus draußen in Black Bear Lake. Eigentlich ist es nur eine Jagdhütte, aber es ist gemütlich. Dort wohne ich zurzeit.“

„Verstehe. Gehen Sie zur Jagd, Mr. St. Martin?“, fragte Casey und bemühte sich, einen neutralen Ton anzuschlagen. Das Einzige, das sie bisher in der Untersuchung mit Sicherheit herausgefunden hatten, war, dass der Täter ein ausgezeichneter Spurenleser und Jäger war.

„Ich gehe zur Jagd, aber ich bin kein ernsthafter Jäger“, erwiderte Mr. St. Martin geistesabwesend. Anscheinend hatte er den Sinn ihrer Frage nicht erfasst. „Aber ich habe schon einiges Rotwild und Elche erlegt.“

„Wir werden eine Wegbeschreibung zu Ihrer Hütte und Ihre Telefonnummer von dort brauchen, sollten Sie dort ein Telefon haben. Nur für den Fall, dass wir Sie noch etwas zu Ihrer Frau fragen müssen.“

Jason St. Martin starrte vor sich hin, seine rot geränderten Augen waren ausdruckslos und gedankenverloren. Es dauerte eine Weile, bis er Caseys Bitte verstanden hatte. „Was? Oh … ja, natürlich. Ich gebe Ihnen auch meine … Handynummer.“ Er notierte die Nummern auf einem Blatt Papier und reichte es Casey über seinen Schreibtisch. „Ich möchte den Menschen, der meine Frau getötet hat, hinter Gittern sehen. Ich werde alles tun, um Ihnen zu helfen. Wenn Sie der Meinung sind, dass es helfen könnte, werde ich eine Belohnung aussetzen.“

„Wir wissen das zu schätzen, Mr. St. Martin, aber warten Sie mit der Belohnung noch. Normalerweise ruft eine Belohnung die Durchgeknallten und Betrüger auf den Plan, und das verursacht mehr Ärger, als dass es der Sache dient.“

„Aber wenn Sie uns wirklich helfen wollen, dann können

Sie uns vielleicht sagen, wo Sie in der Nacht vom 2. auf den 3. Mai waren?“

„Der 2. und der 3. Mai? Aus dem Gedächtnis kann ich es nicht mit Bestimmtheit sagen, aber ich kann in meinem Kalender nachsehen. Warum wollen Sie das wissen?“ Während er mit einem Kugelschreiber auf seinem Palm Pilot herumtippte, starrte er Casey erschrocken an: „Oh mein Gott, ist das der Tag an dem … als Maddy …?“

„Ja“, bestätigte Casey mit möglichst sanfter Stimme.

„Und Sie verdächtigen *mich?* Denken Sie, *ich* hätte meine Frau umgebracht?“

„Zum jetzigen Zeitpunkt müssen wir alle Eventualitäten ausschließen. Wenn Sie unschuldig sind, wollen Sie als leidender Ehegatte doch sicherlich, dass wir allen Hinweisen nachgehen. Alles, was Sie zu tun haben, ist uns zu sagen, wo Sie in den Nächten beziehungsweise in den frühen Morgenstunden des 3. April, des 3. Mai und des 1. Juni waren. Dann können wir Sie als Verdächtigen ausschließen.“

„Ich verstehe“, gab er mit gepresster Stimme zurück. „Ich erinnere mich, dass Madeline und ich am 1. April an einem Wohltätigkeitsball im Country Club teilgenommen haben. Noch zwei Tage später hatte ich einen Kater, und mir ging es nicht gut. Ich erinnere mich, dass ich am 3. April einen Termin mit einem Kunden hatte und dass ich dachte, mir würde gleich die Schädeldecke explodieren.“

„Wann am 3. April haben Sie Ihren Kunden gesprochen?“

„Gegen Mittag. Wir haben gemeinsam im Timberline zu Mittag gegessen.“

„Und wo waren Sie am Abend zuvor?“

„Ich habe geschlafen.“

„Gibt es jemanden, der das bezeugen kann?“

„Meine Frau …“ Er schloss seine Augen. „Nein, vermutlich kann sie es nicht bezeugen.“

„Wie ist es mit der Haushälterin?“

„Sie hat sonntags und montags frei. An diesem Wochenende war sie zu ihrer Schwester nach Grand Junction gefahren.“

„Aha. Und was ist mit den anderen Tagen?“

„Am 30. April haben meine Frau und ich entschieden, dass es Zeit für ein wenig Abstand sei, und ich bin dann in die Jagdhütte gezogen. Ich nehme an, dass ich dort war, weil in meinem Kalender keine Abendtermine eingetragen sind. Ich kann mich nicht mit Sicherheit erinnern, was an diesen Tagen passiert ist. Das ist zu lange her. Aber ich war jeden Abend in der Hütte, seitdem ich aus meinem Haus in Mountain Laurel ausgezogen bin.“

„Gibt es jemanden, der bestätigen kann, dass Sie in Ihrer Hütte waren?“

Mr. St. Martin fuhr sich mit seinen Fingern durchs Haar. Sein Gesicht wirkte blass und eingefallen. In den letzten Minuten schien er um zehn Jahre gealtert zu sein. „Das bezweifele ich. Niemand hat mich dort gesehen. Mein nächster Nachbar ist am Seeufer, und das ist mindestens sechshundert Meter entfernt. Durch den Wald kann man noch nicht einmal sehen, ob dort Licht angeschaltet ist.“

„Also, um es kurz zu machen: Sie haben für keinen der drei Abende, an denen die Morde geschehen sind, ein Alibi.“

„Das nehme ich an. Sehen Sie, Detectives, ich verstehe, dass der Ehemann immer der Erste ist, den Sie verdächtigen, wenn eine Frau umgebracht wird. Aber warum im Himmel sollte ich zwei fremde Frauen umbringen? Das ergibt keinen Sinn.“

„Serienmorde ergeben nie einen Sinn.“

„Kennen Sie jemanden, der Ihrer Frau etwas antun würde, Mr. St. Martin?“, fragte Dennis.

Jason St. Martin seufzte und strich sich mit der Hand über das Gesicht. „Nein, nicht ernsthaft. Maddy ist manchmal sehr harsch mit den Angestellten umgegangen, und sie tendierte dazu, ihre Meinung ein wenig zu deutlich zu sagen. Es gibt einige unter unseren weniger guten Bekannten, die sie die ‚Reiche Zicke Nummer eins' nennen, aber das beruht meistens nur auf Neid. Ich kann mir nicht vorstellen, dass ihr so jemand etwas zuleide tun würde."

Nach einigen weiteren Routinefragen, auf die sie ehrliche, wenn auch etwas verworrene Antworten bekommen hatten, verließen Casey und Dennis das Büro.

„Also, was hältst du davon?"

Dennis drückte die Taste des Aufzuges stärker als nötig. „Ich glaube, ich muss mal unter die Dusche. Diese Leute sind krank. Das nennen die Ehe? Wenn das die Art ist, wie Reiche leben, dann bin ich froh, nur der Mittelschicht anzugehören."

Die Türen des Aufzugs öffneten sich.

„Detectives", sagte Dr. Mark Adams freundlich lächelnd. „Was für eine Überraschung!"

7. KAPITEL

Casey hatte vergessen, welchen Eindruck Dr. Adams auf Menschen machte. Oder zumindest hatte sie es vermieden, darüber nachzudenken, welchen Eindruck er auf *sie* machte. Es lag nicht nur an seinem fantastischen Aussehen. Er hatte eine magnetische Wirkung auf sie, er strahlte eine Aura unglaublicher Männlichkeit aus, der sie sich nicht entziehen konnte. Sobald sie ihn im Aufzug hatte stehen sehen, stockte ihr der Atem, und ihr Herz schien schneller zu schlagen.

Er trug keinen Arztkittel mehr. Jetzt war er mit einem dunkelgrauen Anzug, einem blendend weißen Hemd und einer dunkelgrau-silber-bordeauxrot-gestreiften Krawatte bekleidet. Allein ihn anzusehen brachte ihr Blut in Wallung.

Ihr Berufsethos gebot ihr, in den Aufzug zu steigen und die Gelegenheit zu nutzen, ihm noch einige Fragen zu stellen. Zugleich aber, denn sie war eine Frau, schlug ihr Herz höher. Casey hatte das Gefühl, sie sollte sich besser entschuldigen und auf den nächsten Aufzug warten.

Aber bevor sie die Chance hatte, auf den einen oder anderen Impuls zu reagieren, war Dennis schon dabei, sie mit seiner Hand sanft in die Kabine zu schieben.

„Hallo, Dr. Adams“, sagte ihr Partner freundlich. „Wie geht's?“

Casey schaffte es immerhin noch zu nicken.

„Eigentlich ist heute ein sehr guter Tag, wie es scheint“, antwortete Dr. Adams, ohne Casey aus den Augen zu lassen. „Und wie geht es Ihnen, Detective O'Toole?“ Als er sie anlächelte, hatte er kleine Fältchen um die Augen, und das Grau seiner Iris schien von innen her zu strahlen, als wisse er etwas, wovon sie keine Ahnung hatte.

Verdammt! Kein Mann hat das Recht, derart attraktiv zu sein, dachte Casey. Es müsste ein Gesetz geben, das solche Männer zwingt, ein Schild zu tragen, auf dem steht: Achtung Frauen! – Dieser Mann kann Ihre emotionale Balance gefährden.

„Mir geht es gut." Casey war wütend auf sich. Er hatte sie erwischt. Sie drehte sich um, starrte auf den Boden und tat so, als existiere er überhaupt nicht. Es gab nicht viele Dinge, die Casey irritierten, aber dieser Dr. Adams schien einen starken Einfluss auf sie zu haben, und das beunruhigte sie.

„Wollten Sie mich zufällig gerade aufsuchen?", fragte er.

„Nein. Wir hatten gerade einen Termin mit jemand anderem hier im Gebäude."

„Das ist schade. Ich hatte gehofft, Sie wären hier, um mir zu sagen, dass Sie mein Alibi überprüft hätten und dass alles in Ordnung sei. Ich meine, dass ich nicht länger verdächtigt werde."

Casey sah ihn über ihre Schulter hinweg an. „Dann hätte ich Sie auch anrufen können. Abgesehen davon, ist Ihr Aufenthaltsort von gestern Morgen tatsächlich bestätigt worden. Allerdings setzen wir Verdächtige nicht davon in Kenntnis, wenn ihre Alibis überprüft worden sind. Wenn Sie von uns nichts mehr hören, können Sie davon ausgehen, dass Sie nicht mehr zu den Verdächtigen gehören."

„Also … bin ich nicht mehr auf der Liste?"

„Nicht ganz. Wir sehen uns gerade auch die beiden anderen Morde an. Wenn Sie uns sagen können, wo Sie sich in der Nacht vom 2. April bis zum nächsten Morgen und in der Nacht vom 2. auf den 3. Mai aufgehalten haben, sehen wir weiter."

„Wunderbar. Ich lasse Ihnen die Informationen zukommen, sobald es möglich ist."

„Gut. Es hat keine Eile."

„Vielleicht nicht für Sie, aber es ist mir ein persönliches Anliegen, von der Verdächtigenliste gestrichen zu werden."

Die Aussage ließ er so stehen. Casey spürte, dass er ihr Profil ansah; und sie wusste, dass er darauf wartete, dass sie nach den Gründen fragte. Aber sie sagte nichts. Manchmal war es besser, bestimmte Dinge nicht zu wissen.

Der Aufzug hielt in der Lobby an, und Dr. Adams hielt die Tür für sie offen. „Gehen Sie nur. Ich muss in die Tiefgarage."

Mit einem kurzen Nicken verließ Casey den Aufzug.

„Wiedersehen, Doc", sagte Dennis und folgte ihr.

„Ich rufe Sie bald an, Detective O'Toole", rief der Arzt ihnen nach.

Casey ging rasch durch die Eingangshalle auf den Ausgang zu. Immer noch spürte sie den Blick von Mark Adams in ihrem Rücken wie einen kleinen heißen Schauer, der das Rückgrat hinunterlief.

„Warum hast du das gemacht?", fragte Dennis sie und beeilte sich, mit ihr Schritt zu halten. „Wenn wir sicher sind, dass der Mörder in all den drei Fällen derselbe ist, heißt das auch, dass der Doc auch die ersten beiden Morde nicht begangen haben kann. Das weißt du doch."

„Ja, ich weiß. Aber es wird ihm nicht schaden, ein wenig ins Schwitzen zu kommen."

„Nun, erst einmal glaube ich nicht, dass der Doc sich Sorgen macht. Er weiß, dass er unschuldig ist. Und zweitens, was hast du gegen den Mann? Auf mich wirkt er wie ein netter Typ."

„Ich bin sicher, dass er das auch ist. Er macht mich einfach nervös, das ist alles."

„Ach wirklich?" Dennis steckte die Hände in die Hosentaschen und spielte mit dem Kleingeld. Grinsend lief er neben Casey her. „Ich habe noch keinen Mann kennengelernt, der dich nervös macht, Tiger. Ich sage mal, das spricht für den Doc. Wenigstens hat er deine Aufmerksamkeit erregt."

„Ach, halt die Klappe, Shannon."

Casey und Dennis verbrachten den Rest des Tages damit, die Freunde und Nachbarn der St. Martins zu befragen, sowohl die aus Mountain Laurel als auch die, die am Black Bear Lake lebten.

Sie alle schienen froh, wenn nicht sogar bemüht zu sein, über die unkonventionelle Ehe des Paares zu sprechen. Offensichtlich erregte das Arrangement der St. Martins selbst unter den Reichen und den Schönen, deren Lebensstil keine Wünsche offenließ, Aufsehen. Jedoch waren sich alle darin einig, dass das Paar sich gut verstand.

Bevor Casey und Dennis zurück auf die Wache fuhren, befragten sie auch die Angestellten des Country Clubs. Sie bestätigten, dass Jason und Madeline St. Martin am 2. April gemeinsam auf dem Ball gewesen waren.

Als sie jedoch auf das Privatleben der Klubmitglieder zu sprechen kamen, hielt sich der Geschäftsführer extrem bedeckt. Er arbeitete für sehr reiche Leute, und seine Position verlangte eine entsprechende Diskretion. Casey musste ihm jedes Wort aus der Nase ziehen.

Wenn man dem Mann glauben konnte, waren die St. Martins von Beginn an Mitglieder im Club gewesen, und nie hatte er Streitigkeiten zwischen den beiden bemerkt. Außerdem gab er auch widerwillig zu, dass Mr. St. Martin und seine Frau den Ball am frühen Morgen des 2. April in berauschtem Zustand verlassen hätten.

„Was meinst du?", fragte Dennis, als sie zurück zum Revier fuhren.

Casey seufzte. „Ich denke, dass wir viel herumgerannt sind und wenig herausgefunden haben. Der Chef wird nicht sehr glücklich über die Ergebnisse sein."

Das war Schönfärberei.

„Okay Leute, wie weit sind wir?", bellte Lieutenant Bradshaw, als er am nächsten Morgen in den Konferenzraum stürmte. Er setzte sich an das Kopfende des langen Tisches und sah Casey interessiert an, die am anderen Ende Platz genommen hatte.

„Nicht sehr weit", gab sie zu und bemerkte, dass Lewis' Mund verächtlich zuckte. „Wenigstens haben wir endlich das zweite Opfer identifizieren können."

Lewis' Grinsen erstarb. „Wie haben Sie das gemacht?"

„Altmodische Detektivarbeit", antwortete Casey und beobachtete mit Vergnügen, wie der Deputy die Kiefermuskeln anspannte und sein Nacken rot wurde.

„Ihr Name ist Madeline St. Martin. Reich und verheiratet, obwohl sie sich zum Zeitpunkt ihres Todes eine Auszeit genommen hatte."

„Auszeit? Was soll das heißen?", grummelte der Lieutenant.

Casey erläuterte das ungewöhnliche Eheleben der St. Martins. Die Runde reagierte ähnlich, wie Dennis und sie es getan hatten.

„Der Ehemann hat kein Alibi für die Tatzeiten der anderen Morde, aber es gibt auch keine Indizien, die ihn damit in Verbindung bringen. Jason St. Martin hat eine kleine Investmentfirma, aber er ist nur ein kleiner Fisch. Das Geld stammt von seiner Frau, und sie ist sehr vermögend. Die beiden sind seit zwölf Jahren verheiratet. Keine Kinder. Jason St. Martin ist Alleinerbe, solange keine Verwandten von ihr auftauchen, die das infrage stellen. Das wäre ein mögliches Motiv, seine Frau umzubringen, aber es sagt nichts über die beiden anderen Morde aus. Es gibt keinerlei Verbindung."

„Vielleicht hat er die anderen beiden getötet, um eine falsche Spur zu legen", sprang Deputy Kemp ein. „Denn damit schieben wir den Mord an seiner Frau einem Serientäter zu und nicht ihm, dem geldgierigen Ehegatten."

„Vielleicht, aber das ist doch ziemlich weit hergeholt. Wir brauchen handfeste Beweise."

„Jason St. Martin und seine Frau haben sich gut verstanden, darin sind sich alle Zeugen einig. Er hatte freien Zugang zu ihrem Geld und konnte damit machen, was er wollte. Er hatte sogar die Freiheit, herumzustreunen, wenn er wollte. Sollte er eine Freundin haben, die er so liebt, dass er sich aus seiner Ehe herausschleichen und das Geld mitnehmen will, werden Dennis und ich sie entdecken. Sie können mir glauben, wir haben schon nach ihr gesucht. Wir haben ganze Nachmittage damit verbracht, Freunde und Nachbarn zu befragen. Alle sind der Meinung, dass die St. Martins miteinander glücklich waren."

„Was ist mit diesem Arzt?", hakte Bradshaw nach.

Lewis sah Casey scharf an. „Welcher Arzt? Sie haben nichts dergleichen erwähnt."

„Diese Spur hat sich als gegenstandslos erwiesen. Becky Belcamp hatte an dem Tag, an dem sie verschwand, einen Termin bei einem Arzt, aber sie ist hinterher gesund und munter in ihr Fitnessstudio zurückgekehrt. Außerdem hatte der Arzt ein Alibi für die Tatzeit."

„Das hätten Sie uns aber mitteilen müssen", beschwerte sich Lewis.

„Warum? Wie ich schon sagte: Es war eine Sackgasse. Außerdem entscheide ich, was relevant ist und was nicht. Ich werde keine Zeit damit verschwenden, jeden Ansatzpunkt an Sie weiterzugeben."

Sie wandte sich wieder dem Lieutenant zu. „Ich mag mich täuschen, aber ich glaube nicht, dass Mr. St. Martin diese Morde begangen hat. Weder er noch Becky Belcamps Vater oder ihre Brüder. Wir haben drei Opfer: eine Prostituierte, eine Dame der Gesellschaft und eine anständige junge Frau, die aus der Mittelschicht kommt. Sie haben nichts gemeinsam."

„Nun ... es gibt da noch etwas", unterbrach Dennis sie fast widerwillig. „Als ich die Akten durchsah, fiel mir auf, dass alle Opfer rotes Haar hatten. Zwar waren sie in allen drei Fällen gefärbt, aber dennoch waren es rote Haare."

Casey hatte das auch schon festgestellt, und diese Entdeckung hatte ihr einen kalten Schauer über den Rücken gejagt. Sie fühlte sich nicht mehr wohl in ihrer Haut. Sie versuchte sich einzureden, dass das nichts zu bedeuten hatte. Dass es sich um einen Zufall handelte.

Aber sie glaubte nicht an Zufälle.

Lewis lachte in sich hinein. „Sehen Sie sich vor, O'Toole. Mit ihrer roten Mähne sind Sie vielleicht die Nächste."

Einen Moment lang herrschte unangenehmes Schweigen. Die Kollegen rutschten unruhig auf ihren Stühlen herum oder räusperten sich. Niemand außer Dennis sah Casey oder den Lieutenant an.

„Sie Idiot", raunte er und sprang auf.

Casey legte ihre Hand auf seinen Arm. „Lass nur", flüsterte sie. „Ignorier ihn einfach."

„Setzen Sie sich, Shannon!", befahl Bradshaw.

Dennis presste die Zähne aufeinander und starrte Lewis über den Tisch hinweg an, aber er setzte sich wieder hin.

Bradshaw schaute Lewis direkt ins Gesicht. „Finden Sie das witzig? Das ist es nicht. Ich will keine solchen Bemerkungen mehr hören, haben Sie verstanden?"

Als Lewis die Lippen aufeinanderpresste und nickte, blickte der Lieutenant in die Runde. „Wie geht es mit dem Lieferwagen voran?"

„In dieser und den umliegenden Countys gibt es mehr als eintausendachthundert helle Lieferwagen. Wir haben kaum die erste Seite der Liste abgehakt", antwortete Hector. „Diejenigen, die wir überprüft haben, waren vor zwei Tagen alle nicht in der Nähe von Miss Belcamps Studio. Aber wir nehmen uns die anderen noch vor. Vielleicht kriegen wir noch einen Hinweis."

„Tun Sie das." Der Lieutenant nahm wieder Casey ins Visier. „Und wie gehen Sie weiter vor?"

„Ich denke, wir sollten das FBI einschalten. Sobald ich geklärt habe, inwieweit sie uns helfen können, möchte ich mir die ersten beiden Tatorte anschauen. Ich weiß, dass der Sheriff mit seinen Leuten dort schon gewesen ist, aber wer weiß ... vielleicht finden wir etwas, das beim ersten Mal übersehen wurde. Es ist einen Versuch wert."

„Gut", nickte der Lieutenant. „Und der Rest von Ihnen macht mit der Fahrzeugliste weiter."

Casey rief das örtliche FBI-Büro an. Sie ließen sie abblitzen. Sie müsse einen Antrag an das Regionalbüro in Denver stellen, so lautete die Information. Denver musste dann natürlich erst einmal mit dem landesweiten Büro in Washington, D.C. Rücksprache halten. Es war fast Mittag, als Casey den Rückruf bekam.

Sie sprach mit einigen Abteilungsleitern und Spezialisten für Serientäter. Jede Person, mit der sie sprach, musste zunächst davon überzeugt werden, dass es sich in der Tat um drei Serienmorde handelte. So verbrachte sie immer wieder Minuten damit, die Ähnlichkeiten und Besonderheiten der Fälle am Telefon zu wiederholen. Für den Rest des Tages war sie damit beschäftigt, den Verantwortlichen im FBI-Hauptquartier klarzumachen, dass es nötig sei, jemanden zu schicken, der ihr bei den Ermittlungen assistierte. Aber schließlich hatte sie Erfolg.

Als sie den Hörer aufgelegt hatte, schaute sie kurz im Büro des Lieutenants vorbei. „Die einzige Unterstützung, die das FBI uns gewährt, sind ein Gerichtsmediziner und ein Profiler. Wenn sie den Fall übernehmen sollen, müssen wir beweisen, dass der Täter auch in anderen Staaten Morde verübt hat."

„Und das heißt ...?"

„Ich habe ihnen gesagt, dass wir jede Hilfe annehmen, die wir bekommen können. Offensichtlich sind sie zurzeit mit anderen Serienmördern beschäftigt. Es wird zehn Tage oder zwei Wochen dauern, bis sie uns jemanden schicken können, der ein Täterprofil erstellt. In der Zwischenzeit werden Dennis und ich uns noch einmal die Akten und Fotos genau ansehen. Nach dem Mittagessen schnappen wir uns einen der Deputys, Travis nehme ich an, und lassen uns von ihm die ersten beiden Tatorte zeigen.“

Der Lieutenant nickte. „Tun Sie das, O’Toole. Und vergessen Sie nicht, dass uns jeder Politiker und jeder kleinliche Bürokrat vom Gouverneur abwärts im Nacken sitzt.“

„Ich würde gern Detective O’Toole sprechen“, sagte Mark am Empfang.

Der untersetzte Beamte deutete mit dem Radiergummiende seines Bleistiftes auf eine Treppe, die sich am anderen Ende des Raumes links von ihm befand: „Zweiter Stock. Ganz oben.“

„Danke.“ So sieht also ein Polizeirevier von innen aus, dachte Mark. Er schaute sich um, als er durch den Raum zur Treppe hinüberging.

Die Eingangshalle war kleiner, als er erwartet hatte. Dort gingen viele uniformierte Beamte ihren Aufgaben nach. Zwei ungesund aussehende Kreaturen saßen in Handschellen auf einer Bank, die dem Empfangstresen gegenüberstand. Ein Beamter schob einen fluchenden, sich windenden Mann in Handschellen durch eine Tür, auf der „Zellen“ stand.

Die Atmosphäre war rau, der Ton ruppig. Das hier war ein Teil des Lebens, mit dem nicht viele Menschen umgehen konnten. Die meisten würden es noch nicht einmal versuchen. Was, fragte er sich, zog eine Frau daran an? Besonders eine zerbrechliche, feminine Frau wie Casey?

Er lächelte in sich hinein. Das war es wahrscheinlich, was sie hierher zog. Das Geheimnis von Casey O’Toole.

Vom ersten Augenblick an, als er sie gesehen hatte, hatte er diese unglaubliche Anziehung gespürt. Bei keiner Frau, mit der er jemals zusammen gewesen war, war dieses Gefühl so stark gewesen. Er konnte nicht aufhören, an sie zu denken. Es war, als hätte sie sein Herz und seinen Geist in Besitz genommen und würde beides nicht mehr loslassen.

Vielleicht lag es daran, dass sie keiner Frau ähnlich war, die er bisher getroffen hatte. Sie war offensichtlich intelligent und kompetent, sonst wäre sie nicht so jung Detective geworden. Er schätzte sie auf sechsundzwanzig, höchstens siebenundzwanzig, auch wenn sie aussah wie neunzehn. Sie packte zu, war unabhängig und stark, und sie schien vor Selbstbewusstsein zu strotzen.

Nicht zu vergessen, dass sie einfach anbetungswürdig aussah. Mit ihrem flammend roten Haar, ihrer Haut, rein und weiß wie Sahne, und ihren großen blauen Augen. Sie strahlte förmlich. Und ihr starker trainierter Körper brachte ihn auf erotische Gedanken an heiße, verschwitzte Nächte, kühle, zerwühlte Laken und ein Paar lange seidenweiche Beine, die sich um …

Wow! Nun mal langsam. Du bist deiner Zeit voraus, bremste sich Mark und lachte in sich hinein. Viel zu weit voraus. Du kennst diese Frau doch gar nicht.

Aber das sollte sich ändern.

Im zweiten Stockwerk führte ein Flur nach rechts, geradeaus gingen die Stufen in den dritten Stock. Scharf links befand sich eine Toilette, geradeaus ein Großraumbüro. Genau hinter der Tür saß eine Frau an einem Schreibtisch, der im rechten Winkel zum Flur stand. Hinter ihr lehnte sich Detective Shannon in seinem Schreibtischstuhl zurück. Seinem Schreibtisch stand ein identischer genau gegenüber. Von Casey war keine Spur zu sehen.

„Ich suche Detective O'Toole", gab Mark der jungen Frau Bescheid. „Mein Name ist Mark Adams."

Die Frau sah kurz hoch und dann noch einmal, während sich ihre Pupillen weiteten.

„Sie … sie …"

„Doc! Was führt Sie denn hierher?", fragte Dennis, als er von seinen Unterlagen aufblickte. Er winkte ihn herüber. „Kommen Sie, setzen Sie sich."

Mark setzte sich auf einen Stuhl neben Dennis' Schreibtisch. „Ich war gerade in der Gegend, da dachte ich, ich komme mal vorbei und gebe Detective O'Toole die Informationen, die sie noch braucht. Und um die Wahrheit zu sagen, bin ich noch nie in einer Polizeiwache gewesen und war einfach neugierig."

Dennis lachte. „Na, viel zu sehen gibt es hier nicht. Jedenfalls ist es hier nicht so schick wie in Ihrer Praxis. Aber wir sind es nicht anders gewohnt."

„Ist Detective O'Toole hier?"

„Sie wird gleich wieder hier sein."

Sie wussten beide, dass Mark seine Informationen genauso gut Dennis geben könnte, aber keiner der beiden verlor ein Wort darüber.

Der breitschultrige Detective sah ihn an. „Wissen Sie, Doc, Sie sehen recht durchtrainiert aus. Laufen Sie?"

„Ja. Jeden Tag ein paar Kilometer."

„Das habe ich mir gedacht." Dennis faltete die Hände über dem Bauch und versuchte, so unbeteiligt wie möglich auszusehen. „Wissen Sie, Casey joggt nämlich auch."

„Ach wirklich?"

„Ja. Sie steht jeden Morgen vor Sonnenaufgang auf und joggt einige Kilometer durch den Arvada Park."

„Wirklich?"

Für Außenstehende schien es, als führten die beiden eine belanglose Konversation, aber Dennis' wissender Blick signalisierte wie eine blinkende Leuchtreklame, dass er wusste, was da lief. Und er war damit einverstanden.

„Das ist nicht weit von meiner Wohnung entfernt. Ich lebe etwa fünf Blöcke südlich vom Park."

„Wirklich?", antwortete Dennis. „Casey wohnt in der Baker Street am nördlichen Ende."

„In einem dieser hübschen Häuser gegenüber vom Park?“

„Genau da. Ihres ist das rote Backsteinhaus mit den weißen Fensterrahmen. Das Kolonialhaus, das zweite auf dem östlichen Ende.“

„Ja, das kenne ich.“ Mark blickte Dennis dankbar an.

Eine Tür auf der Stirnseite der Wand ging auf, die offensichtlich ebenfalls zu den Toiletten hinausführte. Casey betrat das Büro, den Blick auf ihre Hände gerichtet, in denen sie Handcreme verrieb. „Bevor ich's vergesse, Dennis: Wir müssen nachher noch einmal herkommen, um Travis mitzunehmen. Er ...“ Sie sah auf und hielt inne. „Dr. Adams. Was machen Sie hier?“

Mark bemerkte ihren irritierten Blick, noch bevor sie wieder unbeteiligt aussah. Er lächelte. Sie hatte ihn wahrgenommen. Sehr gut. Und es war mehr als nur die oberflächliche Anziehung, die Frauen normalerweise in seiner Nähe verspürten. Er war ihr unter die Haut gegangen. Sie versuchte, diese Reaktion auf ihn zu unterdrücken, aber sie war dennoch da. Er konnte es in ihren Augen lesen.

„Hallo Detective. Ich bin vorbeigekommen, um Ihnen mitzuteilen, wo ich mich an den bewussten Tagen aufgehalten habe. Ich habe es aufgeschrieben“, fügte er hinzu und hielt ein Stück Papier in die Höhe.

„Sie hätten das auch Dennis geben oder einfach anrufen können. Sie hätten nicht extra hierherfahren müssen.“

„Kein Problem. Es ist nicht so weit von meiner Praxis entfernt. Und wie ich bereits sagte, ist es mir wichtig, dass diese Dinge so schnell wie möglich geklärt werden.“ Er wartete einen Moment lang in der Hoffnung, Casey würde ihn fragen, warum ihm das so wichtig sei, aber sie nickte nur.

„Gut.“ Sie nahm den Zettel. „Ich werde das sofort überprüfen lassen.“

Mark beobachtete sie, wie sie sich an ihren Schreibtisch

setzte. Sie sah mit großen Augen zu ihm auf. „Gibt es sonst noch etwas, Doc?“

Marks Mund zuckte. Das war ein deutliches Zeichen. Er sollte gehen. Sie versuchte nicht, weiter mit ihm zu reden oder gar zu flirten. Sie gab sich keinerlei Mühe, um ihn zum Bleiben zu bewegen. Er musste zugeben, dass ihr Verhalten ihm neu war. Es war erfrischend. Dennoch ... sie hätte ihm gegenüber wenigstens ein wenig Interesse zeigen können.

„Noch nicht“, antwortete er. „Ich rufe Sie später noch einmal an, Detective, um zu hören, ob Sie mich von der Liste genommen haben.“ Er nickte ihrem Partner zu, als seien sie alte Kumpels. „Bis später, Dennis.“

Casey sah auf, als habe sie diese Bemerkung aufgeschreckt. Was meinte er damit „noch nicht“?

Keith kam zur Tür herein, als Mark hinausging. Beide Männer murmelten „Entschuldigung“ und gingen ein Stück zur Seite, um den anderen durchzulassen. Einen Augenblick lang standen sie auf dem Gang zusammen, die beiden bestaussehenden Männer, die Casey jemals gesehen hatte. Warum, fragte sie sich, löste es komische Dinge in ihrem Inneren aus, wenn sie den einen sah, während sie bei dem anderen nur ein Gefühl von abstrakter Wertschätzung empfand? Sie schüttelte den Kopf. Wahrscheinlich war es nur ein weiteres Geheimnis der Natur.

„Wer war der Typ?“, fragte Keith, als er kurz an ihrem Schreibtisch anhielt.

„Oh, nur ein wesentlicher Zeuge in einem meiner Fälle.“

„Für einen kurzen Moment dachte ich, das sei vielleicht dein neuer Freund.“

Dennis machte den Mund auf, um etwas zu sagen, aber Casey sah ihn nur warnend an. Abschätzig schnaubte sie und verdrehte die Augen. „Wohl kaum.“

„Brauchst du etwas, Watson?“, fragte Dennis, als sein Kollege ein Bein über die Schreibtischkante schwang und sich setzte. „Falls nicht: Casey und ich sind ziemlich beschäftigt. Wir wollten gerade losfahren."

„Eigentlich wollte ich diese hübsche Lady nur fragen, ob sie nach der Arbeit mit mir und Danny noch zu Muldoon's mitkommt. Danny hat heute Geburtstag, und ich habe ihm versprochen, dass ich dich einlade. Die anderen kommen auch. Und, oh, Shannon, natürlich kannst du auch gerne mitkommen", setzte Keith hinzu.

„Danny hat heute Geburtstag? Das hättest du mir auch früher sagen können."

„Warum, hast du schon was vor?"

„Nein, darum geht es nicht. Ich hätte nur gern genug Zeit gehabt, um ihm ein nettes Geschenk zu besorgen. Natürlich komme ich nachher mit."

Eigentlich war Casey mehr danach, nach der Arbeit direkt nach Hause zu fahren, sich in die heiße Wanne zu legen, wie immer Mary Kate anzurufen und danach ins Bett zu gehen und zu lesen. Aber das hätte sie heute ohnehin nicht tun können; ihre Schwiegereltern hatten heute Hochzeitstag, und die ganze Familie plante, das zu feiern. Sie würde Dannys Geburtstag früher verlassen müssen, um bei der Party von Francis und Joe erscheinen zu können.

Casey wünschte, sie könnte Dannys Feier ausfallen lassen. Das Muldoon's war nicht nur die Lieblingskneipe ihres Großvaters, sondern auch ein beliebter Treffpunkt für die Beamten aus dem Zweiten Bezirk. Manchmal ging Casey dorthin, um nach einem anstrengenden Tag ein Bier mit den Kollegen zu trinken oder mit ihnen eine Pensionierung oder Beförderung zu feiern, aber an diesem Abend war sie dafür nicht in der Stimmung. Wäre es nicht gerade Dannys Ehrentag gewesen, hätte sie sich entschuldigt.

„Fein", sagte Keith. Er nahm ihre Hand und küsste sie, bevor Casey wusste, wie ihr geschah. „Bis später, Schätzchen."

Casey wartete, bis Keiths Schritte im Gang verhallt waren. Dann zeigte sie mit dem ausgestreckten Finger auf ihren Partner. „Glaub ja nicht, dass du dich davonschleichen kannst, mein Lieber. Wenn du meinst, ich würde allein ins Muldoon's gehen, dann hast du dich geschnitten. Du rufst sofort Mary Kate an und sagst ihr, dass du heute ein wenig später nach Hause kommst."

Sie richtete sich auf seinen Protest ein, doch stattdessen überraschte er sie.

„Ich will mich gar nicht davonschleichen, Tiger. Außerdem mag ich Danny. Und überhaupt traue ich Watson nicht über den Weg, was dich angeht. Ich habe das Gefühl, dass er dich auf die Liste seiner Eroberungen setzen will, und ich werde dafür sorgen, dass das nicht passiert."

„Um Himmels willen, Dennis. Erst Dr. Adams und nun Keith. Warum fällt dir jetzt plötzlich ein, dass jeder Mann, der mir begegnet, mich ins Bett zerren will? Habe ich den Moment verpasst, als mein Schutzengel vorbeigeflogen ist und seinen Zauberstab geschwungen hat, um mich unwiderstehlich zu machen? Reiß dich mal zusammen!"

„Ist ja schon gut, vielleicht spinne ich ja auch. Aber ich gehe heute Abend mir dir ins Muldoon's – trotzdem. Nun, gib mir das mal", forderte Dennis. Er stand auf und lehnte sich über den Tisch, um das Stück Papier von ihrem Tisch zu klauben, das der Arzt ihr gegeben hatte.

„Das kann warten."

„Oh nein, das kannst du nicht machen. Du hast den Doktor lange genug am Haken gehabt. Gönn dem Mann eine Pause."

Casey räumte ein wenig herum, als Dennis die nötigen Anrufe machte. Sie sah auf ihre Armbanduhr und klopfte mit ihrem Bleistift gegen die Tischplatte, aber ihr Partner ignorierte ihre Ungeduld. Als er endlich den Hörer aufgelegt hatte, sah er sie seltsam an. „Du wirst es nicht glauben, Tiger."

„Was?", entgegnete sie, ließ den Bleistift auf den Tisch fallen und sah wieder auf ihre Uhr.

„Am Abend des 1. April besuchte Dr. Adams den Wohltätigkeitsball im Country Club."

Casey horchte auf. „Das ist derselbe Ball, auf dem die St. Martins waren."

„Genau. Aber ich glaube, das ergibt einen Sinn. Als erfolgreicher Schönheitschirurg hat er sicherlich auch haufenweise Geld."

„Hm, wahrscheinlich. Was ist mit seinen Alibis für die anderen Tage?"

„Er hat einen Ärztekongress in New York besucht. Ich habe im Hotel angerufen. Der Empfangschef hat das überprüft. Dr. Adams hat mit Kreditkarte gezahlt."

„Nun, damit ist er aus dem Rennen. Aber ich habe irgendwie trotzdem das Gefühl, dass er etwas mit den Morden zu tun hat. Irgendetwas stimmt da einfach nicht."

8. KAPITEL

Die Happy Hour im Muldoon's war nichts für jemanden, der ein ruhiges Feierabendbier trinken wollte, schon gar nicht an einem Freitagabend. In dem Moment, als Casey und Dennis hereinkamen, schlug ihnen ohrenbetäubender Lärm entgegen. Die brüllenden Gäste, klickenden Billardkugeln, klirrenden Gläser, rufenden Kellnerinnen und das Plärren der Jukebox machten einen Krach wie ein Presslufthammer.

Tagsüber, wenn ihr Großvater und seine Freunde hier waren, war die Atmosphäre ruhiger und friedlicher – zumindest solange die älteren Herrschaften nicht wieder in einen Streit gerieten.

An einem Freitagabend allerdings ließen die Kollegen des Mears Police Department die Sau raus. Dem Wirt, der selbst einmal früher bei der Polizei gearbeitet hatte, waren alle Kollegen, sei es noch in Uniform oder schon pensioniert, willkommen; das ging sogar so weit, dass er alten Kollegen einen Sonderpreis auf Getränke gab. Daher war die Kneipe bei den Polizisten besonders beliebt.

„Himmel, was für ein Krach“, beschwerte sich Dennis.

„Ja, ich weiß“, rief ihm Casey über ihre Schulter zu, während sie sich durch die Menge kämpfte. „Ich bleibe nur so lange, wie es nötig ist, und um Danny unser Geschenk zu geben.“

Der Raum roch nach Bier, Hamburgern und dem Freitagsmenü, *Fish and Chips.* Doch darüber lag der Duft von Menschen – Männern –, die den ganzen Tag gearbeitet hatten, sowie eine Spur von Ledergeruch, der Geruch von der Billardkreide und hin und wieder Zigarettenqualm.

Als sie von der Besichtigung des zweiten Tatortes zurückgekommen waren, hatte Casey Dennis überredet, ein Geschenk für Danny zu kaufen. Sie hatten den Rahmen ein wenig gesprengt, um alle Folgen von *Star Trek* auf DVD zu bekommen, aber sie hatten sich die Kosten geteilt. Sie mochten Danny, und Danny liebte diese Serie.

„Gut." Dennis reckte den Hals. „Ich glaube, ich sehe Danny und Keith an der Bar."

Sie steuerten auf die Bar zu.

„He, Geburtstagskind, wie geht es dir?", rief Dennis, sobald sie den Tresen erreicht hatten.

„Hi, Detective Shannon", antwortete Danny, aber er würdigte Dennis kaum eines Blickes, weil er sich sofort Casey zuwandte. Er lächelte sie schüchtern an. „Hallo, Casey. Ich hatte schon Angst, du hättest meinen Geburtstag vergessen."

„Was? Ich und deine Geburtstagsparty vergessen? Auf keinen Fall! Herzlichen Glückwunsch, mein Hübscher." Casey stellte sich auf die Zehenspitzen und gab Danny einen Kuss auf die Wange. Er wurde rot.

Keith schlug seinem Bruder auf den Rücken. „Siehst du? Habe ich dir nicht gesagt, dass sie kommen wird? Sie hat es versprochen. In der letzten Stunde hatte er Angst, du hättest es dir anders überlegt und würdest nicht mehr kommen."

„Sei nicht albern. Ich würde doch um nichts auf der Welt deinen Geburtstag verpassen. Hier. Das ist von Dennis und mir."

„Ein Geschenk!" Dannys Augen leuchteten. Er streichelte das Päckchen, das in Geschenkpapier eingewickelt war, und sein Gesicht strahlte. „Guck mal, Keith. Casey hat ein Geschenk mitgebracht. Es ist für mich."

„Ja, Kumpel, das ist toll."

„Was ist da wohl drin?"

„Es gibt nur einen Weg, das herauszufinden. Mach es auf."

Danny riss die Augen auf und strahlte Casey an. „Darf ich? Ich will das schöne Papier nicht kaputt machen."

„Das macht nichts, Sweetie." Casey beugte sich zu ihm und senkte die Stimme. „Ich erzähl dir jetzt ein Geheimnis. Immer, wenn ich ein Geschenk bekomme, zerreiße ich das Papier."

„Wirklich?“

„Ja klar. Das ist das Beste an Geschenkpapier. Mach schon, mach es auf.“

Mit unverhohlenem Vergnügen ging Danny auf das Geschenk los, zerrte an der Schleife und zerriss das Papier. Als er das Paket mit den eingeschweißten DVDs sah, zog er die Luft durch die Zähne ein.

„*Star Trek!* Sieh mal, Keith! Seht mal her, alle! Casey hat mir *Star Trek* geschenkt!“ Er presste das Päckchen an seine Brust, und seine Augen verschwammen in Tränen. Er wippte von rechts nach links. „Das ist toll. Das ist toll. Danke, Casey. Danke schön! Du bist so wundervoll.“

„Hey Sweetie, nicht weinen“, flüsterte Casey ihm ins Ohr und umarmte ihn. „Du schaust dir die DVDs an und hast Spaß, okay? Und vergiss nicht, Dennis hat sie dir auch geschenkt.“

„Ich vergesse es nicht.“ Danny schniefte und wischte sich die Augen mit seinem Ärmel. „Danke schön, Detective Shannon.“

„Gern geschehen, Junge.“

Keith nahm einen Schluck Bier und betrachtete dabei seinen kleinen Bruder voller Zuneigung.

Casey beobachtete, wie er ihr ein Bier bestellte und sich um seinen Bruder kümmerte. Während sie trank, spürte sie ein warmes Gefühl in ihrem Herzen. All die Arroganz und Großspurigkeit, die Keith sonst an den Tag legte, verschwanden, sobald er mit seinem Bruder zusammen war. Es war schade, dass er seine sanfte Seite nicht häufiger auslebte.

„Hey, Sportsfreund, frag Casey doch, ob sie mit dir tanzt! Heute ist schließlich dein Geburtstag!“

Dannys Augen richteten sich auf Casey. Mit einer Mischung aus Angst und Verlangen sagte er: „Äh … ich … ich kann nicht.“

„Na klar kannst du! Tu’s einfach.“

„Keith, ich weiß nicht, ob das eine gute Idee ist", gab Casey zu bedenken.

„Siehst du, sie will gar nicht mit mir tanzen."

„Oh, Sweetie, daran liegt es nicht. Es ist hier nur viel zu eng, um zu tanzen." Aber eigentlich war sie nicht in der Stimmung. Sie wollte nur ein Bier trinken und dann nach Hause gehen, aber sie brachte es nicht übers Herz, Danny zu enttäuschen.

„Das lässt sich ändern." Keith stieß einen Pfiff aus, der die meisten Gäste erstarren ließ. Plötzlich war der Lärm auf leises Gemurmel gedämpft. „Okay, ihr Schnapsnasen, macht mal die Tanzfläche frei. Danny will mit seiner Freundin tanzen. Er hat heute Geburtstag."

Pfiffe und Geheul erfüllten den Raum. Casey warf ihrem Partner einen Hilfe suchenden Blick zu, aber Dennis verzog nur die Lippen, als wolle er sagen: Sieh mich nicht so an! Du wolltest doch unbedingt hierher, oder?

Also setzte sie ein Lächeln auf, schob ihren Arm durch Dannys, der mittlerweile knallrot geworden war, und ging auf die Tanzfläche zu, die sich vor der Musikbox befand und in etwa so groß war wie eine Briefmarke.

Im gleichen Moment begann eine langsame Ballade. Danny legte eine Hand auf Caseys Hüfte, mit der anderen hielt er ihren Arm weit ausgestreckt. Er bewegte sich wie ein Zinnsoldat, sein Gesicht vor Konzentration angespannt. Sein Blick war starr auf seine Füße gerichtet, während er leise zählte. Zwischen ihm und Casey war mindestens ein halber Meter Platz.

„Woo-hoo!" Das Publikum johlte.

„Weiter so, Danny!", riefen die Männer.

„Komm schon Danny, zieh sie näher an dich ran. Flüstere ihr was ins Ohr."

Casey warf einen stechenden Blick in die Richtung, aus der die letzte Bemerkung gekommen war. Ein Mann griff sich an die Brust und gab vor, tödlich getroffen nach hinten zu stolpern.

„Hör nicht auf das, was diese Clowns reden, Danny. Du machst das prima."

Er starrte weiter auf seine Füße und zählte die Takte. Offensichtlich hatte er nichts von dem, was sie oder die anderen gesagt hatten, gehört.

Als das Lied zu Ende war, lächelte sie ihn an. „Danke, Danny, das war schön."

Er schaute erleichtert und sehr fröhlich aus, wie ein Tier, dessen Herrchen es gerade gelobt hatte. „Habe ich das gut gemacht?"

„Ja, das hast du. Du bist ein sehr guter Tänzer."

„Keith hat mir das beigebracht."

„Na, dann hat er das gut gemacht."

„Danke", sagte Keith hinter ihr.

Irritiert drehte sich Casey um, und bevor sie wusste, wie ihr geschah, hatte Keith seinen Arm mit einer einzigen fließenden Bewegung um ihre Taille geschwungen und zog sie zu sich. „Wenn das so ist, darfst du jetzt mit seinem Lehrer tanzen. Es macht dir doch nichts aus, wenn ich sie dir für einen Tanz entführe, Sportsfreund?", fragte er seinen Bruder, während er Casey schon im Takt der Musik wiegte.

„Macht mir nichts aus. Keine Sorge, Casey", fügte Danny vom Rand der Tanzfläche hinzu. „Er ist ein wirklich guter Tänzer."

„Keith … Macht es dir etwas aus, wenn wir aufhören? Ich bin müde. Die Woche war anstrengend."

„Entspann dich. Lehn dich nur an mich."

„Keith, du hältst mich zu fest."

Er neigte den Kopf zurück und sah sie mit dem schmelzenden Blick an, den sie an ihm schon so oft anderen Frauen gegenüber gesehen hatte. Dann murmelte er mit einem ziemlich lasziven Unterton: „Baby, ich glaube nicht, dass das möglich ist. Entspann dich und beweg dich zur Musik."

Casey seufzte. Sie schien keine andere Wahl zu haben, als mitzumachen, wollte sie eine Szene vermeiden und Danny nicht aufregen. Resigniert tanzte sie weiter. Sie machte sich noch nicht einmal die Mühe zu protestieren, als Keith sein Kinn gegen ihre Schläfe lehnte und sie noch dichter an sich heranzog.

Er war wirklich ein sehr guter Tänzer, das musste sie zugeben. Wenn sie eine Liebesbeziehung gehabt hätten, hätte sie diesen Tanz genossen. Sie bewegten sich zur Musik wie eine Feder. Ihre Körper verschmolzen von der Schulter bis zum Knie. Diese Sinnlichkeit suggerierte eine Nähe, die es nicht gab.

Schließlich war das Stück zu Ende, aber Keith ließ sie nicht los.

„Keith, lass mich."

„Entspann dich, Babe", flüsterte er in ihr Ohr, während er sie auf der Stelle wiegte. Als Sekunden später das nächste Lied begann, tanzte er einfach weiter.

Aus ihren Augenwinkeln beobachtete Casey, wie sich die Polizisten gegenseitig mit den Ellenbogen anstießen und tuschelten. Über Keiths Schulter hinweg sah sie Dennis und sagte lautlos: „Hilf mir!"

Ihr Partner trank sein Glas leer und schob sich zur Tanzfläche durch. Er tippte Keith auf die Schulter. „Entschuldige, wenn ich unterbreche."

„Geh weg, Shannon."

„Casey und ich müssen los. Wenn wir rechtzeitig zum Essen bei deiner Familie sein wollen, dann müssen wir jetzt gehen."

Stirnrunzelnd hörte Keith auf, sich zu bewegen, und ließ Casey los. „Was soll das heißen, ihr müsst los? Ihr könnt noch nicht gehen. Ihr seid doch gerade erst gekommen."

„Ich weiß, und es tut mir leid. Wenn wir vorher gewusst hätten, dass Danny heute Geburtstag hat, hätten wir es anders organisiert. Aber ich kann das Abendessen bei meiner Familie nicht versäumen. Meine Schwiegereltern feiern heute ihren fünfunddreißigsten Hochzeitstag."

„Verstehe." Keith verzog den Mund, und in seiner Stimme lag ein wütender Unterton. „Danny wird enttäuscht sein."

„Ich mache es wieder gut." Sie dachte nach. „Warum kommt ihr nicht am 4. Juli zu unserer alljährlichen großen Kochparty zu uns?"

Hinter Keiths Rücken wedelte Dennis panisch mit den Armen und schüttelte den Kopf, aber es war schon zu spät.

„Hört sich nett an. Ich würde gern kommen, aber ich kann nicht. Ich habe das ganze Wochenende Dienst."

„Oh. Nun ... Wie wäre es, wenn Danny kommt? Ich kann ihn abholen und abends zurückbringen."

„Würde dir das nichts ausmachen? Manchmal ist er echt anstrengend. Wenn er schlechte Laune hat, ist es schwierig, mit ihm umzugehen."

„Ich glaube, ich komme damit zurecht. Wir werden viel Spaß miteinander haben."

Keith sah zu seinem Bruder hinüber, und seine Züge entspannten sich. „Ja, das würde er toll finden. Okay. Danke, Casey, das ist wirklich nett von dir."

„Kein Problem. Ich sag ihm eben Tschüss und erzähle ihm davon." Casey drückte seinen Arm freundlich zum Abschied. „Wir sehen uns am Montag."

Danny war am Boden zerstört, als sie ihm sagte, dass sie gehen würden, aber als sie ihm vom Kochfest am Nationalfeiertag erzählte, wurde er ganz aufgeregt. Er sprang auf und ab und stellte ihr eine Frage nach der anderen.

Er wollte von ihr wissen, wie viele Tage es noch bis zum 4. Juli seien, wann sie ihn abholen und wie lange er bei ihr bleiben würde, was er mitbringen solle und was sie machen würden. Schließlich küsste sie ihn auf die Wange und versprach, dass sie sich ein anderes Mal darüber unterhalten würden. Sie winkte zum Abschied, bevor sie und Dennis aus der Kneipe eilten.

„Ich kann nicht glauben, dass du Watson zu unserer Party am 4. Juli eingeladen hast", legte ihr Partner los, als sie draußen waren. „Mann, du hättest fast mein freies Wochenende ruiniert! Du weißt doch, wie sehr ich mich auf unser Familienpicknick freue."

„Tut mir leid. Aber ich musste mir etwas einfallen lassen, um es wiedergutzumachen, dass wir so früh gegangen sind. Und außerdem – worüber beschwerst du dich? Er wird doch gar nicht kommen."

Während sie sprachen, gingen sie um die Ecke zu ihren Wagen, die noch vor dem Revier standen.

„Es war reines Glück, dass er an dem Wochenende Dienst hat. Du bist knapp davongekommen. Was hast du dir dabei gedacht, Tiger? Ich habe dir schon immer gesagt, dass Watson scharf auf dich ist, aber du hörst ja nicht auf mich. Na, der heutige Abend war hoffentlich Beweis genug."

„Weil wir getanzt haben?"

„Tanzen! Du liebe Güte! Er hing an dir dran wie eine Klette."

Casey verdrehte die Augen. „Das heißt gar nichts. Wenn Keith flirtet, ist das ein Reflex – wie atmen. Er kann sich keiner Frau nähern, ohne dass sich bei ihm nicht der Casanova-Modus einschaltet."

„Ich sag's dir, Tiger, der Typ schließt dich in sein Abendgebet ein."

„Erst der Doc – und nun Keith. Was ist eigentlich los mit dir?"

„Was mit mir los ist? Du bist doch diejenige, die ein Problem hat."

Während sie die Tür aufschloss, drehte sie sich zu Dennis um und grinste ihn über das Dach des Wagens hinweg an: „Ach? Und was genau ist mein Problem?"

„Du hast keine Erfahrung. Du hast den Jungen von nebenan geheiratet, den du schon dein ganzes Leben lang gekannt hast. Du hast nie die Chance gehabt, Männer kennenzulernen. Du bist eine tolle Polizistin, Tiger. Du bist intelligent und kennst deinen Beruf. Und du hast die weibliche Intuition auf deiner Seite. Aber wenn es mal darauf ankommt zu sehen, wann ein Mann auf der Pirsch ist, dann könntest du genauso gut im Koma liegen."

„Ich sage dir trotzdem, dass du dich irrst. Ist ja auch egal. Es ist unwahrscheinlich, dass ich den Doc noch einmal sehen werde, und Keith wird nicht zum Kochen kommen."

„Hm. Nur um ganz sicherzugehen, rede ich, glaube ich, morgen gleich mal mit dem Chef unter vier Augen. Ich habe keine Lust, dass Watson seine Tage tauscht. Es würde ihm ähnlichsehen, das zu versuchen. Zur Hölle, ich würde sogar vor dem Lieutenant auf die Knie gehen und ihn anflehen, wenn es nötig ist."

Die Sohlen von Caseys Laufschuhen machten auf dem Asphalt ein gleichmäßiges Geräusch. Darüber hinaus war nur ihr Atem zu hören. Bei jedem Schritt kam eine kleine Wolke aus ihrem Mund, die in der klaren frostigen Bergluft verpuffte. Das fahle Licht, das durch die Bäume schien, noch bevor die Sonne aufging, tauchte alles in einen surrealen Schimmer.

Wenn sie morgens joggte, fühlte sich Casey so, als sei sie der einzige Mensch auf Erden. Nichts bewegte sich außer ihr selbst und den Tieren des Waldes, die in der Nacht durch das Unterholz geschlichen waren und sich Futter gesucht oder am Bach, der sich durch den Wald schlängelte, Wasser getrunken hatten.

Im Waldesinneren, beobachtete Casey durch die Bäume hindurch ein Reh, das mit ihren zwei weiß gepunkteten Kitzen unterwegs war. Schnell verschwanden sie tiefer im Wald, der die Stadt wie einen Gürtel umgab. Vor ihr huschte ein Eichhörnchen über den Joggingpfad.

Manchmal genoss Casey diese Einsamkeit. Sie gab ihr die Möglichkeit, sich zu entspannen, den Frieden einzuatmen, und für eine kurze Zeit die Fälle zu vergessen, an denen sie arbeitete. Dann ließ sie ihren Gedanken freien Lauf.

An anderen Tagen jedoch erinnerte sie die Stille im Park schmerzlich daran, wie einsam sie war. Wie sich ihr Leben auf eine Sache beschränkt hatte, auf eine Routine, die kaum unterbrochen wurde.

Abgesehen davon, dass sie noch über die Serienmorde nachgedacht hatte, war ihr Wochenende verlaufen wie unzählige Male davor. Am Freitagabend war sie in ihr leeres Haus gegangen und hatte lange in der Badewanne gelegen. Sie hatte einige Kapitel des neuen Romans gelesen, den sie am Wochenende zuvor begonnen hatte, und war dann ins Bett gegangen.

Am Samstagmorgen hatte sie nach dem Joggen geputzt, geduscht, für die Woche eingekauft und einige Erledigungen gemacht. Nach dem Abendessen hatte sie sich einen kitschigen Film im Fernsehen angesehen und war früh ins Bett gegangen. Wie immer war sie am Sonntagmorgen mit ihrer Familie in die Kirche gegangen und hatte den Rest des Tages mit ihren Angehörigen verbracht.

Nun war es wieder Montagmorgen, und eine weitere Woche lag vor ihr. Wenigstens arbeitete sie an einem wichtigen Fall, der ihr ihre ganze Konzentration abverlangte.

Gleichgültig, wie sehr das morgendliche Joggen sie auch entspannte, Casey war dabei nie völlig ausgeglichen. Ein Teil von ihr war immer auf der Hut. Sie hörte und sah alles, was sich um sie herum bewegte.

Im Südosten des Parks machte der Laufpfad eine Neunzig-Grad-Kurve nach Westen. Casey folgte der Biegung und hielt ihr Tempo. Aus dem Augenwinkel sah sie, wie ein anderer Jogger die Monarch Street überquerte und in den Park einbog.

Es war ungewöhnlich, um diese Zeit jemandem zu begegnen, aber ab und zu passierte das. Sie lauschte den rhythmischen Schritten. Er lief hinter ihr. Das Geräusch kam näher, und als er aufholte, ging Casey ein Stück zur Seite, um ihn an sich vorbeizulassen.

Gleichzeitig spannten sich ihre Muskeln ein klein wenig an. Ihre Aufmerksamkeit war ganz auf den Menschen gerichtet, der hinter ihr lief. Es gab wenige Überfälle auf joggende Frauen in den Parks von Mears, aber gelegentlich passierte eben doch etwas.

„Guten Morgen, Detective."

Der Ton einer vertrauten Stimme erschreckte sie so sehr, dass sie ins Straucheln kam und fast hingefallen wäre, wenn er sie nicht aufgefangen hätte.

„Vorsicht!", rief Dr. Adams. „Ich wollte Sie doch nicht erschrecken."

Irgendwie gelang es Casey, ihr Gleichgewicht wiederzufinden und weiterzulaufen, während der Arzt seine Geschwindigkeit an die ihre anpasste.

Sie bedachte ihn mit einem genervten Blick. „Was machen Sie hier?"

„Ich laufe, so wie Sie."

„Ich habe Sie bisher noch nie in diesem Park gesehen."

„Wirklich? Vielleicht haben Sie mich nicht bemerkt, weil Sie mich nicht kannten."

Sie warf ihm einen Seitenblick zu. Das war möglich, aber unwahrscheinlich. Welche Frau würde einen Mann, der so aussah wie er, nicht bemerken? Auch wenn sein Haar schweißnass an seinem Kopf klebte, sah er hinreißend aus.

Die Vorderseite seines Sweatshirts hatte einen dunklen Fleck über der Brust, seine muskulösen Beine glänzten vor Schweiß, auch wenn es so früh am Morgen nur knapp über null Grad war.

Wie lange war er schon gelaufen, bevor er in den Park gekommen war?

Unauffällig musterte sie seine Laufschuhe, die Shorts und das Sweatshirt, das er trug. Alles war recht abgenutzt. Er schien wirklich ein erfahrener Läufer zu sein.

Sein Blick traf den ihren, und Casey wurde bewusst, dass er bemerkt hatte, dass sie ihn musterte. Er grinste, und sie blickte stur geradeaus. Sie konnte spüren, wie ihr das Blut ins Gesicht schoss. Hoffentlich war sie sowieso schon rot vom Laufen. Er sollte nicht bemerken, wie peinlich ihr die Situation war.

„Ich muss allerdings zugeben, dass ich hier erst zweimal gelaufen bin. Am Samstag und Sonntag, aber ich habe Sie an keinem der beiden Tage gesehen."

„Am Samstag laufe ich später. Das ist der einzige Tag, an dem ich ausschlafen kann. Sonntags laufe ich nie."

„Aha, deshalb."

Inzwischen war der Schock, ihn hier im Park zu treffen, verebbt, und Casey wurde sich plötzlich ihres Körpers gewahr. Wenn es ihr gut ging, machte sie sich keine Illusionen über ihr Aussehen. Sie war recht attraktiv, die meisten würden sie sogar süß nennen, aber dieses Aussehen basierte auf Kosmetika und einer passablen Frisur.

Aber jetzt, nachdem sie fast zwei Kilometer gelaufen war, ohne Make-up und noch nicht einmal Lipgloss, ihre wilde rote Mähne mit einem Gummiband zurückgebunden und vom Schwitzen feucht, wusste Casey, wie sie aussah: wie durchs Wasser gezogen.

Sie hoffte, Dr. Adams würde sie in Ruhe lassen. Mit seinen großen Schritten würde er eine längere Strecke schaffen als sie, selbst wenn er sein Tempo verlangsamte. Stattdessen passte er seine Geschwindigkeit der ihren an.

Sie liefen einige Minuten, ohne ein Wort zu wechseln. Casey stierte geradeaus und versuchte zu ignorieren, dass er sie mit seinem Ärmel gelegentlich berührte. Sie spürte die Hitze, die sein Körper abstrahlte.

„Es macht Ihnen doch nichts aus, dass ich hier laufe?“, fragte er, nachdem sie die kürzere Seite des Parks überquert hatten.

„Es ist ein öffentlicher Park.“

„Laufen Sie immer allein?“

„Ja.“

„Ist das nicht für Frauen gefährlich?“

Sie warf ihm einen kurzen Blick aus den Augenwinkeln zu. „Ich kann mich zur Wehr setzen. Außerdem sind Sie wahrscheinlich mehr in Gefahr als ich.“

Seinem Gesichtsausdruck zufolge bezweifelte er das, aber er sagte nichts und lief weiter.

Der Park war rechteckig. Die beiden Wege entlang der Ost- und Westseite maßen jeweils eineinhalb Kilometer, die im Süden und im Norden einen halben. Caseys tägliche Strecke betrug viereinhalb Kilometer und bestand daher aus einer Runde um den ganzen Park. Sie und Dr. Adams liefen wortlos nebeneinanderher, bis der Weg gen Osten abbog, parallel zur Baker Street, in der Casey wohnte. Die Straße lag an der Stirnseite des Parks.

Als Casey ihr Haus von fern sah, wurde sie von widerstrebenden Gefühlen bewegt: Auf der einen Seite war es nett, dass es jemanden gab, der ihr beim Laufen Gesellschaft leistete. Der Doc schnatterte nicht unentwegt, wie es einige Leute taten, und er lief ihr auch nicht vor die Füße oder zwang sie, ihren Rhythmus zu unterbrechen.

Auf der anderen Seite machte der Mann sie … nicht nervös, aber … nun ja, er sorgte dafür, dass sie gereizt war. So kann man es wohl nennen, dachte sie. In seiner Gegenwart war sie sich ihres Körpers zu sehr bewusst. Sie mochte dieses Gefühl nicht. Sie hatte keine Ahnung, warum er diese Wirkung auf sie hatte. Weder bedrängte er sie, noch war er aggressiv, auch glotzte er nicht so oder flirtete wie Keith, aber jede Faser ihres Körpers war in Hab-acht!-Stellung, wenn sie in seiner Gegenwart war.

Das war natürlich dumm. Es war töricht, sich von einem Mann angezogen zu fühlen, der so verdammt gut aussah. Er war vermutlich kaum an ihr interessiert. Sie war zwar kein Gnom, das stimmte, aber genauso wenig spielte sie in seiner Liga.

Und dann hatte sie noch ein anderes Gefühl, was ihn betraf. Es ließ sich nicht abschütteln, hatte sich in ihrer Magengrube eingenistet. Zwar waren seine Alibis einwandfrei, aber sie hatte das Gefühl, dass er trotzdem etwas mit den drei Morden zu tun hatte.

„Übrigens", sagte er plötzlich, als habe er ihre Gedanken gelesen, „haben Sie mich schon von der Liste der Verdächtigen gestrichen?"

„Ja. Wir haben Ihre Alibis kontrolliert."

„Toll. Dann kann ich ja mein persönliches Anliegen vorbringen, das ich bereits erwähnt hatte. Ich möchte Sie um einen Gefallen bitten."

Caseys Herz machte einen Sprung. Oh Gott, hatte Dennis etwa recht? Wollte er sie etwa ausführen? Und wenn er sie fragte, was sollte sie dann sagen?

„Ja?", erwiderte sie, ohne ihn dabei anzusehen. Es waren nur noch wenige Meter, bis sie auf der Höhe ihres Hauses waren. Heiligtum. Unbewusst lief sie schneller.

„Ja. Sehen Sie, ich trainiere das Softballteam, in dem meine dreizehnjährige Nichte mitspielt. Das sind alles tolle Mädchen, und ich habe mich gefragt, ob sie nicht nach einem Spiel mal zu uns kommen wollen. Sie könnten den Mädchen etwas über ihre Karrierechancen bei der Polizei erzählen. Oder ihnen Tipps geben, wie sie sich verhalten müssen, wenn sie mal angegriffen werden. So etwas in der Art."

Sie waren fast an ihrem Haus angelangt. An dieser Stelle hielt Casey meistens an und machte ihre Dehnungsübungen, um abzukühlen, aber das musste heute warten, bis sie im Haus war. Sie hielt abrupt an und sah ihn ungläubig an, als er weiterlief, dann umkehrte und neben ihr weitertrippelte.

„Ist das alles? Das wollten Sie mich fragen?"

„Ja."

Sie zog das Handtuch aus einer Lasche an ihrer Laufhose und begrub ihr verschwitztes Gesicht in seinen Falten. Sie beugte sich vornüber und lachte. So war es also um die romantischen Vorahnungen ihres Partners bestellt.

„Was gibt es da zu lachen?", fragte er mit unsicherer Stimme.

„Nichts. Nein." Sie schüttelte den Kopf und hatte sich wieder unter Kontrolle, bevor sie das Handtuch vom Gesicht nahm. „Ich habe mich nur an etwas Lustiges erinnert. Und was Ihre Anfrage angeht, schlage ich vor, dass Sie unsere Öffentlichkeitsabteilung anrufen. Ich bin sicher, dass die Ihnen jemanden nennen werden, der mit Ihrem Team spricht."

„Das Problem ist, dass die Kids Sie wollen. Besonders meine Nichte Jennifer. Sehen Sie, ich habe ihr von Ihnen erzählt, und sie fand es richtig cool, dass ich eine echte Polizeikommissarin kennengelernt habe. Sie möchte Sie gern treffen." Er sah sie bittend an. „Kommen Sie, Casey. Helfen Sie mir. Wenn Sie mir diesen Gefallen tun, dann habe ich bei den Mädels einen Stein im Brett. Und Sie haben einen gut bei mir."

Während sie sich das Handtuch um den Hals schwang und die beiden Enden mit den Händen festhielt, schielte Casey hinüber zu ihrem Haus. „Ich weiß nicht …"

„Versprechen Sie mir wenigstens, dass Sie darüber nachdenken werden. Okay?"

Sie sah in die andere Richtung in den Park. Hatte sie nicht gerade erst darüber nachgedacht, wie dumpf und langweilig ihr

Leben geworden war? Und trotz ihres Bauchgefühls war der Arzt nicht länger unter Verdacht.

„Gut, ich denke darüber nach. Aber ich verspreche Ihnen nichts."

Später am selben Tag saß Casey an ihrem Schreibtisch und las den Bericht des Gerichtsmediziners über den St. Martin-Fall. Gedankenverloren trank sie ihre fünfte Tasse Kaffee. Als sie die Akte durchhatte, blätterte sie wieder auf die erste Seite und begann von vorn.

Verdammt. Irgendwo muss hier doch die Antwort liegen, sagte sie sich. Sie spürte es in ihren Knochen. Was hatte sie übersehen?

„Welche Akte liest du da?", fragte sie Dennis.

„Belcamp."

„Hier, lass uns mal tauschen. Ich bin diese hier schon zu oft durchgegangen. Ich muss mir mal etwas Neues ansehen."

„Gute Idee."

Sie tauschten die Unterlagen und lasen beide weiter. Als sie die zweite Seite halb studiert hatte, hielt Casey inne und sah Dennis an. Ihr Gesicht war ausdruckslos. „Hast du da drüben die Hettinger-Akte?"

„Ja."

„Reich sie mir mal herüber", sagte sie.

Ihr Partner gehorchte. Er war durch ihren Tonfall und bestimmte Bewegungen, die sie plötzlich machte, aufmerksam geworden. „Was hast du?"

„Eine Verbindung. Nach dem Gutachten des Gerichtsmediziners hatte Selma Hettinger vor ungefähr einem Jahr eine Brustvergrößerung." Fast nicht in der Lage, ihre Aufregung zu unterdrücken, sah sie sich wieder die Belcamp-Akte an und blätterte so lange, bis sie die Angaben des Gerichtsmediziners gefunden hatte. „Und Becky, unser Mädchen, hatte vor nicht allzu langer Zeit eine Nasenkorrektur. Sie war noch nicht ganz ausgeheilt."

„Nasen …?"

„Nasenkorrektur: kleiner, gerader, was weiß ich. Deshalb war sie bei unserem Doc an dem Tag, an dem sie verschwunden ist."

„Ah, ich verstehe jetzt, was du vorhast." Er nahm die St. Martin-Akte zur Hand und blätterte sie durch. „Da haben wir es. Madeline St. Martin hat sich das Gesicht liften und den Bauch straffen lassen."

Casey und Dennis sahen einander an. „Was willst du wetten, dass sie alle die Patientinnen von Dr. Mark Adams waren?"

9. KAPITEL

Nach weniger als zehn Minuten spazierten Casey und Dennis in Dr. Adams Praxis.

Es saß niemand im Warteraum, aber der Arzt stand hinter dem Empfangstresen und sprach mit einer Krankenschwester und der Arzthelferin.

„Detectives, ich habe nicht erwartet, Sie so schnell wiederzusehen“, sagte er, während er Casey ansah.

„Wir hatten gehofft, dass sie immer noch hier sein würden. Wir müssen mit Ihnen reden“, informierte ihn Casey.

„Bitte entschuldigen Sie mich, aber es ist schon spät. Die Praxis ist schon geschlossen“, sagte die Empfangsdame.

„Das ist in Ordnung, Jolie. Ich rede mit den Detectives. Kommen Sie mit. Wir gehen in mein Büro. Jolie, Sie und Martha können schon gehen. Wir schauen uns die Akten gemeinsam morgen an.“

„Entschuldigen Sie bitte“, sagte Dr. Adams, als sie sich in sein Büro gesetzt hatten. „Meine Angestellten sind sehr loyal. Als ich ihnen sagte, dass ich unter Verdacht stehe, der Serienmörder zu sein, wurden sie sehr wütend. Ich fürchte, Sie beide sind zurzeit nicht gerade ihre Lieblinge.“

Der Doktor lehnte sich in seinem Stuhl zurück. „Womit kann ich Ihnen dienen?“

„Haben Sie eine Patientin namens Selma Hettinger?“, fragte Casey.

„Der Name sagt mir nichts. Lassen Sie mich kurz die Akten überprüfen, ich bin gleich zurück.“

In weniger als einer Minute kehrte er mit einem Krankenblatt zurück. „Ja. Ich habe vor ungefähr vierzehn Monaten eine Operation an Miss Hettinger durchgeführt.“

„Brustvergrößerung, richtig?“

„Ja, woher wissen Sie das?“

Seine Frage übergehend, fragte Casey: „Haben Sie außerdem eine Patientin namens Madeline St. Martin?"

„Ja, Maddy ist meine Patientin. Ich habe sie einige Male operiert."

„Gesichts-OP und Bauchstraffung, nicht wahr?"

„Das stimmt."

„Korrigieren Sie mich, wenn ich mich irre, aber ich habe das Gefühl, dass Sie Madeline St. Martin nicht nur als Patientin kennen."

„Richtig."

Casey versuchte, ihren Gesichtsausdruck zu kontrollieren, aber das fiel ihr schwer. Der Arzt zog eine Augenbraue in die Höhe. „Nein, vielleicht nicht in der Art und Weise, wie Sie jetzt annehmen mögen. Ich habe das Ehepaar St. Martin seit Jahren gekannt. Wir sind Mitglieder in demselben Country Club. Ich weiß auch von ihrer ... ungewöhnlichen Ehe, darüber wissen Sie mittlerweile wahrscheinlich auch Bescheid. Und bevor Sie mich fragen, nein, ich gehörte nicht zu Maddys Liebhabern."

„Hätte Sie das gewollt?"

Dr. Adams zögerte und legte die Stirn in Falten. „Wenn Sie mich fragen, ob sie mir den Hof gemacht hat: Ja. Wiederholt. Aber wie ernst es ihr damit war, das weiß ich nicht. Sie werden sie selbst fragen müssen. Auf jeden Fall habe ich ihre Annäherungsversuche abgelehnt – natürlich so höflich es ging."

„Selbstverständlich", sagte Casey.

„Worum geht es hier, Detective?"

„Miss Hettinger und Mrs. St. Martin waren das erste und das zweite Opfer des Serienmörders."

„Was?"

Casey betrachtete ihn genau, um sich keine Regung seines Gesichtes entgehen zu lassen. Seine Augen weiteten sich, und anscheinend war er wirklich geschockt von dieser Neuigkeit.

„Guter Gott. Madeline ist tot? Dieser Verrückte hat auch

sie umgebracht?“ Er schüttelte den Kopf. „Das ist furchtbar. Ich dachte, sie sei wieder auf einer ihrer Spritztouren gewesen. Ich könnte schwören, dass Jason mir das erzählt hat.“

Er sah Casey in die Augen und zog die Stirn in Falten.

„Warum sehen Sie mich so an?“

„Ich glaube kaum, dass es sich um reinen Zufall handelt, dass alle drei Opfer dieses Mörders zu Ihren Patientinnen gehörten.“

„Was wollen Sie damit sagen? Dass Sie immer noch der Meinung sind, dass ich etwas mit den drei Morden zu tun habe?“ Zum ersten Mal, seitdem sie ihn kannte, sah Casey ehrlichen Zorn in Marks Gesicht. Er presste die Zähne aufeinander, und mit seinen grauen Augen sah er sie eisig an. „Wissen Sie, Detectives, schon als Sie mich zum ersten Mal des Mordes verdächtigten, war allein die Idee so absurd, dass es fast einem Witz glich. Aber es ist schon lange nicht mehr amüsant. Ich habe diese Frauen *weder* getötet, noch habe ich etwas mit diesen Morden zu tun.“

„Entspannen Sie sich, Doc“, unterbrach ihn Dennis. „Wir wissen, dass Sie die Morde nicht begangen haben.“

Mark sah Casey an. „Und Sie, Detective? Sind Sie der gleichen Meinung wie Detective Shannon?“

„Ja. Nichtsdestotrotz glaube ich, dass diese Morde auf irgendeine Weise mit Ihnen zu tun haben. Wenn nur zwei der drei Opfer Patientinnen von Ihnen gewesen wären, dann hätte ich das noch als Zufall gelten lassen, aber drei? Das glaube ich kaum.“

„Denken Sie, dass es jemand auf meine Patientinnen abgesehen hat?“, fragte Dr. Adams ungläubig.

„Es sieht ganz danach aus.“

„Aber warum? Warum sollte das jemand tun?“

„Das müssen wir eben herausfinden“, antwortete Casey. „Kennen Sie jemanden, der Ihnen Schaden zufügen will, indem er Ihre Karriere zerstört?“

„Nein. Natürlich nicht. Warum fragen Sie so etwas überhaupt?“

„Weil Sie Ihre Praxis schließen können, sobald die Presse von diesem Zusammenhang Wind bekommt.“

„Verdammt.“ Er stützte sich auf der Tischplatte ab und lehnte die Stirn in seine Hand. „Daran habe ich nicht gedacht.“

„Wir werden alles tun, um das zu vermeiden“, versicherte ihm Casey. „Diese Information gehört zu denjenigen, die allein der Täter hat. Es ist also völlig in Ordnung, wenn wir sie der Presse vorenthalten. Ich glaube, ich werde keine Schwierigkeiten haben, meinen Chef davon zu überzeugen, dass das auch nötig sein wird.“

„Danke. Ich weiß das zu schätzen.“

„Aber Sie müssen uns helfen. Sind Sie wirklich ganz sicher, dass es niemanden gibt, der sich Ihnen in den Weg stellen will?“

„Ja, da bin ich mir sicher.“

„Nehmen Sie sich Zeit, Doc, und denken Sie noch einmal darüber nach“, riet ihm Dennis.

„Wie sieht es mit Konkurrenten aus?“, hakte Casey nach. „Gibt es einen Arzt, der Ihnen Ihren Erfolg nicht gönnt? Oder ein Kunde oder eine Kundin, die nicht zufrieden waren? Gibt es Patienten, die mit dem Ergebnis Ihrer Operation nicht glücklich waren? Oder bei denen Komplikationen aufgetreten sind? Hat Sie jemals jemand regresspflichtig gemacht? Ist je ein Patient aufgrund einer Ihrer Operationen gestorben?“

Erschöpft strich Mark mit der Hand über sein Gesicht und rieb sein Kinn. Die Reibung seiner Finger auf seinem Nachmittagsbart verursachte ein raues Geräusch. Mit seinem starken Bartwuchs und seinem dunklen Haar gehört er wahrscheinlich zu den Männern, die sich zweimal am Tag rasieren müssen, mutmaßte Casey.

„Es gibt in Mears nur eine Handvoll Schönheitschirurgen“,

sagte Dr. Adams. „Glauben Sie mir, es gibt immer einen Patienten, der nicht vollständig mit dem Ergebnis seiner OP zufrieden ist. Manche Menschen erwarten ein Wunder und sind dann enttäuscht, wenn sie nach der Behandlung nicht aussehen wie fünfundzwanzig oder wie ein Filmstar. Aber ich habe nie jemanden entstellt oder einen Job völlig vermasselt, und ich habe auch nie einen Patienten oder eine Patientin verloren. Und sicherlich war keiner meiner Patienten so unzufrieden, dass er hinausgehen und drei Frauen umbringen würde. Jemand, der so etwas tut, muss ein wirklich kranker Mensch sein."

„Genau. Darum ist er ja auch ein Serienmörder", stellte Casey fest.

„Haben Sie vielleicht Feinde außerhalb der Praxis, Doc?", fragte Dennis. „Irgendjemand, der sich an Ihnen rächen will, ob nun zu Recht oder aus anderen Gründen? Vielleicht waren Sie an einer Transaktion an der Börse beteiligt, die für denjenigen schlecht ausging? Oder gibt es einen eifersüchtigen Ehemann, der es gern sehen würde, wenn Sie die Stadt verlassen müssten? Eine eifersüchtige Exfrau?"

„Nein, nichts dergleichen. Detectives, ich sage es Ihnen doch, Sie sind auf der falschen Spur. Es muss einen anderen Grund geben, warum er sich meine Patientinnen aussucht."

„Hm." Casey dachte darüber einen Augenblick lang nach. „Sie könnten recht haben. Vielleicht haben seine Motive nichts mit Ihnen persönlich zu tun. Es könnte sein, dass er generell etwas gegen Schönheitsoperationen hat. Oder vielleicht hasst er Frauen dafür, dass sie sich einer Operation dieser Art unterziehen. Das ist es, was alle drei Opfer verbindet. Vielleicht sind sie in seinen Augen deswegen Lügnerinnen oder Betrügerinnen."

„Aber das erklärt noch nicht, warum alle Patientinnen ausgerechnet diese Praxis besuchen", warf Dennis ein.

Casey überlegte lange. „Vielleicht sind das die einzigen Akten, zu denen unser Täter Zugang hat." Sie sah Mark an. „Mein Hausarzt kann mit seinem Computer die Akten von Krankenhäusern einsehen und die Ergebnisse aller Tests oder früheren Besuche von mir abrufen. Kommunizieren Sie solche Patientendaten mit dem Krankenhaus und den anderen Ärzten Ihrer Patienten online?"

„Ja, wenn Sie die Erlaubnis des jeweiligen Krankenhauses haben, können Sie die Akten Ihrer Patienten unabhängig vom behandelnden Arzt einsehen. Allerdings muss der Patient als der ihre registriert sein. Das System ist angeblich sicher."

„Ich glaube nicht, dass es so etwas wie die einhundert Prozent sichere Internetseite gibt." Casey machte sich Notizen in ihrem Buch. „Dennis und ich werden das überprüfen. Wie sieht es mit dem direkten Zugang hier in der Praxis aus?", fragte sie weiter. „Sind Ihre Akten verschlossen, wenn niemand hier ist?"

„Nein, dafür gibt es keinen Grund. Die Praxis ist abgeschlossen, und das Gebäude wird nachts von einem Sicherheitsmann bewacht."

„Wer hat außer Ihnen noch Schlüssel zu der Praxis?"

„Warten Sie mal." Mark lehnte sich zurück und zählte an seinen Fingern ab: „Meine Krankenschwester, Martha Havey, meine Sprechstundenhilfe, Jolie Graver, der Gebäudemanager, der Nachtwächter, die Putzleute. Ich glaube, das sind alle."

„Sind die Frauen, die bei Ihnen angestellt sind, verheiratet?"

„Ja, beide. Warum fragen Sie?"

„Weil es dann wahrscheinlicher ist, dass ihre Männer dann ebenfalls Zugang zu den Schlüsseln haben."

Dr. Adams sah sie erstaunt an. „Sie können doch nicht Marthas oder Jolies Mann verdächtigen? Das ist verrückt. Ich kenne beide, das sind vernünftige Kerle."

„Ich möchte Sie nicht enttäuschen, Doc", sagte Casey, „aber Serienmörder erkennt man weder an ihren Hörnern noch an ihren gespaltenen Schwänzen. Sie sehen aus und verhalten sich wie alle anderen Menschen auch. In dieser Hinsicht ist die Liste der Verdächtigen unbegrenzt. Das eine aber wissen wir sicher: Es gibt irgendwo einen Zusammenhang zwischen den Morden. Wir haben nur noch nicht herausgefunden, wer an Ihre Akten gekommen ist. Das bedeutet, dass wir alle Möglichkeiten überprüfen müssen. Ich möchte, dass Sie darüber nachdenken, wer etwas gegen Sie haben könnte oder auf Sie wütend oder eifersüchtig ist oder es einfach nicht gut findet, welche Frisur Sie tragen oder welches Shampoo Sie benutzen – und sei es noch so abwegig. Alles ist wichtig, gleichgültig, wie trivial es Ihnen erscheinen mag."

„Okay. Ich werde mich darum kümmern und Ihnen in einigen Tagen Bescheid geben. Sonst noch etwas?"

„Nein, ich glaube das wäre erst einmal alles. Wenn Ihnen etwas einfällt, rufen Sie Dennis oder mich an."

Sie standen auf und wollten sich auf den Weg machen, doch bevor Casey und Dennis die Tür geöffnet hatten, hielt sie Dr. Adams zurück. „Ach, übrigens, haben Sie mal über meinen Wunsch nachgedacht?"

Casey sah Dennis kurz an, und wie sie erwartet hatte, hatte ihr Partner die Ohren gespitzt wie ein Hund auf der Jagd. Aufmerksam sah er Mark und Casey an. Seine Neugier war ihm ins Gesicht geschrieben.

„Nein, das tut mir leid, bisher hatte ich noch keine Zeit dafür."

„Das kann ich verstehen. Es hat keine Eile."

„Was war das denn?", fragte sie Dennis, sobald sie die Praxis verlassen hatten und auf dem Flur standen.

„Nichts."

„Versuch's gar nicht erst. Worüber hat er gesprochen?"

Die Aufzugstüren öffneten sich, und Casey ging hinein. Dennis folgte ihr auf dem Fuße. Caseys Hoffnung, dass er sich nicht weiter um das Thema kümmern würde, wurde schnell zerstört.

„Komm schon, Tiger. Was hat er von dir gewollt? Wollte er mit dir ausgehen?“

„Nein, natürlich nicht.“

„Erzähl mir nicht, er hat dich darum gebeten, einen Strafzettel rückgängig zu machen.“

„Nein, so ist es nicht.“

„Wie ist es dann?“

Casey seufzte. „Du willst mich nicht in Ruhe lassen, oder?“

„Nee“, antwortete Dennis aufgekratzt.

Dieses Mal verdrehte sie die Augen. „Du bist schon so wie meine Brüder. Wenn du es unbedingt wissen willst: Der Doc trainiert die Mädchenmannschaft seiner Nichte in Softball. Er hat mich gefragt, ob ich nach einem Spiel den Mädels etwas über die Karrierechancen bei der Polizei erzählen würde.“

„Das ist eine gute Idee.“

„Ja. Ich habe noch nicht zugesagt, sondern ihm versprochen, ich würde darüber nachdenken. Allerdings habe ich nicht vor, das zu tun.“

„Warum nicht?“

„Erstens habe ich noch nicht mit Bradshaw darüber gesprochen, und außerdem habe ich gerade recht viel zu tun, falls es dir noch nicht aufgefallen sein sollte.“

„Dem Chef wird es recht sein, und das weißt du auch. Und was die Fälle angeht: Du kannst nicht in jeder freien Minute darüber nachdenken, sonst bekommst du im Handumdrehen ein Burn-out-Syndrom. Wenn du das Revier verlässt, muss du die Arbeit dort lassen und dein eigenes Leben führen.“

„Jetzt hörst du dich schon an wie meine Brüder. Um genau zu sein wie Will.“

„Wenn er dich damit nervt, dass du dich auch mit anderen Dingen außer deiner Arbeit beschäftigen sollst, dann gebe ich ihm recht. Geh zu diesem Softballspiel und guck dir die Mädchen an. Dann erzähle ihnen hinterher, wie toll dein Job ist. Versuche mal, für ein paar Stunden zu vergessen, was du tagsüber erlebt hast. Glaub mir, nichts funktioniert so gut, um seine Sorgen zu vergessen, wie mit einigen Teenagern Zeit zu verbringen."

„Wenn ich das nicht mache, dann nervst du mich damit bis an mein Lebensende, oder?"

„Korrekt."

Casey atmete tief aus. „Okay, okay. Ich spreche mit Bradshaw. Wenn er einverstanden ist, mache ich es. Zufrieden?"

„Sicher." Dennis stupste sie am Arm. „Das war doch gar nicht so schwer, oder?"

Nachdem sie zum Revier zurückgekehrt war und ihren Chef auf den neuesten Stand gebracht hatte, beschäftigte sich Casey mit dem alltäglichen Papierkram. Danach fuhr sie nach Hause. Als sie ihren Wagen auf die Auffahrt fuhr, folgte sie unbewusst den Sicherheitshinweisen für alleinstehende Frauen. Kurz sah sie sich um, ob sich jemand in der Garage befand, dann schloss sie mit der Fernbedienung das Garagentor, bevor sie ausstieg und den Wagen abschloss.

Sie nahm ihre Handtasche und die Plastiktüte mit den Lebensmitteln, die sie auf dem Heimweg im Supermarkt gekauft hatte, und ging durch die Tür, die die Garage mit der Küche verband. Sie war kaum im Haus, als das Telefon klingelte.

Sie stellte die Tüte auf der Arbeitsplatte in der Küche ab, eilte ins Wohnzimmer und nahm den Hörer ab.

„Hallo?"

„Stretch, hier ist Will."

„Ach, hallo. Das ist aber eine Überraschung." Dann ging ihr auf, dass keiner ihrer Brüder sie einfach so anrief, nur um zu hören, wie es ihr ging. Casey runzelte die Stirn und nahm den Hörer fester in die Hand. „Ist etwas passiert? Ist es

Granda? Ist er krank?“

„Es geht ihm gut – sofern man es für normal hält, dass er mit seinem Stock herumfuchtelt und den Sheriff zur Hölle schicken will.“

„Oh weh, was ist passiert?“

„Es passiert gerade. Läuft bei dir der Fernseher?“

„Nein, ich bin gerade erst reingekommen.“

„Mach ihn lieber an. Der Sheriff hält gerade eine Pressekonferenz ab.“

„*Wie bitte?!* Das darf der gar nicht! Warte mal einen Augenblick.“ Während sie noch den Hörer in der Hand hielt, nahm sie die Fernbedienung in die andere und machte den Fernseher an. Sofort war Sheriff Crawford auf dem Monitor zu sehen.

„... ich will das nicht kritisieren“, sagte er in seinem üblichen dominanten Ton. „Ich bin sicher, dass Detective O'Toole ihr Bestes gibt. Aber sie ist seit einer Woche mit dem Fall betraut, und der Mörder ist immer noch nicht gefasst. Wir müssen diesen Mann festnehmen, bevor er wieder einen Menschen tötet.“

„Jemand sollte Crawford daran erinnern, dass er für die beiden ersten Fälle mehr als zwei Monate zur Verfügung hatte, ohne auch nur die Identität des zweiten Opfers herausbekommen zu haben“, brummte Will am anderen Ende.

Im Hintergrund hörte sie, wie ihr Großvater schimpfte und den Sheriff bedrohte. Er ließ sich ausgiebig über die missratene Herkunft von Crawford aus.

„Ist Detective O'Toole in den Ermittlungen vorangekommen?“, rief einer der Journalisten.

„Wir wissen nur, dass der Mörder einen hellen Lieferwagen fährt und dass alle seine Opfer rothaarig waren. Ich rate allen Frauen mit roten Haaren, sehr vorsichtig zu sein. Vielleicht sollten sie zum Friseur gehen und sich die Haare blondieren lassen“, fügte der Sheriff hinzu und grinste. „Außerdem habe ich hinter vorgehaltener Hand gehört, dass ein Arzt aus der Stadt verdächtigt wird.“

„Oh, mein Gott!“ Casey schnappte nach Luft. „Dieser Idiot! Dieser größenwahnsinnige, ruhmsüchtige, komplett verblödete Idiot! Jetzt hat er die nützlichsten Hinweise, die wir hatten, hinausposaunt und möglicherweise einen unschuldigen Mann in den Ruin getrieben. Warte nur, bis ich diesen Scheißkerl in die Hände bekomme. Ich werde ihm persönlich den Mund zunähen, wenn er sich sonst nicht zurückhalten kann.“

„Ganz ruhig, Stretch“, riet ihr Bruder ihr. „Übertreib es nicht gleich. Und greif Crawford nicht persönlich an. Beschwer dich bei deinem Boss, und überlass ihm den Rest.“

Casey knirschte mit den Zähnen und zählte bis zehn. Dieser Rat konnte nur von Will stammen. Er war ein Polizist, wie er im Buche steht. Er hielt sich an die Regeln, nahm den Dienstweg und hielt sein großartiges irisches Temperament unter Kontrolle. Deswegen war er mit zweiunddreißig schon Lieutenant. Und aus demselben Grund war es unwahrscheinlich, dass er weiterbefördert werden würde.

Manchmal regte Wills Art, sich immer und unter allen Umständen an die Regeln zu halten, Casey auf.

Auf der anderen Seite waren sie einander auch ähnlich. Sie waren beide eher ernster Natur, fleißig und diszipliniert, und sie lebten für ihren Job. Und beide besaßen – auch wenn ihr Bruder das abstreiten würde – den sechsten Sinn.

Einige nannten das Intuition. Es lief darauf hinaus, dass Will und Casey Dinge wahrnahmen, die anderen Menschen nicht auffielen.

Wenn sie dabei war, einen Fall zu untersuchen, hatte Casey häufig ein bestimmtes Gefühl eine Person oder einen Sachverhalt betreffend. Manchmal fühlte es sich an, als würde etwas in ihrem Magen rumoren oder ihre Haut würde am ganzen Körper prickeln. Manchmal hatte sie das Gefühl, ihre Nervenenden vibrierten, manchmal schien es, als würden unsichtbare Fühler etwas aufnehmen. Diese Feinfühligkeit war das beste Werkzeug, das Casey als Polizistin haben konnte. In ihrer Karriere hatte sie schon oft auf ihre Vorahnungen vertraut.

Auf der anderen Seite wollte Will es nicht wahrhaben, dass so etwas wie Vorahnungen existierten, schon gar nicht bei ihm. Als Kinder hatten er und Casey diese Schwingungen schon oftmals erlebt.

Als Erwachsener wollte Will nichts mehr mit dieser besonderen Fähigkeit, die ihm in die Wiege gelegt worden war, zu tun haben. Er ging zur Polizei und schwor sich, allein die guten und soliden rationalen Vorgehensweisen eines Polizisten zu befolgen. William Harrison Collins hielt nichts von Hokuspokus.

Seine Starrköpfigkeit, seine Instinkte nicht zu benutzen, brachte Casey häufig auf die Palme, aber in diesem Fall wusste sie, dass Will recht hatte.

„Hast du gehört, was ich gerade gesagt habe, Stretch?“, horchte ihr Bruder nach, weil sie am Ende der Leitung so still gewesen war.

„Ich habe gehört, was du gesagt hast.“

„Also, lässt du Lieutenant Bradshaw die Sache regeln?“

„Ja“, gab sie zwischen zusammengebissenen Zähnen zu.

„Schwörst du es?“

Die Pressekonferenz war inzwischen vorbei, und Casey schaltete den Fernseher aus. Sie ging mit dem Hörer am Ohr mehrmals durch den Raum. Sie war aufgebracht. Nichts in der Welt hätte sie mehr gefreut, als Sheriff Crawford geradeheraus zu sagen, was sie von ihm hielt. Aber rational betrachtet, wusste sie, dass sie damit wahrscheinlich längerfristig ihrer Karriere schaden würde.

„Stretch?“, hakte Will nach.

„Ja, schon gut. Ich verspreche es dir.“

Aber wie gern hätte sie diesen aufgeblasenen Dickschädel in aller Öffentlichkeit in seine Schranken verwiesen.

Am nächsten Morgen verzichtete Casey aufs Joggen, zum ersten Mal seit Jahren. Eine unruhige Nacht hatte das ihre dazu beigetragen, dass sie sich immer noch über den Sheriff aufregte. Als sie durch die Eingangstür der Wache stürmte, sahen sie die Beamten, die sie sonst mit einem fröhlichen „Guten Morgen!", begrüßten, besorgt an oder waren klug genug, plötzlich etwas sehr Wichtiges zu tun zu haben.

Diese Feinfühligkeit besaßen die Journalisten, die schon auf sie warteten, jedoch nicht.

Casey war erst halb durch die Eingangshalle gekommen, als jemand rief: „Da ist sie!"

Die Hölle war los. Die Reporter umringten sie wie ein Schwarm Bienen. Casey sah sich plötzlich inmitten von Kameraleuten und Journalisten, die ihr Mikrofone ins Gesicht hielten.

„Detective! Detective! Was halten Sie von den Behauptungen des Sheriffs?"

„Stimmt es, dass ein Arzt hier aus dem Ort verdächtig wird, der Jäger zu sein?"

„Haben wir einen Jack the Ripper hier in Mears?"

„Entschuldigung. Lassen Sie mich durch, bitte", brachte Casey zwischen zusammengepressten Lippen hervor und versuchte, sich einen Weg durch die Menge zu bahnen.

„Detective O'Toole, in der gestrigen Pressekonferenz sagte Sheriff Crawford, dass Sie und Ihr Einsatzkommando nicht weiter als letzte Woche gekommen seien, den Jäger zu fassen. Er legte nahe, Sie sollten zurücktreten. Ihr Kommentar?"

„Sheriff Crawford darf eine eigene Meinung haben."

„Aber stimmt es, was er sagt? Sie müssen zugeben, es ist eine Woche her, seitdem sie mit dem Fall betraut sind, und es gibt noch keine Festnahme."

Casey drehte sich mit zusammengekniffenen Augen zu der aufdringlichen Journalistin um. „Wenn Sie mir Ihr Mikrofon noch länger vors Gesicht halten, dann stecke ich es ..."

„Ich fürchte, Sie haben nicht alle Fakten berücksichtigt, Ma'am", unterbrach sie eine vertraute Stimme. Gleichzeitig spürte Casey eine warme Hand auf ihrem Rücken. „Serienmörder kennen ihre Opfer kaum. Die Opfer werden von den Tätern zufällig ausgesucht, was die Verfolgung des Mörders extrem schwierig macht. Wenn Sie sich daran erinnern, dauerte es Jahre, um Ted Bundy zu überführen."

Dennis quetschte sich neben Casey und nutzte seine breiten Schultern, um ihr einen Weg durch die Menge zu bahnen.

„Wollen Sie damit sagen, dass diese Untersuchung möglicherweise Jahre dauern kann?"

Dennis steuerte auf die Treppe zu. „Ich will nur damit sagen, dass Sie und der Sheriff ein wenig Vertrauen und Geduld zeigen sollen. Alles, was zu diesem Zeitpunkt getan werden kann, tun wir."

„Danke", murmelte Casey ihrem Partner zu und rannte die Stufen hinauf. „Ich war kurz davor, der Frau, die so tat, als wisse sie schon alles, ins Gesicht zu schlagen."

„Ich weiß. Warum glaubst du, hätte ich sonst eingegriffen?"

Als sie im zweiten Stock ankamen, eilte Casey durch das Büro. Die besorgten Blicke, die ihr ihre Kollegen zuwarfen, nahm sie nicht einmal wahr. Dennis folgte ihr mit seiner typischen bedächtigen Art. Blutdürstig marschierte Casey in Lieutenant Bradshaws Büro, doch er war auf sie vorbereitet. Bevor sie ihre Hasstirade loslassen konnte, hob er die Hand.

„Stopp! Bevor Sie mir hier eine Szene machen ... Ich habe die Pressekonferenz auch gesehen. Ich habe den Bürgermeister und die County Commissioners angerufen, und wir haben in einer knappen Stunde einen Termin mit Crawford. Ich werde dafür sorgen, dass er sich in der Öffentlichkeit bei Ihnen entschuldigt *und* dass er keine unautorisierten Kommentare mehr an die Presse abgibt."

„Na toll. Dann hat Crawford ja gleich eine zweite Chance zu zeigen, wie toll er ist. Sobald er nur ein Mikrofon sieht, nutzt er jede Gelegenheit, sich in einem günstigen Licht zu präsentieren."

„Nein. Dieses Mal wird er das nicht tun. Er muss den County Commissioners Rede und Antwort stehen, und die sind genauso wütend wie wir. Offensichtlich ist die Pressekonferenz von gestern Abend nur eine Sache. Aber er hat anscheinend schon eine ganze Reihe von Dingen unternommen, zu denen er weder das Recht hatte noch die den Regeln entsprachen. Crawford hat scheinbar nicht verstanden, dass ein gewählter Sheriff zu sein, nicht bedeutet, gleichzeitig die ganze Macht über die County zu haben."

„Ich habe nicht den Eindruck, dass es ihn davon abhält, weiterhin diese Haltung an den Tag zu legen, nur weil er von Ihnen und den County Commissioners etwas auf die Finger bekommt", sagte Casey. „Warum sollte er seine Aussage zurückziehen?"

„Oh, das wird er, glauben Sie mir. Ich habe sein neues Statement schon vorbereitet. Entweder er liest es wortwörtlich von diesem Blatt ab, oder ich werde ihm persönlich einen Maulkorb anlegen."

Dieses Versprechen beruhigte sie ein wenig, aber Casey war noch nicht zufrieden. „Gut. Aber ich will, dass Lewis und Travis aus dem Kommando entlassen werden. Heute. Einer oder beide dieser Vollidioten haben dem Sheriff Informationen zukommen lassen."

„Das kann ich nicht machen, O'Toole, und das wissen Sie sehr wohl. Crawford würde sich aus der Untersuchung ausgeschlossen fühlen und daraus garantiert eine politische Sache machen. Außerdem hatte er ein Recht auf diese Informationen. Er hatte nur nicht das Recht, sie der Presse mitzuteilen, ohne vorher mit Ihnen Rücksprache gehalten zu haben."

„Dieser Idiot hat unseren einzigen Vorteil ausgeplaudert", widersprach ihm Casey. „Mittlerweile hat dieser Täter seinen Wagen verschwinden oder zumindest umspritzen lassen, und jede Frau mit roten Haaren in der Gegend ist in Panik. Hat Crawford denn nichts Besseres zu tun, als jemanden zu verdächtigen, ohne dass ein einziger Beweis vorliegt? Wenn die Presse Dr. Adams Namen herausbekommt, ist es egal, ob er schuldig oder unschuldig ist. Seine Praxis kann er dann dichtmachen. Und wir werden sehr viel Glück haben, wenn er deshalb dann nicht die Stadt verklagt. Und die Polizei. Und das Department des Sheriffs."

„Ich weiß, ich weiß. Glauben Sie mir, ich werde dafür sorgen, dass er begreift, was er da angestellt hat. Aber Sie müssen mich das machen lassen. Ich kenne Sie, O'Toole. Wenn Sie so aufgebracht sind, dann geht Ihr Temperament mit Ihnen durch. Eines Tages wird Sie das in ernste Schwierigkeiten bringen."

„Gut. Sie kümmern sich darum. Was sollen aber Dennis und ich in der Zwischenzeit tun? Unten wartet eine Meute Journalisten, die Blut riecht."

„Ich rede mit Ihnen, wenn ich gehe. Sie und Shannon arbeiten einfach weiter. Befragen Sie die Angestellten dieses Arztes und alle anderen, die auch Zugang zu diesem Gebäude haben. Und falls Sie noch nichts von Dr. Adams gehört haben, haken Sie noch einmal nach, denn wir brauchen die Liste mit seinen ungeliebten Patienten. Erledigen Sie einfach Ihre Arbeit, und ignorieren Sie die Presse. Denken Sie dran, von mir haben Sie Rückendeckung."

„Einverstanden, Boss", bestätigte Dennis den älteren Mann. Er ging hinüber zu Casey, legte ihr die Hände auf die Schultern und schob sie aus dem Büro.

Casey war nicht die Einzige, die vor Wut schäumte.

Mark wartete bei dem Brunnen im Südosten des Parks, wo er das letzte Mal Casey eingeholt hatte. Ungeduldig lief er hin und her, während er immer wieder auf seine Uhr sah. Er schaute sich nach ihr um. Wo blieb sie nur?

Da er entschlossen war, sie nicht zu verpassen, war er bereits vor Anbruch des Tages im Park gewesen. Er sah wieder auf die Uhr. Seit einer Stunde wartete er schon hier, aber sie hatte sich nicht blicken lassen.

Vielleicht war sie woanders laufen gegangen, um ihm aus dem Weg zu gehen? Es schien fast so. Seltsam, dachte er bei sich. Er hätte sie nie für einen Feigling gehalten.

Er wartete weitere fünf Minuten, dann lief er fluchend den Joggingpfad hinunter. Er war so wütend, dass er sehr schnell rannte. Am nordöstlichen Ende des Parks ging er seinem Impuls nach und lief über die Baker Street. Er joggte den Bürgersteig bis zu Caseys Haus und klingelte zweimal. Aber auch auf sein Klopfen antwortete sie nicht. Von drinnen hörte er kein Geräusch. Als nach einigen Augenblicken noch immer nichts passierte, fand er sich mit der Tatsache ab, dass sie nicht zu Hause war, und kehrte auf der Baker Street um, um seine letzte Runde durch den Park und danach nach Hause zu laufen.

Sobald er dort angekommen war, holte er Caseys Visitenkarte aus seiner Brieftasche und wählte ihre Büronummer.

„Kommissariat", sagte eine junge Frau, „kann ich Ihnen helfen?"

„Ich hätte gern Detective O'Toole gesprochen, bitte."

„Das tut mir leid, Detective O'Toole ist gerade nicht im Büro. Sie recherchiert außer Haus. Kann ich ihr etwas ausrichten?"

Verdammt, dachte Mark. Er rieb sich die Stirn, während er überlegte, ob er eine kurze Nachricht hinterlassen sollte. „Ach, nein, danke. Ich rufe später noch einmal an."

Casey und Dennis verbrachten den ganzen Tag damit, Befragungen durchzuführen. Sie sprachen mit dem Manager des Gebäudes, in dem sich die Praxis von Dr. Adams befand, mit der Frau, die die Putzkräfte koordinierte, und mit den vier Frauen, die die Räume reinigten. Am Ende ihrer Schicht waren sie gerade dabei, den Nachtwächter des Powers Buildings zu befragen, als Dennis' Handy klingelte.

Er sah auf die Anzeige und schaute Casey erschrocken an. „Es ist deine Mutter. Da muss etwas passiert sein."

Während er das sagte, bekam auch Casey eine Nachricht auf ihrem Mobiltelefon. „Das hier ist auch Mom."

„Oh Gott, das ist Mary Kate. Vielleicht geht es ihr nicht gut."

„Du bleibst ruhig, okay, und ich rufe Mom an", befahl Casey, während sie bereits die Telefonnummer ihrer Mutter wählte.

Maureen nahm beim ersten Klingeln ab. „Casey?"

„Ja, ich bin's. Was ist los?"

„Ich bin mit deinem Vater und Mary Kate im Wagen, Schätzchen. Wir fahren jetzt ins Krankenhaus. Die Wehen haben zu früh eingesetzt. Wir treffen uns in der Notaufnahme, in Ordnung?"

„Wir sind schon unterwegs."

„Es ist was mit Mary Kate, oder?", fragte Dennis, als sie aufgelegt hatte.

„Ja. Es tut mir leid, Mr. Britton", sagte sie zu dem Nachtwächter. „Wir haben einen Notfall in der Familie. Wir müssen los." Sie nahm Dennis beim Arm. „Komm. Ich erzähle es dir auf dem Weg zum Wagen. Und ich fahre."

„Oh Gott, es muss schlimm sein, wenn du mir noch nicht einmal mehr zutraust, dass ich fahre."

„Steig einfach ein."

Dennis wirkte, als stünde er unter Schock. Casey musste ihn zum Wagen führen und ihn auf den Beifahrersitz schieben.

Mit Blaulicht fuhr sie zum Krankenhaus, das sich nur wenige Blöcke vom Powers Building entfernt befand. In weniger als zwei Minuten waren sie dort, sogar noch vor ihren Eltern und der Cousine.

Als sie jedoch mit quietschenden Reifen vor dem Eingang der Notaufnahme hielt, hatte ihr Partner den Schock bereits überwunden und übernahm wieder das Kommando. Während Casey einen Parkplatz suchte, rannte er hinein und benachrichtigte die Krankenschwestern und Ärzte, sodass sie ihm hinausfolgten. Als Caseys Vater seinen Wagen vorfuhr, warteten Dennis, Casey und die Mediziner bereits auf sie.

In den nächsten Stunden trudelten Caseys Brüder ein, einer nach dem anderen. Joe und Francis waren den Eltern in ihrem eigenen Fahrzeug gefolgt und hatten Roger und Granda mitgebracht. Es gab nichts, was sie tun konnten, außer zu warten und sich gegenseitig Mut zuzusprechen. Aber niemand dachte daran, wieder nach Hause zu fahren, bevor man nicht sicher wusste, dass Mary Kate und die Babys außer Gefahr waren.

Schließlich kam ein erschöpft aussehender Dennis gegen acht Uhr von der Station in den Warteraum. Sofort waren alle auf den Füßen und löcherten ihn mit Fragen.

„Gute Nachrichten", berichtete er, nachdem er mit erhobenen Händen um Ruhe gebeten hatte. „Mary Kate und die Babys sind gesund. Die Ärzte haben ihr etwas gegeben, um die Wehen zu stoppen." Ein allgemeines Seufzen der Erleichterung hob an. „Sie behalten sie über Nacht hier, nur zur Kontrolle. Und wenn alles gut geht, wird sie in ein bis zwei Tagen wieder entlassen. Sie liegt jetzt in einem Einzelzimmer, also könnt ihr sie jetzt alle sehen."

Mary Kate saß aufrecht in ihrem Bett. Sie sah müde, aber immer noch hübsch aus. Als die ganze Familie sich in ihr kleines Zimmer quetschte, strahlte sie vor Freude. Alle nahmen sie nacheinander in den Arm und küssten sie.

„Du hast uns vielleicht 'n Schrecken eingejagt, Mary Kate", schalt sie Granda, dessen breiter Akzent durch die Aufregung noch deutlicher hervortrat. Er drohte ihr mit seinem gichtigen Finger. „Denk in Zukunft immer daran, ich bin ein alter Mann. Mein armes Herz hält solche Aufregung nicht mehr aus. Also überleg dir das nächste Mal gut, ob du deinen alten Großvater wirklich so erschrecken wills', hörs' du?"

„Ja, Granda." Mary Kate küsste seine faltige Wange. Dann senkte sie beschämt den Blick, aber es war nicht zu übersehen, dass sie grinsen musste. Obwohl die beiden nicht direkt verwandt waren, akzeptierte er die Nichte seiner Schwiegertochter als richtige Enkelin, seitdem sie in die Familie gekommen war.

Einige Zeit sprachen sie mit der Patientin, aber als Roger dann anfing herumzuquengeln, kündigte Francis an, sie würde ihn nach Hause fahren und ins Bett bringen.

Die müden Augen des kleinen Jungen fingen an zu glänzen, als er stolz verkündete: „Ja, ja, mit Tanne Francis und Onkel Tscho nach Hause fahren!"

Kurz, nachdem die O'Tooles mit Roger und Granda gefahren waren, verließen auch die Collins-Brüder die Cousine, bis nur noch Dennis und Casey mit ihren Eltern im Zimmer waren.

„Soll ich dir noch etwas besorgen, bevor wir fahren?", bot Casey ihrer Cousine an.

„Ihr wollt auch schon gehen?" Mary Kate sah enttäuscht drein und starrte auf ihre sorgsam manikürten Fingernägel, die an der rauen Bettdecke zupften. „Könnt ihr nicht noch ein wenig bleiben?"

Casey musste in sich hineinlachen. Wann immer Mary Kate diese beleidigte Miene aufsetzte, schmolz Dennis dahin wie Eis in der Sonne, aber Casey war aus anderem Holz geschnitzt. Sie hatte mit ihrer Cousine zusammen in einem Zimmer gewohnt, bevor sie zum College gegangen war, und kannte deshalb alle ihre Tricks.

Casey lehnte sich über das Bett und küsste Mary Kate auf die Wange. „Tut mir leid, mein Liebes, aber ich verhungere gleich. Jetzt weiß ich ja, dass es dir einigermaßen gut geht. Ich gehe jetzt nach Hause und koch mir was."

„Oh, in Ordnung. Aber du kommst doch morgen Abend zum Essen, oder?"

„Darauf kannst du wetten. Ich verpasse es doch nicht, wenn Mom kocht." Casey küsste ihre Eltern und ging zur Tür. Bevor sie hinausging, drehte sie sich noch einmal um und winkte. Sie öffnete die Tür und rannte gegen einen muskulösen Mann, noch bevor sie die Tür wieder hinter sich geschlossen hatte.

„Hoppla!"

Er zog sie mit seinen starken Armen an seine Brust. Caseys Sinne waren plötzlich umnebelt von einem männlichen Duft.

„Nun. Wenn das nicht Detective Casey O'Toole ist", sagte eine tiefe Stimme amüsiert. „Wissen Sie, wir dürfen uns einfach nicht mehr so häufig zufällig treffen."

10. KAPITEL

Casey sah ruckartig auf. „Was machen Sie denn hier?“

Mark grinste. Einen Moment lang ließ sich Casey von seinen attraktiven Augenfältchen ablenken. „Das ist ja komisch, dasselbe wollte ich Sie gerade fragen. Ich arbeite hier. Sie erinnern sich doch daran, dass ich Arzt bin, nicht wahr? Ich habe gerade eine Notoperation beendet.“

Toll. Casey schlug sich innerlich mit der Hand gegen die Stirn. *Eine erstklassige Kommissarin bist du, Casey O'Toole.* Verdammt, der Mann trägt Klinikkleidung! Sie sah ihn kurz an und spürte, wie ihr Herz einen kleinen Aussetzer hatte. Das OP-Oberteil hatte einen V-Ausschnitt und gab einen Teil seiner Brust preis, die mit kurzen schwarzen Haaren bewachsen war. Das Hemd war kurzärmelig, und sie konnte seine ebenfalls seidig behaarten muskulösen Unterarme sehen. Wie immer roch er nach Desinfektionsmittel und nach seinem eigenen männlichen Duft. Wer hätte jemals gedacht, dass diese beiden Gerüche so gut zusammenpassten?

Mit einem Blick erfasste sie seine breiten Schultern, seinen starken Hals und seine pechrabenschwarzen Haare. Seine Frisur war verwuschelt, und das Gummiband der OP-Haube zeichnete sich noch über der Stirn ab.

Das ist nicht fair, dachte sie trotzig. Wie kann ein Mann nur so unglaublich sexy aussehen, auch wenn er nur schlabberige OP-Kleidung trägt? Es ist einfach nicht fair.

„Casey! Geht es Ihnen nicht gut?“, holte sie Mark aus ihrer Träumerei.

„Was? Nein … alles in Ordnung. Mir geht es gut. Also … hatten Sie es wieder mit einem Autounfall zu tun?“

Ein besorgter Blick machte sich auf seinem Gesicht breit. „Nein. Es war Gewalt in der Ehe. Der Ehemann hat seiner Frau im Streit mit einem Messer das Gesicht zerschnitten. Ich wurde gerufen, um die Narben so klein wie möglich zu halten."

„Oh. Verstehe." Casey konnte seinen plötzlichen Stimmungsumschwung nachvollziehen. Sie hatte es immer gehasst, zu derartigen Einsätzen gerufen zu werden. Um nichts in der Welt wollte sie in der Einsatzgruppe für Gewalt in der Ehe arbeiten.

Mark schien innerhalb von Sekunden seine dunklen Gedanken zu vertreiben, und seine Augen strahlten wieder. „Sie haben mir allerdings immer noch nicht verraten, was Sie hierher führt."

„Oh." Sie deutete auf die Tür hinter ihr. „Meine Cousine Mary Kate, die Frau meines Partners, erwartet Zwillinge. In sieben Wochen ist es so weit, aber die Wehen haben zu früh eingesetzt. Deshalb ist sie heute Abend hier eingeliefert worden."

Sofort wurde Marks fröhlicher Gesichtsausdruck wieder ernst. „Das tut mir leid. Wie geht es ihr?"

„Besser."

„Wer ist ihr Gynäkologe?"

„Dr. Thomas."

Mark nickte. „Da ist sie in guten Händen. Er ist einer der Besten."

Seine Bemerkung ließ Casey wieder aufhorchen. Jetzt erst bemerkte sie, dass Marks Hände immer noch auf ihrem Rücken ruhten. Und als sich eine Tür öffnete und eine Krankenschwester beim Anblick des Paares ungläubig die Augen aufriss, sprang sie erschreckt einen Schritt zurück. Wie ein kleines Kind, das dabei erwischt wird, wie es Kekse aus der Dose stiehlt, dachte Casey.

Mark lachte in sich hinein, als die Frau in Richtung Schwesternzimmer verschwand. „Das hier ist eine einzige Gerüchteküche. Morgen früh sind wir offiziell verlobt."

„Na, toll", zischte Casey, um die peinliche Situation zu überspielen. Gleichzeitig aber fand sie seine Aussage aufregend.

„Schön, dass Sie so viel Spaß haben." Allmählich aber machte ihr finsterer Blick einem zurückhaltenden Grinsen Platz. „Aber ich weiß, was Sie meinen. Auf dem Revier ist es dasselbe. Nur die geringste Kleinigkeit und ..."

„Wusste ich doch, dass ich Ihre Stimme gehört habe, Doc." Hinter ihnen ging die Tür auf, und Dennis steckte seinen Kopf heraus. „Was macht ihr beiden da draußen auf dem Flur? Bring ihn rein, Casey!" Er hielt die Tür weit auf und winkte sie herein. „Kommen Sie, Doc. Ich möchte Ihnen meine Frau und Caseys Eltern vorstellen."

Casey wäre am liebsten im Boden versunken, aber Mark schob sie, seine Hand immer noch auf ihrem Rücken, ins Krankenzimmer.

Mary Kate riss die Augen auf, als sie ihn sah.

„Onkel Pat, Tante Maureen, ich möchte euch Dr. Mark Adams vorstellen. Doc, das sind Caseys Eltern."

Während Dennis alle miteinander bekannt machte, glitt Mary Kates Blick zwischen dem Doktor und Casey hin und her. Casey war das alles unangenehm. Sie wusste, ihre Cousine brütete etwas aus.

„So, Sie sind also Dr. Adams", schnurrte Mary Kate, als sie seine Hand schüttelte. „Mein Mann hat mir schon viel von Ihnen erzählt."

„Ach, hat er das? Nun, was er Ihnen auch immer erzählt hat, er hat gelogen. Das war alles gelogen. Sie sollten ihm kein einziges Wort glauben."

Mary Kate kicherte. „Keine Sorge, er hat nur Gutes von Ihnen berichtet. Er schätzt Sie."

„Das höre ich gern! Wenn jemand sowohl eine Pistole als auch eine Dienstmarke trägt, bemühe ich mich, mich mit ihm gut zu stellen."

„Schließt das auch Casey mit ein?", fragte Mary Kate verschlagen und mit einem breiten Lächeln.

Mark sah Casey an. Etwas in seinem Blick schnürte ihre Brust zusammen.

„Das gilt besonders für Casey." Er wurde ernst und wandte sich Mary Kate wieder zu. „Wie geht es Ihnen jetzt, Mrs. Shannon? Haben Sie noch Schmerzen?"

„Nein, gar nicht mehr. Und bitte nennen Sie mich Mary Kate."

„Dr. Thomas sagte, sie spricht gut auf die Medikamente an. Wenn alles gut läuft, dann können wir sie morgen wieder mit nach Hause nehmen", sagte Dennis mit hoffnungsvoller Stimme.

„Ich nehme an, er hat Ihnen absolute Bettruhe verordnet", mutmaßte Mark und zog eine Augenbraue hoch, während er Mary Kate ansah.

Sofort verzog sie ihren Mund zu einem Schmollen, ließ sich mit Wucht in die Kissen fallen und verschränkte ihre Arme über ihrem dicken Bauch. „Ja. Ich darf gar nichts mehr machen."

„Passivität und meine Frau – das passt schlecht zusammen", erklärte ihm Dennis und streichelte Mary Kates Arm. „Sie hat viel Energie. Stillhalten ist sehr schwierig für sie."

„Danke, Liebling, du verstehst mich so gut." Mary Kate nahm Dennis' Hand und presste sie gegen ihre Wange.

„Ich kann mir vorstellen, wie schwer Ihnen das fallen muss", stellte Mark fest. „Aber jeder Tag, den Sie durchhalten, erhöht die Chance, dass Ihre Kinder gesund zur Welt kommen. Ich bin sicher, dass Ihnen das ein Opfer wert ist."

„Natürlich! Ich tue alles für meine Babys."

„Wie lang praktizieren Sie schon in Mears, Dr. Adams?", fragte Caseys Vater.

„Ich habe meine Praxis hier vor acht Jahren eröffnet, gleich nach meiner Spezialisierung als plastischer Chirurg. Mein Bruder und seine Tochter leben hier, und da sie die einzigen Verwandten sind, die ich noch habe, bin ich hierhergezogen. Ich wollte bei Ihnen sein."

Während Caseys Vater dabei war, aufgrund dieser Informationen Marks Alter zu errechnen, sah ihre Mutter besorgt drein.

„Sie haben gar keine Familie mehr?" Maureen stammte aus einer sehr großen Familie, genau wie Patrick. Allein die Idee, nicht auf eine große Familie mit ihrer Liebe und Unterstützung zurückgreifen zu können, fanden beide unerträglich.

„Nein, Ma'am. Mein Zwillingsbruder und ich kamen auf die Welt, als meine Eltern schon recht alt waren. Unsere Eltern sind vor einigen Jahren gestorben, beide innerhalb von sechs Wochen."

„Oh, Sie Ärmster! Aber sicherlich haben Sie Cousinen und Cousins, Onkel und Tanten?"

„Nicht dass ich wüsste. Sowohl mein Vater als auch meine Mutter waren Einzelkinder, so wie ihre beiden Eltern."

„Ach, das ist aber traurig." Die Mutter drehte sich zu Casey um und sagte entschieden: „Casey, Liebes, du musst diesen jungen Mann unbedingt einmal zu uns einladen. Warum", sagte sie, wieder an Mark gewandt, „kommen Sie uns nicht am 4. Juli besuchen? Bringen Sie Ihren Bruder und Ihre Nichte mit."

„Mom, ich glaube nicht, dass …"

„Das ist sehr nett, Mrs. Collins", sagte Mark. „Vielen Dank für die Einladung. Wir würden uns sehr freuen, Ihrer Familie Gesellschaft zu leisten."

„Gut, dann haben wir das geklärt", erklärte Maureen zufrieden.

Casey wusste nicht, was sie tun sollte. Sie konnte Mark nicht wieder ausladen. Sie war sich noch nicht einmal sicher, ob sie das überhaupt wollte. Diese Tatsache beunruhigte sie am meisten.

Es war absurd, sich irgendwelche Hoffnungen auf Dr. Mark

Adams zu machen.

Sie hatte keine Ahnung, ob er überhaupt an ihr interessiert war. Dennis glaubte das zwar, und dass er Mary Kate davon erzählt hatte, war so sicher wie das Amen in der Kirche. Caseys Lippen zuckten. Ihre Cousine liebte es, die Kupplerin zu spielen. Sie war so romantisch! Sobald ein Mann eine Frau anlächelte, spürte Mary Kate schon einen Hauch von Liebe und setzte alles in Bewegung, um die beiden zusammenzubringen.

Casey ließ sich jedoch nicht so schnell überzeugen. Sie hatte zwar einige Male den Eindruck gehabt, dass der Doc mit ihr flirtete, aber sie war sich nicht sicher. Vielleicht gehörte er ja zu den Männern, die mit jeder Frau flirten, die ihnen über den Weg läuft.

Und selbst *wenn* er sich für sie interessierte – es würde nicht funktionieren. Er war ein reicher Arzt und gehörte zu den Leuten, die Mitgliedschaften in Golfklubs hatten. Sie war eine Polizistin aus einer vielköpfigen Mittelstandsfamilie. Sie waren laut und stammten von irischen Einwanderern ab, die erst vor einer Generation in die USA gekommen waren. Zwischen ihr und Dr. Mark Adams gab es keinerlei Gemeinsamkeiten.

Und außerdem sah er unglaublich gut aus. Sicherlich hatte er schon viele Erfahrungen mit Frauen gesammelt.

Der einzige Mann, in den sie sich jemals verliebt hatte, war Tim gewesen. Als sie sich nähergekommen waren, hatte das unter den aufmerksamen Augen zweier altmodischer Elternpaare stattgefunden, nicht zu sprechen von einem neugierigen Großvater und vier besorgten älteren Brüdern. Tim hatte ihr gesagt, wie hübsch sie sei, aber Liebe macht nun mal blind. Sie war kein Monster, das sicher nicht, aber sie war keine exotische Schönheit wie ihre Cousine. Sie spielte ganz einfach nicht in Dr. Adams' Liga.

Ganz abgesehen davon, schien der Mann nicht in der Lage zu sein, Verpflichtungen einzugehen. Es war sicherlich kein Zufall, dass er schon Mitte dreißig war und immer noch Single. Wahrscheinlich warfen sich ihm jeden Tag schöne Frauen zu Füßen.

Möglicherweise hatte der Doc nichts dagegen, eine kurze heiße Affäre mit ihr einzugehen, wenn es sich so ergab. Aber auf keinen Fall konnte er ernsthaftes Interesse an ihr haben.

Doch für sie kam eine Affäre nicht infrage, nicht mit ihrem Hintergrund und ihrer Persönlichkeit. Sie würde sich wahrscheinlich schuldig und komisch fühlen, sicherlich würde sie die ganze Angelegenheit innerhalb von vierundzwanzig Stunden beenden.

Und selbst wenn sie die Nerven für eine Affäre hätte, würden ihre Brüder es sicherlich herausfinden. Und sie würden Mark bei lebendigem Leibe das Fell über die Ohren ziehen – auch wenn keiner von ihnen selbst wie ein Mönch lebte.

Casey seufzte. Sie hatte es aufgegeben, gegen diese Doppelmoral anzukämpfen, und das schon in ihrer Teenagerzeit. So war es eben, wenn man zusammen mit vier älteren Brüder aufwuchs, die auf einen aufpassten. Die sexuelle Revolution mochte die Gesellschaft verändert haben, aber hey – es galten immer noch andere Regeln für Schwestern. Vor allem für kleine Schwestern.

Im Krankenzimmer fingen plötzlich alle an zu lachen, und Casey wurde aus ihren Gedanken gerissen. Offensichtlich hatte Mark etwas gesagt, was alle urkomisch fanden.

„Oh, Mark, Sie sind schrecklich", brachte Mary Kate zwischen ihrem Kichern hervor.

Dennis rang noch nach Luft, als er sich vornüberbeugte und sich die Seite hielt. Caseys Eltern wischten sich Tränen aus dem Gesicht.

Casey zwang sich zu einem Lächeln und tat so, als hätte sie

Spaß, aber sie sagte nichts.

Mark hatte sich zwischenzeitlich in die Herzen ihrer Eltern und ihrer Cousine geschlichen. Sie unterhielten sich miteinander, als würden sie sich schon seit Jahren kennen.

Casey fühlte sich betrogen. Sie wusste, dass das albern war, aber sie konnte nicht anders. Spürten die anderen denn nicht, dass dieser Mann eine Gefahr darstellte? Dass er sie um ihre Ausgeglichenheit brachte?

Offensichtlich nicht. Als Nächstes nahm sie wahr, dass Mark sie fragte, ob sie einen Kaffee mit ihm trinken wolle.

„Ich hoffe, ich kann sie dazu überreden, meinem Mädchen-Softballteam etwas über die Arbeit bei der Polizei zu erzählen", erklärte er den anderen.

„Wirklich? Sie soll einen Vortrag halten?", fragte Caseys Vater.

„Ja, eigentlich über mehrere Themen. Zum Beispiel über die Karrierechancen, die die Polizei jungen Frauen bietet. Sicherheit für Frauen. Solche Dinge eben."

„Das ist eine tolle Idee", rief ihre Cousine. „Casey, das solltest du machen!"

„Ja, das denke ich auch", sagte ihre Mutter in vorwurfsvollem Ton.

„Ja ... ich überlege es mir."

„Lassen Sie uns gehen, dann überzeuge ich Sie davon, dass es eine gute Idee ist."

„Ich kann wirklich nicht", erklärte Casey. „Ich muss los. Eigentlich war ich schon auf dem Weg nach Hause, als wir uns eben trafen."

„Komm schon, Tiger. Seit wann lehnst du eine Tasse Kaffee ab? Du hast schon lange keine Dosis mehr gehabt, es ist höchste Zeit. Der letzte Becher ist bestimmt schon über eine Stunde her." Dennis sah Mark an. „Sie ist von Kaffee abhängig. Nehmen Sie es als Warnung. Wenn der Koffeinpegel in ihrem Blut zu niedrig wird, verwandelt sie sich in eine zähnefletschende Bestie."

„Ach komm, so schlimm bin ich nun wirklich nicht", widersprach Casey, aber ihr Einspruch stieß bei ihrer Familie auf taube Ohren.

„Ach nein?" Dennis' Blick wanderte wieder zu Mark. „Eines Tages beschloss die Polizeiverwaltung, Kaffeeautomaten zu installieren. Das ist kostengünstiger, sauberer und bequemer, als von jedem einzelnen Geld für den gemeinsamen Kaffee einzusammeln, einzukaufen und dann auch noch abwaschen zu müssen. Klingt nach einer guten Idee, oder? Jedenfalls war der Kaffee, der aus den Automaten kam, schrecklich – aber nachdem das der Kaffee auf dem Revier naturgemäß immer ist, beschwerte sich niemand darüber. Nun, eines Tages litt Casey unter Entzugserscheinungen, also steckte sie eine Vierteldollarmünze in den Automaten und ..."

„Dennis, ich kann mir nicht vorstellen, dass das Dr. Adams interessiert", protestierte Casey.

„Oh nein, ich bin fasziniert", behauptete Mark und grinste. „Erzählen Sie weiter, Dennis."

„Jedenfalls fiel der Becher aus dem Schacht, kippte um, und der ganze Kaffee landete auf dem Boden. Casey fluchte ein wenig und versuchte es noch einmal. Dieselbe Geschichte passierte ein zweites Mal. Mittlerweile knirschte sie mit den Zähnen, und es strömte heißer Qualm aus ihren Ohren. Jeder, der in ihrer unmittelbaren Umgebung stand, suchte woanders Schutz. Beim dritten Versuch, und es war ihr letztes Vierteldollarstück, das darf man nicht vergessen, fiel der Becher wieder um, und Casey verlor die Kontrolle. Sie fasste die Maschine links und rechts an und schüttelte sie, während sie ordentlich fluchte. Das Ding wog zig Kilo, aber sie trat dagegen und rüttelte es so stark durch, dass es schließlich umfiel: Überall spritzte Kaffee herum, und der Automat spuckte Pappbecher und Vierteldollarmünzen aus wie ein Spielautomat. Die Maschine hätte sie zerquetschen können, wäre sie nicht rechtzeitig zur Seite gesprungen."

Mittlerweile war Casey rot angelaufen, während sich die anderen über sie amüsierten. Aber Dennis war immer noch nicht am Ende. Wie die meisten Iren war er ein guter Geschichtenerzähler, und als die Lacher leiser wurden, grinste er und setzte noch einmal nach: „Am nächsten Tag war der Automat verschwunden. Seitdem machen wir unseren Kaffee wieder selbst."

„Ja, und meine Tochter musste sich ganz schön was von ihrem Chef anhören, was sie ja auch verdient hatte. Und sie musste die Kosten für die Reparatur zahlen", fügte ihr Vater hinzu.

„Und die Geschichte, wie Casey den Kaffeeautomaten zerstörte, ist seitdem eine Legende bei der Polizei von Mears", ergänzte Maureen.

„Wow." Mark sah Casey an. Seine Augen funkelten amüsiert. „Sie haben wirklich einen Kaffeeautomaten kaputt geschlagen?"

Sie zuckte mit den Schultern. „Ich wollte eben einen Kaffee."

„Ich verstehe. Nun, ich möchte auf keinen Fall, dass Sie hier solch einen Anfall bekommen. Ich bin sicher, dass das Krankenhaus nicht so nachsichtig sein wird, wenn Sie einen Automaten zerlegen. Also, kommen Sie schon, lassen Sie mich Ihnen eine Tasse ausgeben."

„Geh schon!", beharrte Mary Kate. „Und tu nicht so, als *müsstest* du nach Hause gehen. Da machst du dir eh nur einen Kaffee und isst dein Abendessen vor dem Fernseher."

„Sie haben noch nicht gegessen? Dann lassen Sie mich Sie zum Essen einladen."

„Oh nein, das geht nicht. Ich bin nicht richtig angezogen, um auszugehen."

„Das bin ich auch nicht, aber machen Sie sich darüber keine Gedanken. Sie sehen gut aus, so wie Sie sind.“ Mark nahm sie am Ellenbogen und schob sie zur Tür hinaus. „Wo wir hingehen, gibt es keine Kleidungsvorschriften. Eigentlich ist es so nahe, dass Ärzte sogar in ihren Kitteln dorthin gehen.“

Im Türrahmen drehte er sich um und lächelte das Grüppchen an, das die beiden mit lebhaftem Interesse beobachtete. „Nett, Sie alle kennengelernt zu haben. Ich freue mich auf den 4. Juli.“

„Die Krankenhauskantine? Hier wollen Sie mit mir essen?“, fragte Casey einen Moment später, als sie aus dem Aufzug stiegen.

„Ich habe Ihnen doch gesagt, dass es ganz entspannt ist. Ich muss noch eine Weile hierbleiben, falls noch etwas mit meiner Patientin ist. Kommen Sie, nehmen Sie sich ein Tablett. Das Essen hier ist für eine Kantine gar nicht so schlecht.“

Als sie in der Schlange anstanden, scherzte Mark mit den Frauen, die das Essen auffüllten, und mit der Kassiererin. Casey entging nicht, dass alle in der Cafeteria sie mit großem Interesse ansahen.

Sie setzten sich an einen Tisch in der Ecke, um so weit weg wie möglich von den anderen Gästen zu sein. Casey hatte dennoch das Gefühl, dass alle neugierig herüberspähten.

„Ich habe heute auf Sie im Park gewartet“, sagte Mark, sobald sie sich gesetzt hatten.

Casey erschrak. Aufgrund der ganzen Aufregung der letzten Stunden hatte sie kurzzeitig vergessen, was in den letzten vierundzwanzig Stunden geschehen war. Sie legte sich eine Papierserviette auf den Schoß. „Ich musste leider heute Morgen das Joggen ausfallen lassen. Es gab ein Problem auf dem Revier, um das ich mich kümmern musste“, erklärte sie.

„Sie mussten die Waldbrände löschen, die der Sheriff mit

seiner Pressekonferenz ausgelöst hatte, nicht wahr?"

Sie sah ihn mit einer gespannten Miene an. „Sie haben es gesehen?"

„Ja. Ich muss schon zugeben, dass ich extrem ungehalten war. Aber dann sah ich die Erklärung, die der Sheriff heute Nachmittag abgegeben hatte, seine Entschuldigung. Alle hohen Beamten der County standen dabei, das hat mich beruhigt. Mir wurde klar, dass der Sheriff eigenmächtig gehandelt und wie immer das Maul zu weit aufgerissen hatte." Mark lachte in sich hinein. „Crawford war scheinbar sehr unglücklich damit. Zurechtgewiesen zu werden bekommt einem Menschen wie ihm nicht sehr gut."

Sie suchte Marks Blick. „Ich möchte, dass Sie wissen, dass ich dem Sheriff niemals Informationen zukommen lassen würde, die für unseren Fall von großer Wichtigkeit sind. Auch Dennis würde das nie tun. Es gibt nur drei Leute, die Ihren Namen wissen: Lieutenant Bradshaw, unser Chef, Dennis und ich."

„Das freut mich zu hören. Danke."

Einige Minuten saßen sie schweigend da und aßen, bis Mark sagte: „Ich wusste ja gar nicht, dass Dennis mit Ihrer Cousine verheiratet ist."

„Und ich wusste nicht, dass Sie einen Zwillingsbruder haben. Sind Sie eineiige Zwillinge?" Schon allein der Gedanke, dass es einen weiteren Mann geben könnte, der genauso gut aussah wie Mark, irritierte sie.

„Nein, wir sind zweieiig. Man kann zwar sehen, dass wir Brüder sind, aber das war's auch schon. Wie lange sind Dennis und Mary Kate schon verheiratet?"

„Ein bisschen länger als drei Jahre. Dennis ist seit ungefähr vier Jahren Kommissar, und seit knapp drei Jahren ist er mein Partner. Nachdem wir eine Weile zusammengearbeitet hatten, hatte ich ihm meine Cousine vorgestellt. Kein Mensch hätte gedacht, dass er bei Mary Kate eine Chance gehabt hätte, weil sie so hübsch ist und so weiter, aber sie haben sich sofort ineinander verliebt."

„Dann haben Sie sie verkuppelt", stellte Mark grinsend fest und spießte ein Stück Salat mit seiner Gabel auf.

„Ich habe sie lediglich einander vorgestellt und den Rest dem Zufall überlassen." Sie lachte. „Sie hätten mal Dennis' Gesichtsausdruck sehen sollen, als wir zum ersten Mal zu dritt waren und er Mary Kate sah. Der Ärmste! Er sah aus, als hätte ihn der Schlag getroffen. Eigentlich hätte ich mir das vorher denken können. Die meisten Männer sind hin und weg von Mary Kates Schönheit."

„Hm. Ihre Cousine ist attraktiv."

„Attraktiv!", rief Casey und setzte sich aufrechter hin. „Haben Sie Probleme mit Ihren Augen? Sie ist göttlich. Und wenn sie auch manchmal ein wenig anstrengend ist, ist sie so nett und aufmerksam wie sie hübsch ist."

Mark schluckte seinen Bissen hinunter. „Verdammt. Jetzt verstehe ich auch, warum Dennis Sie Tiger nennt. Sie gehen gleich auf die Barrikaden, wenn jemand etwas gegen die Menschen sagt, die Sie lieben, was?"

Casey war die Situation peinlich, und sie sah hinunter auf ihren Teller. „Ich glaube, das stimmt. Entschuldigen Sie."

„Schon gut. Ich bewundere das." Er lehnte sich vor. „Aber lassen Sie uns das aus der Welt schaffen, okay? Ich hatte nicht vor, Ihre Cousine zu beleidigen – oder so etwas. Mary Kate ist, wie Sie sagen, eine schöne Frau, und ich verstehe, warum sie Dennis aus den Schuhen geworfen hat. Aber sie ist nicht mein Typ."

Casey starrte ihn von der anderen Seite des Tisches an, ihr Glas in der Hand. Sie zwinkerte mit den Augen. „Nicht Ihr Typ?" Noch nie hatte sie einen Mann getroffen, der älter als fünfzehn und von Mary Kate nicht bezaubert war.

„Nein. Beeindruckend gutes Aussehen und offensichtliches Sex-Appeal mögen vielleicht andere Männer ansprechen, aber ich finde ganzheitliche Schönheit interessanter."

Casey wusste nicht, was sie sagen sollte. Dass ein Mann Mary Kate kennenlernte und sich nicht sofort Hals über Kopf in sie verliebte, war ihr neu. Casey fiel es schwer, das nachzuvollziehen. Genauso wenig konnte sie einschätzen, ob Marks letzte Bemerkung ganz allgemein gemeint oder auf sie bezogen war.

Verwirrt sah sie wieder auf ihren Teller und versuchte, sich aufs Essen zu konzentrieren.

Nach einer Weile bemerkte Mark: „Ich finde Ihre Familie sympathisch."

Glücklich, ein anderes Thema gefunden zu haben, sah Casey auf und lächelte. „Danke. Ich mag sie auch, aber vielleicht sollten Sie noch ein wenig mit Ihrem Urteil warten. Sie haben noch nicht einmal die Hälfte meiner Familie kennengelernt. Mein Großvater, Seamus Collins, lebt auch bei meinen Eltern, und er ist eine Nervensäge. Dann habe ich noch vier Brüder. Sie sind alle auch Polizisten in Mears. Wie mein Vater und mein Schwiegervater, Joe O'Toole. Er lebt mit seiner Frau Francis im Nachbarhaus nebenan, und die beiden gehören mit zur Familie."

Marks Gabel fiel mit einem Scheppern auf seinen Teller. „Sie sind *verheiratet?*"

„Ich war verheiratet. Mein Mann war auch bei der Polizei. Er wurde bei einer Drogenrazzia erschossen. Das war vor einem Jahr."

Marks Gesichtsausdruck wechselte von Schock zu Mitleid: „Verdammt, Casey, das tut mir leid. Das muss für Sie sehr schwer gewesen sein."

„Ja. Das war es. Ist es immer noch, manchmal. Aber mit jedem Tag, der vergeht, wird der Schmerz ein bisschen weniger."

Sie starrte wieder auf ihren Teller und spielte mit dem Griff ihres Kaffeebechers. Nach einem tiefen Atemzug sagte sie: „Irgendwie muss man einen Weg finden weiterzumachen. Sonst wird man vom Schmerz aufgefressen."

„Hilft es Ihnen, über ihn zu sprechen?", fragte Mark leise.

„Ich hatte bisher noch keine Gelegenheit, das herauszufinden. Meine Familie und meine Freunde vermeiden es, über Tim zu reden. Sogar meine Schwiegereltern sprechen nicht von ihm, und ich weiß, wie groß der Verlust auch für sie war. Ich glaube, alle haben Angst, dass sie mich damit verletzen, wenn sie das Thema anschneiden. Aber im Gegenteil, wenn niemand über ihn redet, habe ich das Gefühl, sie hätten ihn vergessen oder versuchten, so zu tun, als hätte er nie existiert. Und das macht es eigentlich noch schlimmer."

„Ich bin sicher, dass das furchtbar ist. Sagen Sie – wie haben Sie ihn kennengelernt?"

„Ich weiß es nicht."

„Wie bitte?"

Casey lachte, und der Schmerz, den sie immer in ihrem Herzen spürte, wich für einen Moment der Freude. „Tim war sechs Monate alt, als ich auf die Welt kam. Er und seine Eltern haben immer neben uns gewohnt. Er war ein Teil meines Lebens, seitdem ich denken kann."

Sie erzählte Mark, wie die beiden Väter sich kennengelernt hatten, dass sie zusammen bei der Polizei gearbeitet hatten und beste Freunde geworden waren. Wie sie dann ihr Geld zusammengetan und das Grundstück im Wald gekauft und darauf die beiden Häuser gebaut hatten.

„Das hört sich an, als hätten Sie eine sehr schöne Kindheit gehabt."

„Ja, das stimmt." Casey wurde ganz melancholisch, als sie in ihren Erinnerungen schwelgte. „Wir haben geangelt und gejagt, wir haben Baumhäuser gebaut und Schaukeln an die Äste alter

Bäume gebunden. Einmal haben wir ein Floß gebaut. Wir wollten Tom Sawyer sein und den Fluss hinunter bis in die nächste Stadt fahren … oder so ähnlich." Sie lachte und schüttelte den Kopf. „Wir haben einfach ignoriert, dass der Mississippi etwas anderes ist als ein kleiner Bergbach in Colorado. Keine hundert Meter weiter schossen wir über einen kleinen Wasserfall hinüber, und das Floß zerbrach in seine Bestandteile. Das Flüsschen war zwar klein, aber das Wasser war eiskalt, und es gab viele Strömungen. Ich konnte noch nicht schwimmen und verlor mit den Füßen den Halt. Plötzlich hatte ich keinen Boden mehr unter mir. Wenn mein Bruder Will mich nicht vor Kälte zitternd und hustend herausgezogen hätte, wäre ich wohl ertrunken. Glauben Sie mir, wir haben alle ganz schön viel Ärger bekommen wegen dieses Abenteuers."

„Aber wann wussten Sie, dass Sie in Tim verliebt waren?"

„Oh, das wusste ich schon, bevor wir beide eingeschult wurden. Aber wie ein typischer Junge bemerkte er es viel später." Sie lächelte beim Erzählen. „Als er ungefähr vierzehn Jahre alt war, informierte er mich darüber, dass wir heiraten würden, sobald wir mit der Highschool fertig wären."

Dieses Mal war Mark an der Reihe loszulachen. „So einfach?"

„Genau so. Und das haben wir dann auch getan. Mithilfe unserer Eltern und mit dem Geld, das wir uns dazuverdient hatten, haben wir vier Jahre später den Studienabschluss an der Colorado University gemacht. Dann sind wir beide zur Polizei hier in Mears gegangen." Sie hörte auf zu lächeln, und ihre Stimme wurde ein wenig tiefer. „Tim wurde kurz nach unserem zehnten Hochzeitstag ermordet."

„Haben Sie Kinder?"

Sie schüttelte den Kopf. „Nein. Wir wollten Kinder, aber irgendwie ist es dann doch nicht passiert. Ich bereue es jetzt so sehr. Wenn wir ein Kind hätten, hätte ich wenigstens noch einen Teil von Tim bei mir, und er würde in seinem Kind weiterleben. Das würde mir und auch seinen Eltern so viel geben."

„Manchmal geschehen die Dinge einfach so, ohne dass man nachvollziehen kann, warum", sagte Mark sanft. „Uns bleibt dann nichts weiter übrig, als die Tatsachen zu akzeptieren."

„Ja, ich weiß." Erschöpft lächelte sie ihn an. „Ich versuche, mich immer daran zu erinnern. Danke, dass Sie mir zuhören. Es hilft tatsächlich."

„Gern geschehen." Mark legte sein Besteck auf den Teller und nahm einen Schluck Kaffee. „Also waren Sie nie mit einem anderen Jungen zusammen, bevor Sie Tim geheiratet haben?"

„Nein. Ich glaube kaum, dass man unsere Zeit vor der Hochzeit als miteinander Ausgehen bezeichnen könnte. Wir sind einfach so zusammen aufgewachsen, außerdem war der eine oder andere Bruder von mir immer dabei, wenn wir uns trafen."

„Wie war es denn im letzen Jahr? Haben Sie sich da mit jemandem verabredet?"

„Um Himmels willen, nein! Um die Wahrheit zu sagen, ist mir schon allein der Gedanke, mich in meinem Alter zum ersten Mal zu verabreden, total peinlich. Nein, ich hab's nicht eilig."

„Da kann ich Ihnen nur zustimmen", sagte Mark lachend. „Wenn man älter als fünf- oder sechsundzwanzig ist, verliert die Singleszene ihren Reiz. Man will dann jemanden finden, den man für immer lieben kann und mit dem man bis zum Ende seines Lebens zusammenbleibt."

Casey nahm ihren Becher zwischen beide Hände und wärmte sie daran. Über den Rand hinweg sah sie Mark an. „Woran ist es bei Ihnen gescheitert?"

„Ich könnte jetzt sagen, dass ich nie genügend Zeit dafür gehabt hatte, eine Freundin zu haben, erst wegen des Studiums und hinterher wegen der Praxis. Aber so stimmt das nicht. Ich habe die Richtige einfach noch nicht gefunden. Aber wenn ich sie finde, werde ich es spüren."

„Hm." Casey trank einen Schluck. „Ich wünsche Ihnen, dass Sie sie bald finden."

„Oh, das habe ich vor", entgegnete er und sah ihr dabei so fest in die Augen, dass ihr Magen anfing zu schmerzen. Dann räusperte er sich und wechselte das Thema. „Meine Nichte spielt morgen Abend. Könnten Sie das schaffen?"

„Morgen Abend? Das tut mir leid. Jeden Sonntag und Mittwoch esse ich abends mit meinen Eltern."

„*Jeden* Sonntag und Mittwoch?"

„Ja. Das erste Kind, das ausgezogen ist, war mein ältester Bruder, Will. Und seitdem essen wir traditionell zweimal in der Woche zusammen, auch um uns einfach zu treffen."

„Aha. Das hört sich nett an. Aber meinen Sie nicht, Ihre Familie würde es verstehen, wenn Sie einmal das Essen für diese Sache ausfallen ließen?"

So wie ihre Eltern vorhin im Gespräch darauf reagiert hatten, hatte er wahrscheinlich recht, aber das wollte sie ihm gegenüber nicht zugeben. „Ja, vielleicht, aber ich möchte nicht riskieren, dass meine Mom enttäuscht ist."

„Dann lassen Sie uns mal sehen. Das Team spielt diese Woche am Mittwoch, Donnerstag und Freitag. Wie sieht es denn mit Freitagabend aus?"

„Das könnte ich wohl schaffen. Vorausgesetzt, Sie sind nicht böse, wenn ich später komme. Dienstags und donnerstags trainiere ich Kampfsport im Polizeisportverein. Ich habe den Sport heute Abend ausfallen lassen und würde ihn gern am Freitag nachholen."

„Okay, das wird schon gehen. Das Spiel fängt normalerweise um sechs Uhr an und dauert bis acht. Kommen Sie einfach vorbei, bevor es zu Ende ist. Wir spielen im Bürgerzentrum. Jennifers Team sind die Trailblazers, ihre Trikots sind grün und weiß."

„Ich werde Sie schon finden."

Mark streckte den Arm aus und drückte ihre Hand. Casey spürte, wie ein Stromstoß durch ihren Arm schoss.

„Das ist wirklich sehr nett, dass Sie das machen, Casey."

„Gern geschehen." Es schien ihm wirklich sehr viel daran zu liegen, dass sie den Vortrag hielt. Dann verfluchte sie sich. *Idiot. Der Mann ist nicht an dir interessiert. Er tut es nur seiner Nichte wegen, das ist alles.* „Sie müssen Ihre Nichte wirklich sehr lieben, wenn Sie in Ihrer Freizeit ihr Softballteam trainieren."

„Ja, sie ist ein großartiges Mädchen. Sie werden sie mögen. Mein Bruder ist Witwer. Es fällt ihm schwer, eine Tochter ohne Hilfe zu erziehen. Außerdem ist Matt wegen seiner Firma viel unterwegs, also versuche ich, so gut es geht, ihm bei der Erziehung zu helfen."

„Das ist toll." Noch ein Punkt für den Doktor, dachte Casey bei sich. Familiensinn stand bei ihr auf der Liste der wünschenswerten Charakteristika eines Mannes ganz oben.

Mark schaute in ihren fast leeren Becher. „Wollen Sie noch einen Kaffee?"

„Oh nein, danke. Ich habe genug. Eigentlich sollte ich auch schon wieder ..."

„Dr. Adams. Dr. Adams, bitte kommen Sie in den Aufwachraum", erschallte eine Stimme durch die Lautsprecher.

Mark tupfte sich den Mund mit seiner Serviette ab und legte sie auf den Teller. „Sie wollen mich. Es tut mir leid, aber ich muss jetzt nach meiner Patientin sehen. Wahrscheinlich braucht sie jetzt starke Schmerzmittel."

„Machen Sie sich keine Sorgen um mich. Ich sollte jetzt nach Hause gehen."

Als sie aufstanden, nahm Mark sie am Arm. „Kommen Sie, ich bringe Sie noch vor die Tür."

Sie fuhren wortlos mit dem Aufzug in das Erdgeschoss hinauf. Er begleitete Casey in die Haupteingangshalle.

„Lassen Sie sich von mir nicht aufhalten, Doc. Mein Wagen steht fast direkt vor der Tür", forderte Casey ihn auf, aber er hörte ihr nicht zu.

„Dann dauert es auch nicht lange, wenn ich Sie dorthin begleite, oder? Es ist spät, und der Parkplatz ist nicht sonderlich gut beleuchtet."

Casey warf ihm einen müden Blick zu. „Doc, ich bin Polizistin. Ich kann gut auf mich selbst aufpassen."

„Dann müssen Sie mich trotzdem ertragen."

Sie traten auf den Parkplatz hinaus, der bis auf die schwachen Lichtkegel der Straßenlampen dunkel war. Hinter ihnen lag das Krankenhaus, das einen hellen Schein in die Nacht warf. Auf der Johnson Avenue herrschte dichter Verkehr, der am Krankenhaus vorbeifloss. Außer den Geräuschen von Motoren war es still. Eine der Leuchtröhren der Außenlaternen surrte.

Unwillkürlich musste Casey zittern. Mark schien die kühle Nachtluft nichts auszumachen, auch wenn er nur seine Krankenhauskleidung trug.

Sie kamen zu ihrem Wagen, Casey schloss auf, stieg ein und drehte den Zündschlüssel, dann kurbelte sie das Fenster hinunter. „Danke für die Einladung. Sie hatten recht, es war nicht schlecht für eine Kantine."

„Es war mir ein Vergnügen."

„Und danke, dass Sie mir zugehört haben, als ich von meiner Familie erzählte und von meinem Mann."

Er legte die Unterarme auf den Fensterrahmen, beugte sich hinunter und schob sein Gesicht vor ihres. Nur wenige Zentimeter lagen zwischen ihnen. Langsam schweifte sein Blick über ihre Gesichtszüge und endete auf ihrem Mund. Er starrte ihre Lippen an, und Casey sah etwas in seinen Augen flackern. Sein Blick war heiß und hungrig.

Sie spürte plötzlich, wie ihr Herz schlug.

Dann streckte er die Hand aus und stupste sie auf die Nase. „Fahren Sie vorsichtig. Ich sehe Sie morgen im Park."

Er drehte sich um und joggte durch die parkenden Autos zurück zum Haupteingang. Casey starrte ihm mit offenem Mund nach.

11. KAPITEL

Als Casey am nächsten Morgen um die südöstliche Ecke ihres Parks bog, wartete Mark schon auf sie. Mit einem freundlichen „Guten Morgen“ lief er neben sie und passte sich ihrer Geschwindigkeit an.

Casey wollte genervt sein, aber es ließ sich dafür kein guter Grund finden. Mark lief ihr weder vor die Füße, noch lenkte er sie mit überflüssigem Gerede ab. Sie trabten nebeneinander den Pfad entlang, und ihre Schritte, die im Gleichklang auf den Boden trafen, und ihre tiefen Atemzüge bestimmten ihren Rhythmus. Sie liefen gemeinsam im Morgengrauen durch die Stille des Parks, so wie zwei begeisterte Jogger das eben tun.

Auch wenn Casey nie das Bedürfnis gespürt hatte, von einem Mann beschützt zu werden, stellte sie fest, dass es nett war, wenn jemand mit ihr lief. Es gab ihr das Gefühl, mit jemandem verbunden zu sein.

Sie sprachen nicht miteinander, bis sie an die Stelle kamen, die ihrem kleinen Häuschen direkt gegenüberlag. Sie verabschiedeten sich mit einem lässigen „Bis später“.

Der Tag verlief ruhig. Mary Kate rief sie schmollend an, weil der Arzt noch nicht entschieden hatte, ob sie entlassen werden konnte. Casey hörte sich das Gejammer ihrer Cousine an und versprach, am Abend auf dem Weg nach Hause im Krankenhaus vorbeizukommen, falls sie noch einen weiteren Tag dort bleiben musste.

Kurz vor der Mittagspause holte sie Dennis aus dem Krankenhaus ab und fuhr ihn zum Revier, weil dort noch sein Wagen stand. Dann fuhr er nach Hause, um zu duschen und sich zu rasieren, zog sich frische Sachen an und packte für den Fall der Fälle noch etwas für Mary Kate ein.

Nach dem Mittagessen verbrachten Casey und ihr Partner die meiste Zeit damit, die anderen Nachbarn der St. Martins zu befragen, und sie fuhren noch einmal in das kleine Geschäftszentrum, in dem das Sportstudio von Becky Belcamp lag, um dort neue Informationen einzuholen. Die Arbeit war ermüdend, und es kam nicht viel dabei heraus. Niemand, so schien es, hatte irgendetwas gesehen oder bemerkt.

Am nächsten Morgen begleitete sie Mark wieder auf ihrer Joggingtour durch den Park, und wieder liefen sie einträchtig und schweigend nebeneinanderher. Gegenüber von ihrem Haus verlangsamte Casey ihren Schritt und begann, sich mit Dehnungsübungen abzukühlen. „Ich würde heute gern … mit Ihrer Sprechstundenhilfe und Ihrer Krankenschwester sprechen“, dabei drückte sie das Bein nach vorne durch, „und zwar auf dem Revier.“

„Kein Problem“, stimmte Mark zu. „Aber wie wäre es, wenn wir uns duzten?“ Er lächelte sie an. „Wir haben uns jetzt drei Tage hintereinander gesehen, und ich finde es merkwürdig, dich weiter zu siezen.“ Er lief auf der Stelle neben ihr und sah ihr beim Dehnen zu.

Casey zögerte. Auf der einen Seite hatte er recht, auf der anderen gehörte er immer noch zu den Verdächtigen. „Hm. Stimmt. Aber auf der Wache werde ich dich weiter siezen. Immerhin bist du in einen meiner Fälle verwickelt.“

„Das sehe ich ein.“ Mark machte eine Pause. „Und was meine Sprechstundenhilfe und meine Krankenschwester angeht: Ich kann nicht auf beide zur selben Zeit verzichten. Ich schicke dir Martha heute Vormittag und Jolie … nach der Mittagspause.“

„Okay, danke.“

„Kein Problem. Bis später.“ Er winkte zum Abschied und machte sich in Richtung Norden davon. Casey sah ihm nach.

Eineinhalb Stunden später und ungefähr zwanzig Minuten, bevor ihre Schicht offiziell begann, kam Casey in das leere Großraumbüro. Sie konnte Keith und die anderen Kollegen beim Schwatz mit den Nachtwachen in der Teeküche hören. Die Schreibtische waren noch verwaist.

Casey ging in die Umkleidekabinen hinter dem Büro, um ihre Handtasche in ihren Spind zu schließen. Als sie einige Minuten später zurück ins Büro kam, war sie immer noch die Einzige.

Sie warf einen kurzen Blick in das Büro von Lieutenant Bradshaw. Er telefonierte, was sie nicht überraschte.

Die Zeit drängte, und die gesamte Mannschaft spürte das.

Die Presse verlangte nach neuen Informationen und versetzte die Bevölkerung von Mears jeden Tag aufs Neue in Unruhe, indem sie Spekulationen und Gerüchte in die Welt setzte.

Lieutenant Bradshaw wurde täglich mit Telefonaten und Besuchen belästigt – von den hohen Polizeioffizieren, dem Bürgermeister, Politikern und ihren Beratern bis hin zu kleinen Funktionären, die sich an Monica vorbeischleichen konnten, obwohl sie ihr Bestes tat, ihren Boss abzuschirmen.

Tag für Tag wurde die Laune des Lieutenants schlechter. Er sah aus wie ein alter Grizzlybär mit Zahnschmerzen. Casey wusste, dass er sich wahrscheinlich eine ganze Menge anhören musste, weil der Fall noch nicht gelöst war. Ihr gegenüber hatte er allerdings noch nichts verlauten lassen.

Sie fühlte sich unwohl, weil er die ganze Schuld auf sich genommen hatte, obwohl es ihr Fall war. Ihr gesunder Menschenverstand riet ihr, darüber froh zu sein und sich weiter keine Gedanken zu machen, aber sie war neugierig, was die Leute mit Bradshaw besprachen und was er vorhatte. Sie wusste, dass sie wahrscheinlich jetzt mit ihm sprechen sollte, weil die Gelegenheit günstig war. Das Büro war ansonsten komplett ausgestorben, also ging sie zu seinem Büro und klopfte an seine Tür. „Chef, kann ich Sie einen Moment sprechen?“

„Was gibt es, O'Toole?“, murmelte er mürrisch vor sich hin. „Machen Sie es kurz, ich bin beschäftigt.“

„Nun, Sir ... mir ist aufgefallen, dass Sie eine Menge Anrufe erhalten, und gestern war der Bürgermeister hier, um mit Ihnen zu sprechen. Monica hat mir erzählt, dass der Sheriff auch schon hier war ...“

Tatsächlich hatte ihr die Zivilangestellte berichtet, dass Sheriff Crawford am Dienstagmorgen mit seinen zwei Deputys auf die Wache gestürmt war und alles für etwa eine Stunde lahmgelegt hatte. Danach war er in Bradshaws Büro marschiert, und die beiden hatten sich ein wortreiches lautes Duell geliefert.

„Und? Was wollen Sie mir damit sagen?“

„Es ist nur, dass ... ich weiß, dass Sie wegen der Lösung des Falls sehr unter Druck stehen, von oben und von anderen Seiten. Ich habe mich einfach gefragt, ob ich Sie irgendwie unterstützen kann? Wenn Sie möchten, beantworte ich die Fragen oder erkläre, wie wir vorgehen. Oder wenn Sie wollen, dass ich zurücktrete ...“

„Verdammt, O'Toole! Machen Sie sich darum mal keine Sorgen. Ich habe Ihnen doch schon gesagt, von mir bekommen Sie Rückendeckung, und mehr müssen Sie jetzt auch gar nicht wissen. Konzentrieren Sie sich einfach darauf, diese Laus zu fassen. Ich kümmere mich um die Heckenschützen und um das, was sonst noch anfällt, verstanden?“

„Ja, Sir.“

„Okay. Das hätten wir dann ja geklärt. Sehen Sie zu, dass Sie rauskommen.“

Auch wenn er ruppig war wie immer, fühlte sich Casey doch ein wenig besser, als sie zurück ins Büro ging. Sie wusste, dass das eben seine Art war, sie in ihrer Arbeit zu bestätigen und auszudrücken, dass er ihr vertraute. Er wusste, dass sie alles in ihrer Macht Stehende tun würde, um den Mörder zu fassen. Er würde sie gegen Angriffe von außen schützen.

Keith lehnte sich über ihren Schreibtisch und kritzelte etwas auf ihren Notizblock, als sie das Büro durchquerte.

„Hey, Schöne, ich habe dir gerade eine Nachricht geschrieben“, sagte er und richtete sich auf, als er sie sah.

„Morgen, Keith. Wie geht's?“

„Dein Telefon hat geklingelt, als ich reinkam. Offensichtlich ist Monica noch nicht da, deswegen bin ich rangegangen. Dennis ist im Krankenhaus bei seiner Frau. Er lässt dir ausrichten, dass er herkommt, sobald er mit dem Arzt gesprochen hat.“

Er machte sich Sorgen, das sah man ihm an. „Ich hoffe, deiner Cousine geht es gut? Dennis hat nichts weiter gesagt.“

„Mary Kate hat Schwierigkeiten mit der Schwangerschaft. Die Zwillinge scheinen es nicht mehr auszuhalten“, erklärte sie abwesend. Sollte sie sie anrufen, bevor sie mit ihrer Arbeit anfing? „Vor zwei Tagen haben die Wehen eingesetzt, aber sie ist noch gar nicht so weit. Wir mussten sie ins Krankenhaus bringen. Ich frage mich, warum er mich nicht auf meinem Handy angerufen hat?“

Sie zog das Gerät aus der Tasche ihres Blazers. „Oh verdammt, ich habe vergessen, das Ding anzuschalten. Hat sich Dennis besorgt angehört? Soll ich ihn zurückrufen?“

„Nein, er hörte sich ganz normal an.“

„Hm. Na ja, ich nehme an, dass noch alles in Ordnung ist, sonst würde er meine Familie informieren.“

„Ja, ich bin sicher, dass nichts Schlimmes passiert ist. Das ist das Tolle an deiner Familie. Ihr haltet alle zusammen. Es muss schön sein, so aufzuwachsen.“

Irgendetwas in seiner Stimme klang seltsam, und Casey sah ihn aufmerksam an. Ihr fiel auf, dass sie eigentlich so gut wie nichts über seine Familie wusste. „Ja, das war es. Das hört sich so an, als wäre es bei dir nicht so gewesen?“, fragte sie vorsichtig.

„Bei uns? Nein. Meine Mutter starb, als Danny noch ein Kleinkind war. Und unser Vater ... na ja ... wenn er nicht gearbeitet hat, hat er getrunken. Deshalb waren Danny und ich meistens auf uns selbst angewiesen."

Was heißt, dass er auf Danny aufgepasst hat, dachte Casey bei sich. Das erklärte einiges, vor allem die Nähe, die zwischen ihm und Danny herrschte. Auch sein Beschützerinstinkt Danny gegenüber ließ sich darauf zurückführen. Vielleicht auch Keiths wahnhafter Ordnungssinn. Das war etwas, das er kontrollieren konnte. „Oh, das tut mir leid, das habe ich nicht geahnt."

„Ach was, mach dir keine Sorgen um uns. Danny und ich haben es ja gut hinbekommen. Es ist nur so, dass ich manchmal das Gefühl habe, es wäre schön, eine große Familie zu haben, in der alle zusammenhalten. Wie bei euch."

Das Bedauern in seiner Stimme, das er wahrscheinlich gar nicht wahrnahm, rührte Casey. Sie legte ihre Hand auf seinen Arm. „Ich wünschte, das Leben wäre besser zu euch beiden gewesen."

Keith sah auf ihre Hand hinunter. Er legte seine darauf und drückte sie, während er sie treuherzig ansah. „Danke. Du bist süß. Sag mal, warum kommst du nicht nachher mit ins Muldoon's auf ein Feierabendbier?"

„Hört sich gut an, aber ich kann nicht. Ich habe mich für eine Kampfsportstunde eingetragen, und hinterher fahre ich zu meinen Eltern. Es sei denn, Mary Kate ist noch im Krankenhaus, dann fahre ich dorthin. Du weißt doch, wie das in meiner Familie ist ..."

„Ja. Verstehe."

„Entschuldigen Sie, Detective O'Toole. Sie wollten mich sprechen?"

Casey zog ihre Hand von Keiths Arm und drehte sich um. Hinter ihr stand Marks Krankenschwester im Türrahmen. Sie sah Casey distanziert und feindselig an.

„Mrs. Harvey. Ja, danke sehr, dass Sie hergekommen sind."

„Ich kann mir beim besten Willen nicht vorstellen, warum Sie mit mir sprechen wollen“, sagte die grauhaarige Frau kühl. „Sie glauben doch nicht etwa, dass ich eine Flinte zur Hand nehme und dann diese armen Frauen erschieße, oder?“

„Nein, Mrs. Harvey, das glaube ich nicht.“ Casey bemühte sich um Geduld. Sie hoffte, Dennis würde möglichst schnell im Büro auftauchen. Mit seiner sympathischen Art hätte er es mühelos geschafft, mit dieser widerspenstigen Alten umzugehen. Innerhalb von Minuten hätte er Mrs. Harvey dazu gebracht, ihm aus der Hand zu fressen. Aber offensichtlich musste sie dieses Gespräch wohl oder übel allein führen.

Casey zwang sich zu einem Lächeln. „Aber vielleicht können Sie uns einen wichtigen Hinweis geben, ohne es zu wissen. Warum setzen wir uns nicht in den Pausenraum? Dort können wir ungestört reden.“

Doch es kam nichts Wissenswertes heraus. Martha Harvey beantwortete alle Fragen zögernd und umständlich. Casey musste ihr die noch so winzigste Information aus der Nase ziehen.

Am Ende des Gespräches stand Casey auf und schüttelte der Krankenschwester die Hand. „Danke für Ihre Hilfe, Mrs. Harvey. Ich bin sicher, dass der Doktor schon mit Ihnen gesprochen hat, aber lassen Sie mich Sie daran erinnern, bitte mit niemandem darüber zu sprechen. Wir alle tun unser Bestes, den Namen von Dr. Adams geheim zu halten, aber auch Sie müssen besonders vorsichtig sein. Wenn jemand herausbekommt, besonders die Presse, dass alle Opfer Patientinnen Ihrer Praxis waren, könnte das Dr. Adams ruinieren.“

Martha Harvey sah Casey an, als habe sie plötzlich Respekt vor ihr. „Da bin ich aber froh, dass Sie sich um den Ruf des Doktors Sorgen machen. Aber machen Sie sich keine Gedanken“, sagte sie, während sie von ihrem Stuhl aufstand. „Ich würde um keinen Preis der Welt etwas tun, was dem Doktor schadet.“

Als Mrs. Harvey zur Tür des Büros ging, kam ihr Dennis entgegen. Er nickte ihr kurz zu und wandte sich dann an Casey: „Entschuldige, es ist später geworden, als ich gedacht hatte. Dr. Thomas war mit seiner Morgenvisite später dran als gewöhnlich." Er ließ sich auf seinen Schreibtischstuhl plumpsen und sah in Richtung des Treppenhauses, in dem Mrs. Harvey gerade verschwand. „Wie ich sehe, hast du mit den Vernehmungen begonnen. Hat dir die Krankenschwester etwas erzählt, was uns weiterbringt?"

„Nein, nicht wirklich. Sie behauptet, dass außer ihr und ihrem Ehemann niemand Zugang zu den Praxisschlüsseln hat. Beide waren in den Nächten, in denen die Morde passierten, zu Hause. Die Sprechstundenhilfe von Dr. Adams kommt nach der Mittagspause. Vielleicht weiß sie mehr. Wie geht es Mary Kate?"

„Ihr geht es super." Nachdem er eine Nacht mit seiner Frau im Krankenhaus verbracht hatte, sah Dennis etwas müde aus, aber er wirkte erleichtert und glücklich. „Wenn alles gut geht, dann hole ich sie heute Nachmittag gegen vier ab."

„Prima." Casey sah auf ihre Uhr. „Es ist Zeit, dass wir uns mit den anderen vom Einsatzkommando zusammensetzen. Ich will wissen, wie weit die Jungs mit den Lieferwagen sind. Außerdem hat Hugh Longmont einen Tipp von einem Informanten bekommen, und ich will hören, was er herausgefunden hat. Wenn wir schnell durchkommen, möchte ich noch heute Vormittag mit den Leuten vom Labor reden. Wir sollten mittlerweile einige Ergebnisse über die Kleidung des Opfers bekommen können."

„Hört sich gut an."

Trotzdem hatte Casey das Gefühl, dass es viel zu langsam mit den Ermittlungen voranging, was wohl daran lag, dass die Öffentlichkeit so großen Druck ausübte. Tatsächlich verliefen die Untersuchungen aber in einem normalen Tempo – in einem frustrierend normalen Tempo. Sie wurde das Gefühl nicht los, dass sie etwas übersehen hatte. Außerdem hegte sie die Befürchtung, dass noch eine weitere Frau sterben würde, wenn sie nicht bald einen wesentlichen Schritt vorwärtskämen.

Der Ausflug in die Forensik musste bis nach der Mittagspause aufgeschoben werden, weil der Termin mit den Mitgliedern des Sonderkommandos fast den ganzen Vormittag dauerte. Longmonts Tipp stellte sich als Niete heraus. Ein Penner mit einem Drogenproblem hatte sich eine Belohnung erschleichen wollen.

„Ich habe mir gleich gedacht, dass da etwas nicht stimmt. Es war ein ewiges Hin und Her“, berichtete Hugh. „Der Typ brauchte dringend neuen Stoff, deshalb wollte er das Geld. Aber ich musste mir die Geschichte trotzdem einmal anhören.“

„Okay“, stimmte Casey zu. „Wir können es uns nicht leisten, nicht jeder Spur nachzugehen. Es ist ja nicht so, dass wir vor lauter Anhaltspunkten nicht wissen, wo wir anfangen sollen.“ Jeden Tag trafen neue Hinweise ein, aber keiner von ihnen führte auf die richtige Spur. Dennoch mussten sie alle überprüft werden.

Sie hatten wertvolle Zeit verloren, weil sie falschen Hinweisen nachgegangen waren und Gerüchte überprüft hatten. Auch hatte das ihre Mitarbeiter lahmgelegt. Es hatte Hugh fast eineinhalb Tage gekostet, den Tipp von dem Drogenabhängigen zu überprüfen! Die Liste der Lieferwagen versprach also keinen echten Fortschritt. Im Gegenteil: Es hatte immer mehr den Anschein, als würde der Lieferwagen keine Ergebnisse zutage fördern.

Sie diskutierten die drei Mordfälle aus allen möglichen Perspektiven, tauschten Ideen und Theorien aus und schlugen Strategien vor – aber es kam nichts Neues dabei heraus. Am Ende blieb ihnen nichts anderes übrig, als jeden einzelnen

Hinweis zu verfolgen und gleichzeitig noch einmal alle Ergebnisse zu überprüfen, die ihnen bereits vorlagen. Das bedeutete: Sie mussten nochmals die Tatorte überprüfen, nochmals die Akten studieren und alle Beteiligten ein weiteres Mal befragen.

Im Fall Selma Hettinger hieß das, die Familie und Freunde des Opfers aufzuspüren. Die Untersuchung des Sheriffs über das erste Mordopfer hatte so gut wie nichts ergeben. Allein ihr Name und ihr Vorstrafenregister waren vorhanden. Casey konnte sich nicht helfen: Hätte der Sheriff sich mehr Mühe mit den Nachforschungen gegeben, wenn das Opfer nicht eine Teilzeitprostituierte gewesen wäre?

Wie versprochen erschien die Sprechstundenhilfe von Dr. Adams, Jolie Graver, nach der Mittagspause auf der Wache. Das Gespräch verlief sehr ähnlich wie das am Morgen mit Martha Harvey. Es kam nichts dabei heraus, bis auf die Tatsache, dass die Befragte vor Zorn fast tobte.

Ob die Vorbehalte der Damen darauf beruhten, dass sie ihrem Chef gegenüber loyal waren, oder ob sie sich persönlich angegriffen fühlten, war ein Rätsel.

Im Gegensatz zu Martha konnte sich Jolie nicht daran erinnern, was sie und ihr Mann in den Mordnächten getan hatten. Da ein Alibi, das von einem Ehegatten gegeben wurde, nicht als sehr verlässlich galt, konnte weder die eine noch die andere Angestellte von Dr. Adams als Täterin ausgeschlossen werden. Auf der anderen Seite hatten sie mit den Vorfällen nichts zu tun, außer der Tatsache, dass sie Zugriff auf die Akten hatten. Daher wurden sie als Verdächtige nicht ernsthaft in Betracht gezogen.

Nachdem sie sich von Muldoon's ein paar Sandwiches mit Corned Beef geholt hatten, kehrten Dennis und Casey in die Wache zurück und erfuhren, dass die Gerichtsmedizinerin angerufen hatte. Sie sollten ins Labor kommen, es gebe neue Erkenntnisse.

Casey informierte den Lieutenant, bevor sie sich auf den Weg machten. Das Labor, das den neusten Standards entsprach, lag am südlichen Stadtrand. Es war Teil des neu erbauten gerichtsmedizinischen Zentrums und verfügte über eine imposante Leichenschauhalle. Abgesehen von Mears, gehörten zu seinem Einzugsbereich alle kleineren Städte im näheren Umkreis.

„Was haben Sie für uns?“, fragte Casey Dr. Betty Beaudreaux, sobald sie die doppelten Schwingtüren hinter sich gelassen hatten.

„Ich glaube, ich kann Ihnen noch ein weiteres Stückchen für Ihr Puzzle anbieten“, antwortete die Mittvierzigerin. „Einer unserer Techniker hat alle Kleidungsstücke Ihrer Opfer untersucht und ist auf etwas Interessantes gestoßen.“

„Bitte sagen Sie, dass es Sperma ist. Oder Hautpartikel – oder ein Haar. Alles, nur damit wir eine DNS-Analyse durchführen lassen können.“

„Tut mir leid. Entweder haben wir kein Glück, oder Ihr Täter war besonders vorsichtig. Da wir Spuren von Latexpuder gefunden haben, müssen wir davon ausgehen, dass er bei jedem Opfer ein Kondom benutzt hat. Unter den Fingernägeln konnten wir keine Spuren von Haut oder Ähnlichem finden. Aber auf der Haut und auf den Kleidungsstücken haben wir sehr deutlich Spuren gefunden – bei jedem der Opfer.“

Die Gerichtsmedizinerin führte sie zu einem Arbeitsplatz und schob einen Objekthalter unter ein Mikroskop und schaltete es ein. „Sehen Sie sich das bitte an“, forderte sie Casey auf und ging einen Schritt zur Seite.

Casey linste durch den optischen Aufsatz. „Ich sehe knallgrüne Fasern. Ist es das?“

„Erkennen Sie die Form?“

„Sie sind dreieckig."

„Genau. Das ist eine sehr ungewöhnliche Form für Stofffasern. Kombiniert mit der neongrünen Farbe schränkt das den Ursprungsort relativ weit ein. Es handelt sich um eine synthetische Faser, außerdem sind die Stücke lang und in sich verwunden. Ich nehme an, es handelt sich um Teppichfasern, wahrscheinlich ein Bodenbelag, der für Fahrzeuge hergestellt wird. Es wird nicht viele Hersteller geben, die solch ein Grün für einen Teppichboden benutzen."

„Also sind wir auf der Suche nach einem hellen Lieferwagen mit einem neongrünen Teppich."

„Es sieht so aus."

Casey richtete sich auf und ließ Dennis durch das Mikroskop schauen.

„Es befand sich eine ungewöhnlich große Anzahl dieser Fasern an jedem Opfer, sowohl an der Kleidung als auch auf der Haut", fuhr die Pathologin fort. „Ich nehme an, dass die Fasern auf die Kleidung gerieten, als der Täter die Opfer im Kofferraum oder auf der Ladefläche seines Wagens transportierte."

„Sie könnten recht haben", stimmte Casey zu, während sie versuchte, die Vorstellung von gefesselten und geknebelten Frauen in einem Kofferraum, der mit grünem Teppichboden ausgelegt war, zu verdrängen. „Gibt es sonst noch etwas?"

„Nein. Was die Wissenschaft angeht, war's das, jedenfalls bezüglich der Beweise. Wie Sie gesagt haben, habe ich alle möglichen Tests an den Opfern durchgeführt. Hier haben Sie die Ergebnisse. Sie stehen alle da drin. Wenn Sie mich nach meiner persönlichen Meinung fragen, sage ich Ihnen Folgendes: Ich habe festgestellt, dass der Täter bei jedem Opfer gewalttätiger geworden ist. Ich würde annehmen, dass er Spaß an seinen Taten hat. Er genießt es, zu töten." Normalerweise war Mrs. Beaudreaux nicht emotional, aber dieses Mal legte sie Casey die Hand auf ihren Arm. Sie senkte die Stimme, als sie sagte: „Kriegen Sie diesen Burschen, Detective O'Toole. Sie müssen ihn fassen. Er ist böse."

„Ja, ich weiß, Doc. Glauben Sie mir, ich versuche mein Bestes."

Kurz nachdem sie wieder zurück waren, fuhr Dennis los, um Mary Kate aus dem Krankenhaus abzuholen. Dr. Thomas hatte ihrer Entlassung zugestimmt.

Casey besprach die neuen Erkenntnisse mit dem Lieutenant. Sie beschlossen, sie nicht weiterzugeben. Sollte die Information über den grünen Teppich an die Öffentlichkeit gelangen, hätte der Killer die Chance gehabt, ihn mit einem weniger auffälligen zu ersetzen.

Als sie das Gebäude verließ, war sie frustriert und deprimiert. Der Fall wollte nicht vorangehen, und das ständige Gefühl, dass sie etwas Wichtiges übersehen hatte, erfüllte sie mit Unruhe. Es war etwas, das ahnte sie, woran sie bisher nicht gedacht hatte. Es half im Moment nicht, darüber nachzugrübeln, denn als sie das Erdgeschoss erreicht hatte, wartete schon eine Horde Journalisten am Fuß der Treppe auf sie. Die Reporter riefen ihr Fragen entgegen und hielten ihr Mikrofone unter die Nase, auch Fotografen waren dabei und warteten auf einen guten Schuss.

Sie antwortete mit „Kein Kommentar", senkte den Kopf und kämpfte sich durch die Gruppe. Dem Beamten, der hinter dem Eingangstresen stand, sandte sie einen flehenden Blick zu. Er nickte kaum merklich und sorgte dafür, dass rein zufällig ein Grüppchen uniformierter Beamten die Eingangstür blockierte, sodass Casey hinausgehen konnte, ohne von den Presseleuten verfolgt zu werden. Sie saß schon in ihrem Wagen und fuhr vom Parkplatz, als die Reporter das Gebäude im Laufschritt verließen.

Am liebsten wäre Casey direkt nach Hause gefahren, hätte sich mit einem Tee auf das Sofa gelegt und nachgedacht. Aber sie hatte zu viel Selbstdisziplin, um ihre Trainingsstunde zu schwänzen. Das Essen mit der Familie war Gott sei Dank verschoben worden, um Mary Kates Entlassung aus dem Krankenhaus einen Tag später zu feiern. Mit einem Seufzer bog Casey auf die Bundesstraße, die nach Süden führte. An diesem Abend war sie der letzte Gast, der in ihrem Elternhaus ankam.

Mary Kate hatte es sich auf dem Sofa gemütlich gemacht, hielt Hof und wurde von Caseys Mutter und Schwiegermutter nach allen Regeln der Kunst verwöhnt. Als sie jedoch ihre Cousine erblickte, wollte sie umgehend vom Nachmittag mit Dr. Adams wissen.

„Es war keine große Sache, du brauchst dir gar keine Hoffnungen zu machen. Er interessiert sich nicht für mich“, murmelte Casey.

Mary Kate verzog wieder ihren Mund. „Ach ja? Ich habe aber gesehen, wie er dich angeschaut hat. Er konnte seine Augen nicht von dir lassen!“

„Du siehst Dinge, die nicht da sind. Mal wieder. Aber ich liebe dich trotzdem.“ Casey beugte sich über das Sofa und küsste ihre Cousine auf die Wange, dann drehte sie sich zu ihrer Mutter um. „Was gibt es zum Abendbrot?“

„Casey Collins O'Toole, dreh dich sofort wieder zu mir um, und sprich mit mir!“, verlangte Mary Kate.

Casey verdrehte die Augen. „Was denn? Mehr habe ich nicht zu erzählen. Es ist nichts passiert. Wir haben in der Krankenhauskantine zu Abend gegessen und uns über nichts Bestimmtes unterhalten. Es war überhaupt nicht romantisch.“

Mary Kate seufzte. „Was soll ich nur mit dir machen? Da hast du eine perfekte Chance, und du versaust sie. Aber sag mir wenigstens, ob du dich bereit erklärt hast, den Vortrag vor der Softballmannschaft seiner Nichte zu halten?“

„Ja, das mache ich. Ich gehe entweder morgen oder Samstagabend zum Spiel des Teams, und dann erzähle ich den Mädels ein bisschen was. Das hängt davon ab, wie es bei der Arbeit läuft. Bist du jetzt zufrieden?"

„Nein. Aber das ist schon mal ein Anfang."

„Gut. Können wir dann jetzt essen?"

Während des Essens löcherten die drei jüngeren Brüder Casey wegen der Mordfälle, aber sie schüttelte nur den Kopf und aß weiter. Ein wenig später ermahnten Will und ihr Vater die Jungs, sie sollten sie in Ruhe lassen. Casey war so in Gedanken, dass sie es kaum bemerkte.

Nach dem Essen half sie, den Tisch abzuräumen, aber sie konnte sich nicht richtig auf das Gespräch der Frauen in der Küche konzentrieren. Als sie mit dem Abwasch und Aufräumen fertig waren, entschuldigte sie sich. Sie wollte nach Hause.

„Sekunde mal!", ermahnte sie Mary Kate. „Bevor du gehst, will ich wissen, was du zu eurer Verabredung anziehst?"

„Was soll das heißen, was ich anziehe? Ich trage das, was ich schon den ganzen Tag angehabt habe! Wenn sich herausstellt, dass ich morgen Abend nicht zum Spiel gehen kann, dann trage ich doch nicht den ganzen Tag lang meine Ausgehklamotten! Nach der Arbeit gehe ich zum Training, dann dusche ich, und dann gehe ich zum Softballspiel."

„Um Himmels willen! Du kannst doch nicht in diesen Klamotten da hingehen!" Ihre Cousine sah sich Hilfe suchend nach den beiden anderen Frauen um. „Könnt ihr nicht auch mal etwas dazu sagen?"

„Casey, Süße, Mary Kate hat recht. Deine Hose und der Blazer sind zum Arbeiten perfekt, aber die sehen nicht wirklich gut aus, wenn du abends ausgehen willst", stimmte ihre Mutter Mary Kate zu.

„Ich gehe mit ihm nicht aus!"

„Du bist so naiv", erklärte Mary Kate mit einer wegwerfenden Handbewegung. „Natürlich ist es ein Date. Der Mann will dich näher kennenlernen. Vielleicht ist er verliebt? Du hast es nur noch nicht gemerkt."

„Worum geht es?" Plötzlich stand Will in der Küchentür und sah von der einen zur anderen. „Stretch ist mit einem Mann verabredet?"

Zuvor waren die anderen Brüder in eine erhitzte Debatte darüber involviert gewesen, welche professionelle Baseballmannschaft in diesem Jahr die World-Series-Meisterschaft gewinnen würde, aber jetzt waren sie mucksmäuschenstill.

„Hey, Casey, so ist's recht!", fügte Brian aus dem Wohnzimmer hinzu.

„Um wen geht es?", fragte Aiden. „Kennen wir ihn?"

Nur um auch etwas zur Konversation beizutragen, sagte Ian: „Ja. In welchem Bezirk arbeitet er?"

„Er ist kein Polizist, er ist Arzt", informierte Mary Kate die Brüder. „Er sieht sehr gut aus, ist sehr charmant und sehr erfolgreich."

Alle Brüder schauten erschüttert drein, sogar der stille, vernünftige Will. Genauso gut hätte Mary Kate auch erklären können, Casey würde mit einem Außerirdischen ausgehen. Sie konnten sich einfach nicht vorstellen, dass Casey sich für einen Mann interessierte, der nicht auch Polizist war.

Granda Seamus hingegen schien diese Idee zu gefallen. „Na, das is' doch mal was! Ein Doktor also? Mit den Kosten der Krankenversicherung heutzutage, könnten wir ein' guten Doktor in der Familie gut brauchen."

„Na toll. Da kannst du mal sehen, was du angerichtet hast!", sagte Casey wütend zu Mary Kate. „Granda, hör mir mal zu: Ich gehe nicht mit einem Arzt aus. Und ich werde auch sicherlich keinen Arzt heiraten, nur damit du deine Medikamente umsonst bekommst."

„Nein, natürlich nicht, Casey, Liebes", sagte Granda und

tätschelte ihr die Wange. „Das' kommt nur dazu."

„Granda ..."

„Wie heißt der Typ?"

„Wo hat sie ihn kennengelernt?"

„Wie alt ist er? Seid ihr sicher, dass er Single ist? Manchmal erzählen verheiratete Männer einfach nur Quatsch, wisst ihr?"

„Ja, pass bloß auf. Eine junge Witwe wie du ist nur ein gefundenes Fressen für diese Typen da draußen."

„Wir sollten uns ihn erst einmal angucken, bevor du mit ihm ausgehst. Ich überprüfe ihn morgen früh im Computer."

„Nichts wirst du tun", stellte Casey klar und schnitt ihren Brüdern das Wort ab. „Und wehe, du wagst es, diesen Neandertalern seinen Namen zu verraten", drohte sie Mary Kate. „Sie werden den armen Mann zu Tode erschrecken."

„Hey, sie ist *unsere* Schwester! Wir haben das Recht, sie zu beschützen!", erklärte Ian, der jüngste der Brüder.

„Hört mir vielleicht einer mal zu?", brüllte Casey und presste die Hände gegen ihre Schläfen. Innerhalb einer Sekunde war es so still, dass man eine Nadel hätte fallen hören. Alle im Raum, sowohl ihre Brüder, ihre Eltern als auch Joe und Francis O'Toole, Mary Kate und Dennis, sogar der kleine Roger, sahen sie mit einer Mischung aus Überraschung und Sorge an.

„Gut. Das ist besser. So. Ich möchte, dass ihr mir alle mal zuhört. Ich habe keine romantische Verabredung. Ich werde vor einer Gruppe dreizehnjähriger Mädchen einen kleinen Vortrag über meine Arbeit als Polizistin halten. Vielleicht auch ein paar Tipps zu Sicherheit und Selbstverteidigung geben. Das ist auch schon alles. Unsere kleine Cousine hier hat es mit ihrem romantischen Köpfchen ein wenig übertrieben und aus der Sache mehr gemacht, als es ist. Habt ihr das verstanden?"

Alle nickten und murmelten Entschuldigungen. Zufrieden drehte sich Casey um, um zu gehen. Sie war schon halb aus der Tür, als ihr Mary Kate nachrief: „Wie dem auch sei, Casey, versprich mir, dass du morgen nach der Arbeit hier vorbeikommst, damit ich dir helfen kann, dich fertig zu machen. Ich habe das perfekte Sommerkleid für dich."

Mitten im Gehen schloss Casey die Augen, presste die Zähne zusammen und betete um Geduld.

„Versprich es mir, Casey, oder ich schwöre, dass ich mich von diesem Sofa erhebe und dich hole!"

Sie würde es nicht tun, das wussten auch alle, aber nichtsdestotrotz hielten alle im Raum aufgrund dieser Drohung den Atem an. Maureen schalt Mary Kate: „Du wirst nichts dergleichen unternehmen! Du weißt doch, was der Arzt ..."

„Und ob ich das tun werde, wenn Casey mich ihr nicht helfen lässt."

„Okay, okay", Casey gab auf. „Ich komme. Ich komme morgen Abend. Ich verspreche es."

Mit einem selbstzufriedenen Lächeln lehnte sich Mary Kate in ihre Kissen zurück und verschränkte die Arme über ihrem dicken Bauch. Auch die anderen entspannten sich.

Casey sah sich noch einmal mit zusammengekniffenen Augen im Raum um. „Aber es ist *keine* romantische Verabredung!"

12. KAPITEL

Am nächsten Tag passierte nichts Außergewöhnliches. Abgesehen davon, dass Mark am nächsten Morgen im Park nicht am alten Platz auf sie wartete, sondern neben einer Parkbank gegenüber von ihrem Haus stand. Sie fragte nicht nach dem Grund, und auch er erklärte es nicht weiter, sondern joggte ruhig neben ihr her.

„Haben dir Martha und Jolie helfen können?“, fragte er Casey, nachdem sie ungefähr zehn Minuten gelaufen waren.

„Ich nehme es an. Ich hatte gehofft, sie könnten mir mehr sagen, aber ich wusste auch, dass es unwahrscheinlich sein würde.

„Hm“, gab er zurück. Danach liefen sie friedlich ihre knapp fünf Kilometer und trennten sich mit dem üblichen „Bis bald“.

Als sie ihm nachschaute, war sich Casey wieder sicher, dass Dr. Mark Adams von ihr nichts anderes als Freundschaft wollte. Seine Haltung ihr gegenüber war entspannt und entgegenkommend, aber nichts in der Welt deutete daraufhin, dass er mit ihr flirtete. Auch wenn sie hin und wieder einen Anflug von Aufregung spürte, wenn er nahe an sie herankam oder sie in seine sexy grauen Augen sah, dann war es immer noch ihr Problem.

Jedenfalls hatte es nichts zu bedeuten. Mark war ein extrem gut aussehender Mann, und sie reagierte allein auf seine körperliche Schönheit. Das war alles.

Die erste Stunde ihres Arbeitstages verbrachte sie mit Dennis und den Mitgliedern des Sondereinsatzkommandos. In den letzten vierundzwanzig Stunden waren noch mehr als ein halbes Dutzend anonyme Hinweise eingegangen. Jeder der vier Männer des Kommandos bekam einen Hinweis, und Dennis und sie übernahmen die beiden anderen.

Casey hörte sich die Berichte und Vorschläge der Kollegen

an. Sie war missmutig. Sie beauftragte sie, nicht nur nach hellen Lieferwagen zu suchen, sondern sich auch alle andersfarbigen anzusehen, jedenfalls im Staat. Ebenfalls sollten die übrigen Laster noch einmal überprüft werden und noch weitere Hintergrundinformationen gesammelt werden von den Personen, die im Umfeld der Tatorte gewesen waren. Sie befahl darüber hinaus, jede Person besonders zu befragen, bei der die Kollegen ein komisches Gefühl hatten.

Casey und Dennis verfolgten in der Zwischenzeit die beiden Hinweise. Aber wie sich herausstellte, waren beide wertlos. Nach dem Mittagessen begannen sie damit, noch einmal alle Personen zum wiederholten Male zu befragen. Am Nachmittag waren beide erschöpft und frustriert.

„Verdammt", stöhnte Dennis, als sie gerade die Wohnung einer Angestellten von Becky Belcamp verließen. „Wir kommen einfach nicht weiter. Ich weiß nicht, wie es dir geht, aber ich glaube, ich mache für heute Schluss."

„Wir können genauso gut Schluss machen", gab ihm Casey recht. Sie rollte mit den Schultern, um die Anspannung in ihrem Nacken zu vertreiben. „Ich gehe jetzt ins Sportstudio. Was ich jetzt brauche, ist ein kraftvolles Match mit Leo."

„Oh, oh. Ich sollte ihn lieber anrufen und ihn warnen. Wenn du von einem Fall genervt bist, bist du eine Gefahr – auch in einer Turnhalle."

„Sehr witzig."

Leo Chang war der Kampfkunsttrainer bei dem Polizeisportverein. Seit Casey mit der Ausbildung fertig war, trafen sie sich regelmäßig, um zu trainieren. Leo war der Beste. Seine Reflexe waren schneller als der Schall, und seine Tritte und Schläge konnten tödlich sein. Auch wenn es so war, hatte Casey ihn einige Male herausgefordert, besonders als sie sich ihren Frust und ihre Wut abgearbeitet hatte.

„Und vergiss nicht, dass du heute Abend zu diesem Spiel

gehen sollst. Also komm doch vorbei, wenn du Leo ordentlich den Arsch versohlt hast. Mary Kate wird dich erwarten. Wir sehen uns bei deinen Eltern."

„Oh, vielen Dank, dass du mich daran erinnerst", gab Casey zurück.

Das Training mit Leo war schnell und aggressiv. Es war genau das, was sie brauchte. Einige Male zwang sie ihren ehemaligen Lehrer an die Kante der Matte und trat ihm in den Allerwertesten. Er musste sich anstrengen, um all ihren Angriffen auszuweichen und selbst einige Punkte zu machen. Als der Schiedsrichter endlich das Unentschieden verkündete, verbeugten sich Casey und Leo voreinander. Beide waren verschwitzt und außer Atem.

„Sehr gut, Detective", sagte der kleine Asiate stolz.

„Danke. Eines … eines Tages werde ich Sie schlagen", sagte Casey, bevor sie das Gesicht in einem Handtuch vergrub.

„Daran habe ich keinen Zweifel. Sie sind meine beste Schülerin. Sie haben wirklich das Herz eines Tigers. Ganz so, wie Ihr Partner Sie ruft."

Sie lächelte, dann fiel ihr Blick auf die Uhr, als Leo Dennis erwähnte. „Es tut mir leid, Leo, aber ich muss mich beeilen."

Sie rannte aus der Halle und nahm ihre Sporttasche im Vorbeigehen mit. Kurz vor sechs Uhr fuhr sie auf die Lichtung, parkte vor dem Haus ihrer Eltern und lief hinein.

Maureen hielt ihr die Wange für einen kurzen Kuss hin, dann deutete sie auf die Treppe. „Mary Kate ist oben in deinem alten Zimmer und wartet schon auf dich."

„Dennis hat sie wirklich nach oben getragen? Der Ärmste!"

Ihre Mutter lachte. „Du kennst doch Dennis. Ihr Wunsch ist ihm Befehl."

Casey nahm zwei Stufen auf einmal und eilte in den großen Raum in der Ecke des Hauses, wo sie und ihre Cousine so viele Jahre gemeinsam gelebt hatten. Das Zimmer sah noch genau so aus, wie sie es verlassen hatte, als sie ein Teenager war: Die Wände waren mit rosafarbener Tapete mit Rosenmuster tapeziert, die Möbel waren weiß gestrichen, ab und zu gab es einen Tupfer Minzgrün als Kontrast.

„Na, das wurde ja auch mal Zeit, dass du kommst“, schalt Mary Kate sie. „Ich wollte gerade ein Suchkommando losschicken.“

„Ich habe dir doch schon gesagt, dass ich noch eine Trainingsstunde habe. Ich bin so schnell hergekommen, wie ich konnte.“

„Wer hat das Match gewonnen, Tiger?“, fragte Dennis.

„Es war unentschieden.“

„Ich wusste es! Du sahst schon so aus, als würdest du Leo fertigmachen.“

Mary Kate lehnte gegen einige Kissen auf dem großen Bett, das früher ihr gehört hatte. Dennis saß neben ihr, und ihr kleiner Sohn spielte auf dem Boden mit einem von Caseys alten Stofftieren.

„Ach hört doch auf mit dem Kampfkunstkram. Meine Güte, schau dich nur an“, sagte Mary Kate und rümpfte die Nase. „Du siehst furchtbar aus.“

„Ja, ich muss erst mal duschen.“

„Na, beeil dich. Du bist jetzt schon spät dran“, rief ihr ihre Cousine nach.

Eine Viertelstunde später spitzte Casey aus der Badezimmertür. Ihr Gesicht strahlte, und ihr Haar war unter einem Handtuchturban verborgen. „Ist die Luft rein?“

„Ja, du kannst rauskommen. Dennis hat das Baby mit rausgenommen, um im Garten zu spielen. Hier ist dein Kleid. Tante Maureen hat vorhin alles aus der Hütte geholt.“

Ein Handtuch um ihren Körper geschlungen, lief Casey barfuß zu ihrem alten Bett.

„Du machst wohl Witze? *Das* soll ich anziehen? Wer zieht

denn so etwas zu einem Softballspiel an?"

„Eine clevere Frau, die einen gut aussehenden Doktor beeindrucken will", gab Mary Kate zurück. „Und schau mich nicht so an. Tu nicht so, als würde ich von dir verlangen, ein Ballkleid oder etwas Ähnliches anzuziehen. Dieses Kleid ist noch nicht einmal besonders auffällig. Es ist nur ein femininer Rock und ein Oberteil dazu. Nun beeil dich schon, du hast nicht mehr viel Zeit."

„Ich habe nie gesagt, dass ich Dr. Adams beeindrucken will."

„Sei nicht dumm. Natürlich willst du das. Und nun zieh dich an."

„Meinst du nicht, dass etwas Normaleres besser wäre? Vielleicht eine Jeans oder eine Caprihose?"

„Nein, das glaube ich nicht."

Casey stöhnte. „Komm schon, Mary Kate. Ich werde aussehen wie ein Leuchtturm in dieser Verkleidung."

„Genau darum geht es ja. Die Zuschauerränge werden voller Mütter sein, die Jeans und alte Shirts tragen und dazu abgelaufene Sportschuhe. Mit diesem Lavendelton wirst du hervorstechen wie eine Lilie auf einer Unkrautwiese. Ich weiß, was ich tue, Casey. Bitte tu mir den Gefallen, zieh den Rock und das Oberteil an, und hör auf zu zanken."

„Okay. Ich glaube ja nicht, dass das zu irgendetwas nütze sein wird, aber egal … okay? Ich versuche, dir die ganze Zeit zu erzählen, dass das keine romantische Verabredung ist, aber du hörst ja nicht. Mark ist nicht an mir interessiert. Und jetzt hör bitte auf, mich damit zu nerven. Außerdem habe ich ihm gesagt, dass ich ein wenig später kommen werde.

„Ach ja? Na, ich glaube, es schadet nichts, ihn so oder so ein wenig warten zu lassen. Und dann haben wir noch ein bisschen mehr Zeit für dein Haar und das Make-up."

Casey gab es auf, ihrer Cousine etwas erklären zu wollen. Wenn Mary Kate einen so ansah, wie sie es jetzt tat, dann gehorchte man ihr am besten und ließ es dabei bewenden.

Mit einem resignierten Seufzer ließ Casey das Handtuch fallen und zog die Unterwäsche, das ekrüfarbene Bikinihöschen und den Spitzen-BH, an, die sie mitgebracht hatte. „Mit dem Rock und dem Top bin ich einverstanden, aber muss ich unbedingt die hier tragen?“ Mit einem Finger hielt Casey die hochhackigen lavendelfarbenen Sandalen hoch.

„Natürlich ziehst du die an. Sie runden das Outfit erst ab. Oh Casey, Süße, die Farbe steht dir so gut. Ich wusste es einfach! Schau in den Spiegel!“

Casey zog die Sandalen an und ging zum Kleiderschrank hinüber, an dessen Tür ein Spiegel angebracht war. Sie konnte kaum glauben, was sie sah. Normalerweise trug sie zur Arbeit eine schlichte Hose, ein T-Shirt und einen Blazer und manchmal sonntags zur Kirche ein Kleid, aber das war meistens sehr schlicht und unauffällig. Seit Jahren hatte sie nicht mehr etwas so Feminines getragen. Casey musste zugeben, dass sie sich hübsch fand.

Der Glockenrock in dunklem Flieder saß eng an ihrer Hüfte und floss dann auf Oberschenkelhöhe zu einer hübschen Weite auseinander, sodass er um die Knie herum bei jeder Bewegung tanzte. Darunter waren ihre Beine sichtbar, die, wie sie zugeben musste, in diesen hohen Sandalen verdammt gut aussahen. Oben herum trug sie eine Bluse aus einem seidigen Stoff, der in verschiedenen Lilatönen mit einem floralen Muster bedruckt war. Am Ausschnitt und an den Dreiviertelärmeln sowie am Bund war eine kleine Rüsche angenäht, die jede ihrer Bewegungen mitmachte.

„Na, was sagst du?“, fragte Mary Kate.

„Es sieht gut aus“, musste Casey zugeben.

„Siehst du! Ich habe dir doch gesagt, dass ich weiß, was ich tue. Wann vertraust du mir endlich einmal?“ Sie wartete keine Antwort ab, sondern winkte Casey zum Bett heran. „Nun komm her, dann schminke ich dich. Ich habe die Sachen schon alle hier."

„Mary Kate, ich kann mich selbst schminken", protestierte Casey und setzte sich neben ihre Cousine auf das Bett.

„Das weiß ich, aber ich kann es besser als du. Dreh dich zur Seite."

Casey atmete tief aus und ließ ihre Cousine ihr Kunstwerk vollenden.

„Fertig! Toll siehst du aus", erklärte sie endlich. „Lass mal sehen, was wir mit deinen Haaren machen."

„Das geht schon, ich mache mir einfach einen Knoten", antwortete Casey und rubbelte sich noch einmal mit dem Handtuch durch ihre roten Korkenzieherlocken.

„Und genau das wirst du nicht tun! Ich habe mir nicht die ganze Mühe gegeben, damit du dir nun einen langweiligen Sekretärinnendutt machst. Du hast so schönes Haar! Warum du es immer nach hinten bindest, ist mir schleierhaft."

„So macht es am wenigsten Arbeit, und außerdem hängt es mir dann nicht ständig ins Gesicht. Außerdem kann ich im Büro nicht wie eine Sexbombe auftreten."

„Aber jetzt gehst du ja nicht ins Büro. Also lässt du es offen."

„Offen? Aber die Locken stehen mir einfach vom Kopf ab, wenn ich nicht irgendetwas damit mache."

„Ja, genau das sieht schön aus, und es ist sexy. Und jeder Mann, der nur ein bisschen Blut in den Adern hat, wird sie anfassen wollen."

Casey sah ihre Cousine zweifelnd an: „Und das soll gut sein?"

Mary Kate verdrehte die Augen. „Ehrlich. Du bist so unschuldig, was Männer angeht. Vertrau mir!"

Casey fühlte sich unwohl. Warum hatte sie sich bloß von ihrer Cousine überreden lassen, sich so aufzubrezeln? Sie stand am

Rande des Spielfeldes und suchte nach einem freien Sitzplatz auf der Tribüne. Alle anderen Frauen trugen Jeans und T-Shirts oder etwas Vergleichbares. Wahrscheinlich würde Dr. Adams den Plan ihrer Cousine sofort durchschauen.

Der Ball wurde abgeschlagen, und eine Horde Eltern stand auf und fing an zu pfeifen. Casey sah wieder aufs Spielfeld und beobachtete ein schlankes dunkelhaariges Mädchen in einem grün-weißen Trikot, das ihren Schläger zur Seite warf und auf die erste Basis zurannte, während eine Läuferin auf der dritten Basis zur Heimatbasis lief.

Das Mädchen, das den Ball geschlagen hatte, lief an der ersten Basis vorbei zur zweiten, während eine Feldspielerin auf der linken Seite den Ball auffing und zum Shortstop warf. Diese drehte sich um und schlug ihn zur Fängerin, aber die Läuferin von der dritten Basis war um Sekunden schneller und machte den Punkt.

In der Zwischenzeit lief die Schlägerin des Balles an der zweiten Basis vorbei und rannte mit ganzer Kraft weiter.

Die Fängerin der gegnerischen Mannschaft warf den Ball zur dritten Basis.

„Slide! Rutsch doch!“, rief die Menge.

Das dunkelhaarige Mädchen machte einen Satz und rutschte auf die dritte Basis.

Der Linienrichter rief: „Punkt“, und hob den Arm.

Die Menschenmenge hinter Casey tobte, während die Gäste auf der anderen Tribüne aufstöhnten.

Casey konnte sich nicht helfen, und sie ließ sich von der Begeisterung der Fans anstecken. Sie klatschte mit ihnen über den gelungenen Wurf. Die Tribüne, an deren Seite sie stand, war mit weißen und grünen Bändern aus Kreppapier geschmückt, daher nahm sie an, dass sie für die richtige Mannschaft, die Trailblazers, applaudierte.

Einen Moment später wurde ihre Vermutung bestätigt. Jemand rief ihren Namen, und als sie sich umdrehte, sah sie Mark auf sich zukommen. Er trat an einen niedrigen Zaun, der das Spielfeld von den Tribünen trennte, und winkte sie heran.

„Da bist du ja. Ich hatte mir schon Sorgen gemacht, dass bei dir etwas dazwischengekommen ist", sagte er, als sie bei ihm angekommen war. Er sah sie kurz an, und es war seinem Gesicht anzusehen, dass seine Freude, sie zu sehen, für einen Augenblick männlichem Begehren wich.

„Wow. Du siehst fantastisch aus", murmelte er. Sein Blick glitt über ihre Haare, und zu Caseys Überraschung streckte er seine Hand aus und hob einige ihrer weichen Locken an. Während er beobachtete, wie sie wieder fielen, wurden seine Pupillen größer und sein Blick dunkler. „Ich mag, wie du dein Haar trägst", sprach er mit seiner tiefen hypnotisierenden Stimme weiter. „Du hast schöne Haare."

Zum ersten Mal in ihrem Leben verschlug es Casey die Sprache. Sie hatte das Gefühl, sie würde durch Wasser waten, mit endlos schweren Gewichten an den Füßen. Sie konnte nicht verhindern, dass sie rot wurde. Aber Mark war ein Gentleman und gab vor, das nicht zu bemerken.

„Dankeschön. Ich dachte, da ich zur Arbeit immer Hosen trage, ziehe ich heute mal einen Rock an", stammelte sie. Sie hoffte, die Erklärung würde in seinen Ohren nicht so hölzern klingen wie in ihren.

„Du solltest öfter Röcke tragen. Du siehst toll aus. Komm, setz dich zu mir und dem Team. Ich habe eine Thermoskanne Kaffee mitgebracht, nur falls du noch eine Dosis brauchst."

„Wirklich?"

Caseys Gesicht hellte sich auf, und Mark fing an zu lachen. Er öffnete ein kleines Tor im Zaun und nahm sie am Arm. „Ich dachte mir, dass dir das gefallen würde."

Er deutete auf die Tafel, auf der das Spielergebnis stand: „Wir sind am Ende des achten Innings, mit zwei Punkten Vorlauf. Es gibt nur noch einen Lauf. Wenn wir unsere Führung ausbauen können, dauert es nur noch ein halbes Inning."

„Tut mir wirklich leid, dass ich so spät dran bin ...", begann Casey, aber er unterbrach sie.

„Das macht nichts. Du bist ja jetzt hier. Und das ist schließlich das Wichtigste."

Als sie näher kamen, sah Casey eine attraktive blonde Frau am Unterstand stehen. Sie sah nicht glücklich aus.

Mark stellte sie als Debra Neelly vor, seine Trainerassistentin. „Debra springt immer für mich ein, wenn ich einen Notfall habe", erklärte er.

Die Frau gab sich keine besondere Mühe, freundlich zu sein, als sie Casey mit einem knappen „Hallo" begrüßte und sich gleich wieder umdrehte, um das Spiel zu verfolgen. Aber Casey sah, dass sie ihren Kiefer verkrampfte und die Lippen zu einer schmalen Linie zusammenpresste. Sie ahnte, dass Debra Neelly weniger an Softball als an Dr. Mark Adams interessiert war. Deshalb nahm sie sie als Konkurrenz wahr.

„Und das ist Debras Tochter, Rebecca", stellte Mark ein Mädchen vor, das am Ende der Ersatzbank saß. „Sie spielt auf der Position der zweiten Basis." Er stellte Casey alle Spielerinnen, bis auf seine Nichte, vor. „Das ist Jennifer auf der dritten Basis, die gerade den Dreier erzielt hat", erläuterte er. „Und das Mädchen, das sich gerade bereit zum Schlagen macht, heißt Eva Smith."

Mark goss einen Kaffee aus der Thermoskanne in einen Pappbecher und gab ihn ihr. „Hier, bitte. Setz dich auf die Bank, wenn du magst."

„Entschuldigung", unterbrach Debra, „aber sie kann hier nicht sitzen. Die Bänke sind für die Trainer und die Spieler, nicht für die Zuschauer."

„Oh, Entschuldigung", sagte Casey und stand auf. Sie schaute Mark an und deutete auf die Tribüne: „Ich ... ich suche mir einfach dort einen Platz.“

„Du bleibst genau dort, wo du bist.“ Er kniff die Augen zusammen und sah Debra an. Obwohl er in einem höflichen Ton mit ihr sprach, war ihm anzumerken, wie genervt er von ihrem Verhalten war. „Casey ist auf meine Einladung hergekommen. Entspann dich, Debra. Das hier ist ein regionales Softballspiel einer Mädchenmannschaft, keine Weltmeisterschaft.“

Die Frau schnaufte und hob das Kinn ein wenig. „Ich denke nur, wir sollten die Regeln befolgen, das ist alles.“

„Wenn sich jemand beschweren sollte, kümmere ich mich darum. Ich möchte, dass Casey hier bei mir bleibt.“

Casey zuckte leicht und wünschte sich, er hätte es ein wenig anders ausgedrückt.

Obwohl das kaum möglich zu sein schien, presste Debra die Zähne noch stärker aufeinander. Wenn sie nicht aufpasst, ruiniert sie sich noch ihr Gebiss, dachte Casey.

Mark drehte sich zu ihr um. Seine Gesichtszüge waren wieder entspannt. „Kennst du dich ein bisschen mit Softball aus?“

„Machst du Witze? Ich habe in der Schule gespielt! Um genau zu sein, für genau diese Liga. Ich habe schon hundertmal in genau diesem Unterstand gesessen.“

„Oh, wirklich? Das ist toll. Die Mädchen werden sich freuen, wenn sie hören, dass du ein alter Hase bist.“

Das Mädchen am Abschlag traf einen hoch fliegenden Ball, und die Menge wurde wieder laut, daher sahen beide auf das Spielfeld.

Das Mädchen auf der Position des Liberos fing den Ball auf und ging zur Seitenlinie, aber zuvor lief Marks Nichte zurück zur Heimatbasis und erzielte einen weiteren Punkt.

„Okay Mädchen, wir haben jetzt einen Vorsprung, also geht raus und sorgt dafür, dass er nicht verloren geht“, sagte Mark dem Team, als es für den Wechsel aufs Spielfeld strömte. „Lasst uns das Spiel gewinnen!“

Seine Nichte nahm ihre Position auf der ersten Basis ein. Sie schien aufmerksam und vom Spiel richtig begeistert zu sein. Sie beobachtete die Mitglieder des anderen Teams genau, während sie ihre eigenen Genossinnen mit fröhlichen Worten ermunterte. Die Werferin war ein zierliches, ja fast zerbrechliches Mädchen, aber Casey konnte erkennen, dass sie Wucht in ihrem Wurfarm hatte. Ihr Wurf war schnell wie ein Blitz und hart, und der Ball zischte kraftvoll an den anderen vorbei.

Der Schiedsrichter rief den zweiten Wurf als gültig aus, ebenso den dritten. Beim vierten Ball schmiss sich die Werferin völlig hinein, traf aber nicht. Auch die nächste Werferin hatte kein Glück. Die Mädchen aus beiden Teams waren angespannt, als die dritte Werferin auf Position ging.

Der erste Versuch war niedrig und außerhalb der erlaubten Zone. Den nächsten Ball schlug die Werferin so sehr, dass sie sich um die eigene Achse drehte und fast umgefallen wäre. Die nächsten zwei Schläge waren knapp in der erlaubten Zone, aber der Schiedsrichter gab sie gut.

Mit diesem Punktestand wurden alle aufmerksam. Die Spielerinnen beider Mannschaften standen von ihren Bänken auf und traten ans Spielfeld, um auf den nächsten Wurf zu warten. Die zierliche Werferin machte ihren Wurf, die Schlägerin schlug, erwischte den Ball, welcher in einer niedrigen Flugbahn von der ersten Position aufgefangen und weiter geworfen wurde, womit die Trailblazers das Spiel gewonnen hatten.

Die Spielerinnen auf dem Feld sprangen auf und ab, fielen sich in die Arme, während ihre Teamkolleginnen auf die Spielfläche liefen, um ihnen zu gratulieren. Als sie sich schließlich ein wenig abgeregt hatten, trotteten sie gut gelaunt und aufgekratzt zum Unterstand zurück.

Marks Nichte war, wie sich herausstellte, eine temperamentvolle Dreizehnjährige mit der für das Alter typischen Dramatik und Energie. Sie hatte dunkle Haare und braune

Augen, aber Casey konnte in ihren feinen Gesichtszügen eine entfernte Ähnlichkeit mit ihrem Onkel sehen. Das Mädchen ist sicherlich später einmal eine Schönheit, dachte Casey. Als Mark sie einander vorstellte, war das Kind noch aufgeregter.

„Oh, Detective, ich wollte Sie schon immer mal kennenlernen, seitdem mir mein Onkel erzählt hat, dass er eine Polizistin kennt. Ich habe Sie auch schon im Fernsehen gesehen, und natürlich habe ich schon viel über Sie von Onkel Mark gehört. Aber Sie sind ja noch schöner, als er gesagt hat. Im Fernsehen sahen Sie nicht so hübsch aus", sprudelte der Teenager weiter darauflos. „Oh, ich liebe Ihre Haare. Sie sind fantastisch! Und Ihre Augen sind ja so *blau!* Sie sind so *toll!*"

Casey war von den Komplimenten überrascht, besonders davon, dass Mark derart von ihr geschwärmt hatte. „Ich … na … also, danke. Ich freue mich, dich kennenzulernen, Jennifer."

Das Mädchen strahlte seinen Onkel an. „Du hast recht, sie ist hübsch und nett!"

Casey versuchte, das eben Gehörte zu verdauen, als Mark seiner Nichte zuzwinkerte und anfing, über den Lärm der Mädchen hinweg zu rufen. Sie freuten sich alle noch über den Sieg und gratulierten einander dazu. „Okay, Mädchen, sammelt eure Sachen zusammen und lasst uns alle in die Turnhalle gehen. Detective O'Toole wird euch kurz etwas sagen."

„Rebecca und ich fahren jetzt nach Hause", erklärte Debra kühl.

„Aber Mo-om! Ich möchte wissen, was uns Detective O'Toole erzählen will."

„Du tust, was ich sage, Rebecca, wir fahren jetzt nach Hause."

„Wenn du nicht bleiben magst, fahren wir Rebecca später nach Hause", bot Mark an.

„Nein, danke. Rebecca braucht keine Informationen über Jobs bei der Polizei. Tut mir leid", sagte sie und schaute dabei Casey kurz an. Es war offensichtlich, dass sie ihre letzten Worte nicht ernst meinte. „Ich habe für Rebecca etwas Besseres vorgesehen."

Casey zuckte mit den Schultern. Sie ließ diese Beleidigung an sich abperlen. Die Frau war nur eifersüchtig und wütend und ließ ihre schlechte Laune an Casey aus. Wahrscheinlich ist das sogar nachvollziehbar, dachte Casey. Die Arme regt sich über etwas auf, was sich gar nicht lohnt.

„Das ist schon in Ordnung, Mrs. Neelly. Auch wenn es bei der Exekutiven viele Menschen gibt, die behaupten würden, es sei der beste Job der Welt – und dazu gehöre ich auch –, verstehe ich, dass dieser Weg nicht für jeden geeignet ist."

Mark sah aus, als wolle er Debra an die Kehle springen, aber als er sah, wie die Mädchen betreten auf den Boden sahen, allen voran Rebecca, entschied er sich für die diplomatische Lösung.

„Ich glaube, du machst einen Fehler – aber wenn du meinst, dann ist es wohl das Beste, wenn ihr geht." Er drehte sich zu dem Teenager mit dem roten Gesicht und zupfte an ihrem Pferdeschwanz. „Tut mir leid, dass du nicht dabei bist, Becca. Dann sehen wir uns am Samstag, richtig?"

„Na, ich bin froh, dass sie weg ist", seufzte Jennifer, sobald Debra und ihre Tochter nicht mehr in Hörweite waren. Die Mädchen nahmen die Schläger, Bälle, Handschuhe und Matten und gingen in Richtung Bürgerzentrum. Jennifer holte Mark und Casey ein. „Becca ist super, aber ihre Mutter ist eine Zicke."

„Jen!", warf Mark ein. „Das ist aber nicht sehr nett."

„Aber wahr. Der einzige Grund, warum sie sich freiwillig gemeldet hat, mit dem Team beim Training zu helfen, ist, dass sie mit dir zusammen sein will, und das weißt du auch. Von Softball hat sie nicht die geringste Ahnung. Die Frau wirft sich Onkel Mark an den Hals, seitdem sie ihn ungefähr vor einem Jahr kennengelernt hat", erklärte der Teenager Casey und verzog angewidert das Gesicht.

„Aha. Ich verstehe. Ich nehme an, dein Onkel muss häufig mit solchen Dingen zurechtkommen, da er ein Junggeselle *und* ein erfolgreicher Arzt ist."

„Und auch noch gut aussieht, das haben Sie vergessen zu sagen", erinnerte sie Jennifer.

Casey lachte laut auf und sah Mark spöttisch von der Seite an. „Und gut aussieht. Ich wette, er muss sich gegen die ganzen Frauen mit einem Schläger wehren."

„Also! Entschuldigt mal bitte", protestierte Mark und öffnete für sie die Tür des Civic Centers. „Ich stehe direkt vor euch, wisst ihr?"

Mit einem verschmitzten Augenzwinkern hakte sich Jennifer bei Casey ein und lehnte sich an sie, als sie gemeinsam an Mark vorbei durch die Tür gingen.

„Ignorieren Sie ihn einfach. Es ist ihm immer peinlich, wenn andere sagen, dass er gut aussieht."

Hinter ihnen erscholl ein tiefes Grollen, wie eine Mischung zwischen einem schmerzhaften Stöhnen und einem warnenden Grollen.

Casey machte ihren Vortrag kurz. Sie stand in einer Ecke der Turnhalle vor der Tribüne, auf der sich die Mädchen versammelt hatten. Zuerst fühlte sie sich in ihrem Outfit unwohl, aber als sie dann über ihr Thema sprach und sah, dass die Mädchen wirklich interessiert waren, vergaß sie alles um sich herum.

Sie sprach darüber, dass die Kriminalabteilung Bewerberinnen bevorzugt einstellen würde, die mindestens zwei Jahre auf dem College gewesen seien. Aber mit einem Collegeabschluss, insbesondere in Kriminologie oder Jura, seien die Chancen, angenommen zu werden, noch größer. Unter bestimmten Umständen würden auch Leute mit geringeren Abschlüssen eingestellt, vorausgesetzt, dass sie hervorragende Ergebnisse bei den Einstellungstests erzielten.

Sie erklärte die schwierige Ausbildung – man müsse mit der Öffentlichkeit, mit den Verbrechern umgehen können, Ärger vorausahnen und Forschungsmethoden kennenlernen. Und es sei wichtig, ein guter Schütze zu sein, sicher mit Feuerwaffen umzugehen und physische Stärke und Ausdauer zu besitzen. Dabei ging Casey besonders auf die körperliche Fitness ein.

„Das ist äußerst wichtig für Frauen, die diesem Beruf nachgehen. Männer haben meistens den Vorteil, dass sie von Natur aus kräftiger sind als Frauen. Daher müssen wir immer bestens in Form sein und wissen, wie wir uns verteidigen können. Zum Beispiel müssen wir in einer kritischen Situation in der Lage sein, einem Verdächtigen die Waffe wegzunehmen."

Sie erläuterte, wie sich in den letzten Jahren die Rolle der Frau bei der Polizei gewandelt habe, und dass mittlerweile auch Frauen in führende Positionen aufgestiegen seien, obgleich der Grundsatz der Gleichberechtigung schon lange gelte. Nur habe es lange gedauert, bis Polizistinnen die unsichtbare Grenze des Aufstiegs durchbrochen hätten. In einigen Städten hätten es Frauen bis zur höchsten Ebene der Staffel geschafft, in einigen Fällen sogar bis zum Chief of Police.

„Zwar noch nicht in Mears, aber es wird nicht mehr lange dauern. Es ist wichtig, dass man seine Aufgabe gut erfüllt, seine Stärken weiterentwickelt, und dann gibt es auch Gelegenheiten aufzusteigen. Eine Sache ist sicher: Es wird nie einen Mangel an bösen Buben geben."

Als sie Raum für Fragen gab, kam die erste Meldung von Jennifer.

„Glauben Sie, dass Sie eines Tages Polizeichefin werden, Detective?"

„Ich würde sagen, das ist durchaus möglich", antwortete Casey und grinste dabei über die Ernsthaftigkeit des Mädchens. „Die nächste Frage ...?"

Die Mädchen stellten viele Fragen, die intelligent und aufmerksam waren. Als es Zeit war aufzuhören, war Casey glücklich darüber, Mark für diesen Vortrag zugesagt zu haben.

„Wir gehen nach dem Spiel immer aus und essen eine Pizza oder einen Hamburger“, erzählte Mark ihr, als sie hinausgingen und er hinter ihnen das Gebäude abschloss. „Warum kommst du nicht mit?“

„Bitte sagen Sie ja, Detective“, quengelte Jennifer sofort. „Das wäre soo cool.“

„Ach … ich …“

„Oder hast du schon etwas gegessen?“

„Nein, ich …“

„Gut, dann kommst du mit.“ Er sah Casey spöttisch an. „Außerdem gibt es dort guten Kaffee.“

„Schon überzeugt.“

Es war nicht allzu schwierig gewesen, sie zu überreden. Casey war halb am Verhungern. Nach einem Training mit Leo Chang hatte sie immer großen Appetit, und normalerweise ging sie sofort nach Hause und kochte sich etwas. Außerdem mochte sie Jennifer und die quirlige Truppe. Mit Mark und der Mannschaft eine Pizza essen zu gehen, war viel besser, als nach Hause zu fahren, den Eintopf ihrer Mutter von gestern aufzuwärmen und ihn alleine vor dem Fernseher zu essen.

„Gut. Dann wollen wir mal los. Okay Mädchen, hört auf herumzutoben, wir fahren jetzt“, rief er den Mädchen in einem freundlichen, aber bestimmten Ton zu. Gemeinsam gingen sie zum Parkplatz.

Als sie auf seinen Wagen zugingen, erstarrte Casey. „Du fährst einen Lieferwagen?“

Er drückte die Taste auf seinem Schlüssel, und mit einem leisen Ton ging die Türverriegelung auf. Kichernd und schnatternd warfen die Mädchen die Utensilien in den Wagen und warteten vor den Türen darauf, einsteigen zu können.

„Nicht immer. Der Wagen gehört meinem Bruder Matt. Er hat ein Import-Export-Geschäft, und der Wagen ist einer seiner Dienstwagen. Wenn er ihn nicht braucht, nutze ich ihn, um die Sportsachen und die Mädchen herumzuchauffieren."

„Verstehe."

„Warum? Stimmt irgendetwas nicht?"

„Nein, ich war nur neugierig. Es … äh … passt nicht zu dir, finde ich."

„Du findest also, der Wagen sieht mehr nach einem Familienvater aus? Zu solide?"

„Ja, so ähnlich."

„Lass mich raten. Du hast dir wahrscheinlich vorgestellt, ich würde eine rote Corvette oder einen Jaguar fahren, stimmt's?"

„Nein, ich hätte nur nicht gedacht, dass du einen Lieferwagen fährst."

Zu ihrem Verdruss musste Casey zugeben, dass er sie durchschaut hatte. Sie war eine Ermittlerin, verdammt noch mal. Sie durfte nicht einfach anhand von einigen Details zu einem Schluss kommen, schon gar nicht aufgrund von Äußerlichkeiten wie des Aussehens. Mark Adams ist attraktiv und ein erfolgreicher Arzt. Also muss er ein Playboy sein und das dazugehörige Auto fahren. Um Himmels willen, O'Toole, schalt sie sich. Selbst ein Anfänger würde nicht solche voreiligen Schlüsse ziehen.

„Ich muss dir jetzt etwas sagen, Casey. Du siehst vor dir einen Mann, der es nicht abwarten kann, mit der richtigen Frau sesshaft zu werden, ein Haus in einem ruhigen Vorort zu kaufen, einen Lieferwagen zu fahren und beides mit Kindern zu bevölkern. Es würde mich nicht im Geringsten stören, als spießig zu gelten. Ich träume davon, Familienvater und Ehemann zu sein."

Casey starrte ihn an, ohne zu wissen, was sie jetzt sagen sollte. Glücklicherweise kam sie nicht dazu, sich darüber weiter Gedanken machen zu müssen, denn Jennifer und ein weiteres Mädchen kletterten wieder aus dem Fahrzeug und unterbrachen ihn.

„Onkel Mark, dürfen Susan und ich mit Detective O'Toole zur Pizzeria fahren? Wir sind noch nie in einem Polizeiauto gefahren. Bitte, bitte, bitte, bitte! Dürfen wir, bitte?", jaulte sie.

„Ich weiß es nicht, da müsst ihr Casey fragen." Er drehte sich mit einem fragenden Gesicht zu ihr um. „Ist es in Ordnung, wenn sie mit dir fahren?"

„Klar, kein Problem."

„Super!" Die beiden Mädchen rannten über den leeren Parkplatz zum Polizeiwagen. Schnell stiegen sie ein, als fürchteten sie, Casey könnte es sich noch einmal anders überlegen.

Leise lachend setzte sich Casey hinter das Steuer. „Ich fahre hinter dir her", rief sie Mark zu.

Obwohl sie zuvor noch so guter Laune gewesen war, änderte sich das, als sie den Parkplatz des Civic Centers hinter sich gelassen hatte und Mark und den anderen Mädchen folgte. Hinter ihr machten die beiden Teenager Quatsch.

Sie fuhr mit einer Hand, um mit der anderen das Kennzeichen von Marks Lieferwagen in ihren Notizblock zu notieren. Sie nahm sich vor, die Nummer von der Leitzentrale überprüfen zu lassen. Und wenn sie schon einmal dabei war, konnte sie auch gleich Marks Bruder Matt durchleuchten lassen.

13. KAPITEL

Mit dreizehn Teenagern Pizza essen zu gehen, war viel netter, als Casey es sich vorgestellt hatte. Die Mädchen waren aufgeregt, weil sie gewonnen hatten, und dementsprechend laut. Es war ein entscheidendes Spiel gewesen, alle waren bester Laune. Es machte Spaß, mit ihnen zusammen zu sein.

Mark bestellte acht große Pizzen und große Krüge Limonade. Casey war beeindruckt von den riesigen Mengen und vermutete, dass er sich verschätzt hatte, aber die Mädchen gingen auf das Essen los wie hungrige Wölfe, und innerhalb kürzester Zeit war alles in ihren Mündern verschwunden.

Alle redeten durcheinander. Am Tisch herrschte das reinste Chaos, aber Mark schien alles im Griff zu haben.

Casey beobachtete ihn. Er ging freundlich und geduldig, wohlwollend und etwas onkelhaft mit ihnen um. Er lachte über ihre Albernheiten und scherzte mit ihnen. Mark schien die Zeit mit den Mädchen wirklich zu genießen, während er immer die Balance zwischen Kumpel und Autoritätsperson wahrte.

Gegen neun Uhr wurden die Mädchen von ihren Eltern aus dem Restaurant abgeholt. Bald waren nur noch Mark, seine Nichte und Casey übrig.

„Casey und ich gehen auf die Toilette", erklärte Jennifer plötzlich. Sie nahm Casey am Arm und zog sie hinter sich her. Sobald sie in dem Vorraum der Toiletten waren, drehte sie sich zu Casey um: „Bitte Casey, Sie müssen mir helfen, Sie müssen es einfach tun." Sie hatte fast Tränen in den Augen.

„Moment mal, langsam. Natürlich helfe ich dir, aber erst einmal musst du mir sagen, was los ist."

„Ich muss *ganz* dringend noch … na … Sie wissen schon … kaufen."

Jennifer wedelte mit den Händen vor ihrem Gesicht herum und sah Casey verzweifelt an.

„Nein, tut mir leid, ich fürchte, ich weiß nicht, was du sagen willst."

Jennifer trippelte von einem Fuß auf den anderen. „Ach, Sie wissen schon ..." Sie rümpfte die Nase und sagte: „Das ... Produkt für Frauen." Als Casey sie entgeistert ansah, fügte sie hinzu: „Na, für die Regel."

„Ach, jetzt verstehe ich. Okay, aber was soll ich dabei machen? Nebenan gibt es einen Drogeriemarkt, der offen hat. Wenn du kein Geld hast, gibt dir doch bestimmt dein Onkel welches?"

„Das ist es ja. Ich kann es Onkel Mark nicht erzählen. Ich *kann* einfach nicht!"

„Warum nicht?"

„Er ist ein Mann."

„Und er ist auch Arzt. Er wird das verstehen."

„Aber er ist doch mein *Onkel!* Ich kann mit ihm nicht über so etwas reden. Ich würde *sterben!*"

„Aber sicherlich weiß er doch, dass du schon deine Periode hast?"

„Nein, oh Gott, hoffentlich nicht!"

„Und dein Vater, weiß er davon?"

„Nein, die Hälfte der Zeit ist er nicht zu Hause. Und außerdem denkt Dad immer noch, ich wäre sechs Jahre alt."

„Und hast du mit jemandem sonst darüber gesprochen?"

Jennifer zuckte mit den Schultern. „Nicht wirklich. Das ist auch erst das zweite Mal, dass es passiert. Und außerdem ist die einzige Frau, die es bei uns gibt, Mrs. Otis, die Haushälterin. Und sie ist schon ganz alt. Mindestens fünfzig. Bitte Casey, lenken Sie meinen Onkel für ein Paar Minuten ab. Sagen Sie ihm doch, Sie wollten kurz etwas in der Drogerie besorgen, eine Geburtstagskarte vielleicht. Und dann tue ich so, als hätte ich etwas vergessen – oder als ob ich noch etwas für die Schule einkaufen müsste. Während Sie Onkel Mark ablenken, besorge ich, was ich brauche."

Casey seufzte. Sie konnte das Mädchen verstehen. Sie konnte sich noch gut daran erinnern, wie es ihr als Dreizehnjährige ergangen war – in einem Haushalt mit rüpeligen älteren Brüdern. In diesem Alter war alles ein unglaubliches Abenteuer und das Mysterium des Körpers eine Quelle schlimmster Befürchtungen. Wenigstens hatte sie damals ihre Mutter und Francis gehabt, die sie fragen konnte.

„Okay, ich helfe dir, aber nur unter einer Bedingung."

„Und welche wäre das?"

„Dass du dich entweder mit deinem Vater oder deinem Onkel hinsetzt und es einem von beiden sagst."

„Nein! Das ist so ekelhaft. Das kann ich nicht. Ich kann es einfach nicht. Bitte, Casey, ich will das nicht. Bitte, bitte, bitte!"

„Okay, Liebes, beruhige dich wieder." Sie berührte das Mädchen an der Schulter. „Ich werde dich nicht dazu zwingen. Aber dein Vater oder dein Onkel muss das wissen. Sie sind deine Familie, sie sorgen sich um dich. Aber wenn du nicht mit ihnen reden magst, wie wäre es denn, wenn ich mit deinem Onkel spreche?"

Jennifer nahm Caseys Hände und sah sie an, als sei sie ein Engel, der gerade vom Himmel zur Erde herabgestiegen war.

„Das würden Sie für mich tun?" Das Mädchen machte einen Schritt vorwärts, warf ihre Arme um Caseys Hals und drückte sie fest. „Danke, Casey. Vielen, vielen Dank! Sie sind wunderbar. Ich *liebe* Sie!"

Das Mädchen rührte Casey. Die arme Kleine musste ohne Mutter aufwachsen. Sie erwiderte die Umarmung und strich Jennifer über den Kopf. „Ich mag dich auch, Jen. Und ich verstehe, wie du dich fühlst, aber du musst auch begreifen, dass du mit einigen Dingen im Leben umgehen musst. Auch wenn das manchmal unangenehm oder peinlich ist. Das gehört zum Erwachsenwerden dazu, okay?"

„O-kay“, stimmte das Mädchen widerwillig zu.

„Gut. Dann lass mich dir jetzt besorgen, was du brauchst.“

Mark akzeptierte ihre Geschichte, ohne zu zögern, und als sie im Drogeriemarkt waren, gab Casey vor, nach einer Geburtstagskarte für ihre Mutter zu suchen.

„Kann ich Ihnen helfen? Was für eine Karte suchen Sie denn? Darf es etwas Humorvolles oder etwas mit Blümchen sein?“ Mark tat so, als sei er Verkäufer.

Casey hob ihr Kinn an. „Ich vermute, Sie würden sagen, dass das, was ich suche, eher blumig ist. Ich hingegen denke eher an einen Inhalt, der von Herzen kommt und liebevoll ist. Meine Mutter ist zufällig eine ganz besondere Frau. Sie hat es verdient, das auch zu lesen.“

Mark grinste. Er fuhr mit seiner Hand unter ihr Haar und legte sie ihr in den Nacken. „Nun werd nicht gleich wütend, Rotschopf. Ich hab nur Spaß gemacht. Ich mag deine Mutter sehr, und ich habe keinen Zweifel daran, dass sie eine wunderbare Frau ist. Ganz im Gegenteil, ich freue mich darauf, sie und den Rest der Familie näher kennenzulernen.“

„Passen Sie auf, was Sie da sagen, Doc“, warnte sie ihn und sah ihn ernst an.

Casey hatte ein seltsames Gefühl, eine Mischung aus Enttäuschung und Ernüchterung. Er war schon den ganzen Abend so unbeschwert und fröhlich und zog sie immer wieder ein wenig auf – genau so, wie sich ihre Brüder ihr gegenüber verhielten. Da konnte Mary Kate mal sehen, was aus ihren Bemühungen geworden war.

Was hatte sie denn erwartet?

Casey seufzte. Sie hatte mehr erwartet, als sie bekommen hatte, das musste sie sich eingestehen. Sie kam sich albern vor. Hatte sie nicht Mary Kate und sich selbst weismachen wollen, dass sie kein Interesse an Mark hatte? Worin also lag jetzt das Problem? Sie wusste doch, dass sie bei einem Mann wie ihm keine Chance hatte. Aber dennoch ... ganz tief in ihrem Inneren hatte sie wohl doch ein wenig Hoffnung auf eine Romanze mit Dr. Mark Adams gehabt.

Im Ernst. Hatte sie wirklich geglaubt, er würde nur wegen ihres femininen Outfits vor Begeisterung zusammenbrechen? *Sieh der Wahrheit ins Auge, O'Toole!* Sie gehörte nun mal nicht zu der Sorte Frauen, die bei Männern einen Kurzschluss auslösen. Sie war zwar süß, aber eher wie das Mädchen von nebenan, das Männer gern zum Kumpel haben, von dem sie aber nicht mehr wollen.

„Wie findest du diese hier?", fragte Mark und unterbrach sie in ihren Gedanken. Er legte seine Hand sachte auf ihren Rücken, beugte sich vor und griff ganz unten in den Kartenständer. Er zog eine Karte hervor und klappte sie auf.

Casey hielt die Luft an. Durch den dünnen Stoff ihrer Bluse fühlte sich seine warme Hand wie ein heißes Bügeleisen an. Seine Schulter hatte ihre Brust berührt, und sie spürte, wie ihr ganzer Körper vibrierte. Sie starrte auf seinen Hinterkopf, seine kurzen Haare im Nacken und auf den Glanz seiner schwarzen Haare unter den grellen Supermarktleuchtröhren. Sie hatten einen blauschwarzen Glanz wie das Gefieder eines Raben. Ihr Herzschlag wurde schneller und fühlte sich an, als habe sie eine Basstrommel im Körper. Sein warmer sauberer Duft stieg ihr in die Nase, und Casey wurde schwindelig.

„Hier, lies mal." Mark richtete sich auf und gab ihr die Karte.

Zunächst starrte Casey nur die Karte an, die mit Blumen und kleinen Meisen bedruckt war. Aber sie wusste nichts damit anzufangen.

Glücklicherweise kam in diesem Moment Jennifer vorbei und holte sie aus ihrem Dämmerzustand.

„Ich habe alles, was ich brauche", verkündete das Mädchen und hielt die Plastiktüte mit seinen Einkäufen an sich gepresst. „Seid ihr fertig?"

„Casey hat noch keine Karte gefunden.“

„Nein, die ist doch schön. Ich nehme die hier“, sagte Casey schnell und nahm sich noch einen Umschlag aus dem Halter. Angesichts ihrer körperlichen Reaktion auf Mark wollte sie einfach nur noch die Karte bezahlen und so schnell wie möglich den Drogeriemarkt verlassen, um nach Hause zu fahren. Um Himmels willen. Wie konnte sie nur so dumm sein und sich in einen Mann wie Mark Adams verlieben?

Und genau das war passiert. In der letzten Zeit war sie so mit den Mordfällen und ihren Problemen mit dem Sheriff beschäftigt gewesen, dass sie doch auf das gute Aussehen Marks hereingefallen war. Und auf seinen Charakter. Und auf seine tolle Persönlichkeit. Und auf seine Männlichkeit.

Casey unterdrückte ein Stöhnen. Du Idiotin.

„Bist du sicher, dass du die haben willst?“, fragte sie das Objekt ihrer Begierde. „Du hast noch nicht mal den Text gelesen.“

„Oh … ja … du hast recht.“ Sie öffnete die Klappkarte und las sie, ohne ein einziges Wort wahrzunehmen. „Die ist perfekt.“

Sie trat einen Schritt von Mark zurück und eilte den Gang mit schnellen Schritten hinunter, bremste aber am Ende so abrupt, dass er in sie hineinlief.

„Ups. Entschuldigung!“

„Pssst! Zurück!“, befahl ihm Casey über die Schulter nach hinten. Ganz langsam drehte sie sich zu ihm um, legte ihm eine Hand auf die Brust und schob ihn in die Richtung, aus der sie gekommen waren. Auch Jennifer wurde in den Gang zurückgedrängt.

„Auf den Boden! Und bleibt dort“, flüsterte sie, „egal, was passiert.“

„Was ist denn? Stimmt etwas nicht?“

„Ich glaube, hier findet gleich ein Überfall statt. Tut einfach, was ich euch sage. Kauert euch auf den Boden. Kümmere dich um Jennifer.“

Das Mädchen holte tief Luft und hielt sich an ihrem Einkauf fest, als ginge es um ihr Leben. Ihre Augen waren vor Angst geweitet.

„Überfall? He, wo willst du hin?", Mark stand aus der Hocke wieder auf und hielt Casey am Ärmel fest. „Du kannst da nicht hingehen! Wir müssen die Polizei rufen!"

„Ich *bin* die Polizei. Und jetzt runter mit dir, und pass auf deine Nichte auf! Bleibt unten, damit man euch nicht sehen kann. Ich kümmere mich darum."

„Verdammt, Casey ..."

Sie funkelte ihn böse an und zwang ihn, den Mund zu halten und sich wieder auf den Boden zu setzen, während sie aus der lächerlich kleinen Handtasche, die ihr Mary Kate aufgezwungen hatte, ihre Dienstpistole zog. Die Tasche war gerade groß genug für den Revolver, ein Paar Handschellen, einen Lippenstift und ein Portemonnaie. Sie presste die Pistole mit nach oben gerichtetem Lauf eng an ihre linke Schulter und tastete sich Stück für Stück den Gang hinunter.

Mit größter Vorsicht lugte Casey um die Ecke. Wie sie es geahnt hatte, stand als Zweiter vor der Kasse Leroy Bertrum, ein gemeiner Dieb und Räuber. Sie hatte ihn schon mehrere Male verhaftet.

In der Zehntelsekunde, in der sie um die Ecke gebogen war, hatte sie ihn gesehen, erkannt und zugleich verschiedene Dinge wahrgenommen: Leroy war nervös. Er schaute sich ständig um, um zu sehen, wer sich im Geschäft befand und wo die einzelnen Kunden sich aufhielten. Er hatte keine Waren in der Hand, und aus der Tasche seiner Windjacke schaute der Griff einer Pistole heraus. Was angesichts seines Strafregisters nichts Gutes verhieß.

Wahrscheinlich war die kleine Ratte auf Bewährung aus dem Gefängnis entlassen worden. Auch wenn er seine letzte Strafe abgesessen hatte – sie konnte ihn verhaften, weil er eine

Waffe trug und damit gegen die Auflagen verstieß.

Während sich Casey versicherte, wo die einzelnen Kunden in dem Raum standen, nahm der Mann vor Leroy seine Waren und machte sich auf den Weg nach draußen. Casey wollte gerade auf Leroy zugehen, als neben ihr eine Frau mit einem dicken Paket Windeln und einem heulenden Kleinkind auftauchte. Sie war so von dem Kind auf ihrem Arm abgelenkt, dass sie gar nicht wahrnahm, dass Casey mit gezückter Waffe fast direkt vor ihr stand. Erst als sie auf gleicher Höhe waren, bemerkte sie Casey, zuckte zurück und stieß einen kleinen Schrei aus, der glücklicherweise vom Gebrüll des Kindes übertönt wurde.

Casey nahm sie am Arm und zog sie zu sich hinter das Regal. „Polizei. Gehen Sie rüber zu den anderen, und ducken Sie sich“, befahl sie ihr und schob die junge Mutter zu Jennifer und Mark. Er streckte seine Hand aus und zog sie zu sich auf den Boden.

Casey knirschte mit den Zähnen, weil dieser Zwischenfall eine Verzögerung bedeutete. Sie sah noch einmal um die Ecke des Regals und beobachtete, wie Leroy seine Waffe zog. Verdammt, sie hatte gehofft, einschreiten zu können, bevor er aktiv wurde.

„Überfall!“, rief er, und fuchtelte mit der Waffe vor der Nase der Kassiererin herum. „Geben Sie mir alles, was in der Kasse ist. Und halten Sie die Hände so, dass ich sie sehen kann.“

Casey trat aus ihrem Gang und hielt die Pistole mit durchgestreckten Armen vor sich. „Polizei. Lassen Sie die Waffe fallen! Sofort!“

Leroys Körper spannte sich an. Die junge Kassiererin machte riesige Augen.

Casey stellte sich innerlich auf eine Auseinandersetzung ein. Die Waffe hielt sie ruhig auf Leroy gerichtet.

Jeder Polizist wusste, dass das die schwierigsten und wichtigsten Sekunden einer Festnahme waren. Sie konnte fast die Angst riechen, die Leroy zittern ließ, ebenso die Unentschiedenheit und seinen inneren Monolog: Gehe ich das Risiko ein, und drehe ich mich um und schieße, oder gebe ich auf?

„Lass die Pistole fallen, Leroy!"

„Okay, okay, in Ordnung, in Ordnung. Nicht schießen! Sehen Sie, ich lege sie hin."

„Ganz langsam, Leroy, und versuch keine Tricks!"

Langsam legte er die Waffe auf den Tresen.

„Und jetzt gehst du einen Schritt zurück. Sie da! Nehmen Sie die Pistole und gehen Sie aus dem Weg", wies Casey die Kassiererin an.

Das Gesicht der jungen Angestellten wurde noch blasser als zuvor. „Ich? Ich kann nicht ..."

„*Tun Sie es!*"

Die Kassiererin erschrak ob des schroffen Befehls, aber sie gehorchte. Als sie die Waffe, die offensichtlich recht billig war, mit zwei Fingern anfasste, verzog sie das Gesicht und ging einige Schritte zurück.

„Und jetzt du! Runter auf den Boden und Arme und Beine auseinander", befahl sie dem Mann.

Er tat, was sie sagte.

Aus dem Augenwinkel nahm Casey wahr, dass Mark über das Regal schaute. Er schien auf dem Weg zu ihr zu sein, aber sie war zu abgelenkt, um ihm zu befehlen zurückzubleiben.

Sie packte ihre Pistole zurück in ihre Handtasche und nahm die Handschellen heraus. Gerade, als sie dabei war, sich zu Leroy hinunterzubücken, rief Mark: „Casey, pass auf!"

Sie drehte sich um und sah einen Mann auf sich zurennen. Bevor sie sich aufrichten konnte, hatte er sie erreicht und ihren Kopf in den Schwitzkasten genommen. Mit der freien Hand schlug der Mann ihr die Handschellen und die Tasche aus der Hand.

„Ich habe die Schlampe, Leroy. Steh auf, nimm das Geld und lass uns verschwinden!“

Casey gelang es, sich ein wenig aus dem Griff des Mannes herauszuwinden und sich mit ihm zusammen zu drehen. Sie sah, dass Mark sich über ihren Befehl hinwegsetzte und auf sie zukam.

Im gleichen Moment rammte sie den Absatz ihrer Sandale in den Fuß des Angreifers und hieb mit ihrem Ellenbogen in seine Magengegend. Der Mann schrie vor Schmerz auf. Er ließ Casey los und humpelte einige Meter rückwärts.

Casey drehte sich um und verpasste ihm blitzschnell zwei Tritte in die Brust und einen dritten gegen das Knie, sodass er gegen ein Regal geworfen wurde. Daraufhin fielen mit lautem Krach Flaschen und Dosen mit Limonade auf den Boden und verteilten sich auf dem Linoleum.

Noch einmal schrie der Mann auf und hielt sich das Knie. Mit einem Wutgebrüll riss er sich von dem Regal weg und ging auf Casey los.

Sie blieb ruhig stehen und warf ihn mit einem gezielten Handkantenschlag gegen die Nase aus der Bahn, als er nahe genug an ihr dran war. Danach hieb sie mit beiden Fäusten auf seinen Nacken ein, was ihn auf den Boden warf, wo er mit dem Gesicht nach unten regungslos liegen blieb.

„Alles okay?“, fragte Mark besorgt, als er neben ihr stand.

„Es geht mir gut. Gib mir die Handschellen, bitte.“

Mark tat, wie ihm geheißen.

Sie fixierte die Beine des Täters und legte ihm die Handschellen an. Aus den Augenwinkeln sah sie, wie sich Leroy aufrichtete.

„Glaube ja nicht, dass du jetzt hier wegkommst, Leroy“, warnte sie ihn. „Ich schwöre dir, wenn du mich zwingst, mit diesen Absätzen zu rennen, dann trete ich dir in deinen mageren Arsch, und zwar ordentlich.“

Leroy ließ sich wieder flach auf den Boden fallen.

„Was soll ich tun? Soll ich dein Revier anrufen und Hilfe holen?"

„In meinem Handschuhfach sind Kabelbinder. Wenn du mir davon welche holst, wäre das gut. Dann lege ich den anderen lahm und rufe dann die Kollegen über Funk." Sie sah sich um. „Wie geht es Jennifer?"

„Mir geht es gut", hörte Casey von hinten.

Sie drehte sich um und sah Jennifer dort stehen, wo sie zuvor mit Mark gehockt hatte. Direkt hinter ihr stand die junge Mutter mit dem Kleinkind. Das Baby schrie immer noch und schien von alledem nichts mitbekommen zu haben, aber die beiden Frauen waren bleich vor Schreck.

„Jennifer, du bleibst bei Casey, während ich zum Auto gehe", befahl Mark.

„Okay." Jennifer hielt sich immer noch an ihrer Plastiktüte fest und kam langsam auf Casey zu, ohne die Augen von den beiden Männern abzuwenden, die wie zwei Vögel mit abgespreizten Schwingen auf dem Boden lagen. „Wow, Casey, Sie waren fantastisch", sagte das Mädchen beeindruckt. „Ich habe noch nie gesehen, dass sich jemand so schnell bewegen kann."

„Du hast gesehen, was passiert ist?"

„Hm. Ja. Onkel Mark und ich haben es vom Ende des Ganges aus gesehen."

„Habe ich euch nicht gesagt, ihr sollt bleiben, wo ihr seid und euch auf den Boden hocken?"

„Ich weiß ... aber ... Onkel Mark dachte, dass Sie vielleicht Hilfe brauchen, und deswegen bin ich ihm zum Ende des Regals gefolgt, damit ich sehen konnte, was los war." Jennifer biss sich auf die Unterlippe. „Sie sind uns doch nicht böse, oder?"

„Nein, ich bin euch nicht böse." Allerdings wäre es Casey lieber gewesen, wenn weder Jennifer noch Mark die Festnahme mitangesehen hätten.

Mark kam mit den Kabelbindern in der Hand in den Laden gerannt. „Hier."

„Danke." Sie gab ihm ihre Waffe. „Richte sie auf die beiden, während ich Leroy die Handschellen anlege."

Als sie den zweiten Mann gefesselt hatte, ließ sie sich Leroys Waffe von der Kassiererin geben. „Danke. Das haben Sie sehr gut gemacht. Ich gehe jetzt zum Wagen, sichere die hier als Beweismittel und funke die Zentrale an. Ich bin gleich wieder da. Behalten Sie nur die beiden Männer im Auge."

Innerhalb weniger Minuten erschienen verschiedene Streifenwagen, die in der Nachbarschaft unterwegs gewesen waren. Sie erklärte dem wachhabenden Kollegen, was passiert war, und die beiden Kriminellen wurden abgeführt. Die Beamten ließen sich von allen Zeugen eine Aussage und ihre Namen geben.

Währenddessen hörte Jennifer nicht auf zu reden. Immer noch sah man ihr die Aufregung an, ihre Augen waren groß und ihre Wangen rot. „Ich kann es nicht abwarten, den anderen Mädchen zu erzählen, was hier los war. Sie waren so toll, Casey! Sie werden sich so ärgern, dass sie nicht dabei gewesen sind und die ganze Aufregung verpasst haben!", sprudelte sie hervor.

Mark hingegen schien nicht besonders angetan zu sein von dem, was gerade passiert war. Während er mit den Beamten sprach, wirkte er distanziert, wenn nicht gar wütend.

War er von ihrer Fähigkeit, für sich selbst zu sorgen und sich zu verteidigen, abgestoßen? Auch wenn sie bisher nicht viel Erfahrung mit Männern gemacht hatte, hatte sie doch immer wieder erlebt, wie sehr sie sich in der Rolle des Beschützers gefielen.

Später, als die Aufregung sich gelegt hatte, standen Casey, Mark und Jennifer draußen vor dem Drogeriemarkt.

„Das war mehr, als wir uns für heute Abend gewünscht

haben, was?", begann Casey das Gespräch, um das befangene Schweigen zu brechen.

„Das kannst du wohl sagen", stimmte Mark mit ausdrucksloser Stimme zu.

„Das war vielleicht aufregend", sagte Jennifer. „So etwas habe ich noch nie erlebt."

„Und ich hoffe ernsthaft, dass du das auch nie wieder tun wirst. Sag Casey Gute Nacht. Es wird Zeit, dass ich dich nach Hause bringe, junge Dame."

„Ich rufe gleich meine Freundinnen an und erzähle ihnen, was sie alles verpasst haben!" Jennifer umarmte Casey kurz. „Gute Nacht, Casey. Und noch mal danke für alles!"

Während seine Nichte in den Lieferwagen einstieg, wandte sich Mark an Casey. Immer noch wirkte er ein wenig abwesend. „Gute Nacht, Casey. Und vielen Dank, dass du dir die Zeit genommen hast, den Mädchen etwas über die Polizei zu erzählen."

Sein Verhalten war distanziert, seine Worte kühl. Beides ein Zeichen dafür, da war Casey sich sicher, dass sie Dr. Mark Adams nicht mehr wiedersehen würde. Offensichtlich war er von der ausgeübten Gewalt und ihrer Kampfbereitschaft abgestoßen.

„Gern geschehen."

Als er davonfuhr, überkam sie ein Gefühl von Enttäuschung und gleichzeitig Trauer. Sie stieg in ihr eigenes Auto und nahm die entgegengesetzte Ausfahrt. Schade, dass ihre Freundschaft schon wieder ein Ende gefunden hatte, bevor sie überhaupt angefangen hatte. Aber wahrscheinlich war es so das Beste. Sie war und blieb ... eine Polizistin – und eine ziemlich gute. Wenn Mark das nicht akzeptieren konnte, dann war das sein Problem.

Sie bog in die Pinion Avenue ein und musste an einer roten Ampel halten. Erst jetzt bemerkte sie, dass ihr Rock auf der einen Seite völlig zerrissen war. Nun, das erklärte auch die neugierigen Blicke der anderen Beamten.

„Na großartig“, murmelte Casey vor sich hin und legte ihre Stirn auf das Lenkrad. Einfach toll. Nicht genug, dass der Abend so endete – nein, nun hatte auch Mary Kate einen Grund, auf sie wütend zu sein.

14. KAPITEL

Casey war nicht überrascht, als sie Mark am Samstagmorgen nicht im Park antraf. Aber dennoch war sie enttäuscht. Und zwar mehr, als sie erwartet hätte.

Sie hätte es sich aber denken können. Bei den Polizisten und Polizistinnen herrschte Einigkeit darüber, dass die meisten Menschen in Zivilberufen mit den Alltagsproblemen eines Beamten nicht umgehen konnten. Die meisten ihrer Kollegen rieten, sich einen Ehepartner aus demselben oder zumindest einem ähnlichen Berufsfeld zu suchen.

Nicht, dass eine Heirat mit Mark infrage gekommen wäre, aber sie bereute es, ihn als einen Freund verloren zu haben. Sie hatte sich daran gewöhnt, ihn häufiger zu sehen, mit ihm joggen zu gehen.

Natürlich hätte es auch sein können, dass er aus anderen Gründen an diesem Morgen nicht im Park war, aber sie wusste intuitiv, dass das nicht zutraf.

Das Wochenende ging vorüber, ohne dass noch etwas Spektakuläres passierte. Sie ging ihren gewohnten Aktivitäten nach und redete sich ein, dass sie nicht darauf wartete, dass das Telefon klingelte oder jemand an ihrer Haustür klopfte. Das war auch gut so, denn weder das eine noch das andere geschah.

Am Montagmorgen war es ungewöhnlich ruhig, als sie die Treppe zum Büro hochging. Aber das war an einem Montagmorgen nichts Besonderes. Als sie im zweiten Stock angekommen war, warf sie einen Blick ins Büro; alles schien seinen normalen Gang zu gehen. Monika legte Akten ab, und die anderen Kollegen waren an ihren Schreibtischen beschäftigt.

Doch als sie hineinging, stimmten ihre Kollegen in einen Gesang ein, ohne sie dabei auch nur anzusehen oder von ihrer Arbeit aufzuschauen. Sie sangen ein altes irisches Seemannslied, das sie für Casey umgedichtet hatten:

„Ohh, diese Casey, ohh, diese Casey. Immer wenn man ihr irisches Gemüt reizte, dann legte sie los, dann legte sie los."

„Schon gut! Gebt endlich Ruhe, ihr Clowns."

„Wir wissen alles über deine kleine Show am Freitag!", rief Keith. „Du hast es denen ja so richtig gegeben, und das auch noch im Röckchen und mit High Heels."

„Ach was, Watson."

„Oh, und außerdem haben mir die Jungs aufgetragen, dir zu sagen, dass du Spitzenbeine hast."

„Halt die Klappe, Murphy. Wirklich sehr witzig. Seid ihr jetzt fertig? Einige von uns müssen nämlich arbeiten, und die Festnahme am Freitag beschert mir mindestens eine Stunde Extraarbeit. Dieser verdammte Leroy." Murrend ließ sich Casey an ihrem Schreibtisch nieder und rief in ihrem Computer das entsprechende Formular auf, um den lästigen Bericht über Leroy Bertrum und Tyrone Rudmann zu schreiben.

„Hey, Tiger, Kopf hoch! Die Jungs haben doch nur ein bisschen Spaß gemacht. Du weißt doch, wie schnell so etwas in der Abteilung die Runde macht."

„Ja. Ich weiß", grummelte sie.

Dennis sah sich um, dann lehnte er sich zu ihr herüber und fragte: „Wie war's denn eigentlich?"

„Gut."

„Komm schon, Tiger. Ich will mehr als das wissen. Mary Kate ist schon ganz aufgelöst, weil sie nichts aus dir herausbekommen hat."

Irgendwie hatte Casey es am Tag zuvor geschafft, sich von ihrer Cousine fernzuhalten, um den bohrenden Fragen und verschmitzten Blicken ihrer Cousine auszuweichen. Als sie am Nachmittag wieder wegfuhr, stand Mary Kate kurz vor der Explosion, und Casey war überrascht, dass sie sie seitdem nicht angerufen hatte.

„Als ich heute aus dem Haus ging, musste ich meiner Frau versprechen, herauszufinden, was los ist. Wenn ich ihr heute Abend beim Essen nicht einen detaillierten Bericht liefere, dann wird sie mir das Leben zur Hölle machen. Und das willst du doch sicherlich nicht, oder?"

Casey hörte kurz mit dem Tippen auf und starrte die Decke an, als würde sie auf Hilfe von oben hoffen. „Zum letzten Mal, es war *keine* romantische Verabredung! Ich habe einfach einer Horde halbwüchsiger Mädchen einen Vortrag darüber gehalten, wie ihre Karrierechancen bei der Polizei aussehen könnten. Du und Mary Kate, ihr könnt beide vergessen, dass zwischen mir und dem Doc irgendetwas passieren wird. Er hat mich den ganzen Abend lang wie einen alten Kumpel behandelt."

„Wirklich?"

„Ja, wirklich. Und selbst wenn er Interesse an mir gehabt haben sollte, was nicht der Fall war – hätte er seine Meinung geändert, nachdem er mitbekommen hat, wie ich mit Tyrone Rudmann den Fußboden gewischt habe."

Dennis stöhnte. „Tiger! Der Doc und seine Nichte waren dabei? Sie haben gesehen, wie du diese Typen auseinandergenommen hast? Ich dachte, du wärst allein gewesen."

„Nein, sie waren mit mir im Drogeriemarkt. Jennifer war beeindruckt, aber der Doc hat mich eher frostig als freundlich behandelt, als es vorbei war. Außerdem ist er am Samstag nicht im Park aufgetaucht, als ich joggen war, und heute Morgen auch nicht. Würdest du deiner Frau also bitte sagen, sie möge sich ein anderes Thema suchen?"

Dennis sah untröstlich aus. „Wahrscheinlich hast du recht. Typen wie er sehen sich gern als Beschützer. Es ist schwer genug für einen Mann, den Ritter in der schimmernden Rüstung zu geben, wenn man weiß, dass die Angebetete einen zusammenschlagen kann. Ich glaube, ich habe ihn falsch eingeschätzt.

Ich hatte irgendwie gehofft, dass er damit besser umgehen kann, dass er ein Mann ist, der sich nicht von seinem Ego leiten lässt."

„Ja ... Du hast dich getäuscht."

Casey versuchte, den Schmerz in ihrem Herzen zu ignorieren, und machte sich wieder an die Arbeit. Als sie mit dem Papierkram fertig war, überprüfte sie Matt Adams im Strafregister. Alles schien unauffällig zu sein: keine Festnahmen, keine Verwarnungen, keinerlei kriminelle Vorgeschichte.

Casey rief den Spielplan der Mountaineers Softballliga im Internet auf. Die Trailblazers hatten an zwei der fraglichen Nächte ein Spiel gehabt, aber danach wäre immer noch genügend Zeit gewesen, eine Frau aufzugabeln, sie bis zum Morgengrauen festzuhalten und dann die Morde zu verüben.

Sie nahm sich die aktualisierte Lieferwagenliste vor. Trooper Longmont hatte den Lieferwagen von Matt Adams bereits überprüft und durchgestrichen. Eine Notiz am Rand der Seite besagte: „Besitzer an den fraglichen Tagen außer Landes."

„Na, das wäre damit ja geklärt", sagte Casey zu sich. „Verdammt." Angewidert warf sie die Liste auf den Schreibtisch und seufzte. Sie war um Jennifers willen erleichtert, aber gleichermaßen frustriert. Mit dem Fall ging es einfach nicht voran.

Im gleichen Moment betrat eine attraktive Brünette, die ungefähr Mitte vierzig war, den Raum. „Ich bin Helen Moran, Special Agent vom FBI. Ich suche Detective O'Toole."

„Ich bin Detective O'Toole." Casey stand auf und schüttelte der Frau die Hand. „Und das ist mein Partner, Detective Dennis Shannon. Ich würde Sie gern unserem Chef vorstellen, aber der ist gerade oben in der Präventionsabteilung. Warum gehen wir nicht in den Aufenthaltsraum, um uns zu unterhalten?" Casey nahm die Unterlagen vom ihrem Tisch und ging mit Dennis voraus.

Bevor sie die Frau den anderen Mitgliedern des Sondereinsatzkommandos vorstellte, wollte Casey diese FBI-Spezialistin zunächst selbst ein bisschen kennenlernen, um herauszufinden, wie sie arbeitete.

„Kaffee?"

„Sehr gern. Schwarz", fügte die Frau hinzu, als sie ihre schwarze Aktentasche auf den verkratzten Tisch stellte und sich einen Stuhl heranzog.

Casey schenkte zwei Tassen Kaffee für sich und die neue Kollegin ein.

Agent Moran nahm einen Schluck und verzog spontan das Gesicht. „Hmm. Eine Sache wird sich nie ändern: Egal, in welcher Abteilung man bei der Verbrechensbekämpfung arbeitet, wir machen einfach den schlechtesten Kaffee der Welt."

Casey sah sich ihren Becher erstaunt an und nahm vorsichtig einen Schluck. „Ich finde, er schmeckt okay."

Dennis verdrehte die Augen. „Ignorieren Sie sie. Ihre Geschmacksnerven sind schon seit Jahren verödet. Sie ist von dem Zeug psychisch abhängig. Solange etwas flüssig, heiß und schwarz ist, wird Casey es trinken – auch wenn es zähflüssig ist und schlecht riecht."

Die Kommissarin lachte heiser. „Geht mir auch so. Nun, was haben Sie?"

Casey legte die drei Akten vor ihr auf den Tisch und berichtete kurz von jedem einzelnen Mord. Während sie sprach, blätterte Helen durch die Unterlagen. Zwischendurch hielt sie inne, um sich die Fotos von den Tatorten genauer anzusehen.

Casey erklärte, wie sie bisher vorgegangen waren und was bei der gerichtsmedizinischen Untersuchung herausgekommen war.

„Also haben Sie weder Körperflüssigkeiten noch Haare?"

„Nein, nur diese ungewöhnlichen grünen Fasern, die eine dreieckige Form haben. Sie befanden sich auf den Körpern und der Kleidung von allen drei Opfern. Außerdem haben wir

Abdrücke von den Reifenspuren, Fußspuren, einige Projektile und eine vage Beschreibung eines hellen Lieferwagens, der am Tatort gesehen wurde."

„Haben die Opfer irgendwelche Gemeinsamkeiten?"

„Zwei Dinge: Sie haben alle rot gefärbtes Haar und ..." Casey schaute zu ihrem Partner herüber. Sie hasste es, Mark ins Spiel zu bringen, aber sie hatte keine andere Wahl. „Und alle drei Frauen waren Patientinnen desselben Schönheitschirurgen. Alle ließen sich bei demselben Arzt zu verschiedenen Zeitpunkten operieren. Er heißt Dr. Mark Adams."

„Ich nehme an, dass Sie ihn überprüft haben?"

„Ja. Er hat wasserdichte Alibis für alle drei Tatzeiten. Um seinen Ruf zu schützen, halten wir seine Verbindungen zu den Opfern, so gut es geht, unter Verschluss. Noch nicht einmal die Mitglieder meines Sondereinsatzkommandos haben diese Information, daher würde ich Sie bitten, sich auch daran zu halten."

„Sicher. Aber ... es muss doch noch etwas geben."

„Ich weiß, aber bis jetzt habe ich es noch nicht gefunden."

„Die Frauen haben einander nicht gekannt", ergänzte Dennis. „Außer der Tatsache, dass sie alle rotes Haar hatten, hätten sie unterschiedlicher nicht sein können." Dennis sah Casey an. „Das erste Opfer arbeitete als Prostituierte, das zweite gehörte zur High Society von Mears und das dritte war offensichtlich ein süßes fleißiges Mädchen aus der Mittelschicht."

„Das Alter?"

„Miss Belcamp war achtundzwanzig Jahre alt", gab Casey zur Antwort. „Das Alter von Selma Hettinger haben wir nicht, aber die Gerichtsmedizin schätzt sie auf ungefähr siebenunddreißig, achtunddreißig, obwohl sie älter aussah."

„Das ist ja auch nicht weiter verwunderlich", sagte Agent Moran. „Dieses Leben geht an einer Frau nicht spurlos vorbei."

„Madeline St. Martin war eine gut aussehende Achtundvierzigjährige, die wahrscheinlich zehn Jahre jünger aussah."

„Ich würde mir gern die Tatorte selbst ansehen", sagte Agent Moran.

„Natürlich. Aber lassen Sie mich Sie erst unserem Lieutenant vorstellen. Er sollte mittlerweile wieder in seinem Büro sein. Und Sie sollten den Rest des Einsatzkommandos kennenlernen."

Den Rest des Vormittages verbrachten sie mit Lieutenant Bradshaw und den anderen Männern.

Agent Moran fragte sie nach der Analyse der Reifenspuren, und da sie bisher nicht wussten, um welche Reifen es sich handelte, schlug sie vor, die Abdrücke dem FBI-Experten für Reifenspuren zu schicken. Er konnte Sorte, Herstellermarke und Abnutzungsspuren ermitteln. „Sie sehen zwar alle gleich aus, aber jedes Profil ist typisch für einen bestimmten Hersteller", erklärte Agent Moran. „Unser Mann ist wirklich der Beste auf diesem Gebiet. Auch wenn Sie nur einen Abdruck haben, der zwanzig Zentimeter lang ist, kann er die Marke identifizieren. Und der Hersteller kann Ihnen darüber Auskunft geben, wie viele dieser Reifen nach Colorado transportiert worden sind und wo die Händler sitzen."

Im Anschluss befragte sie die Deputys nach dem Vorgehen des Sheriff-Departments bei den beiden ersten Fällen. Jeder gute Ermittler wusste: Die Qualität der Durchführung der ersten Nachforschungen konnte über den Erfolg oder das Versagen der Polizei entscheiden. Und obwohl Helen sich mit Kommentaren zurückhielt, war jedem im Raum klar, was sie darüber dachte: Die Arbeit des Sheriffs und seiner Mitarbeiter war keine Glanzleistung gewesen.

Wie immer reagierte Lewis auf die Fragen kurz und ungehalten: „Wir haben den Fall nach dem Lehrbuch untersucht. Aber nachdem wir die Identität von Selma Hettinger ermittelt hatten, hat es der Sheriff nicht eingesehen, noch weitere Arbeitskraft und Steuergelder darauf zu verschwenden, den Mord an einer Nutte aufzuklären. Wen interessierte das schon?"

„Das interessiert eine Menge Menschen. Zum Beispiel die Angehörigen der ermordeten Frauen. Und Detective O'Toole hat mir berichtet, dass nur eines der Opfer eine Prostituierte war."

„Ja … na ja. Das wussten wir damals ja noch nicht."

Der Blick, mit dem Agent Moran ihn ansah, sagte in aller Deutlichkeit, dass es eigentlich seine Aufgabe gewesen wäre, das herauszufinden. „Darum, Deputy, geben Sie bei jedem Kriminalfall Ihr Bestes."

„Ich weiß nicht mal, warum Sie hier sind", gab Lewis eingeschnappt zurück. „Wir brauchen hier keine super FBI-Spezialistin, die uns erzählt, wie wir unseren Job zu machen haben."

„Okay, Manning, das reicht", griff der Lieutenant ein, aber Agent Moran hob die Hand, um ihn zu beruhigen.

„Nein, das ist schon in Ordnung, Lieutenant. Deputy Manning, ich wäre für diese Fälle nicht gerufen worden, wenn Sie meine Unterstützung nicht bräuchten. Ich bin hier, um Ihnen zu helfen. Meine Aufgabe ist es, ein psychologisches Profil von dem Täter zu erstellen, das Ihnen hilft zu erkennen, welche Sorte Mann Sie suchen."

„Das ist doch alles Hokuspokus."

„Nein, Deputy. Wie Fingerabdrücke, Ballistik und andere Methoden der Forensik, ist das psychologische Profil lediglich ein Instrument. Nicht mehr, aber auch nicht weniger. Ein kluger Kommissar nutzt jedes ihm zur Verfügung stehende Instrument, um den Fall zu lösen. Sei es psychologisch oder geografisch – ein Profil allein wird den Fall nicht aufklären. Menschen klären Verbrechen auf. Aber das Profil kann Ihnen die richtige Richtung weisen und Ihnen Zeit und Gerenne ersparen. Und ehrlich gesagt, befinden wir uns hier in einem Wettlauf mit der Zeit. Wir können uns nicht mit solch albernem Gerangel, wie

Sie es hier gerade veranstalten, aufhalten."

Lewis ließ sich gegen die Lehne seines Stuhles zurückfallen und verschränkte die Arme über der Brust, während Casey ein Grinsen unterdrücken musste.

Mit wenigen gewählten Worten hatte Agent Moran den Deputy in seine Schranken verwiesen. Für den Rest der Besprechung saß er schmallippig da und sagte kein Wort mehr.

Nach dem Mittagessen begleiteten Dennis und Casey Agent Moran zu den Tatorten, die sich alle in derselben Gegend befanden. Die Stellen, an denen die Leichen des ersten und zweiten Mordes gefunden worden waren, lagen nur einige Hundert Meter voneinander entfernt.

„Wir glauben, dass er sie hier freigelassen hat", erläuterte Casey und zeigte der FBI-Agentin den Ort, an dem die Reifenspuren gefunden worden waren. „Selma Hettinger, das erste Opfer, ist weiter gekommen als die zweite Frau. Allerdings war Madeline St. Martin eine verwöhnte Erbin, die wahrscheinlich nie zuvor hier in den Wäldern gewesen ist. Außerdem trug sie zur Tatzeit ein Cocktailkleid und hochhackige Schuhe, was natürlich nicht die beste Kleidung ist, um durch den Wald zu laufen und das eigene Leben zu retten."

„Wohl kaum."

„Becky Belcamp war die Schlaueste. Sie schlug einen Haken und lief ihm quasi wieder entgegen", ergänzte Dennis. „Sie hätte es fast geschafft."

„Ja, nur leider heißt fast nicht ganz", stellte die Agentin fest.

„Wenigstens hat der Täter hier einen Hinweis hinterlassen."

„Hm." Agent Moran stand mitten auf der Straße und sah den bewaldeten Berghang hinauf. Sie stemmte die Hände in die Hüften und dachte nach. „Es war recht schlau, die Opfer in einer beliebten Jagdgegend zu erschießen, wo man Patronen und Patronenhülsen nicht unbedingt einem Mord zuordnet. Sie könnten genauso gut von einem Jäger abgefeuert worden sein. Und die Leidenschaft, die Opfer erst zu jagen … Das ist eine Obsession, die ich noch nicht kenne. Sicherlich steckt etwas dahinter."

„Das nehme ich an", stimmte Casey ihr zu. „Es ist einfach krank und verschroben und riskant. Was, wenn eine der Frauen entkommen wäre? Becky hätte es fast geschafft. Warum ist er dieses Risiko eingegangen? Der Zwang, die Frauen wie Wild zu jagen, muss sehr stark sein."

„Und er wird noch stärker werden."

Es war schon nach Feierabend, als sie auf die Wache zurückkehrten. Als sie das Büro betraten, war Casey überrascht, dass noch alle da waren, herumhingen und sich miteinander unterhielten. Als sie aber zu ihrem Schreibtisch ging, verstummten die Männer.

„Was? Warum guckt ihr mich alle so an?"

Keith deutete auf ihren Tisch. „Die sind hier etwa vor zehn Minuten angekommen."

Erst als sie sich umdrehte, bemerkte sie einen Strauß mit Frühlingsblumen, der auf ihrem Tisch stand. Die bunten Blüten wirkten in dem grauen Büro so fehl am Platz, dass sie zweimal hinschauen musste, bevor sie ihren Augen traute.

Casey umrundete den Tisch und berührte eines der samtigen Blütenblätter. Nie zuvor hatte ihr jemand Blumen geschickt, und sie konnte sich auch nicht vorstellen, wer es jetzt tun sollte. Sie sah sich um und schaute in erwartungsvolle Gesichter. Diese neugierigen Gaffer wollten tatsächlich nur herausbekommen, von wem der Strauß war.

„Da steckt eine Karte", murmelte Murphy.

Sie musterte ihn kühl. „Das sehe ich."

Casey nahm den kleinen Umschlag aus dem Bouquet und zog die Karte heraus.

„Von wem sind die?", konnte sich Keith nicht zurückhalten. „Hast du etwa einen Freund, den wir noch nicht kennen?"

„Tut mir leid, euch enttäuschen zu müssen, Jungs, aber diese Blumen sind von den Mädels vom Softballteam, vor denen ich am Freitag einen kleinen Vortrag über die Karrierechancen in der Verbrechensbekämpfung gehalten habe. Lies selbst."

Keith nahm ihr die Karte aus der Hand und las laut vor: „‚Vielen Dank, dass Sie sich die Zeit genommen haben, uns etwas über Ihren Beruf zu erzählen. Die Trailblazers.'" Er kratzte sich am Kinn. „Sie sind wirklich von den Mädchen."

„Und dafür sind wir noch so lange hiergeblieben?"

„Ich dachte auch, uns wird was geboten."

Als sich die Kollegen endlich verabschiedet und das Büro unter Murmeln verlassen hatten, nahm Casey die Karte zur Hand und starrte die Nachricht an. Sie hatte keinen Zweifel daran, dass Mark ihr die Blumen geschickt hatte. Schließlich konnte er es sich leisten, und diese höfliche Geste sah ihm ähnlich. Aber er hatte sich Mühe gegeben, den kleinen Brief so unpersönlich wie möglich zu halten. Er hatte sich noch nicht mal dem Dankeschön angeschlossen.

Und das war alles, was es dazu zu sagen gab, beschloss Casey.

Agent Moran hielt sich insgesamt zwei Wochen in Mears auf. Hauptsächlich arbeitete sie mit Dennis und Casey zusammen. Sie sah sich noch einmal jede einzelne Notiz und jedes einzelne Foto genau an und studierte zusätzlich die Unterlagen von Casey, Dennis und den anderen Mitgliedern des Sondereinsatzkommandos. Gemeinsam hatten sie noch einige Male die Tatorte inspiziert und die Fälle diskutiert.

Casey war von Helens Herangehensweise und von den Einsichten, die die Agentin gewonnen hatte, fasziniert. Selbst das winzigste Detail ließ Rückschlüsse auf die Denkweise und die Motive des Mörders zu.

„Es gibt zwei Arten von Serienmördern", erklärte Helen

in einer ihrer Sitzungen. „Es gibt den organisierten und den unorganisierten Mörder. Der organisierte Täter plant seine Taten, er beobachtet und verfolgt sein Opfer häufig über mehrere Wochen, um seinen Alltag kennenzulernen. Wenn er zuschlägt, weiß er genau, wann und wo und wie er die Tat durchführt. Er bereitet sich darauf vor und hat alles dabei, was er für den Mord braucht. Der unorganisierte Mörder ist ein impulsiver Mensch. Er plant nichts. Vielleicht hat er sogar gar nicht vor, jemanden zu töten, bis ihn etwas zu seiner Tat reizt und er dann von einem unwiderstehlichen Zwang getrieben wird. Er benutzt dann irgendeine Waffe, derer er habhaft werden kann, oder er tötet das Opfer mit bloßen Händen. Im Allgemeinen ist der unorganisierte Täter am leichtesten zu stellen. Dass er nichts plant, ist für uns von Vorteil, denn er hinterlässt Spuren. Der Mörder, der seine Tat plant, ist dagegen schwer zu stellen – gerade weil er seine Morde so detailliert anlegt, seine Opfer sorgfältig aussucht, obwohl es nicht danach aussieht. Meistens sind es Opfer, zu denen er keinen Kontakt hat, zumindest vor der Tat nicht. Und augenscheinlich ist das die Sorte Täter, hinter dem Sie her sind.“

So lange Helen Moran in Mears war, aß Casey meistens mit ihr zu Abend. Casey fand es interessant, mit ihr Zeit zu verbringen und etwas von ihr zu lernen. Auf alle Fälle war das besser, als zu Hause allein vor dem Fernseher zu sitzen. Und auf diese Art hörte sie wenigstens auf, sich mit Mark Adams zu beschäftigen.

Als Caseys Eltern von Caseys Kollegin vom FBI hörten, bestanden sie darauf, dass ihre Tochter Helen am folgenden Mittwoch zum Essen mitbrächte, und weil Helen ihre eigene Familie vermisste, nahm sie die Einladung an. Sie war fasziniert von der Familiengeschichte der Collins und der O'Tooles und davon, dass alle Männer beider Familien Polizisten gewesen waren oder sogar noch im Dienst waren.

Casey lernte sehr viel von Helen, und es tat ihr leid, dass Agent Moran nach zwei Wochen verkündete, sie habe das Täterprofil erstellt und würde am selben Abend wieder nach Hause fliegen. Bevor es so weit war, setzte sich Helen mit Casey und den anderen der Einheit sowie dem Lieutenant zusammen und erläuterte die Ergebnisse ihrer Arbeit.

„Ich bin zu der Überzeugung gekommen, dass der Täter weiß, männlich und zwischen fünfundzwanzig und vierzig Jahre alt ist. Wahrscheinlich ist er gut rasiert. Er ist ordentlich und sehr organisiert. Ausgesprochen gut organisiert. Das ist wahrscheinlich der einzige Grund, warum er bisher in der Gesellschaft noch nicht aufgefallen ist. Er ist intolerant und teilt die Welt in Schwarz und Weiß ein. Bei diesem Menschen gibt es keinen Platz für Zwischentöne, und er geht gern nach dem Lehrbuch vor. Wahrscheinlich macht er für alles und jedes eine Liste. Ich vermute, dass seine Mutter ihn vernachlässigt oder verlassen hat, als er klein war. Symbolisch bestraft und tötet er sie, wenn er die Frauen jagt. Ich nehme stark an, dass sie sehr mit ihrer Figur und ihrem Aussehen beschäftigt war. Deshalb sucht er sich Frauen aus, die sich einer Schönheitsoperation unterzogen haben."

„Was ist mit dem roten Haar?", warf Hugh Longmont ein. „Was hat das zu bedeuten?"

„Das könnte ein Aspekt des Eitelkeitsthemas sein. Seine Mutter hatte vielleicht ihr Haar rot gefärbt. Möglicherweise hatte aber auch eine Frau, mit der er etwas zu tun gehabt hat, rotes Haar – und möglicherweise hat sie ihn abgelehnt. Aber es ist wahrscheinlich, dass er mit Frauen insgesamt nicht zurechtkommt."

„Also? Nach was für einem Typen suchen wir jetzt? Einem ordnungsliebenden Streber? Einem Einzelgänger?", fragte Hector Comal.

„Ganz im Gegenteil. Ich gehe davon aus, dass er gut aussieht, vielleicht sogar sehr gut. Er ist sehr gepflegt und freundlich, jedenfalls oberflächlich betrachtet. Er weiß, wie man sich verhält, und was man wann sagt. Aber wie alles andere auch an ihm, sind das voraussehbare, geplante Antworten und Verhaltensweisen. Dieser Mann versteht es, eine freundliche Fassade aufrechtzuerhalten, aber eigentlich kann er keine Nähe zulassen oder eine Beziehung führen – sei sie romantischer Natur oder sonst wie. Emotional gesehen ist er leer."

„Der hört sich ja sehr sympathisch an", kommentierte Travis Kemp.

„Außerdem habe ich ein geografisches Profil erarbeitet." Helen heftete eine Karte an die Magnettafel. „Die blauen Kreise bezeichnen die Tatorte. Wie Sie hier erkennen können, liegen alle drei sehr nahe beieinander. In dieser Region fühlt der Täter sich wohl. Wahrscheinlich kennt er sich in den Wäldern aus wie in seiner Westentasche. Die grünen Quadrate sind die Wohnsitze der Opfer, im Falle von Miss Belcamp ihr Sportstudio. Alle diese Orte befinden sich im Norden der Stadt, auch hier ist die betreffende Region recht begrenzt. Und alle liegen innerhalb oder nahe dieses Polizeibezirks. Auch hier kennt der Täter sich gut aus. Organisierte Serientäter bevorzugen Tatorte, die in ihrer Komfortzone liegen, das heißt, dort kennen sie sich gut aus, dort fühlen sie sich sicher, quasi wie zu Hause. Auch die Serienmörder, die sich in verschiedenen Regionen bewegen, sehen sich die Gegend genau an, bevor sie eine Tat begehen. Ihr Täter lebt und/oder arbeitet vermutlich in dem Areal, das ich in der Karte rot schraffiert habe. Normalerweise tötet ein Serientäter nicht in der Gegend, in der er wohnt, aber er wird auf der anderen Seite auch nicht sehr weit davon entfernt zuschlagen. Man kann davon ausgehen, dass er sich jeden Tag in diesen Straßen bewegt", sagte sie und zeigte auf Linien, die mit Gelb markiert waren.

„Das wär's. Ich bin fürs Erste fertig. Wenn Sie neue Erkenntnisse haben, rufen Sie mich an, dann sehen wir weiter, ob sich an meinen generellen Theorien etwas ändert."

Nach Schichtende begleitete Casey Helen bis vors Revier, wo sie ein Taxi zum Flughafen nehmen wollte.

„Ich mag Ihre Arbeit, Casey. Ich finde, Sie sollten sich überlegen, ob Sie nicht beim FBI anfangen. Sie haben alles, was man braucht, um eine gute Agentin zu werden. Ich würde mich freuen, wenn ich Ihnen dabei irgendwie helfen könnte."

„Danke, Helen, ich weiß das zu schätzen, aber ich bin hier eigentlich recht glücklich. Außerdem glaube ich nicht, dass ich es woanders lange ohne meine Familie aushalten würde."

„Sie haben hier wirklich ein enges Netzwerk. Aber wenn Sie es sich überlegen, lassen Sie es mich wissen. Sie haben ja meine Karte. Und halten Sie mich auf dem Laufenden, was den Fall angeht. Und falls Sie noch einmal Hilfe vom FBI brauchen sollten: Vergessen Sie das Protokoll, rufen Sie mich einfach direkt an."

„Das werde ich tun. Danke schön."

Nachdem sie ihre Einkäufe auf dem Markt erledigt hatte, kehrte Casey noch vor Einbruch der Dunkelheit in ihre Wohnung zurück. Es waren vier Anrufe auf ihrem Anrufbeantworter: Nachrichten von ihrer Mutter und Francis, eine von Mary Kate, die ihr in scharfem Ton befahl, sich umgehend bei ihr zu melden, sowie die Erinnerung ihrer Zahnärztin, dass es an der Zeit für eine Zahnreinigung sei. Keine Nachricht von Mark.

Casey war auf sich selbst böse, weil sie so enttäuscht darüber war. Kraftvoller als eigentlich notwendig, drückte sie die Löschtaste auf dem Gerät.

Idiotin, wie kommst du darauf, dass er dich anrufen würde? Und was hätte er denn sagen sollen? „Ich bewundere dich dafür, wie du die beiden Kriminellen zusammengeschlagen hast"?

Casey schnaufte verächtlich. *Ja, genau, träum schön weiter, O'Toole. Es wird Zeit, dass du selbst anfängst, das zu glauben, was du den anderen immer schon weismachen wolltest: Dr. Mark Adams schert sich einen Dreck um dich.*

Sie war wild entschlossen, nicht mehr an ihn zu denken. Sie aß eine Kleinigkeit und ging früh ins Bett. Am nächsten Morgen führte sie ihr übliches Samstagmorgenprogramm durch: Sie ging laufen, putzte das Haus, duschte und kaufte ein. Am Abend hatte sie gerade ihre Sandalen ausgezogen und es sich mit einem Buch auf dem Sofa gemütlich gemacht, als es an der Haustür klingelte.

Wer war das? Barfuß ging sie zur Haustür. Wahrscheinlich wollte einer ihrer Brüder sie überraschen, weil er keine Verabredung für den Abend hatte.

Obwohl sie sich recht sicher war, dass es so sein musste, ließ Casey Vorsicht walten und schaute durch den Spion, bevor sie öffnete. Als sie sah, wer auf der Schwelle wartete, holte sie tief Luft und ging einen Schritt zurück. Dann machte sie einen schnellen Schritt vor und öffnete die Tür.

„Mark! Was machst du denn hier?"

15. KAPITEL

Er trug Jeans, einen Baumwollpullover mit einem runden Ausschnitt und eine dünne Wildlederjacke, um sich vor der kühlen Abendluft zu schützen. Mit einer Hand lehnte er am Türrahmen, die andere hatte er auf die Hüfte gestützt, sodass seine Jacke offen stand.

„Hi.“ Er schaute sie von oben bis unten an. Sein Blick wanderte von ihren bloßen Füßen über ihren Wickelrock zu ihrem T-Shirt mit Wasserfallausschnitt und ihrem offenen Haar. Dann sah er ihr in die Augen. „Darf ich reinkommen?“

„Ja, natürlich.“ Sie ging einen Schritt zur Seite und hielt ihm die Tür auf. Ihr Herzschlag dröhnte. Was wollte er hier? Sie hatte von ihm seit mehr als zwei Wochen nichts gesehen oder gehört.

Mark ging an Casey vorbei und brachte die kühle Frische des Abends mit herein. Er roch nicht nur nach seinem eigenen männlichen Duft, sondern auch ein wenig nach Natur. Casey atmete tief ein und riss sich zusammen, damit ihr nicht schwindlig wurde.

In der kleinen Eingangshalle zog er seine Jacke aus und hängte sie an die antike Garderobe. Dann, ohne ein Wort zu sagen, ging er in das Wohnzimmer. „Nettes Haus.“ Er sah sich interessiert um.

„Danke. Im Moment miete ich es nur, aber der Besitzer hat mir angeboten, es zu kaufen. Ich überlege es mir.“ Sie verschränkte ihre Finger und bemerkte dann, wie nervös das wirken musste, deswegen löste sie die Hände wieder voneinander. „Ach, möchtest du etwas trinken? Soll ich einen Kaffee machen? Möchtest du vielleicht lieber eine Limonade? Mineralwasser? Tut mir leid, aber ich habe keinen Alkohol im Haus.“

„Nein, danke. Ich möchte nichts.“ Mark spazierte im Wohnzimmer umher und sah sich das Ölgemälde an, das über dem Kaminsims hing. Aiden hatte es gemalt. Als Nächstes waren die gerahmten Familienfotos dran, die überall im Raum herumstanden.

Er nahm eines von einem Beistelltischchen in die Hand. „Ist das dein Mann?"

„Ja, das ist Tim."

„Er sieht nett aus."

„Er war nett."

Mark stellte das Foto wieder zurück auf den Tisch und fuhr fort, umherzugehen, während er seine Hände in die hinteren Hosentaschen seiner Jeans steckte. Der weiche Baumwollpullover spannte sich über seine breiten Schultern. Die Muskeln seines Rückens zeichneten sich deutlich unter dem feinen Stoff ab. Er hatte die Bündchen hochgeschoben, sodass die Ärmel seine muskulösen Unterarme und seine breiten Handgelenke freigaben.

Casey beobachtete ihn und wurde von Minute zu Minute nervöser.

„Möchtest du dich setzen?", fragte sie und deutete auf einen der Sessel, die vor dem Kamin standen.

Über die Schulter sah er sie an und antwortete nur kurz: „Klar."

Er ignorierte die Sessel und setzte sich zu ihr auf das Sofa, sodass eine einzelne freie Sitzfläche zwischen ihnen war. Er ließ sich in die Polster fallen und streckte die Beine aus. Seine Füße waren gekreuzt, und er starrte in den Kamin, obwohl dort kein Feuer brannte.

Die Zeit verging, ohne dass sie miteinander sprachen.

„Du hast wohl viele Noteinsätze gehabt. Ich habe dich seit Wochen nicht mehr gesehen", versuchte Casey, die Stille zu durchbrechen.

„Es gab keine Notfälle. Ich war woanders joggen."

„Aha. Ich verstehe." Sie hatte das Gefühl, als hätte er sie ins

Gesicht geschlagen. Das war natürlich blöd, der Mann konnte schließlich joggen gehen, wo er wollte. Und er schuldete ihr auch keine Erklärung. Und dennoch musste sie mit den Tränen kämpfen.

Jetzt starrte auch sie in den Kamin.

Aus den Augenwinkeln beobachtete sie, wie er sie ansah. „Ich musste nachdenken."

Casey starrte weiter vor sich hin. Schnell schloss und öffnete sie die Augen wieder. Sie wagte es nicht, etwas zu sagen.

„Ich habe über uns nachgedacht."

Sie sah ihn an. „Über uns?" Ihr Herz raste so sehr, dass sie meinte, nicht atmen zu können.

„Ja. Ich musste darüber nachdenken, ob ich in der Lage sei, mit dir eine ernsthafte Beziehung zu führen."

„Eine ernsthafte ...?" Casey schüttelte den Kopf. „Was willst du mir damit sagen? Ich hatte keine Ahnung, dass du ... du hast nie ... so, wie du dich mir gegenüber verhalten hast, dachte ich immer, du wolltest mit mir nur befreundet sein."

„Ich möchte auch mit dir befreundet sein. Und eines Tages ... bald, wie ich hoffe, ... möchte ich, dass wir ein Liebespaar sind."

Sprachlos sah Casey ihn an.

Mark lachte leise über ihren Gesichtsausdruck. „Und zu deiner Information, ich habe zwar zu Anfang ein wenig geflirtet, aber du hast es nicht bemerkt. Ich dachte, du spielst die Unberührbare bis zu diesem Abend im Krankenhaus. Als du mir deine Geschichte erzählt hast, habe ich gemerkt, dass ich etwas ändern muss. Du hast Tim dein ganzes Leben lang gekannt. Du hast dich mit ihm wohlgefühlt. Deswegen habe ich versucht, dir mehr Zeit zu lassen, damit du mich besser kennenlernst. Ich wollte, dass du dich auch mit mir wohlfühlst."

„Aha." Casey sah auf ihre Hände, die sie im Schoß gefaltet hatte. „Und dann hast du gesehen, wie ich einen bewaffneten

Mann festgenommen und einen anderen zusammengeschlagen habe, und das hat dich abgestoßen."

Aus den Augenwinkeln sah sie, wie sich Marks Körper anspannte. „Abgestoßen?" Er klang erstaunt. Er setzte sich aufrecht hin und wandte sich ihr zu. Er zog das linke Bein an, um es auf dem freien Platz zwischen ihnen auszustrecken und legte seinen linken Arm auf die Sofalehne. „Himmel, nein, ich war nicht abgestoßen! Ich war erstaunt, das stimmt. Jedenfalls zu Beginn. Aber dann war ich nur noch stolz und habe dich bewundert. Und vor allem hatte ich unheimliche Angst. Ich hatte solche Angst, dass dir etwas passieren würde, dass ich am ganzen Leib gezittert habe. Es war das erste Mal, dass es mir aufging – nein, eher hat mich diese Erkenntnis erschlagen –, dass das deinen Beruf ausmacht, dass du täglich mit solchen Auseinandersetzungen konfrontiert wirst."

„Aber du hast doch von Anfang an gewusst, dass ich bei der Polizei bin."

„Ich habe gewusst, dass du eine Kommissarin bist. Aber ich habe mir nie wirklich darüber Gedanken gemacht, was das in der Praxis bedeutet. Ich dachte wahrscheinlich, dass ihr Detectives wie Sherlock Holmes arbeitet. Ich dachte, ihr geht zum Tatort, sammelt dort Hinweise und puzzelt sie zusammen. Danach kommst du zu einem Ergebnis und sagst: Bei Gott, Watson, ich weiß, wer es getan hat!"

„Wirklich?", fragte Casey lächelnd. Sie entspannte sich zum ersten Mal, seitdem er durch die Tür gekommen war.

„Na … vielleicht nicht *ganz* so. Jedenfalls nicht mit diesem britischen Akzent", fügte er hinzu und lächelte auch ein wenig. „Was ich sagen will: Ich habe mir bislang keine Gedanken darüber gemacht, dass du dich auch körperlich auseinandersetzen musst. Ich nehme an, ich dachte, dass du den Kriminalfall löst und dann jemand anderen hinschickst, um den Beschuldigten festzunehmen."

Als das Gespräch begann, hatten sie an den äußeren Enden des Dreisitzers gesessen, aber nun waren sie enger zusammengerückt, ohne dass es Casey aufgefallen war. Sein linkes Knie berührte ihre Hüfte, und nun bewegte er seine Hand von der Sofalehne, um mit einer ihrer Haarsträhnen zu spielen.

Sie bemerkte, dass seine Iris dunkler wurde, als er beobachtete, wie ihre feuerroten Locken sich um seine Finger schmiegten, als seien sie lebendig. „Es hat mich nicht abgestoßen, was du getan hast, Casey", murmelte er mit einer dunklen Stimme, sodass sie Gänsehaut bekam. „Ich hatte einfach unheimliche Angst, als ich verstand, dass es zu deinem Beruf dazugehört, sich täglich einer großen Gefahr auszusetzen."

„Und was ist dabei rausgekommen ... bei deinen ... Gedanken?"

Mark entfuhr ein kleiner Ton, eine Mischung aus Lachen und Seufzen. „Es geht, glaube ich, mehr darum, was ich daraus gelernt habe. Was ich über mich gelernt habe. Ich bin langsam zu der Überzeugung gekommen, dass ich eigentlich keine Entscheidung treffen musste. Dafür war es schon zu spät. Du bist mir in der kurzen Zeit schon so wichtig geworden, dass es kein Zurück mehr gibt. Die letzten sechzehn Tage, in denen wir uns nicht gesehen haben, waren einfach die Hölle."

Seine Finger waren noch näher gekommen und streichelten ihren Nacken. Sie spürte, wie seine Fingerspitzen warm und weich über ihre empfindliche Haut strichen. Casey erschauerte und schloss die Augen. Sie musste ein Stöhnen unterdrücken. Bis zu diesem Moment hatte sie keine Ahnung gehabt, dass ihr Nacken zu ihren erogenen Zonen gehörte.

Er drehte sie ganz sanft zu sich hin und zwang sie, ihm in die Augen zu schauen. „Ich bin in dich verliebt, Casey."

Sie riss die Augen auf. Sie wusste nicht, wie sie auf dieses Geständnis reagieren sollte. Was hatte sie erwartet? Dass er ihr vorschlug, sich ein bisschen besser kennenzulernen, um dann zu sehen, wie es mit ihnen weiterging? Oder dass er mit ihr schlafen wollte? Vielleicht. Aber mit Sicherheit hatte sie nicht mit einer Liebeserklärung gerechnet.

„W-was? Mark, das ist nicht dein Ernst. Du kannst dich doch nicht in mich verliebt haben! Wir haben uns erst vor drei Wochen kennengelernt."

„Drei Wochen, drei Tage, vier Stunden und …" er sah auf seine Armbanduhr, „siebzehn Minuten, um genau zu sein", fügte er mit einem Grinsen hinzu.

„Ich weiß vielleicht nicht, welche Sorte Müsli du zum Frühstück isst, ob du Oper oder Countrymusic lieber magst, ob du die Zahnpastatube zudrehst und ob du ein Tag- oder eher ein Nachtmensch bist, aber ich weiß die Dinge über dich, die zählen. Ich weiß, dass du süß und klug und ehrlich und warmherzig bist, dass du viel Wert auf deine Arbeit und deine Familie legst. Ich weiß, dass du intuitiv handelst, dass du analytisch und fleißig bist. Du respektierst deinen Körper, kümmerst dich um deine Gesundheit und machst Sport, um dich fit zu halten. Und vor allen Dingen weiß ich, dass du so hübsch bist, dass es mir den Atem verschlägt."

„Ich … ich … ich weiß gar nicht, was ich sagen soll."

„Du musst auch gar nichts sagen. Ich erwarte auch nicht, dass du mir sofort mit Liebe begegnest. Ich weiß, dass das seine Zeit braucht und dass du noch nicht so weit bist. Alles, worum ich dich bitten möchte, ist, dass du mir eine Chance gibst, deine Liebe zu gewinnen."

Casey starrte ihn an. Ihr Herz schlug ihr bis zum Hals. Sie musste zugeben, dass sie die Vorstellung, dass Mark ihr den Hof machte, aufregend und verlockend fand. Was sie nicht verstehen konnte, war, warum er sich ausgerechnet sie ausgesucht hatte. Warum sollte ein so unglaublich gut aussehender erfolgreicher Mann wie Mark sich in sie verlieben? Er konnte wahrscheinlich jede Frau haben, die er wollte. Warum ausgerechnet in sie, in das unscheinbare Mädchen von nebenan?

„Mark, ich möchte nicht verletzt werden, und noch weniger möchte ich jemand anderen verletzen. Ich gebe zu, ich fühle mich zu dir hingezogen. Ich finde dich sehr attraktiv. Aber ich kann im Moment das, was ich fühle, nicht benennen. Außerdem verstehe ich überhaupt nicht, wie du dir nach so kurzer Zeit schon so sicher über deine Gefühle sein kannst.“

„Da sind wir einfach verschieden. Deine Liebe zu Tim hatte viele Jahre Zeit, sich zu entwickeln. Du hast mir erzählt, dass du dich gar nicht daran erinnern kannst, wann du dich in ihn verliebt hast. Es hat sich einfach so ergeben. Ich hingegen bin ein Mensch, der sofort weiß, was er will. Und dann bemühe ich mich darum, es zu bekommen. Ich habe immer gewusst, dass ich die Frau, die für mich bestimmt ist, sofort erkennen würde.“

Er nahm Caseys Hand und sah ihr tief in die Augen. „Ich glaube daran, dass es vorbestimmt war, dass du Tim liebtest, ihn geheiratet hast und Freude in sein kurzes Leben gebracht hast. Aber ich glaube auch daran, dass es kein Zufall war, dass wir uns begegnet sind, dass wir gemeinsam leben und dass wir eine Familie gründen sollen. Wir sollen gemeinsam alt werden. Ich glaube, deshalb bin ich bisher allein gewesen. Ich wusste es nicht, aber ich weiß jetzt, dass ich die ganze Zeit darauf gewartet habe, dass du mich triffst.“

Caseys Herz pochte unablässig in ihrer Brust. Sie fühlte sich, als müsste sie jeden Augenblick dahinschmelzen. Wer könnte bei solch einer Liebeserklärung denn widerstehen?

Sie sah in seine grauen Augen und erblickte nur Aufrichtigkeit und Bewunderung in ihnen. Ihre kümmerliche Abwehr zerfiel Stück für Stück.

„Seitdem du das erste Mal in meine Praxis gekommen bist, musste ich die ganze Zeit an dich denken. Ich sehe dich immer noch vor mir, wie du mit dem Rücken zu mir im Besprechungszimmer gesessen hast“, fuhr Mark fort. „Das Erste, was ich an dir wahrgenommen hatte, war deine wunderschöne rote Mähne, die du an diesem Tag zu einem Knoten gebunden hattest. Dann habe ich einige kleine Strähnchen an deinem Nacken gesehen, die aus dem Knoten herausgerutscht waren. Sofort hatte ich den unbändigen Wunsch, meine Nase in diese Locken zu stecken.“

Casey sah ihn verwundert an. „Gut, dass du das nicht gemacht hast“, erklärte sie unversöhnlich. „Sonst hättest du innerhalb einer Sekunde flach auf dem Boden gelegen.“

„Ja, ich weiß“, sagte Mark und lachte leise. „Dann ging ich um meinen Schreibtisch herum und setzte mich hin, und dann hast du mich mit deinen großen blauen Augen angesehen, und ich war verloren. Ich hatte das Gefühl, jemand zerschmettert mir den Solarplexus mit einem Presslufthammer. Ich konnte nicht mehr atmen. So ging es mir jedes Mal, wenn ich dich seitdem gesehen habe, und das Gefühl wurde immer stärker.“

Er rückte näher an sie heran. Sie spürte seinen warmen Atem auf ihren Wangen. Sie konnte jede einzelne der rabenschwarzen Wimpern erkennen, die seine schönen grauen Augen umrahmten, sah das Leuchten, das von ihnen ausging. „Gibst du mir eine Chance, Liebste?“

Casey starrte auf die wunderbar geschwungenen Lippen, die nur wenige Zentimeter von den ihren entfernt waren, und ganz tief innen spürte sie ein so starkes Verlangen, wie sie es bisher noch nie verspürt hatte.

Alles in ihr strebte zu ihm. Ja, sie wollte es mit ihm probieren.

Aber sie spürte auch Angst und Unsicherheit. Was, wenn es nicht funktionierte? Nie zuvor hatte sie negative Erfahrungen in der Liebe gemacht. Sie hatte nie am eigenen Leib erlebt, dass eine Beziehung in die Brüche gegangen war. Sie war sich nicht sicher, ob sie so eine Enttäuschung verkraften könnte. Schon gar nicht, weil Tims Tod erst ein Jahr her war.

Aber dennoch ... wenn sie diese Chance nicht ergriff, das wusste sie, würde sie es immer bereuen.

Sie hob ihre zitternde Hand, um sie auf Marks Wange zu legen. „Gut ... ja aber, was ist, wenn es nicht funktioniert ...“

„Pssst.“ Er legte seinen Zeigefinger auf ihre Lippen. „Hab keine Angst. Es wird funktionieren.“ Er rückte noch näher an sie heran, bis sich ihre Lippen fast berührten und flüsterte: „Es wird alles gut werden.“ Und dann berührten seine Lippen ihre.

Sein Kuss schmeckte köstlich. Sie erkundete seine weichen Lippen, zitternd vor Hunger und gleichzeitig vor Zurückhaltung. Seine Lippen bewegten sich über ihren Mund mit unglaublicher Zartheit, dennoch spürte sie seine unterschwellige Leidenschaft, die ihre Seele in Flammen aufgehen ließ. Dies war die sinnlichste Erfahrung, die Casey jemals gemacht hatte. Sie hatte keine Ahnung gehabt, dass ein Kuss so sinnlich und erregend sein konnte. Sie beantwortete jede seiner Bewegungen mit ihrem Herzschlag und kam ihm ein Stückchen näher. Für diesen einen Augenblick existierte nichts anderes mehr.

All ihre Sorgen, Zweifel und Gedanken verschwanden, ihre Vernunft löste sich auf. Sie musste einfach diesen Mann berühren, seine Wärme aufsaugen, seinen Geschmack erfahren und seinen wundervollen Duft einatmen.

Sie nahm kaum wahr, dass sie plötzlich auf seinem Schoß lag, während er sie immer weiterküsste. Es war ihr egal. Solange er sie so küsste und wie jetzt in seinen Armen hielt, war ihr gleichgültig, was er mit ihr anstellte. Sie war eine kluge, kompetente Frau. Ihr Körper war stark und durchtrainiert, und sie hätte jeden Mann innerhalb von Sekunden zu Boden werfen können, aber in Marks Armen fühlte sie sich klein und hilflos. Sie fühlte sich seltsam weiblich. Und es fühlte sich himmlisch an.

Als Mark schließlich seine Lippen von ihren löste, um sie anzusehen, war sie atemlos. Ihr Herz raste wie ein Zug, der nicht mehr aufzuhalten war.

Er lächelte sie an, mit seinem Blick streichelte er ihre Wangen und ihre Stirn. Als er ihren staunenden offenen Mund sah, lächelte er amüsiert.

„Ich habe dir doch gesagt, dass alles gut wird." Er berührte ihren Mundwinkel mit seiner Zeigefingerspitze und sagte mit noch tieferer Stimme: „Das wollte ich tun, seit ich dich das erste Mal gesehen habe. Und es war besser, als ich es mir erträumt hatte."

Casey lag auf seinem Schoß, sah ihn an und bemühte sich, ihre Gedanken zu sammeln. Sie musste ihm noch etwas sagen, bevor sie beide den nächsten Schritt taten. „Mar…" Ihre Stimme kippte. Sie musste sich räuspern. „Mark, es gibt etwas, das ich dir sagen muss."

„Worum geht's?"

„Ich … ich …" Es war ihr peinlich, und sie spürte, wie sie rot wurde. Bevor sie es sich anders überlegen konnte, brachte sie hervor: „Ich habe keine Affären."

Mark legte den Kopf in den Nacken und fing an zu lachen. Seine tiefe, voluminöse Stimme füllte den ganzen Raum.

Casey runzelte die Stirn. „Worüber lachst du?"

„Über dich." Er grinste sie an und berührte mit dem Finger die Falten, die sich zwischen ihren Augenbrauen gebildet hatten, bis sie verschwunden waren. „Das weiß ich doch, Liebste! Ich weiß das, seit ich mit deinen Eltern im Krankenhaus gesprochen habe. Es macht nichts. Ich meine … natürlich macht es mir etwas aus. Ich möchte mit dir schlafen. Sehr sogar. Aber nachdem ich deine Eltern kennengelernt habe und gehört habe, wie du aufgewachsen bist, ist mir klar geworden, dass es für dich wahrscheinlich undenkbar ist, eine intime Beziehung vor der Ehe zu haben. Ich werde dich zu nichts drängen, was du nicht willst oder was gegen deine Erziehung oder deine religiösen oder moralischen Glaubenssätze verstößt. Ich kann warten."

Er konnte warten? Caseys Herz zog sich zusammen. Sollte das heißen, dass er vorhatte, sie zu heiraten?

Es lag ihr auf der Zunge, ihn zu fragen, aber sie traute sich nicht.

„Und ich muss zugeben, dass da noch etwas anderes ist", fügte er mit einem schmerzlichen Lächeln hinzu: „Ich will von deinen Brüdern nicht geteert und gefedert werden."

Casey rümpfte die Nase. „Das würden sie bestimmt tun. Aber woher weißt du das? Du hast sie doch noch gar nicht kennengelernt."

„Wenn du meine Schwester wärest, würde ich dasselbe mit einem Typen machen, der etwas mit dir vorhätte."

Casey verdrehte die Augen. „Oh toll. Jetzt habe ich eine Beziehung mit einem Mann, der dieselben Denkstrukturen wie meine Brüder hat."

„Ich glaube, du hast einfach Glück", murmelte Mark, beugte den Kopf zu ihr herunter und küsste sie noch einmal.

Dieser Kuss war intensiver, weniger kontrolliert, fordernd. Casey lag in Marks Armen und schlang ihre um seinen Hals. Ihr ganzer Körper vibrierte.

Als sie glaubte, nun würde er sie ganz auf dem Sofa ausstrecken und mit ihr schlafen, löste er sich von ihr und setzte sich auf.

Er war rot im Gesicht und schüttelte den Kopf. Schwer atmend richtete er sich weiter auf. „Wir müssen jetzt aufhören, sonst kann ich es nicht mehr. Wenn es so weitergeht, kann ich das Versprechen nicht halten, das ich gerade gegeben habe."

Casey war plötzlich enttäuscht und frustriert. Einerseits wollte sie ihrem Verlangen nachgeben und sich von einer Welle der Leidenschaft fortschwemmen lassen, bis sie an den Punkt gelangten, an dem es keinen Raum für Zurückhaltung und Sorgen geben würde. Alles bestand dort nur noch aus Verlangen und dem Bedürfnis, dieser Sehnsucht nach Erfüllung nachzugeben.

Aber sofort schämte sie sich für diese momentane Schwäche. Sie war stolz darauf, eine verantwortungsvolle erwachsene Frau zu sein. Sie traf ihre eigenen Entscheidungen und akzeptierte die Konsequenzen, die daraus erwuchsen. Sie wollte niemand anderem die Verantwortung überlassen.

Um nichts in der Welt hätte Casey ihre altmodische Erziehung und die bodenständigen Werte, zu denen ihre Eltern sie erzogen hatten, eintauschen wollen. Dennoch musste sie zugeben, dass es manchmal Momente gab, so wie jetzt, in denen sie sich wünschte, eine normalere Haltung zu Sex zu haben. Schließlich lebte sie im einundzwanzigsten Jahrhundert, und schließlich hatte in den Sechzigerjahren eine sexuelle Revolution stattgefunden. Die meisten ihrer Generation dachten sich nichts dabei, eine intime Beziehung mit jemandem einzugehen, für den sie tiefe Gefühle hegten. Sie mussten nicht notwendigerweise in diese Person verliebt sein, um mit ihr ins Bett zu gehen.

Casey seufzte. Leider war das bei ihr anders. Sie fühlte sich einfach nicht wohl bei dem Gedanken, mit jemandem intimste Momente zu verleben, wenn es keine andere Bedeutung hatte, als eine gewisse Art von Hunger zu stillen. Für sie war es wichtig, dass zwischen zwei Menschen eine tiefere Verbindung bestand, die die Herzen und die Seelen zusammenschmelzen ließ. Beide Menschen mussten zueinander eine besondere Beziehung haben und es ernst meinen.

Aber sie musste auch andere Aspekte in ihre Überlegungen einbeziehen. Abgesehen davon, dass ihre Brüder sich sicherlich wie Höhlenmenschen aufführen würden, wenn sie davon erführen, wollte sie die Enttäuschung ihrer Eltern nicht mitansehen müssen. Und sie wollte sich gar nicht vorstellen, wie Vater Michael reagieren würde, wenn sie es am Sonntag beichten würde.

„Also“, sagte Mark, schob sie von seinem Schoß und beförderte sie auf den Sofaplatz neben ihm. „So sehr ich dich auch weiter küssen und festhalten möchte – ich glaube, wir sollten besser vorsichtig sein, wenn wir nach deinen Regeln spielen.“

„Es geht um mehr als um irgendwelche Regeln. Es ist …“

„Psssst. Du musst mir das nicht näher erklären, ich kann das schon verstehen. Wirklich, ich verstehe dich. Und es ist okay.“

„Wirklich?“

„Wirklich“, bekräftige er. „Und nun, da wir das geklärt und unsere Beziehung definiert haben, was möchtest du heute Abend unternehmen? Hast du schon etwas gegessen?“

„Oh … ja, habe ich.“

„Gut. Ich habe zwar auch schon gegessen, aber ich würde dich zum Essen ausführen, wenn du noch Hunger hast. Sollen wir ausgehen? Drüben in Laramie gibt es einen netten kleinen Jazzklub. Wir könnten auch in die Spätvorstellung gehen.“

Schließlich einigten sie sich darauf, zu Hause zu bleiben und sich einen Film anzusehen. Mark war von Caseys DVD-Sammlung beeindruckt, und als Casey mit einer großen Schüssel Popcorn aus der Küche kam, hatte Mark bereits seine Schuhe ausgezogen und es sich in einer Ecke des Sofas gemütlich gemacht. Ein Bein lag auf der Sitzfläche, das andere hing lässig herunter. Sie setzte sich an das andere Ende des Sofas, aber bevor sie wirklich saß, hatte er sie schon zu sich herangezogen. Sie lehnte mit dem Rücken gegen seine starke Brust. Mit einem Arm hielt er ihre Taille umschlungen, mit der anderen Hand griff er um sie herum in die Schüssel. Kauend startete er den Film.

Zunächst war Casey zu angespannt, um sich wirklich auf

den Film konzentrieren zu können. Sie spürte Marks Anwesenheit mit jeder Faser ihres Körpers. Gegen ihren Rücken fühlte sie, wie sich seine breite Brust bei jedem Atemzug hob und senkte. Es gefiel ihr, dass er seinen kräftigen Arm um ihre Taille gelegt hatte, denn so fühlte sie sich beschützt. Sie spürte sein Geschlecht an ihrem Po und seine starken Oberschenkel an ihren Hüften. In dieser Position konnte er ihren Körper nicht ignorieren. Trotzdem schien er von dem Film gefesselt und völlig entspannt zu sein. Hin und wieder griff er um sie herum in die Popcornschüssel.

Stück für Stück entspannte sich auch Casey. Gegen Ende des Filmes war sie gegen Mark gekuschelt und schon halb eingeschlafen.

„Okay, ich verstehe den Wink mit dem Zaunpfahl", neckte er sie, hob sie leicht an, damit er aufstehen konnte. „Ich gehe, dann kannst du dich schlafen legen."

„Ich bin wach", murmelte sie kaum verständlich.

„Hm. Das sehe ich." Er hob ihr Kinn mit einem Finger leicht an und gab ihr einen schnellen Kuss, dann ging er zur Tür.

Gähnend ging sie barfuß hinter ihm her in den Flur.

Mark nahm seine Wildlederjacke von der Garderobe und zog sie über. „Sehen wir uns morgen?", fragte er, während er die Arme um Caseys Hüfte legte und seine Finger hinter ihrem Kreuz verschränkte.

„Morgen? Oh nein, das tut mir leid. Ich verbringe die Sonntage immer mit meiner Familie."

Sie konnte es in seinem Blick sehen, dass er erwartete, dass sie ihn fragte, ob er sie begleiten wolle, aber irgendetwas hielt sie davon zurück. Vielleicht lag es daran, dass alles so schnell passiert war oder weil ihre Beziehung noch zu frisch war.

Auch hatte sie trotz Marks Beteuerungen immer noch Vorbehalte gegen ihre Beziehung. Der gesunde Menschenverstand sagte ihr, dass es für nichts im Leben eine Garantie gab, schon gar nicht, wenn Gefühle mit im Spiel waren. Und sie wollte sich keinem unnötigen Kummer aussetzen.

Sie fühlte sich von Mark angezogen. Und wenn sie wirklich ehrlich zu sich selbst war, dann hegte sie ... nun, dann hegte sie tiefe Gefühle für ihn. Allerdings war sie noch nicht so weit, diese Gefühle Liebe zu nennen. Casey kannte das Gefühl, wenn man jemanden aus ganzem Herzen und ganzer Seele liebte und dann diese Person verlor. Bis sie mehr Vertrauen in Marks Liebe gewonnen hatte, würde sie es nicht noch einmal riskieren, diesen Schmerz spüren zu müssen.

Zwar hatte ihre Mutter Mark, seinen Bruder und seine Nichte zum Kochen am 4. Juli eingeladen, aber wenn sie ihn schon vorher mit zum gemeinsamen Essen im Haus ihrer Eltern mitbringen würde, hätte sie genauso gut gleich ihre Verlobung bekannt geben können. Casey kannte ihre Familie. Noch bevor sie bei der Nachspeise angelangt wären, hätten ihre Mutter, Francis und Mary Kate die ganze Hochzeit schon bis ins letzte Detail durchgeplant.

„Aha, verstehe", sagte Mark, und Casey hatte eine leise Ahnung, dass er es tatsächlich verstand. „Wie wäre es denn, wenn du den nächsten Freitag- und Samstagabend für mich freihältst? Am Freitag hat die Mannschaft ein Spiel, und am Samstagabend findet im Country Club ein Wohltätigkeitsball statt. Die Erlöse kommen einer neuen Entbindungsstation zugute, deshalb muss ich dorthin. Zieh dir etwas Festliches an."

Jede Spur von Müdigkeit war sofort verschwunden. Casey war sofort hellwach und kurz davor, in Panik auszubrechen. „Ein Ball? Im Country Club? Oh, Mark, bist du sicher, dass du ausgerechnet mit mir dahin willst? Ich habe die Leute vom Club wegen der Morde befragt. Ich kann mir nicht vorstellen, dass sie besonders glücklich sein werden, mich zu sehen."

„Damit müssen sie dann eben klarkommen."

Sie entspannte sich in seiner Umarmung und atmete den Duft seines Pullovers ein. Sie biss sich auf die Unterlippe. „Ich bin nicht so ein Country-Club-Typ. Ich will dich dort nicht in eine peinliche Situation bringen."

„Du und mich in eine peinliche Situation bringen? Süße, du kannst mich gar nicht in eine peinliche Situation bringen, auch wenn du nackt vor der Königin von England auf dem Tresen tanzen würdest. Ich bin stolz auf dich."

Beim besten Willen konnte sie sich ein kleines Lächeln nicht verkneifen. Sie puffte ihn auf den Arm. „So etwas würde ich *nie* tun."

„Dann ist ja alles klar. Ich hole dich um halb sieben ab."

Casey seufzte. „Na gut."

„Und wenn wir schon mal dabei sind, die Woche zu verplanen, wie sieht es dann Montag- und Donnerstagabend aus? Jennifer hat nächste Woche jeden Tag ein Spiel, bis auf Dienstag, aber ich weiß ja, dass du mittwochs immer bei deiner Familie bist. Kommst du an den anderen Abenden mit?"

Das hörte sich für Casey schon besser an, außerdem mochte sie Jennifer. „Ja, gern. Ich werde dich aber wohl immer im Park treffen müssen, denn ich kann nie vorher wirklich sagen, wie lange ich arbeiten muss. Außerdem gehe ich am Dienstag und Donnerstag nach der Arbeit immer ins Fitnessstudio."

„Klar, wie du meinst."

Als er Jennifer erwähnt hatte, erinnerte sich Casey an das Versprechen, das sie dem Mädchen gegeben hatte. Als sie dachte, dass die Freundschaft mit Mark vorbei sei, wollte sie ihm eigentlich einen Brief schreiben, aber da er nun mal hier war, konnte sie es gleich hinter sich bringen.

„Es gibt da noch etwas, das ich dir sagen wollte. Du solltest es wissen, finde ich. Es betrifft Jennifer."

„Jennifer?" Sofort verschwand das Lächeln von seinem Gesicht und er ließ Casey los. „Was ist mit ihr? Hat sie dir etwas erzählt, von dem Matt und ich nichts wissen?"

„Ja, so ungefähr."

„Was hat sie gemacht? Oh Gott, erzähl mir jetzt bitte nicht, dass ein Typ sie belästigt hat, dann bringe ich ihn um ..."

„Nein! Darum geht es gar nicht. Um Himmels willen, reg dich wieder ab, und hör mir doch erst einmal zu, bitte!"

Ruhig und so sachlich wie möglich erklärte Casey ihm, dass seine Nichte mittlerweile ihre Periode bekommen habe, und dass es ihr peinlich sei, ihm oder ihrem Vater davon zu erzählen. Als Casey fertig war, starrte Mark sie fassungslos an.

„Jennifer? *Unsere* kleine Jennifer? Aber sie ist doch noch ein Kind."

„Nun komm schon, sie ist dreizehn."

„Knapp, sie hatte letzten Monat erst ihren Geburtstag."

„Ja. Aber das ist mit dreizehn völlig normal. Bei einigen Mädchen dauert es länger, bei anderen setzt die Regel früher ein. Das solltest *du* ja wohl wissen."

Mark fuhr sich mit der Hand durch seine Haare und lief im Flur auf und ab. „Das verstehe ich nicht. Warum hat sie mir nichts davon gesagt? Ich bin schließlich Arzt, verdammt noch mal."

„Das habe ich sie auch gefragt. Offensichtlich sieht Jennifer dich zuallererst als Onkel und nicht als Arzt. Und du bist ein Mann, und sie ist dreizehn. Das ist eine extrem schwierige Zeit für ein Mädchen. Jennifer ist augenscheinlich sehr schüchtern, was das angeht. Auch wenn ich meinen Vater sehr mochte, habe ich ihm in diesem Alter auch nicht alles erzählt, was ich auf dem Herzen hatte."

„Ich kann es nicht glauben", sagte Mark traurig. „Unsere kleine Jennifer wird erwachsen. Matt wird irgendwann sein Baby verlieren."

Casey verdrehte die Augen. „Männer und ihre Töchter. Kein Wunder, dass Jennifer es nicht dir, sondern mir erzählt hat."

„Au, verdammt. Nun *muss* ich es Matt sagen. Er wird am Boden zerstört sein."

Casey strich ihm über den Arm. „Ihr Ärmsten! Aber keine Sorge, das steht ihr schon noch durch."

„Und wie, meinst du, soll ich ihm das erzählen? Soll ich Jennifer beiläufig erzählen, dass wir es schon wissen? Sollen wir so tun, als wüssten wir von nichts? Was schlägst du vor?"

„Ich glaube, es ist am besten, wenn ich ihr sage, dass ich es dir erzählt habe. Dann kann sie sich entscheiden, ob sie mit dir oder ihrem Vater darüber reden möchte. Jedenfalls glaube ich, dass es schön wäre, wenn sie eine Frau als Ansprechpartnerin hätte. Wie wäre es, wenn meine Mutter, Francis und ich am 4. Juli mit ihr sprächen?"

„Oh Liebste, das wäre toll." Er legte wieder seine Arme um ihre Taille und lächelte sie an. „Du bist gut für sie. Und für mich."

16. KAPITEL

„Sieh dir den Knöchel am Fuß des Opfers durch die Lupe an."

Dennis nahm das Tatortfoto von Caseys Schreibtisch und betrachtete es aufmerksam. „Sie ist tätowiert. Na und?"

„Ist das nicht das Bandenemblem dieser Motorradgang namens ‚Die Barbaren'? Die immer an der Eckkneipe am Grand Junction Highway herumhängen?"

„Stimmt, ich kenne die Kneipe, die du meinst. Skinny's." Dennis sah das Foto noch einmal genauer an. „Ich glaube, du hast recht. Das ist das Logo. Sie muss also irgendwann einmal Mitglied der Gang gewesen sein."

Casey überlegte, dabei tippte sie sich mit dem Zeigefinger an die Unterlippe. Sie stand auf und zog sich ihren Blazer über. „Ich treffe mich jetzt mit den anderen vom Team, um zu hören, wie weit sie mit den Hinweisen gekommen sind, und dann fahren wir zwei los und überprüfen das Skinny's. Vielleicht kennt jemand dort Selma Hettinger."

Dennis murrte und stützte den Kopf in die Hände. „Du willst doch nicht etwa in diese Kaschemme und ein paar arbeitslose Motorradfahrer interviewen?"

„Fällt dir etwas Besseres ein? Sheriff Crawford war am Montag hier und hat einen Anfall bekommen. Er hat damit gedroht, uns allen zu kündigen und dann an die Presse zu gehen. Dienstag waren zwei Commissioners beim Chef, und gestern hat uns der Bürgermeister einen Besuch abgestattet. Er wird gerade von allen Seiten attackiert. Außerdem brauchen die Medien Informationen, sie schreien geradezu danach. Wenn wir nicht bald eine vernünftige Spur haben, dann werden uns sowohl unsere Vorgesetzten als auch die Politiker das Fell über die Ohren ziehen."

„Ich weiß, ich weiß." Dennis fuhr sich mit beiden Händen durchs Haar. „Ich möchte bloß nicht, dass du auch nur in die

Nähe dieser Motorradjungs kommst. Sie suchen immer nach Streit. Wenn du in diese Kneipe gehst, ist das so, als würde man ein Streichholz in eine Munitionsfabrik werfen."

„He, willst du denn damit sagen, dass ich Ärger heraufbeschwöre?"

„Nein, Tiger." Er hievte sich aus seinem Schreibtischstuhl, ging zu Casey hinüber und schob sie zur Tür des Konferenzzimmers. „Du bringst ihn zu Ende."

Eine Stunde später parkte Casey den Streifenwagen auf einer verlassenen ungeteerten Straße im Süden der Stadt. Der Wagen, der gegenüber geparkt war, war ein riesiger heruntergekommener Wohnwagen.

Die Plastikverzierungen an der Seite des Wohnwagens waren an einigen Stellen abgebrochen, die meisten Fenster waren zersplittert und nur mit Isolierband zusammengeklebt. Die Räder, die schon keine Reifen mehr hatten, waren mit Rost überzogen.

Unter dem Wohnwagen wuchs hohes Gras, genauso wie unter dem Pick-up, der, statt auf Rädern zu stehen, auf Holzstapeln aufgebockt war. Verwitterte Holzstufen führten zur Veranda, über die man zur Eingangstür gelangte, die bedrohlich schief in den Angeln hing.

Das, was man ehemals für einen Garten halten konnte, war mit Müll übersät. Überall lagen Autoteile, Holzleisten, eine Rolle Drahtzaun, verschiedene Plastikeimer, leere Flaschen und Getränkedosen herum.

Auf dem Lehmweg, der zu dem Wohnwagen führte, stand ein Mann über sein Motorrad gebeugt und schraubte am Motor herum. Er war über zwei Meter groß und wog sicherlich über einhundertfünfzig Kilo. Seine strähnigen Haare waren mit einem Haushaltsgummi zusammengebunden, mit zwei weiteren Gummis hatte er seinen Bart gebändigt, der ihm bis über die

Brust hing, wahrscheinlich, um zu verhindern, dass sich der Bart in der Maschine verfing.

Er trug nur eine Lederweste und dazu eine alte schmutzige Jeans, die so tief über seine Hüfte gerutscht war, dass man fast mehr von ihm sehen konnte, als schicklich war. Vorne hing ein riesiger Bierbauch über den Gürtel, der zahlreiche Tätowierungen und dunkles Haar aufwies, genauso wie seine riesigen Arme.

Ein weiterer Mann, der groß und mager war und ebenfalls sehr heruntergekommen aussah, lehnte gegen den Wohnwagen und trank Bier aus einer Flasche, während er den anderen bei seiner Reparatur beobachtete.

„Nettes Plätzchen", murmelte Dennis.

„Hm. Einer der Männer ist der Richtige."

„Wollen wir wetten, dass es der Große ist?"

Glücklicherweise waren keine Gäste in Skinny's Taverne gewesen, als Casey und Dennis dort ankamen. Zuerst war der Barmann kein gutes Beispiel für eine serviceorientierte Tresenkraft gewesen, aber als Casey ihm gedroht hatte, sie würde ihm die Gesundheitsbehörde und die Behörde für öffentlichen Alkoholausschank auf den Hals hetzen, kooperierte er plötzlich.

Widerwillig erzählte er ihnen, dass Selma Hettinger die „alte Lady" des Anführers der Barbaren gewesen sei, eines Mannes namens Attila. Das Paar sei in der Nacht des Mordes zusammen in der Bar gewesen und habe gestritten. Nachdem ihm Casey noch ein wenig zugeredet hatte, gab er schließlich die Adresse des Wohnwagens von Attila preis.

„Was du heute kannst besorgen, das verschiebe nicht auf morgen", sagte Casey, als sie die Tür hinter sich ins Schloss fallen ließ. „Mal sehen, was uns Billy Bob Bösewicht zu sagen hat."

Als er sie entdeckte, löste sich der dünnere Mann von dem Wohnwagen, ging zu seinem Freund und deutete auf die beiden Polizisten. Der Dicke richtete sich auf, sah sich mit zusammengekniffenen Augen um und wischte sich die Hände an einem Lappen ab.

„Sind Sie Attila?“, fragte Casey, als sie näher kamen.

„Wer will das wissen?“

Casey und Dennis zogen ihre Dienstmarken hervor und zeigten sie ihm. „Polizei Mears. Ich bin Detective O’Toole, das ist mein Kollege, Detective Shannon. Wir möchten Attila gern einige Fragen stellen.“

Der Mann schnaufte. „Verschwinden Sie! Ich rede nicht mit Bullen.“ Er drehte sich wieder zu seinem Motorrad um und fuhr fort, an dem Motor herumzuschrauben, als seien sie nicht vorhanden.

Der dünne Mann kicherte und kehrte zu seinem Standort am Wohnwagen zurück.

„Wir untersuchen eine Mordserie. Ihr Name wurde uns in Zusammenhang mit einem der Opfer genannt. Entweder reden Sie hier mit uns, oder wir nehmen Sie gleich mit aufs Revier. Sie können es sich aussuchen.“

Der dicke Mann drehte sich wieder zu den beiden um. In seiner Hand hielt er eine Zange. Sein Gesichtsausdruck, sofern man das trotz des Bartes beurteilen konnte, war amüsiert.

„Ach ja? Und wie wollen Sie das anstellen?“

Casey seufzte. „Wenn es sein muss, mit Gewalt.“

Der Mann sah Dennis an, dann sie.

„Sie wollen wohl Ihren Freund hier auf mich hetzen, was?“ Er schüttelte den Kopf. „Ich glaube nicht, dass er mich erledigt. Er ist zwar stark, aber ich kämpfe nicht nach den Regeln.“

„Das mache ich auch nicht, wenn’s sein muss“, gab Casey zurück.

„Sie? Was? Sie sind doch nur ein zierliches kleines Mädchen. Wie Ihr Kollege auch. Verschwinden Sie! Sie verpesten meinen Garten mit Bullengestank.“

Dennis stöhnte und schüttelte den Kopf. „Oh Mann, ich

wünschte, Sie hätten das gerade eben nicht gesagt." Gleichzeitig griff er in die Innenseite seiner Jacke und zog die Pistole.

„Lassen Sie die Zange fallen, Attila, und kommen Sie mit", forderte Casey ihn auf und ging einen Schritt auf ihn zu.

„Klar, Schlampe." Er warf die Zange nach ihr. Als sie dem Werkzeug auswich, zog er ein großes Messer aus seinem Gürtel und duckte sich. „Ihr nehmt mich nirgendwohin mit. Ich schlitz dich auf wie einen Truthahn zum Erntedankfest, du Schlampe", grunzte er und fuchtelte mit dem Messer herum.

„Lassen Sie das Messer fallen, sofort!", befahl Dennis, während er einen Schritt zur Seite ging und die Waffe mit beiden Händen auf Attila richtete.

Ohne ihn wahrzunehmen, machte Attila einen Satz auf Casey zu. Instinktiv schlug sie ihm das Messer mit einem gezielten blitzschnellen Tritt aus der Hand, um ihm sofort darauf in den Schritt zu treten.

„Au!", schrie der Mann auf und hielt sich seine Genitalien mit beiden Händen.

Der magere Mann kam einen Schritt auf Casey zu, und sofort reagierte Dennis, indem er schrie: „Stehenbleiben! Bleiben Sie, wo Sie sind!"

Währenddessen griff sich Casey den Bart des anderen Kerls und verpasste ihm einen Schlag mit ihrem Knie gegen seinen Unterkiefer, sodass seine Zähne mit einem Klack aufeinanderschlugen. Attila verdrehte die Augen und sank zu Boden wie ein betäubtes Rind.

Casey legte ihm Handschellen an und klärte ihn über seine Rechte auf. Als sie mit ihm fertig war, sah sie zu seinem Freund hinüber. „He, Sie! Steigen Sie ein."

„*Ich?* Wieso, was habe ich denn gemacht? Ich hab doch nur hier gestanden!"

„Es geht nicht darum, was Sie hier gemacht haben, sondern darum, wem Sie Gesellschaft geleistet haben. Und wenn Sie nicht auch so eine Behandlung wie Ihr Kollege hier abbekommen möchten, sollten Sie jetzt einsteigen."

„Ich fahre", sagte Dennis.

„Warum? Die kleine Showeinlage hat mich nicht müde gemacht. Ich kann fahren."

„Nicht mit dieser Wunde am Bein."

Casey sah hinunter. Ihr Hosenbein war aufgeschlitzt, und aus einem Schnitt auf ihrem Schienbein troff Blut auf ihren Schuh hinunter.

„Oh, verdammt. Die Hose war nagelneu. Jetzt sieh dir das an! Die kann ich wohl wegwerfen. Die Schuhe auch."

„Vergiss deine Hose. Der Schnitt ist tiefer, als ich dachte. Hier, halt das." Er gab ihr ein Stofftaschentuch, das sie gegen ihr Schienbein presste. „Ich rufe eine Streife, damit sie die beiden hier mitnehmen, und dann fahre ich dich ins Krankenhaus. Das muss genäht werden."

„Und ich brauche eine Tetanusimpfung", fügte Casey hinzu, während sie die Nase rümpfte. „Ich möchte gar nicht wissen, welche Bakterien auf dieser Klinge waren."

Als Casey das Krankenhaus verlassen konnte, war es fast sieben Uhr. Dennis bestand darauf, sie nach Hause zu fahren.

„Du solltest jetzt nicht selbst fahren. Der Arzt hat gesagt, du sollst das Bein hochlegen. Lass mich dich heimfahren. Ich hole dich morgen vor dem Dienst ab, und dann befragen wir die beiden Verdächtigen."

„Mir geht es gut. Außerdem brauche ich meinen Wagen am Wochenende." Absichtlich verschwieg Casey Dennis, dass sie mit Mark zu einem Spiel von Jennifer verabredet war.

In einem ihrer fast allabendlichen Telefonate hatte Mary Kate aus Casey herausbekommen, dass Mark mit ihr morgens joggen gewesen war. Wahrscheinlich war jetzt schon die ganze Familie darüber informiert. Allerdings hatte Casey weder ihrem Partner noch ihrer Cousine gesagt, dass sie den Doc nun regelmäßig traf, und so sollte es auch noch eine Weile bleiben – jedenfalls, bis sie sich mit der Situation ein wenig wohler fühlte.

Ihr Pieper meldete sich. Casey seufzte und kontrollierte die Nummer auf der Anzeige. Seufzend steckte sie ihn wieder in ihre Tasche.

„Na, ist es wieder deine Familie?“ Dennis sah sie amüsiert an.

„Stimmt.“ Wenn ihr Pieper während der Dienstzeiten anging, handelte es sich meistens um ihre Familie. Da alle wussten, dass sie nicht stören durften, piepten die Eltern Casey an und warteten dann auf ihren Rückruf. Die Mobiltelefone von Casey und Dennis waren allein für den Polizeidienst bestimmt.

In den letzten zwei Stunden hatte sich der Pieper etwa alle zehn Minuten bemerkbar gemacht, und jedes Mal waren es Caseys Eltern gewesen. Casey ging davon aus, dass die Einzelheiten ihrer kleinen Auseinandersetzung mit Attila bereits bei ihren Eltern angekommen waren.

„Tu mir einen Gefallen. Wenn sie dich fragen, was heute los war, dann spiel es ein bisschen runter, ja? Ich möchte nicht, dass Mom und Dad sich aufregen.“

„Okay. Aber du weißt, dass es egal ist, was ich sage. Sie glauben erst, dass es dir gut geht, wenn sie es von dir selbst hören.“

Casey verzog das Gesicht. „Ja, ich weiß. Ich rufe Mom an, sobald ich nach Hause gekommen bin, dann glätte ich die Wogen.“

Nachdem sie ihren Wagen abgeholt hatten, fuhr Casey nach Hause, um sich umzuziehen. Dann rief sie ihre Eltern an. Wie sie schon vermutet hatte, waren sie bereits informiert. Zuerst war es Aiden gewesen, der auf dem Revier von dem Zwischenfall gehört hatte. Dann hatte Will angerufen, um die Neuigkeiten zu erzählen, dann folgten Ian und Brian. Casey wunderte sich nicht darüber. Wann immer ein Beamter im Dienst verletzt wurde, verbreitete sich die Nachricht in den anderen Bezirken in Windeseile.

Nach fünfzehn Minuten hatte Casey ihre Mutter und ihren Vater beruhigt und ihnen versichert, dass es ihr gut gehe. Sie erzählte ihnen die geschönte Version des Vorfalls und tat die ganze Geschichte als Lappalie ab.

„Und bist du sicher, dass du am Wochenende nicht zu uns kommen willst, dann kümmere ich mich um dich?“, fragte Maureen.

„Danke, Mom, aber ich kann nicht. Ich muss morgen zum Dienst, um diesen Typen zu befragen. Und außerdem ist es nur ein kleiner Schnitt. Wirklich, es ist nicht schlimm.“

„Dann versprich mir wenigstens, dass du heute Abend früh zu Bett gehst und dich ausruhst.“

„Das mache ich, versprochen.“

„Und übernimm dich morgen nicht.“

„Mom, nun hör mal auf, dir Sorgen zu machen! Ich sehe euch dann am Sonntag in der Kirche.“

Sie hängte auf, nahm sich die Autoschlüssel und eilte hinaus. Sie hatte sich eine Hose angezogen, damit man beim Spiel nicht sah, dass sie einen Verband trug. Casey wunderte sich, warum alle so ein Aufheben machten. Der Verband war zwar groß, aber es war nur ein Schnitt, und es tat eigentlich gar nicht weh.

Als sie beim Civic Center ankam, hatte Casey ihre Meinung über ihre Verletzung allerdings geändert. Die lokale Betäubung, die der Arzt um die Wunde herum gespritzt hatte, ließ nach, und als sie aus dem Wagen ausstieg und zu den Tribünen ging, schien der Schmerz in ihrem Bein bei jedem Schritt stärker zu werden.

Das Spiel war in vollem Gang. Sie hörte das Geräusch, mit dem der Ball auf den Schläger auftraf, und danach den Jubel der Zuschauer, als sie auf das Spielfeld zuhumpelte.

Zuvor hatte sie überlegt, ob sie Mark anrufen und absagen sollte, aber dann hätte sie ihm erzählen müssen, was passiert war. Sie wollte ihn nicht gleich zu Beginn ihrer Beziehung anlügen. Und aus Erfahrung wusste sie, dass man schlechte Nachrichten immer am besten persönlich mitteilte. Außerdem machte es keinen Unterschied, welche Gedanken sie sich zuvor machte, denn sie konnte ihre Verletzung sowieso nicht lange verbergen.

Nichtsdestotrotz biss sie die Zähne zusammen, als sie auf den Unterstand der Mannschaft zuging und bemühte sich, so wenig wie möglich zu humpeln. Mark stand vor der Bank und sah auf das Spielfeld, sodass er sie nicht bemerkte, bis sie neben ihm stand.

„Hi. Wie schlagen sich die Mädels?"

Er drehte sich um, und sofort strahlte er sie an. „Hallo Liebste." Während er den Arm um sie legte, beugte er sich zu ihr herab und gab ihr einen Kuss auf den Mund. Und wie immer, wenn das geschah, machte Caseys Herz einen Satz. Mark ignorierte die kichernden Mädchen, die hinter ihnen auf der Bank saßen, aber Casey spürte, dass sie rot geworden war.

Während der Spiele am Montag- und Dienstagabend und dem gemeinsamen Essen hinterher hatte Mark keinen Zweifel daran gelassen, dass sie ein Paar waren. Aber die Mädchen fanden es immer noch komisch, dass ihr Trainer vor ihren Augen seine Freundin küsste.

Das Verhalten der Assistenztrainerin war eine andere Geschichte. Wann immer Casey zu Mark und der Mannschaft in den Unterstand kam, wurde Debra Neelly still und kniff die Lippen zusammen. Nach den Spielen sammelte sie umgehend ihre Tochter ein und fuhr nach Hause.

„Es steht null zu null am Anfang der fünften Spielzeit", informierte Mark Casey. „Es ist ein ziemlich ausgeglichenes Spiel."

Er wandte sich wieder dem Spielfeld zu, aber hielt Casey

weiterhin fest im Arm. Casey war dankbar. Solange er sie so hielt, fiel es nicht auf, dass sie das Gewicht auf ihr gesundes Bein verlagerte.

„Hi, Casey." Von der anderen Seite spürte sie einen Arm um ihre Taille. Als sie sich umdrehte, sah sie in Jennifers lächelndes Gesicht. „Ich freue mich so, dass du heute Abend wieder Zeit hast. Ich hatte schon Angst, du würdest nicht mehr kommen."

„Tut mir leid, Süße. Ich hatte nur Schwierigkeiten mit einem Verdächtigen."

Mark drehte sich sofort zu ihr um. „Verdächtigen? Ihr habt einen Verdächtigen?"

„Das kann ich noch nicht sagen. Ich habe ihn für die Nacht in eine Zelle stecken lassen, damit er sich wieder abregt, bevor ich ihn morgen befrage. Mehr darf ich dazu leider nicht sagen. Wir haben einfach jemanden festgenommen, den wir uns genauer anschauen müssen."

„Mir behagt der Gedanke nicht, dass du dich mit diesem Typen beschäftigen musst, aber ich hoffe, dass ihr den Richtigen gefunden habt. Die Morde bringen die ganze Stadt durcheinander."

Casey antwortete nur mit einem „Hm". Mark konnte nicht ahnen, dass sie dasselbe dachte und wie sehr sie ihm zustimmte. Sie hoffte inständig, den Mörder gefunden zu haben. Das würde nicht nur ihr Ruhm und Ehre bringen, sondern auch sie selbst und den Chef entlasten. Die Nachfragen von der Presse und dem Bürgermeister wurden immer dringlicher. Außerdem wäre es eine schöne Lektion für den Sheriff – obgleich Casey sich fast sicher war, dass Crawford es irgendwie schaffen würde, das Lob für die Festnahme für sich einzuheimsen.

Während sie im Krankenhaus gewesen war, um die Wunde nähen zu lassen, hatten die Kollegen die beiden Männer identifiziert. Attila hieß mit bürgerlichem Namen Marian Percival Posey, sein Kumpel John Wesley Crow. Beide Männer verfügten über ein beeindruckendes Vorstrafenregister. Sie waren schon wegen Überfall, Betrug und Mordverdacht festgenommen worden. Casey schöpfte Hoffnung. Allerdings hatte sie einen Zweifel: Weder der eine noch der andere Mann passte auf das Profil, dass Helen Moran für den Serienmörder erstellt hatte.

Auf alle Fälle war Attila der Letzte, der Selma Hettinger lebend gesehen hatte.

Das Spiel stellte sich als Nervenkrieg heraus, weil beide Mannschaften in etwa gleich stark waren. Die Trailblazers gewannen schließlich mit eins zu null im neunten Inning. Während der letzten Minuten vergaß Casey ihr Bein völlig. Erst als Mark mit den Mädchen auf den Parkplatz zuging, erinnerte sie jeder einzelne Schritt daran, dass sie verletzt war.

Casey machte sich ein wenig Sorgen. Etwas stimmte nicht. Schon früher war sie von Messern verwundet worden, aber kein Stich hatte jemals so wehgetan.

Es war ihr klar, dass Mark früher oder später ihr Humpeln bemerken musste.

„Du humpelst ja", sagte er, bevor sie halb über den Parkplatz gegangen waren. „Was ist los?"

„Ach, gar nichts."

„Man humpelt nicht einfach so, Casey. Du schon gar nicht. Was ist passiert?"

„Es gab ein paar Schwierigkeiten, als ich einen Verdächtigen festnehmen wollte. Er zog ein Messer, und als ich ihn entwaffnete, da ..."

„Er hat *zugestochen?*"

„Ja, schon, aber es ist nichts Ernstes."

„Ist es genäht worden? Wenn es genäht werden musste, dann ist es ernst."

„Mark, reg dich nicht auf. Der Arzt in der Notaufnahme hat die Wunde genäht und mir eine Tetanusspritze gegeben. Außerdem habe ich ein Rezept für ein Antibiotikum bekommen. Mir geht es gut."

„Wie viele Stiche?"

„Mark ..."

„Wie viele Stiche?"

„Achtzehn, aber ..."

„*Achtzehn?!* Du hast eine Stichwunde, die mit achtzehn Stichen genäht worden ist, und dann rennst du hier herum?" Lauthals fluchend hob er Casey hoch und trug sie zum Lieferwagen.

„Mark, was soll das? Lass mich wieder runter! Ich kann gehen."

„Ich bringe dich zum Wagen. Dann sehe ich mir die Wunde an. Mit so vielen Stichen solltest du nicht herumlaufen. Jedenfalls nicht heute Abend."

Genau dasselbe hatte ihr auch Dr. Kendall aus der Ambulanz gesagt, aber es war ihr gut gegangen, bis die Betäubung zu wirken aufgehört hatte.

„Mark, du wirst die Mädchen erschrecken."

„Was ist mit Casey? Warum trägst du sie? Kann sie nicht mehr laufen?", fragte Jennifer sofort.

„Sie ist heute verletzt worden, als sie jemanden festgenommen hat. Sie muss für einige Stunden das Bein hochlegen. Mach doch bitte mal die Beifahrertür auf. Und gibt mir meine Tasche, die steht vorn zwischen den Sitzen."

Jennifer und ein paar der Mädchen rannten los, um zu helfen. Mark hob Casey auf den Beifahrersitz des Lieferwagens und nahm eine Taschenlampe aus dem Handschuhfach. „Hier, Jen, halt die mal eben. Ich möchte mir die Wunde genauer ansehen."

„Mark ..."

„Still. Ich mach das schon.“ Mark hob den Kopf und sah Casey an. Er betrachtete sie ernst aus seinen grauen Augen. Casey merkte, wie aufgeregt er war und dass ihn nichts davon abbringen konnte, die Wunde zu inspizieren. Sie wollte geduldig sein, aber seine Sorge um sie schnürte ihr die Kehle zu.

Mark nahm eine Schere aus seiner Tasche und griff nach dem Saum ihrer Hose, aber Casey rückte ihr Bein zur Seite. „Wage es nicht, mein Hosenbein aufzuschneiden. Heute ist mir schon eine Hose kaputtgegangen.“

Er hielt inne, dann nickte er. „Du hast recht. Ich rolle das Bein hoch.“

Als der Verband sichtbar wurde, hielten die Mädchen den Atem an. „Oh, Casey, was ist denn passiert?“, fragte Jennifer.

„Das Schwein hat sie mit einem Messer verletzt“, nuschelte Mark durch seine zusammengepressten Zähne.

Die Mädchen schrien erschrocken auf und belagerten Casey mit ihren Fragen. Parallel beugten sie sich von hinten über die Lehnen, um besser sehen zu können, oder spähten Mark über die Schulter.

Er entfernte den Verband so vorsichtig wie möglich, aber das Klebeband, mit dem er zusammengehalten wurde, klebte an Caseys Haut fest, und der Schmerz ließ sie aufschreien.

Die Mädchen stöhnten und machten aus ihrem Ekel keinen Hehl, als die Wunde unter dem Verband hervorkam. Mark war merkwürdig still, als er sich den Schnitt ansah, der quer über das Scheinbein ging.

Casey biss sich auf die Unterlippe und versuchte, sich auf Marks Hinterkopf zu konzentrieren.

„Jennifer, halt die Lampe still“, bat er seine Nichte. Er zog ein Paar Latexhandschuhe über und untersuchte vorsichtig den Rand der Wunde. Casey knirschte mit den Zähnen und riss sich zusammen.

„Lass mich raten“, sagte er in einem angewiderten Ton. „Dr.

Kendall hatte heute Dienst, oder?"

„Ja. Kennst du ihn?"

„Ja. Er ist ein exzellenter Allgemeinmediziner und kann hervorragend diagnostizieren. Eines Tages, wenn er seine Ausbildung beendet hat, wird er ein erfolgreicher Arzt sein. Nur nähen kann er nicht. Gott sei Dank hat er nicht vor, Chirurg zu werden."

Mark berührte die Wunde noch einmal, bis Casey aufschrie. „Das sieht nicht gut aus. Es ist abnorm geschwollen und gerötet. Ich nehme an, in der Wunde blutet es weiter. Ich bringe dich erst einmal zurück ins Krankenhaus, um die Wunde zu öffnen und nachzusehen, warum es so entzündet ist."

„Ist das wirklich nötig?"

„Keine Frage! Man kann ein verletztes Blutgefäß nicht so einfach ignorieren. Außerdem ist der Wundverschluss eine Katastrophe. Wenn du nicht eine riesige Narbe auf deinem Bein haben willst, muss ich die Wunde neu vernähen. Welches Schmerzmittel hat Kendall dir gegeben? Und wann hast du die letzte Tablette genommen?"

„Äh, er hat mir gar kein Schmerzmittel gegeben."

Mark sah abrupt auf. „Er hat dir gar kein Mittel gegeben?" Als Casey mit dem Kopf schüttelte, fluchte er leise, damit die Mädchen es nicht hören konnten.

„Ach, so schlimm ist es auch nicht", japste Casey und kreuzte die Finger hinter ihrem Rücken, weil sie log. „Und außerdem ist es nicht die Schuld des Arztes. Ich habe ihm gesagt, dass ich nichts nehmen wollte, weil ich noch Auto fahren musste."

„Na, das überrascht mich nicht." Mark sah sie böse an, sodass Casey sich wie ein Kind vorkam, dass gescholten wurde.

Mark bedeckte den Schnitt wieder mit dem Verband und richtete sich auf. „Okay, Mädchen, hört mir mal zu. Ich muss mit Casey in die Notaufnahme fahren, deswegen fällt die Pizza heute aus. Diejenigen, die ein Handy haben, rufen jetzt die Eltern an, damit sie euch hier gleich abholen. Sagt ihnen, dass es eilt. Wer kein Mobiltelefon hat, kann meines benutzen."

Casey erwartete, dass die Mädchen protestierten, aber die Teenager waren erstaunlich gefasst und ernsthaft. Nachdem alle telefoniert hatten, dauerte es nur zwanzig Minuten, bis alle Eltern die Töchter abgeholt hatten.

Dann fuhren Mark und Jennifer sie gemeinsam ins Krankenhaus.

Dr. Adams überrumpelte die Frau in der Notaufnahme einfach und ignorierte den Papierkram, der in einer solchen Situation nötig war, völlig. Er erklärte ihr, dass er einen Wundschluss korrigieren müsse, den zuvor ein anderer Arzt vorgenommen habe, und trug Casey direkt ins Arztzimmer. Sein plötzliches Erscheinen mit einer Frau auf dem Arm löste bei den anderen Angestellten einige Aufregung aus. Kaum hatte er Casey auf eine Trage gelegt, eilten nicht eine, sondern gleich drei Krankenschwestern herbei.

Mark rief den Schwestern Befehle zu, die Casey nicht verstand.

Dann beugte er sich über sie. „Du musst dir ein OP-Hemd anziehen. Heb deine Hüften an, Liebste, ich muss dir die Hose ausziehen."

„Mark!"

Die Schwestern hatten natürlich den Kosenamen nicht überhören können, und Casey nahm wahr, wie die drei sich mit erhobenen Augenbrauen ansahen.

„Wenn du nicht willst, dass ich dir diese Hose zerschneide, dann musst du mir jetzt ein bisschen helfen. Komm schon, Liebling, sei nicht schüchtern. Ich habe dich schon in weniger gesehen …" Seine Augen glitzerten, und er grinste, als er Casey noch mehr erröten sah. Dann fügte er hinzu: „Jeden Morgen, wenn wir joggen gehen."

„Sehr witzig."

„Dr. Adams, benehmen Sie sich. Der jungen Dame ist es schon ganz peinlich“, wies ihn die älteste Krankenschwester zurecht und stupste ihn mit ihrem Ellenbogen beiseite. „Hier ist ein Kittel für Sie, Darling“, sagte sie freundlich und hielt einen alten geblümten Krankenhauskittel vor Casey wie einen Schirm. „Wenn Sie kurz aus Ihren Sachen schlüpfen und den hier anziehen, dann mache ich hinten die Schlaufen zu.“

Casey beobachtete Mark aus den Augenwinkeln, während sie sich auszog und den furchtbaren Krankenhauskittel anzog. Währenddessen hielt die grauhaarige Schwester ein Laken in die Höhe, damit Mark nichts sehen konnte.

Eine der anderen Krankenschwestern gab Mark einen winzigen Pappbecher, in dem sich eine Kapsel befand, die er Casey mit einem Glas Wasser gab. „Hier, nimm die. Bis ich mich für die OP fertig gemacht habe, wirst du entspannt und schläfrig sein.“

Sie versuchte, ihm den Becher zurückzugeben. „Das ist nicht nötig. Ein wenig Schmerz vertrage ich schon.“

Er beugte sich über sie und strich ihr die Haare aus dem Gesicht. „Ich sehe schon: Wenn wir zusammenleben, werde ich dich immer daran erinnern müssen, wer von uns beiden der Arzt ist.“

Casey hielt kurz die Luft an. In diesem Moment merkte sie, wie sehr ihr Herz raste. Sie vergaß, dass die anderen drei Frauen noch im Raum waren. Sie vergaß den Schmerz in ihrem Bein. Sie vergaß, dass sie sich vorgenommen hatte, nichts zu überstürzen und alles der Reihe nach zu tun. Und sie wurde sich gewahr, dass neben ihr dieser hinreißende, liebevolle Mann stand, der sie so hingebungsvoll anlächelte, dass sie das Gefühl hatte, sie würde umgehend zerschmelzen.

Sie schloss kurz die Augen und sah dann zu Mark auf: „Werden wir … wir werden zusammenleben?“, fragte sie und berührte dabei sein Gesicht mit den Fingerspitzen.

„Wenn es nach mir ginge, ja, sicherlich.“

Mark beugte sich zu ihr herab und küsste sie. Es war ein zaghafter, sanfter Kuss, der in ihr schönere Gefühle auslöste, als eine Beruhigungspille es je hätte tun können. Es schien ihm dabei gleichgültig zu sein, dass ihnen jemand zusah. Sicherlich würden diese Ereignisse sofort die Runde im Krankenhaus machen. Es schien so, als hätte er es direkt darauf angelegt, vor Zeugen zu zeigen, dass es ihm ernst mit Casey war.

Als er schließlich aufsah, lächelte er. „Jetzt nimm schon die Tablette, und sei ein braves Mädchen. Ja, so ist's recht", lobte er sie, als sie ihm wie ein Lamm gehorchte. „Du entspannst dich ein bisschen, während ich mich umziehe und mich fertig mache."

Er sah kurz zu den drei Krankenschwestern hinüber, die so taten, als seien sie beschäftigt, und sagte zu ihnen: „Passen Sie auf meine Freundin auf, bis ich wieder zurück bin."

„Oh, das machen wir schon."

„Darauf können Sie sich aber verlassen.

„Es ist uns ein Vergnügen", versicherten ihm die drei Frauen. Casey schloss die Augen und seufzt. So viel zum Thema, die Dinge ruhig angehen zu lassen.

Als Mark, Jennifer und Casey endlich bei ihrem Stadthäuschen angekommen waren, war es schon nach elf Uhr abends. Auf dem Rückweg hatte Casey mit geschlossenen Augen auf dem zurückgeklappten Beifahrersitz gesessen. Sie war müde, hungrig und fühlte sich noch ein wenig schlapp von dem Schmerzmittel, das Mark ihr verabreicht hatte.

Als er den Wagen auf ihrer Auffahrt parkte, fragte er Casey: „Hast du ein Gästezimmer?"

„Ich habe zwei Gästezimmer. Warum fragst du?"

„Weil Jennifer und ich für ein paar Nächte bei dir bleiben werden."

„Yippie!", brüllte Jennifer vom Rücksitz. „Das ist toll. Wir machen eine Pyjamaparty!"

„Aber nicht heute Abend, Süße", sagte Mark. „Casey muss sich erst ausruhen. Vielleicht machen wir das morgen, wenn ihr Bein besser ist." Bevor Casey protestieren konnte, stieg er aus, ging um den Wagen herum und hob sie aus dem Sitz.

„Du darfst die nächsten vierundzwanzig Stunden das Bein nicht belasten. Du musst das Antibiotikum und das Schmerzmittel nehmen, die, wie ich sehe, dich ganz schön fertigmachen. Das ist zwar süß, aber du darfst jetzt nicht allein sein, deswegen bleiben wir hier. Also ... entweder bleiben Jennifer und ich hier, oder wir fahren dich zu deinen Eltern. Du kannst es dir aussuchen."

Was für eine Alternative! Casey konnte sich schon vorstellen, was für ein Theater ihre Eltern machen würden, besonders ihre Mutter und Francis. Sie war froh, dass Mark da war und sich so um sie kümmerte, aber gleichzeitig war sie frustriert und kam sich unglaublich hilflos vor. Sie sah Mark in die Augen und flüsterte: „Frisches Bettzeug ist im Schrank oben neben der Treppe."

„Gute Entscheidung." Er drückte ihr einen kurzen Kuss auf den Mund. „Ich hatte mich schon damit abgefunden, auf deinem Sofa zu schlafen, aber wenn du gleich zwei Gästezimmer hast, dann brauche ich das ja gar nicht."

Er trug sie den kleinen Weg hinauf zur Tür, während Jennifer ihnen nachlief.

Sie waren fast vor der Tür angekommen, als aus der Dunkelheit eine aufgebrachte Stimme fragte: „Wo zum Teufel hast du gesteckt?"

Jennifer erschrak und sprang fast ihren Onkel um. Schreiend hielt sie sich an seinem Hemd fest.

„Was zum Teufel ...", gab Mark zurück. Er blieb sofort stehen und spannte die Muskeln an, als er vier Schatten aus der Dunkelheit auf sich zukommen sah, die auf der vorderen Veranda gewartet hatten.

„Was ist hier los? Wer sind Sie, und was machen Sie da mit unserer Schwester?“

„Will? Will Collins, bist du das?“, fragte Casey in scharfem Ton. Sie versuchte, in der Dunkelheit auch die anderen Männer zu erkennen. „Und Brian und Ian und Aiden. Das hätte ich mir ja denken können. Was lungert ihr hier im Dunkeln herum? Ihr habt uns fast zu Tode erschreckt.“

„He, wir haben euch nicht aufgelauert“, protestierte Brian. „Wir haben auf dich gewartet.“

„Ja, genau“, stimmte Ian zu. „Mom hat uns geschickt.“

„Stimmt genau“, gab ihm sein Zwillingsbruder recht. „Sie hat sich Sorgen gemacht. Sie hat dich angepiept und auf deinem Handy und bei dir zu Hause angerufen. Nie bist du ans Telefon gegangen.“

Casey ärgerte sich über sich selbst. In der Eile, möglichst schnell zum Civic Center zu kommen, hatte sie vergessen, das Handy und den Pieper aus ihrer Jacke zu nehmen.

„Als du nirgends rangegangen bist, hat sie uns gebeten, nach dir zu sehen.“

Will sah kurz Casey an und wandte sich aber sofort wieder mit unfreundlichem Gesicht an Mark.

Casey lugte über Marks Schulter und sah die Wagen ihrer Brüder auf der anderen Straßenseite stehen. Wenn sie wacher gewesen wäre, hätte sie alle vier sofort erkannt.

„Du hast Glück, dass wir nicht die Tür zerschmettert haben“, fügte Will hinzu. „Mom war sich sicher, dass du bewusstlos in deiner Wohnung liegen würdest. Aber glücklicherweise haben wir vom Garten aus in deine Garage sehen können, und da steht dein Wagen nicht. Aber nun zurück zu meiner ursprünglichen Frage: Wo bist du gewesen, und wer zum Teufel ist dieser Mann?“

„Das geht dich alles gar nichts an, aber wir kommen gerade aus dem Krankenhaus. Das ist Dr. Mark Adams. Und das hier ist seine Nichte Jennifer“, klärte Casey sie mit strenger Stimme auf. „Keine Sorge, Sweetie. Diese großen Jungs sind nur meine Brüder.“ Langsam kam Jennifer hinter dem Rücken ihres Onkels hervor. „Mark und Jennifer, das sind Will, Brian, Aiden und Ian.“

Absichtlich erwähnte Casey das Softballspiel nicht.

„Was ist passiert?“, fragte Will. „Warum musstest du noch einmal ins Krankenhaus? Verdammt, dir muss es wirklich nicht gut gehen, wenn du es zulässt, dass ein Arzt dich nach Hause bringt.“

„Es gab Komplikationen mit der Wunde“, antwortete Mark stattdessen. „Daher habe ich sie noch einmal geöffnet, einige Blutgefäße genäht und dann wieder geschlossen. Es sollte ihr jetzt wieder gut gehen, aber sie darf das Bein für die nächsten achtundvierzig Stunden nicht belasten.“

„Oh, das wird sie schon nicht tun, Doc, das kann ich Ihnen versichern. Dafür werden wir schon sorgen“, erklärte Brian.

„Genau. Wenn es sich nicht vermeiden lässt, werden wir sie babysitten“, fügte Ian hinzu.

„Das wird, glaube ich, nicht nötig sein. Außerdem ist der Grund, warum ich Ihre Schwester nach Hause bringe, auch persönlicher und weniger medizinischer Natur. Casey und ich sind zusammen. Ich werde heute Nacht hierbleiben und mich um sie kümmern.“

„Das werden Sie nicht tun!“ Ian ging einen Schritt vor, aber Will hielt ihn zurück.

„Langsam, langsam. Du kannst ihn nicht schlagen, solange er Stretch auf dem Arm trägt.“

Aiden ging einen Schritt vor: „Arzt hin oder her, Sie können sich auf etwas gefasst machen, Sie …“

„Ruhe! Sofort aufhören! Haltet endlich den Mund!“, befahl Casey ihren Brüdern. Sie starrte sie an. „Vielen Dank, dass ihr etwas in meinem Vorgarten austragt, was euch im Übrigen nichts angeht. Und wenn ihr so nett wäret, euch daran zu erinnern, dass hier ein leicht zu beeindruckendes junges Mädchen anwesend ist."

Ihre Brüder beruhigten sich wieder ein wenig. Auch wenn der Wutausbruch ihnen jetzt peinlich war, sahen sie immer noch zornig aus.

„Casey hat recht", sagte Will. „Lasst uns hineingehen, bevor sich die Nachbarn beschweren."

„Und ihr werdet auch nicht drinnen weiterstreiten."

„Warum lasst ihr mich nicht Casey einfach hineintragen und dafür sorgen, dass sie das Bein stillhält? Dann können wir über alles in Ruhe reden."

„Da gibt es nichts zu bereden. Ich werde Ihnen den ... oh, Verzeihung."

„Vergiss es Aiden", befahl Will. Dann drehte er sich zu Mark um und sah ihn drohend an. „Wir geben Ihnen eine Minute. Wenn Sie dann nicht wieder hier unten sind, holen wir Sie raus. Wir warten im Wohnzimmer auf Sie."

„Gut." Mark bat Jennifer, den Schlüssel aus Caseys Tasche zu holen und aufzuschließen.

„Ach, du meine Güte! Was meint ihr, wird er mit mir in meinem Schlafzimmer anstellen, während ihr vier dort unten auf dem Sofa sitzt wie die Schafe? Ich bin eine erwachsene Frau! Ich kann meine Entscheidungen allein treffen", rügte Casey ihre Brüder, während sie alle ins Haus gingen. „Ihr seid mir peinlich vor Mark. Ich brauche keine Neandertaler, die sich aufspielen. Ich möchte, dass Mark heute Nacht hier bleibt, und das ist allein meine Sache."

„Pssst, Liebste. Reg dich nicht auf." Mark schüttelte sie sanft. „Das kläre ich schon mit deinen Brüdern."

Geschockt starrte Casey Mark an, und sie brachte kein Wort mehr heraus. Die Brüder sahen sich ebenso erstaunt an und warteten erst einmal ab.

Im ersten Stock angekommen, legte Mark Casey vorsichtig auf das Bett. „Jennifer, hilfst du ihr bitte, sich fertig zu machen? Ich bin in ein paar Minuten wieder bei euch."

„Bist du sicher?", fragte seine Nichte und spielte nervös mit ihren Händen.

„Mark, du brauchst das nicht zu tun. Warum fährst du mit Jennifer nicht einfach nach Hause? Meine Brüder kümmern sich schon um mich."

Er beugte sich über sie und gab ihr einen Kuss auf die Stirn. „Keine Sorge, ich mach das schon."

Er drehte sich um und ging die Treppe hinunter. Casey rief ihm laut genug hinterher, sodass ihre Brüder sie hören mussten: „Und sag ihnen, dass wenn sie dich anfassen, sie es mit mir zu tun bekommen!"

„Glaubst du, dass sie ihm etwas tun werden?", flüsterte Jennifer.

„Nein, sie tun ihm nichts. Alles wird gut", versicherte Casey ihr, obwohl sie selbst nicht so recht daran glauben mochte. „Hunde, die bellen, beißen nicht."

Mit Jennifers Hilfe humpelte Casey ins Badezimmer und machte sich zum Schlafengehen fertig. Sie ließen die Badezimmertür offen, um zu hören, was unten vor sich ging. Aber aus dem Wohnzimmer hörte man nur Stimmen, die sich ruhig unterhielten. Es war relativ leise für die angespannte Situation.

Casey schlüpfte in ihr hübschestes Nachthemd und bürstete ihre widerspenstigen Haare gründlich. Kaum war sie aus dem Bad gekommen, stand Mark schon vor ihr.

Sie schaute sich ihn kurz von unten bis oben an. „Ich sehe kein Blut. Was ist passiert?"

„Nichts. Wir haben uns geeinigt, und nun ist alles gut."

„Was soll das heißen? Wo sind sie?"

„Sie sind gefahren. Will und Brian haben deine Autoschlüssel mitgenommen. Sie fahren zum Revier, holen deinen Wagen und stellen ihn dir dann vor die Tür."

„Sie sind weg? Einfach so?" Casey starrte ihn mit offenem Mund an. Dann schüttelte sie den Kopf. „Ich verstehe rein gar nichts mehr. Du gehst hinunter, stellst dich vor vier aufgebrachte Männer, die mich und Jennifer fast zu Tode erschrecken, und ein paar Minuten später erzählst du mir, alles sei in schönster Ordnung. Was ist passiert? Was haben sie gesagt? Was hast du zu ihnen gesagt, dass sie sich so schnell verzogen haben?"

Mark grinste und fuhr ihr durch ihr frisch gebürstetes Haar. „Mach dir keine Sorgen. Wie ich schon sagte, Liebling, *das* ist etwas zwischen deinen Brüdern und mir. Und nun", sagte er bestimmt, „machen Jennifer und ich etwas zu essen."

Nach dem Abendessen, das aus Rührei mit Schinken bestand, gab Mark ihr eine weitere Schmerztablette und bestand darauf, dass sie sie nahm.

„Und wenn du nachts aufwachst, weil du Schmerzen hast, was vermutlich passieren wird, dann rufst du mich einfach", trug er Casey auf.

Er setzte sich zu ihr auf die Bettkante und gab ihr einen langen, sinnlichen Gutenachtkuss, der dafür sorgte, dass ihr Puls sich beschleunigte, und sie das Gefühl hatte, alles würde sich um sie drehen. Sie schlang die Arme um seine Schultern und erwiderte den Kuss mit einer Leidenschaft, die sie seit über einem Jahr nicht mehr gespürt hatte.

Vielleicht lag es an der Situation oder der Tatsache, dass sie im Bett lag und ihr aufregendstes Nachthemd trug, oder daran, dass sie seit einem Jahr keinen Sex mehr gehabt hatte. Casey wusste insgeheim, dass sie Mark mit offenen Armen empfangen hätte, wenn er nur ein wenig darauf gedrängt hätte.

Allerdings hielt Mark sich zurück. Als seine Selbstkontrolle ins Schwanken geriet, zog er sich widerwillig zurück. Sein Gesicht war rot vor Leidenschaft, und seine Hände zitterten, als er eine Strähne aus ihrem Gesicht strich. Er lächelte sie reuevoll an. „Es ist nicht leicht, ein Ehrenmann zu sein. Aber ich habe es dir versprochen.“ Er berührte noch einmal ihr Gesicht mit den Fingerspitzen. „Gute Nacht, Liebste. Sag Bescheid, wenn etwas sein sollte.“

Als er hinausging, ließ er die Tür einen Spalt offen.

Casey seufzte und löschte die Nachttischlampe. Sie drehte sich auf die Seite, sodass ihr pochendes Bein gut von einem Kopfkissen abgestützt wurde. Gerade hatte sie eine gemütliche Haltung eingenommen, als sie hörte, dass Jennifer barfuß über den Flur tapste und an Marks Tür klopfte.

„Onkel Mark“, flüsterte sie mit ängstlicher Stimme.

Casey setzte sich auf und machte die Lampe wieder an. Gleichzeitig ging auch bei Mark das Licht an. Sie hörte, wie sich Mark und Jennifer unterhielten, aber sie konnte nicht verstehen, was sie sagten.

„Was ist denn? Stimmt was nicht?“, rief Casey in den Flur.

Mark und Jennifer erschienen in ihrem Türrahmen. Das Mädchen zitterte. „Jennifer sagt, dass auf der anderen Straßenseite im Park ein Mann steht.“

„Ein Mann?“ Casey sah auf die Uhr. Es war nach Mitternacht. Was hatte ein Mann um diese Zeit im Park zu suchen?

„Ja. Ich hatte das Licht ausgemacht und war ins Bett gegangen, als mir einfiel, dass ich meine Kontaktlinsen noch drin hatte. Da bin ich noch einmal aufgestanden und ins Bad gegangen, und da stand er dann.“

„Was hat er gemacht?“

„Eigentlich nichts. Er stand einfach da und starrte dein Haus an.“

17. KAPITEL

Casey setzte sich im Bett auf. „Ich sollte lieber nachschauen, was er vorhat."

„Oh nein, das wirst du nicht tun. Glaube nicht, dass ich dich da hinausgehen lasse", sagte Mark. „Du bist nicht in der Verfassung, ein weiteres Kickboxduell zu bestehen. Ich werde gehen."

„Keiner von uns wird gehen." Casey griff nach dem Telefon, das auf dem Nachttisch stand. „Ich rufe die Zentrale an und bitte sie, einen Streifenwagen herzuschicken, der sich umschaut."

Casey führte das Telefonat und bat um einen Rückruf, sobald die Kollegen den Park kontrolliert haben würden. Nur wenige Minuten später sahen Mark und Jennifer aus dem vorderen Schlafzimmerfenster, dass zwei Streifenwagen langsam den Park umrundeten und mit Scheinwerfern die Grünfläche absuchten, während Beamte zu Fuß und mit Taschenlampen bewaffnet unterwegs waren.

„Es sieht nicht so aus, als hätten sie jemanden gefunden", teilte Mark Casey mit. „Die Beamten gehen zu den Streifenwagen zurück."

Eine Weile später ging Jennifer enttäuscht in ihr Zimmer zurück. „Sie fahren weg."

„Der Mann war wahrscheinlich schon weg, bevor die Streifenwagen hier waren. Als ihm klar wurde, dass du ihn gesehen hast, ist er bestimmt weggelaufen, weil er ahnte, dass die Polizei kommen würde", sagte Casey.

Dann klingelte das Telefon, und alle erschraken sich gleichzeitig.

„O'Toole. Hier ist Lieutenant Bradshaw. Sie konnten niemanden im Park finden, aber sicherheitshalber postieren wir Streifenwagen vor und hinter Ihrem Haus – bis morgen früh."

„Das ist aber nicht nötig, Chef."

„Das ist meine Sache, O'Toole, nicht Ihre."

„Sarge hätte Sie nicht anrufen dürfen. Ich weiß nicht, warum er Sie deshalb nachts aus dem Bett holt, wenn es sich doch um solch eine Lappalie handelt."

„Er hat mich angerufen, weil ich alle Kollegen angewiesen habe, dass ich sofort benachrichtigt werde, wenn Sie bedroht werden. Wir haben es mit einem Mörder zu tun, der sich rothaarige Frauen als Opfer aussucht. Meine Hauptkommissarin hat rote Haare. Und jetzt glotzt ein Typ Ihr Haus an. Die Streifenwagen bleiben."

Seine Vehemenz ließ Casey die Nase rümpfen. „Gut, was immer Sie für richtig halten. Danke, Chef."

„Ist alles in Ordnung?", fragte Mark, als sie den Hörer aufgelegt hatte.

„Das war mein Boss. Sie konnten niemanden finden, aber sie stellen mir Streifenwagen vor die Tür und auch hinter den Garten bis morgen früh."

„Macht er sich Sorgen?"

„Keine Angst, er ist nur vorsichtig. Wir Polizisten tendieren dazu, sehr vorsichtig zu sein, wenn es um Kollegen geht. Da ich in der letzten Zeit so häufig im Fernsehen war und mit meinen roten Haaren …" Casey zuckte mit den Schultern und hob hilflos die Hände.

„Er macht sich Sorgen, der Killer könnte dich im Visier haben", stellte Mark mit ernster Stimme fest.

Jennifer quiekte und rückte näher an ihren Onkel heran.

„Ja … vielleicht, aber ich nehme an, dass Lieutenant Bradshaw sich umsonst Sorgen macht."

„Wenn wir hier in Gefahr sind …"

„Sind wir nicht. Der Lieutenant benimmt sich nur gerade wie eine Glucke. Auch wenn er recht hat, wird der Typ es nicht wagen, hier einzubrechen, wenn Streifenwagen vor der Tür stehen. Wenn du aber Angst hast, warum fährst du mit Jennifer nicht nach Hause. Ich habe ja meine Bodyguards."

Der Teenager zupfte an seinem Hemd. „Bitte, Onkel Mark. Ich will nach Hause."

„Wenn Jennifer und ich gehen, dann nehmen wir dich mit", stellte Mark in einem Ton fest, der keine Widerrede duldete.

„Das ist keine gute Idee. Glaub mir, hier sind wir mit mindestens vier Polizisten vor dem Haus viel sicherer als bei euch. Außerdem habe ich eine Alarmanlage, die nagelneu ist, und ich habe sowohl an den Fenstern als auch an den Türen Sicherheitsschlösser anbringen lassen. Hier kommt keiner rein, den ich nicht durch die Tür hereinlasse."

Sie wandte sich an Jennifer und lächelte. „Siehst du, Sweetie, du brauchst dir keine Sorgen zu machen. Hier bist du in Sicherheit."

Casey wachte am nächsten Morgen davon auf, dass sie Dennis' Stimme hörte. Erschrocken sah sie auf den Wecker. Es war fast schon acht Uhr morgens. Aufgrund der Beinverletzung, all den Geschehnissen des letzten Tages und der Tatsache, dass Mark im Zimmer nebenan schlief, hatte sie nicht erwartet, überhaupt ein Auge zuzumachen.

Sie rieb sich die Augen und zwang sich aufzustehen. Als sie ins Bad ging, sog sie bei jedem Schritt die Luft zwischen den Zähnen ein.

Nachdem sie schnell gebadet hatte – das verbundene Bein ließ sie aus der Wanne hängen –, zog sie sich an, schminkte sich ein wenig und band das Haar im Nacken zusammen. Sie zog das Holster über, steckte die Pistole hinein, nahm ihre Handtasche und ging die Treppen hinunter, vorsichtig eine Stufe nach der anderen.

Mark stand unten, bevor sie die Hälfte der Treppe geschafft hatte. „Wo willst du denn hin?"

„Arbeiten. Dennis und ich müssen heute Morgen unseren

Verdächtigen befragen.“

Hinter Mark erschien ihr Partner, der herzhaft in einen Bagel biss, der dick mit Frischkäse und Marmelade bestrichen war. „Morgen, Tiger. Ich bin vorbeigekommen, um dich abzuholen. Hanson und Jones waren gerade auf dem Weg zum Revier, als ich ankam. Sie haben mir von dem Typen im Park erzählt. Sie haben mir aufgetragen, dir zu sagen, dass nachts alles ruhig geblieben ist.“

„Ich habe dem Chef gleich gesagt, dass er sich keine Sorgen machen soll.“

„Vielleicht. Vielleicht auch nicht. Stell dir meine Überraschung vor, als ich den Doc hier gesehen habe. Wir haben uns sehr gut beim Frühstück unterhalten. Außerdem ist der Kaffee ganz ausgezeichnet, den er kocht. Du solltest ihn probieren.“ Er hielt einen dampfenden Becher hoch.

Casey roch den frischen Kaffeeduft, und sofort hatte sie Durst. „Ich nehme Kaffee in der Thermoskanne mit. Ich habe keine Zeit, zu frühstücken. Ich bin schon viel zu spät dran.“

„Du wirst heute nicht arbeiten gehen“, sagte Mark.

„Oh doch, das werde ich.“

„Verdammt, Casey, du musst dein Bein schonen.“

„Hey, Tiger. Es ergibt keinen Sinn, dass du dich jetzt nicht ausruhst. Ich kann die Befragung auch allein durchführen.“

„Das weiß ich doch. Aber es ist mein Fall, und ich werde dabei sein.“ Sie sah Mark mit zusammengekniffenen Augen an. „Bevor wir einen Schritt weiter in unserer Beziehung gehen, solltest du wissen, dass ich nicht sonderlich gut auf Befehle reagiere.“

„Liebste, darum geht es doch gar nicht, das schwöre ich dir. Du bist verletzt, und ich versuche nur, mich um dich zu kümmern. Wenn du darauf bestehst, zur Arbeit zu gehen, dann kommen Jennifer und ich mit.“

„Nein, das werdet ihr nicht. Und überhaupt: Musst du nicht

arbeiten und deine Nichte zur Schule gehen?"

„Heute ist Samstag", warf Jennifer ein.

Das hatte Casey in der Aufregung völlig vergessen.

Nach einer weiteren Diskussion einigten sich Casey und Mark darauf, eine Krücke zu kaufen, um das Bein zu entlasten.

Da der nächste Tag Sonntag war und Montag schon der 4. Juli, also der Nationalfeiertag, wollten Mark und Jennifer nach Hause fahren, ein paar Sachen packen und dann in zwei Stunden wieder bei Casey sein.

„Keine Sorge, Doc. Ich sorge schon dafür, dass sie sich nicht übernimmt", versicherte Dennis ihm und wandte sich auf dem Weg zum Revier neugierig an seine Partnerin. „Also, dann seid der Doc und du nun ein Paar, oder was?"

„Wir gehen miteinander, irgendwie." Casey war es unangenehm, mit Dennis über ihre Beziehung zu Mark zu sprechen. Sie rutschte unruhig auf ihrem Sitz herum.

„Was soll das denn heißen, ‚ihr geht irgendwie miteinander'?"

„Eigentlich treffen wir uns nur nach Jennifers Softballspielen, gehen dann gemeinsam essen und das war's. Nichts Ernstes."

„Möchtest du, dass etwas Ernstes daraus wird?"

„Nein. Vielleicht. Ach, was weiß ich. Alles scheint irgendwie zu schnell zu gehen. Ich habe mir darüber noch keine Gedanken gemacht."

„Was gibt es denn da noch groß zu überlegen? Der Doc ist ein toller Mann und verrückt nach dir. Weißt du, was dein Problem ist?"

„Nein, aber ich bin sicher, dass du es mir gleich sagen wirst."

Unbeeindruckt von Caseys Sarkasmus fuhr Dennis fort: „Deine und Tims Liebe hat sich ganz langsam mit der Zeit entwickelt, deshalb traust du Mark jetzt nicht über den Weg, geschweige denn deinen eigenen Gefühlen zu ihm. Du bist von deinen Gefühlen überrascht worden. Nun, ich muss dir sagen,

Tiger, draußen in der wirklichen Welt sind die Menschen wie vom Blitz getroffen, wenn sie den richtigen Menschen treffen." Er lächelte vor sich hin und sah dabei recht blöd aus. „Ich erinnere mich noch gut daran, wie es war, als ich das erste Mal Mary Kate gesehen habe. Das hat mich glatt umgehauen."

„Ich weiß, ich war dabei. Können wir uns bitte über etwas anderes unterhalten? Ich möchte im Moment wirklich nicht darüber sprechen."

„Klar. Aber denk nicht zu lange darüber nach, und mach dir nicht so viele Sorgen, Tiger. Gefühle können nicht so auseinandergenommen werden, wie du es bei einem Fall machst. Du kannst nur dem Herrgott dafür danken, dass du jemanden gefunden hast, und es einfach genießen."

Als Casey mit Dennis in den Befragungsraum kam, waren zwei Uniformierte dabei, um den Verdächtigen zu bewachen.

Attila lachte, als er sie sah. „Sieht ja so aus, als hätte ich dich richtig übel erwischt, Schlampe. Ich würde sagen, diesen Kampf habe ich gewonnen."

„Da wäre ich mir nicht so sicher. Ich bin nicht diejenige, die hinter Gittern sitzt."

Sein arrogantes Grinsen erfror. „Sie können mich nicht festhalten."

„Wetten?"

Casey setzte sich auf den hölzernen Stuhl dem Verdächtigen gegenüber und lehnte die Krücke an die Tischkante.

„Also, Mr. Posey. Lassen Sie uns miteinander reden. Wo waren Sie in der Nacht und in den frühen Morgenstunden des 1. April?"

Als er seinen richtigen Namen hörte, lief Attila rot an. „Verdammt, Schlampe, ich heiße Attila."

„Wirklich? Das ist ja lustig. Unsere Unterlagen wie auch Ihre Geburtsurkunde besagen, dass Ihr richtiger Name Marian Percival Posey lautet."

„Verdammt noch mal …“ Er erhob sich halb von seinem Stuhl. Dennis, der im Raum stand, ging einen Schritt vorwärts, aber die beiden uniformierten Beamten hatte bereits jeweils eine Hand auf seine Schultern gelegt und ihn wieder auf die Sitzfläche zurückgedrängt.

„Wenn Sie lieber Attila genannt werden möchten, dann sollten Sie anfangen, meine Fragen zu beantworten. Wo waren Sie am 1. April?“

„Woher zur Hölle sollte ich das wissen? Glauben Sie etwa, ich schreibe mir meine Verabredungen in einen Kalender?“

„Kennen Sie eine Madeline St. Martin oder Becky Sue Belcamp?“

„Die Namen habe ich noch nie gehört.“

„Wir haben einen Zeugen, der behauptet, dass Sie in der Nacht des 1. April mit Selma Hettinger zusammen waren.“

„Und wenn ich das war? Das heißt nicht, dass ich sie umgebracht habe.“

„Unser Zeuge wird aussagen, dass Sie und Selma in der Nacht des 1. April in Skinny's Taverne gestritten haben. Und dass dieser Streit handgreiflich wurde.“

„Na und, ich habe sie ein wenig geschlagen. Sie hätte es wissen müssen, dass sie mir nicht widersprechen sollte. Ich habe ihr nur gezeigt, wo's langgeht, das war alles. Und außerdem hat Selma genauso ausgeteilt, wie sie eingesteckt hat.“

„Der Zeuge sagt außerdem aus, dass Sie beide die Taverne gemeinsam verlassen haben. Das war die letzte Person, die Selma lebend gesehen hat. Was ist passiert, nachdem Sie die Bar verlassen hatten?“

„Die blöde Kuh hat immer noch auf mich eingequasselt, deswegen habe ich ihr noch eine gescheuert und bin auf mein Motorrad gestiegen und weggefahren. Ich habe sie vor Skinny's stehen lassen. Sie schrie immer weiter, ich konnte sie noch die ganze Straße runter hören.“

„Und ist sie an diesem Abend nach Hause gekommen?"

„Nein."

„Haben Sie sich Sorgen um sie gemacht?"

„Warum sollte ich? Die Schlampe war weg, und ich war froh darüber. Gott sei Dank, würde ich sagen."

„Aha. Wo waren Sie gegen Tagesanbruch?"

„Im Bett. Ich habe geschlafen. Ich habe meinen Rausch ausgeschlafen."

„Wirklich? Sie haben Selma nicht in die Wälder gefahren, sie dort ausgesetzt und sie dann wie ein Tier gejagt? Sie haben ihr nicht in den Rücken geschossen?"

„Nein", knurrte Attila.

„Ich warne Sie. Wir haben einen Durchsuchungsbefehl und waren in Ihrem Haus. Dort haben Kollegen ein Remington Jagdgewehr gefunden, in das exakt die Munition passt, mit der Selma und die anderen beiden Frauen erschossen worden sind. Wir haben die Kugeln gefunden, die für den Tod von Miss Belcamp verantwortlich sind. Wir werden mit Ihrer Waffe einen Ballistiktest durchführen. Wenn wir Übereinstimmungen feststellen, klagen wir Sie wegen dreifachen Mordes an."

„Machen Sie ruhig Ihren Test. Es wird keine Übereinstimmungen geben, denn ich habe diese Frauen nicht umgebracht. Dann müssen Sie mich freilassen."

„Darauf würde ich mich an Ihrer Stelle nicht verlassen."

Casey nahm ihre Krücke und humpelte zur Tür.

„Hey! Sie können mir diese Morde nicht anhängen! Sie haben keine Beweise, weil ich niemanden ermordet habe."

Casey hielt im Türrahmen an und sah sich nach ihm um. „Vielleicht. Vielleicht auch nicht. Das werden wir sehen. Aber mal abgesehen davon, habe ich genügend Gründe, Sie vor Gericht zu bringen, angefangen damit, dass Sie eine Beamtin beleidigt haben, sie mit einer gefährlichen Waffe bedroht und einen Mordversuch unternommen haben. Sie, Mr. Posey, wandern ins Gefängnis. Das garantiere ich Ihnen."

Casey und Dennis verließen den Raum und gingen ins Büro. „Was denkst du?", fragte er sie.

„Er hat recht. Bis jetzt haben wir keine Beweise gegen ihn und können ihn nicht wegen Mordes belangen. Aber immerhin kann er nicht aus der Stadt, während wir noch nach Beweisen suchen."

„Glaubst du, wir finden was?"

Casey verzog das Gesicht. „Im Ernst? Nein. Ich hasse es, es zuzugeben, aber ich habe nicht das Gefühl, dass er der Mann ist, nach dem wir suchen. Er ist nicht in der Lage, einen Mord zu verüben. Ich könnte mir vorstellen, dass er Selma umgebracht hat, nicht aber die anderen Frauen. Keine von den beiden war sein Typ. Außerdem könnte er dem Profil von Agent Moran kaum stärker widersprechen." Casey lehnte sich in ihrem Schreibtischstuhl zurück und seufzte. „Jedenfalls wäre es viel zu einfach, wenn sich herausstellen würde, dass Mr. Posey der Täter wäre."

Als sie wieder zu Hause ankam, zog Casey das Bein nach.

„Okay, du gehst jetzt ins Bett", sagte Mark bestimmt.

„Ich kann nicht ins Bett gehen. Ich muss noch putzen und etwas zu essen einkaufen. Außerdem muss ich noch ein paar Sachen erledigen."

„Pech gehabt. Du ruhst dich aus. Ich habe schon den Zettel für den Einkauf in der Küche liegen sehen. Sag mir einfach, was du sonst noch brauchst, und ich gehe, während Jennifer das Haus sauber macht."

„Oh Mark, ich kann euch beide doch nicht bitten, meine Sachen zu erledigen", sagte Casey, aber beide wussten, dass es nur ein müder Versuch war, Protest zu zeigen.

Mark trug Casey die Treppe hoch und legte sie aufs Bett. Dann deckte er sie mit der bunten Wolldecke zu, die Caseys

Mutter gehäkelt hatte. Casey war so erschöpft, dass sie schon einschlief, noch bevor er aus dem Zimmer gegangen war.

Nachdem sie ein paar Stunden traumlos geschlafen hatte, wachte Casey auf und sah, dass das Haus geputzt und die Einkäufe erledigt waren.

Jennifer, die augenscheinlich ihre Angst überwunden hatte, machte zum Mittag Salat und Tomatensuppe. Nach dem Essen spielten die drei Scrabble, wobei Casey ihr verletztes Bein auf einen Hocker legte. Im Hintergrund lief im Wohnzimmer im Fernsehen ein Baseballspiel.

Casey konnte sich nicht erinnern, wann sie das letzte Mal so viel Spaß gehabt hatte. Sie scherzte und neckte die beiden, und ihr fiel auf, wie sehr sie es vermisst hatte, jemanden um sich zu haben, dem sie vertraute, mit dem sie sich gut verstand und mit dem sie die kleinen Freuden des Alltags genießen konnte. Es tat ihr gut.

Sie waren im dritten und entscheidenden Spiel, als Caseys Handy klingelte. Der Ton erschreckte sie, und als sie Mark ansah, blickte er sie ernst an.

„O'Toole."

„Detective, es tut mir leid, Sie an einem Samstag stören zu müssen, aber die alten Jungs sind schon wieder dabei", hörte sie eine vertraute Stimme sagen.

Casey stöhnte und hielt sich die Stirn. „Okay, Harry, danke. Ich bin gleich da."

„Wo wirst du gleich sein? Du gehst doch nicht aufs Revier, oder?", fragte Mark mit einem vorwurfsvollen Unterton.

„Nein. Es geht um meine Familie."

„Was ist los? Ist jemand krank?"

„Nein, ich muss los, um einen Streit zu schlichten."

„*Was musst du?*"

„Oh toll, darf ich mitkommen?", fragte Jennifer und sprang auf ihrem Stuhl auf und ab.

„Da musst du deinen Onkel fragen." Casey sah Mark entschuldigend an. „Mein Großvater und seine Kumpel haben sich in Muldoon's Bar gestritten und nehmen jetzt den Laden auseinander."

Mark sah sie ungläubig an. *„Dein Großvater?"*

„Ja, du musst mich leider hinfahren. Ich hoffe, das macht dir nichts aus."

„Was? Nein, natürlich nicht."

Sie nahmen Caseys Wagen. Sobald sie auf dem Weg waren, sah Mark sie von der Seite an. „Wie alt ist dein Großvater?"

„Neunzig."

„Neunzig!" Mark legt den Kopf in den Nacken und lachte laut auf. „Wie schön für ihn."

„Du würdest das anders sehen, wenn es dein Großvater wäre."

Immer noch grinsend, sah er sie interessiert an. „Warum, passiert so etwas häufiger?"

„Machst du Witze? Ich fahre da mindestens einmal im Monat hin, um die Alten auseinanderzubringen. Ende des Monats, wenn das Gehalt da ist, wirft jeder in der Familie zwanzig Dollar in den Hut, um die Schäden zu bezahlen, die mein Opa verursacht hat. Wir nennen es Grandas Restaurationszahlungen."

„Das ist ja unglaublich. Ich freue mich darauf, ihn kennenzulernen."

„Das wirst du gleich tun. Da vorn ist das Muldoon's."

„Jen, du bleibst im Auto", befahl Mark seiner Nichte, als er und Casey ausstiegen.

„Ach Menno!", quengelte der Teenager, ließ sich in den Rücksitz fallen, verzog schmollend das Gesicht und verschränkte die Arme. „Das ist nicht fair. Nie darf ich mit, wenn es was zu sehen gibt."

„Keiner von euch beiden muss mit hineinkommen. Ich kümmere mich schon allein um Granda."

„Du machst wohl Witze?“, fragte Mark. „Natürlich komme ich mit. Um nichts in der Welt will ich das verpassen.“

Draußen hörte man Glas splittern und Gläser klirren. „Ich gehe lieber hinein, bevor er sich am Mobiliar vergreift.“ Auf ihre Krücke gestützt, humpelte Casey zur Bar.

Sobald sie in der Tür standen und sich die Szene ansahen, fing Mark an zu lächeln, und Casey schüttelte den Kopf.

In der Mitte des Raumes waren zahlreiche Stühle und Tische umgekippt, und die Gäste standen am Rand. Sie sahen alle in die Mitte, wo Seamus Collins und sein Kartenspielfreund Marcel Petrantonio umeinander herumliefen und einander beschimpften.

Beide waren alt und klein und erinnerten an zwei Raben, die herumhüpften. Marcel benutzte seine Aluminiumgehhilfe als Rammbock, während Seamus hin und wieder mit seinem Krückstock in der Gegend herumfuchtelte und versuchte, seinen Freund zu treffen. Jedes Mal, wenn er ihn nur knapp verfehlte, traf er dafür mindestens eine der Deckenlampen, die aus Tiffany-Glas waren, und einige Gläser, die noch auf den Tischen standen.

Im Gegensatz zu sonst nahmen die beiden anderen Kartenspieler, Saul Morganthal und Eddy Cook, nicht an dem Gerangel teil. Sie standen am Rand und nahmen noch Wetten an, wer wohl diesen Kampf gewinnen würde.

„Worum streiten sie sich dieses Mal?“, fragte Casey Harry Donovan, den Barmann.

„Es geht anscheinend darum, wer der größte Kriegsherr aller Zeiten ist, Cäsar oder Hannibal.“

„Aha“, Casey schüttelte den Kopf. „Ich wusste, es würde wieder um etwas gehen, dass die Welt in ihren Grundfesten verändern würde. Ich gehe mal dazwischen, bevor die Alten sich wirklich etwas tun.“ Sie kämpfte sich durch die kleine Gruppe der Gäste, die dem Schauspiel zusahen, und stellte sich zwischen die beiden alten Männer.

„Okay, ihr beiden, Schluss jetzt. Legt eure Waffen nieder, und geht zur Seite, bevor noch jemand verletzt wird."

„Was sagst du da?", bellte Seamus. „Ich reiß ihm seine Gliedmaßen einzeln heraus."

„Granda, hör jetzt auf. Sofort. Und Sie, Marcel, stellen Sie die Gehhilfe wieder auf den Boden zurück. Sie sollten sich schämen, sich so zu benehmen. Schon wieder!"

„Es ist alles nur seine Schuld!", rief Marcel und drohte Seamus mit der Faust. „Das alte Fossil hat ja keine Ahnung vom Altertum."

„Fossil also, ja? Ich werde dir zeigen, was ein Fossil ist, du armseliger Sohn eines eierlutschenden ..."

„Es reicht jetzt!" Erst als Casey sich direkt zwischen die beiden stellte und ihnen eine Hand auf die Brust legte, gaben sie ein wenig Ruhe. Casey schob sie langsam auseinander, damit niemand von ihnen ins Stolpern kam.

Aus den Augenwinkeln konnte sie sehen, dass sich Mark die ganze Geschichte mit verschränkten Armen und einem Grinsen ansah und dass Jennifer aus dem Auto ausgestiegen war, sich die Nase an der Schaufensterscheibe platt drückte und die Hände um die Augen geschirmt hatte, um besser sehen zu können.

„Harry, wer hat mit dem Quatsch angefangen?", fragte Casey den Barmann.

Das Vierergrüppchen der Alten hatte eine Vereinbarung getroffen: Wer immer den Streit anfängt, zahlt sechzig Prozent des entstandenen Schadens, der oder die andern die übrigen vierzig Prozent.

„Ich fürchte, Ihr Großvater hat zum ersten Schlag ausgeholt. Er hat dem guten Marcel ordentlich eines mit seinem Krückstock übergezogen, bevor er auch nur von seinem Stuhl hochkam."

„Das ist kein Krückstock, du Dumpfbacke“, rief Seamus und drohte dem Barmann mit dem betreffenden Objekt. „Das is’ ein Spazierstock! Es is’ ein Ahornspazierstock aus der alten Heimat. Er hat meinem Großvater und davor seinem Großvater gehört. Ich wäre dir dankbar, wenn du ein bisschen mehr Respekt zeigen würdest.“

Harry hob entschuldigend die Hände. „Es tut mir leid.“

„Das sollte es dir auch. Und du nenns’ dich einen Iren“, schimpfte der Alte. „Eine Schande bis’ du für den Namen Donovan, das bis’ du!“

„Okay, Granda, das reicht jetzt. Du hast für heute die alte Heimat genug verteidigt. Und wahrscheinlich hast du auch ein oder zwei Bierchen zu viel getrunken. Zeit, nach Hause zu gehen.“

Sie nahm den Alten in den Arm und schob ihn in Richtung Tür. Mark folgte ihnen. „Harry, rechnen Sie den Schaden zusammen, ich schreibe Ihnen gleich einen Scheck aus.“

„Wird gemacht, Detective. Grüßen Sie Ihren Vater und Joe von mir.“

„Das mache ich.“

Sie waren schon draußen auf dem Bürgersteig, als Granda Mark bemerkte.

„So, und wer sin’ Sie denn?“, fragte er ein wenig unfreundlich.

„Das ist ein Freund von mir, Granda. Das ist Mark Adams, Dr. Mark Adams.“ Vorsichtig half Casey ihrem Großvater auf den Rücksitz. Sobald sie und Mark vorn saßen, drehte sie sich zu Seamus um und fügte hinzu: „Und das ist Jennifer Adams, seine Nichte. Jennifer, das ist mein Großvater, Seamus Collins.“

Sofort schaltete der Alte auf Charmeur um, nahm Jennifers Hand in seine alten und knochigen Hände und sagte mit einem Lächeln: „Nun, das is’ mir aber eine Freude, Sie kennenzulernen, mein Fräulein. Schau an, schau an, ist das nich’ eine kleine Schönheit?“

Jennifer kicherte und wurde rot, aber sie erinnerte sich noch schnell genug an ihre gute Erziehung und erwiderte: „Nett, Sie kennenzulernen, Mr. Collins.“

Seamus lehnte sich im Sitz zurück und wandte sich wieder nach vorne. „So, Sie sin' also ein Doktor.“

„Ja, Sir“, antwortete Mark und schaute den alten Mann kurz im Rückspiegel an.

„Nun, das is' ja großartig. Wie ich gerade vor einigen Wochen meiner lieben Nichte erzählte, wird es mal Zeit, dass wir in der Familie einen Doktor haben, wenn man die ganzen Unsummen bedenkt, die die Medikamente heutzutage so kosten.“

„Granda!“ Casey bedeckte ihr Gesicht mit beiden Händen. Als sie zu Mark sah, bemerkte sie, dass er sich auf die Lippen biss, um nicht laut lachen zu müssen.

Auf dem Rest der Fahrt unterhielt sich Seamus mit Jennifer. Er erzählte ihr, dass sie ihn an ein junges Mädchen erinnere, in das er damals in Irland verliebt gewesen sei.

„Sie hieß Colleen. Ah, sie war eine Schönheit, das war sie“, erinnerte er sich schwärmerisch. „Sie hatte kohlrabenschwarze Haare und ganz blaue Augen. Und ihre Haut war so weiß wie Rosenblätter im Morgentau.“

Jennifer hörte ihm gebannt zu, als Seamus ihr erzählte, wie er versucht hatte, die Aufmerksamkeit Colleens zu erringen: Jeden Tag auf dem Weg zur Arbeit sei er an ihrem Haus vorbeigegangen, in der Hoffnung, sie nur kurz zu sehen, obwohl er dafür einen Umweg von fast einem Kilometer habe machen müssen. Gedichte und Notizen habe er ihr geschrieben und Sträuße aus Wiesenblumen vor ihre Haustür gelegt.

„Ich habe sogar ihretwegen an einem Boxkampf für Laien mitgemacht, nur um sie zu beeindrucken. Das hätt' ich wohl lieber bleiben lassen sollen. An dem Abend wurde ich kurz und klein geschlagen.“ Seamus seufzte dramatisch. „Ich sage dir, mein Kind, mein Herz hat geblutet, damals."

„Was ist aus ihr geworden?", fragte Jennifer interessiert.

„Was aus ihr geworden is'? Na, ich habe sie geheiratet. Dann sind wir in dieses Land gekommen, haben einen Sohn gehabt und haben ein schönes Leben geführt. Dann, letzten März vor vier Jahren, is' meine Colleen verstorben, kurz nach unserem sechzigsten Hochzeitstag. Und ich vermiss' sie jeden Tag."

Casey gab Mark die Anweisung, wie er zum Haus ihrer Eltern gelangte. Als er auf die Auffahrt fuhr, sah sie aus dem Fenster. Auch sie konnte sich an ihre schöne, liebe Großmutter erinnern. Sie wurde traurig.

Colleen Collins war das Gegenteil von ihrem gut gelaunten, pragmatischen Großvater gewesen. Die ruhige, liebevolle Frau war immer der Fels in der Brandung für Seamus gewesen. Alle in der Familie vermissten sie schmerzlich, und sie wussten auch, dass ihr Verlust nichts war im Vergleich zu dem ihres Großvaters. Deshalb duldeten sie auch seine gelegentlichen Eskapaden. Ärger zu provozieren war sein Weg, über den Verlust seiner geliebten Frau hinwegzukommen.

Casey drehte sich um und sah, dass Jennifer Tränen in den Augen hatte. „Oh, das tut mir leid, Mr. Collins."

Seamus nahm wieder die Hand des Mädchens und tätschelte sie. „Ach nein, das braucht es nich', mein Kind. Ich bin ein glücklicher Mann, trotzdem. Ich hatte ein gutes, langes Leben und sechzig wundervolle Jahre mit der Frau, die ich geliebt habe. Was kann ein Mensch mehr verlangen."

Casey sah sich noch einmal um, und Jennifer sah genauso traurig aus, wie sich Casey im Moment fühlte. Das Mädchen biss sich auf die Unterlippe und sah aus dem Fenster, während sie versuchte, die Tränen zurückzuhalten.

Sie fuhren auf die Lichtung, die das Haus der Collins' umgab. Mark rief aus: „Wow, was für ein tolles Haus und ein toller Ort!"

Ob er das gesagt hatte, um die Spannung aufzulösen, oder ob es ihm wirklich gefiel, vermochte Casey nicht zu sagen. Sie hätte ihn auf jeden Fall küssen können. Immer wieder wischte sie sich die Augen und wies Mark auf das Haus hin und erzählte kurz die Geschichte, wie es ihr Vater und Joe mit ihren eigenen Händen erbaut hatten.

„Und was für ein prima Ort, um Kinder großzuziehen. Du musst eine wunderbare Kindheit gehabt haben, wenn du hier aufgewachsen bist."

„Ich hatte eine schöne Kindheit, wir alle hatten es gut hier."

Mark half Seamus aus dem Auto, aber als Casey versuchte auszusteigen, um ihm ebenfalls zu helfen, winkte ihr Großvater ab: „Mach dir keine Mühe, Liebes. Pass nur selbst schön auf dich und dein kaputtes Bein auf. Außerdem brauch' ich keine Hilfe für die paar Schritte zum Haus."

„Das weiß ich doch, Granda", sagte sie, um ihn zu beruhigen. „Ich wollte nur kurz hineingehen und Mom und Dad Guten Tag sagen."

„Nun, mach' dir keine Umstände. Sie sind zum Haviland Lake gefahren, um zu angeln. Joe und Francis sind auch mitgefahren."

„Kommst du denn alleine zurecht?"

Seamus sah sie ungnädig an und stellte sich so aufrecht hin, wie es ging. „Natürlich komme ich alleine zurecht. Ich setze mich so lange vor den Fernseher, bis deine Eltern wieder nach Hause kommen. Nun, fahrt einfach weiter, macht schon!"

„Ich kann Sie doch eben ins Haus bringen, Mr. Collins", schlug Mark vor. „Da Sie so alt und so weise sind, möchte ich Sie gern um Rat fragen."

„So so, Sie wollen einen Rat von mir? Da sin' Sie goldrichtig. Und außerdem, was für ein Doktor sind Sie, was sagten Sie?"

„Ich habe gar nichts gesagt." Mark nahm den alten Mann beim Ellenbogen und ging mit ihm langsam den Weg zur Haustür entlang. „Ich bin Schönheitschirurg."

„Ein Schönheitschirurg!" Seamus verbarg seinen Widerwillen nicht. „Na, da haben Sie bei uns in der Familie aber nichts zu tun. Alle meine Kinder und Enkelkinder sin' hübsch."

„Um Himmels willen." Casey verbarg ihr Gesicht in den Händen und rutschte ein Stück den Sitz hinunter.

Mark lachte nur. „Wissen Sie, Mr. Collins, da haben Sie vollkommen recht."

Es dauerte ungefähr zehn Minuten, bis er wiederkam. Als er sich wieder hinter das Steuer setzte, sah er zufrieden aus und lächelte Casey an. „Warum hockst du da unten?"

„Ich habe mich versteckt. Jetzt kennst du alle meine Familienmitglieder bis auf meine Schwiegereltern. Bist du sicher, dass du mich immer noch willst? Ich habe vier Brüder, die mich über das gesunde Maß hinaus beschützen wollen, liebevolle Eltern, die sich auch zu sehr in mein Leben einmischen, und einen Draufgänger als Großvater."

„Ich mag deinen Großvater", gab Jennifer vom Rücksitz bekannt. „Er ist süß."

„Ja, das stimmt. Aber manchmal geht er einem auch wirklich auf die Nerven."

Casey drehte sich wieder zu Mark um. Sie wurde ernst. „Was ich sagen wollte, ist Folgendes: Wenn wir zusammenbleiben, dann bekommst du nicht nur mich, sondern den ganzen Clan. Wir sind so eine Art Pauschalangebot. Mit deinem Hintergrund bin ich mir nicht sicher, ob du so viel Familie überhaupt erträgst."

Mark lehnte sich zu ihr hinüber und gab ihr kurz einen Kuss. Danach sah er sie herzlich und liebevoll an. „Liebste, du machst dir zu viele Sorgen. Deine Familie ist entzückend. Je besser ich sie kennenlerne, desto lieber mag ich sie."

18. KAPITEL

Marks Zuneigung zu Caseys Familie schien auf Gegenseitigkeit zu beruhen. Am nächsten Morgen trafen sich alle in der Kirche und begrüßten Mark, als sei er ein alter Freund.

Sogar Joe und Francis schienen sich zu freuen, ihn kennenzulernen. Casey hatte sich einige Gedanken darüber gemacht, wie es wohl ihre Schwiegereltern auffassen würden, wenn sie ihnen einen neuen Mann vorstellte. Als alle in die Kirche strömten und sich in einem Gang einen Platz suchten, nahm Francis sie zur Seite und flüsterte in ihr Ohr: „Dr. Adams ist ein netter junger Mann. Halt ihn dir warm, Liebes."

„Macht es dir gar nichts aus, dass wir zusammen ausgehen?", fragte Casey besorgt und sah ihre Schwiegermutter fragend an.

„Nein, natürlich macht es mir nichts aus. Oh, mein Kind, du hast dich doch nicht unseretwegen zurückgehalten, oder? Liebes, wir haben unseren Sohn sehr lieb gehabt, aber wir lieben dich auch. Ich muss ja zugeben, dass Joe es gern gesehen hätte, wenn Tim und du ein langes glückliches Leben miteinander geführt hätten, aber es sollte ja nicht sein. Tim ist von uns gegangen, aber du bist noch so jung. Du hast dein ganzes Leben noch vor dir. Du hast es verdient, glücklich zu sein. Wen du auch immer heiraten wirst, sei es Dr. Adams, sei es jemand anderes, du hast unseren Segen." Francis lächelte und tätschelte Caseys Wange. „Du bist für uns wie eine Tochter. Wenn du in Zukunft Kinder hast, werden wir sie behandeln wie unsere Enkel. Und wenn du es uns erlaubst, dann werden wir deinen zukünftigen Ehemann wie unseren Sohn behandeln."

Casey liefen Tränen über die Wange. Sie trat einen Schritt vor und umarmte die ältere Frau. „Oh Francis, du bist so gut zu mir. Ich hab dich so lieb."

Francis umarmte Casey auch und tätschelte ihren Rücken.

„Ich weiß, Liebes. Aber nun komm, setz dich. Der Gottesdienst fängt gleich an."

Casey setzte sich zwischen Mark und Jennifer, die ihr einen Platz frei gehalten hatten. Schniefend holte sie ein Taschentuch hervor und trocknete sich die Augen. Es fiel ihr schwer, den Kloß, der ihr im Hals saß, herunterzuschlucken.

„Stimmt was nicht?", flüsterte Mark.

Sie sah ihn mit Tränen in den Augen an und schüttelte den Kopf. Sie war zu erschüttert, um zu sprechen.

Während des Gottesdienstes hielt Mark die ganze Zeit ihre Hand, was niemandem in ihrer Familie entging. Sie stießen sich gegenseitig an, lächelten sich wissend zu und beließen es dabei.

Nur vor wenigen Wochen hätte sich Casey damit unwohl gefühlt, denn in der kleinen Geste lag so viel Verbundenheit und Nähe. Vor allem vor ihrer Familie wäre ihr das unangenehm gewesen. Seltsamerweise machte es ihr nun nichts mehr aus. Dass Mark sie berührte, fühlte sich normal an, ja sogar angenehm.

Er macht mich weich, stellte Casey erschöpft fest, er sorgt dafür, dass ich meinen Schutzwall fallen lasse.

Nach dem Mittagessen überraschte es Casey nicht, dass ihre Mutter darauf bestand, dass Mark und Jennifer noch bis zum Abendessen blieben, auch wenn sie schon am nächsten Tag zum Kochen vorbeikommen sollten. Kaum war die Einladung ausgesprochen, stimmten die beiden schon begeistert zu.

„Das hört sich toll an", antwortete Mark, was Casey auch nicht überraschte. „Lassen Sie uns nur kurz erst bei Casey, dann bei mir vorbeifahren, damit wir uns kurz umziehen können, und dann kommen wir zu Ihnen", schlug er Maureen vor.

Der Tag hätte nicht schöner sein können, Mark und Jennifer passten hervorragend in Caseys Familie hinein, als wären sie schon immer da gewesen. Marks Nichte verliebte sich sofort in den kleinen Roger und beschäftigte sich die meiste Zeit damit, mit dem Baby zu spielen oder sich mit Mary Kate zu unterhalten, die wie immer im Wohnzimmer auf dem Sofa lag.

Nach dem Mittagessen verbrachten Casey, ihre Mutter und Francis die meiste Zeit damit, das große Kochfest für den nächsten Tag vorzubereiten. Casey saß an dem großen Holztisch in der Küche, ihr Bein auf einen Hocker gestützt, und schälte und schnitt Gemüse, überzog Kuchen und Kekse mit Schokolade, füllte Sellerie, während die beiden anderen Frauen Kartoffelsalat zubereiteten, Bohnen kochten und Quiche buken.

Draußen spielte Mark mit Caseys Brüdern auf der Auffahrt Basketball, während die älteren Männer im Wohnzimmer ein Baseballspiel im Fernsehen verfolgten. Dann und wann trottete Großvater Seamus in die Küche, um die Frauen zu ärgern und um ein bisschen zu naschen.

Während sie mit dem Kochen beschäftigt war, fiel Caseys Blick hinaus auf Mark. Er schummelte sich im Spiel an Will und Ian vorbei, drehte sich mit Lichtgeschwindigkeit um und warf auf den Korb. Der Basketball rollte noch eine Weile auf dem Ring, bevor er durch das Netz fiel. Mark rief vor Vergnügen auf und reckte seine Faust als Zeichen des Triumphes in die Höhe – typisch männlich.

Genau wie ihre Brüder trug er kurze Hosen und Turnschuhe.

Er schwitzte und machte eine Pause, dann hob er die Arme und zog sich das T-Shirt über den Kopf und warf es an den Spielfeldrand. Casey starrte auf seinen breiten Brustkorb, der ein wenig behaart war, auf seine muskulösen Oberarme und auf seinen flachen Bauch. Gott, war er ein schöner Mann. Sie schluckte.

Es fiel Casey schwer zu sagen, was sie genau für Mark empfand. Sicherlich fühlte sie sich von ihm angezogen. Welche heterosexuelle Frau würde ihn nicht attraktiv finden? Allein ihn anzuschauen, löste in ihrem ganzen Körper Schauer aus, und sie hatte dann das Gefühl, ihr Brustkorb würde ordentlich zusammengedrückt.

Jedoch fühlte sie mehr als nur die rein körperliche Anziehung zu Mark. Seit dem ersten Morgen, an dem er sie im Park abgepasst hatte, fühlte sie zwar nicht direkt Wohlbehagen, wenn er bei ihr war, so doch Entspanntheit. Sie wusste, dass es gut und richtig war, bei ihm zu sein. Tief in ihr drin wusste sie, dass es sie glücklich machte, mit ihm zusammen zu sein. Sie mochte es, wenn er in ihrer Nähe war, sie schätzte seinen Humor und seine Intelligenz. Genauso rührte es sie, wenn er Mitgefühl und Aufmerksamkeit zeigte.

Sie hatte mit Mark in den letzten zehn Tagen sehr viel gesprochen, und je mehr sie über ihn und sein Leben erfuhr, desto mehr bewunderte sie ihn und seine Haltung dem Leben gegenüber. Das Band zwischen ihnen war stärker geworden. Sein moralischer Kompass zeigte definitiv in dieselbe Richtung wie ihrer.

All diese Dinge beglückten sie. Sie fühlte sich wohl und glücklich. Obwohl sie einen Serienmord zu lösen hatte und ihr die Presse und ihre Vorgesetzten auf die Nerven gingen, wachte sie jeden Tag mit einem fröhlichen Gefühl im Herzen auf, seitdem sie Mark kennengelernt hatte. Seit so langer Zeit hatte sie dieses Gefühl der Freude und Vorfreude auf das, was da kommen mochte, nicht mehr gehabt.

Aber war das Liebe? Sie war sich nicht sicher. Es schien nicht möglich zu sein. Erst ein einziges Mal war sie verliebt gewesen, viel mehr als das: Es war eine tiefe und ehrlich gefühlte Liebe gewesen, die über viele Jahre gewachsen war. Sollte es nicht immer so sein?

Obwohl sie zugegebenermaßen nicht viel Erfahrung mit Männern gemacht hatte, glaubte Casey, eine gute Menschenkenntnis zu haben. Keinen Augenblick lang hatte sie das Gefühl, dass Mark ihr etwas vormachte. Er glaubte wirklich, in sie verliebt zu sein.

Aber was sollte werden, wenn sein Gefühl des Verliebtseins ausschließlich darauf beruhte, dass er sich von Casey angezogen fühlte, weil sie so anders war als die Frauen, die er bisher kennengelernt hatte? Vielleicht liebte er sie nicht richtig, sondern war nur von ihrer Andersartigkeit geblendet? Wenn sie sich jetzt in ihn verlieben würde und sie ein Paar wären, er sie dann aber verließe, würde sie diesen Schmerz ertragen können?

Natürlich würde sie das, redete sie sich ein. Sie war eine starke Frau, und sie hätte immer ihre Familie im Hintergrund, die sie wieder aufbauen würde. Dennoch sagte ihr Instinkt ihr, dass sie vorsichtig sein müsse und zunächst abwarten solle, wie sich alles weiterentwickle, bevor sie sich auf einen Mann einlasse.

Als sie am Abend mit Mark und Jennifer ins Auto stieg, so wie sich auch ihre Brüder auf den Heimweg machten, war sie angenehm müde.

„Wie geht es deinem Bein?“, fragte Mark.

„Es tut ein bisschen weh, wenn ich es belaste, aber es ist schon besser. Ich glaube, ich werde heute Nacht nur eine Schmerztablette nehmen. Eigentlich brauchst du mit Jennifer heute Abend nicht mehr mit zu mir kommen. Ich bin sicher, ich schaff das alleine.“

Er sah sie mit ausdruckslosem Gesicht an. „Versuchst du, mich loszuwerden?“

„Nein. Darum geht es doch gar nicht. Ich … ich mag es nicht, anderen Menschen zur Last zu fallen.“

„Ich bin nicht ‚andere Menschen‘, ich bin der Mann, der verrückt nach dir ist. Ich bin der Mann, der hofft, ständiger Teil deines Lebens zu werden. Und Jennifer und ich bleiben heute Nacht wieder bei dir. Ende der Debatte."

Caseys Herz schlug heftiger. Ein ständiger Teil ihres Lebens? Was meinte er damit? Wollte er sie heiraten? Wollte er mit ihr eine längere Affäre haben? Was? Er hatte schon zuvor von einer gemeinsamen Zukunft gesprochen, aber nie hatte er geradeheraus gesagt, was genau er eigentlich damit meinte.

Und noch schlimmer fand es Casey, dass sie selbst nicht wusste, wie sie auf den einen oder anderen Vorschlag regieren sollte.

Als sie bei Caseys Stadthäuschen angekommen waren, fand sie eine Nachricht von Jennifers Vater auf dem Anrufbeantworter vor.

„Hey, Mark. Tut mir leid, dass es so spät geworden ist. Mein Flug ab Heathrow hatte Verspätung, und dadurch habe ich alle Anschlussflüge verpasst. Es ist schon so spät, dass ich Jennifer heute nicht mehr abhole. Ich nehme an, dass wir am 4. Juli zu Caseys Familie gehen? Ich hole euch um acht Uhr ab. Außerdem, Brüderchen, hast du eine kryptische Nachricht auf meinem AB hinterlassen. Ich möchte wissen, warum deine Freundin verletzt worden ist und was es mit dem Typen auf sich hat, der nachts im Park herumsteht. Wir sehen uns morgen früh."

„Soll ich Daddy zurückrufen?", fragte Jennifer schläfrig.

„Nein, es ist schon spät. Wahrscheinlich hat er einen ordentlichen Jetlag und schläft schon. Wir sehen ihn dann ja morgen."

„Okay", sagte das Mädchen gähnend. „Dann gehe ich jetzt duschen und ins Bett. Ich bin fertig. Ich hatte keine Ahnung, wie anstrengend Zweijährige sein können."

Mark sah ihr lächelnd nach, als sie die Treppe hochging. „Sie muss wirklich sehr müde sein, wenn sie es bis morgen abwarten kann, ihren Vater zu sehen. Normalerweise flippt sie immer aus, wenn er von einer Dienstreise zurückkommt."

Er drehte sich zu Casey um und strich ihr eine Strähne aus dem Gesicht. „Du siehst auch müde aus. Ich trage dich nach oben, und dann legst du dich ins Bett."

„Das brauchst du nicht zu tun, ich kann schon ganz ... Maaark!"

Er hatte sie schon auf den Arm genommen und trug sie die Treppenstufen hoch. „Wir müssen daran arbeiten, dass du immer und sofort automatisch jede Hilfe ablehnst, die ich dir anbiete. Verstehe mich bitte nicht falsch, ich finde deine Energie und deine Unabhängigkeit toll, aber das ist nicht der richtige Zeitpunkt, um darauf zu beharren."

„Es tut mir leid. Ich glaube, das habe ich mir so angewöhnt." Sie legte die Arme um seinen Nacken und genoss es, so getragen zu werden. Dabei dachte sie daran zurück, dass sie sich so etwas vor einigen Wochen niemals eingestanden hätte.

In ihrem Schlafzimmer setzte Mark sie vorsichtig auf die Bettkante. „Bist du sicher, dass du keine Schmerzmittel für heute Nacht willst? Du musst nicht die Heldin spielen, das weißt du doch, oder?"

Casey sah zu ihm hoch und schüttelte mit dem Kopf. „Nein, das geht schon."

Er lächelte und berührte noch einmal diese widerspenstige Strähne an ihrer Schläfe. „Du bist so süß", flüsterte er.

Casey schüttelte den Kopf und machte ein seltsames Geräusch, eine Mischung aus abschätzigem Stöhnen und Gekicher. „Wie kannst du so etwas sagen? Ich sehe doch nur mittelmäßig aus. Das kann ich überhaupt nicht verstehen. Warum ich? Warum hast du dir mich ausgesucht? Was findet ein Mann wie du an mir?"

„Mittelmäßig?" Mark sah sie ungläubig an. Dann hob er sie noch einmal vom Bett auf und stellte sie vor den großen Spiegel, der in der Ecke hing. Er stellte sich hinter sie und legte die Arme um ihre Taille.

„Hat dich deine Kindheit, die du mit vier Brüdern und einer Cousine verbracht hast, die du fälschlich für besonders schön hältst, blind gemacht? Sieh dich einmal an!“ Er schob sie fast wütend vor den Spiegel. „Deine Haut ist so rein und weiß wie Sahne, du hast die größten und blausten Augen, die ich jemals gesehen habe. Sie sind eingerahmt von diesen fast schon absurd langen Wimpern, für die andere Frauen töten würden. Dein Knochenbau ist großartig und perfekt ausgeglichen. Deine Lippen sind voll und sinnlich. Und du hast wunderschönes Haar. Von deinem knackigen, fitten Körper, der mich wahnsinnig macht, mal ganz abgesehen. Um Himmels willen, Casey, wie kannst du nur in den Spiegel sehen und nicht erkennen, dass du wunderhübsch bist? Glaube mir, ich verdiene einen Großteil meines Geldes damit, andere Frauen hübscher zu machen, und ich weiß, wovon ich spreche. Liebste, jedes Mal, wenn ich dich sehe, bleibt mir die Luft weg.“ Sein Blick traf ihren im Spiegel. „Sag niemals wieder, du sähest mittelmäßig aus.“

Er drehte sie vorsichtig zu sich um und nahm sie in den Arm. Langsam betrachtete er ihr Gesicht, als wolle er sich jede Kleinigkeit merken. „Es gibt nichts, was ich an dir verändern wollte“, murmelte er mit einer rauen Stimme. „Nicht die geringste Kleinigkeit.“

„Noch … noch nicht einmal meine Sommersprossen?“, fragte sie leise.

Mark lächelte und berührte ihren Nasenrücken mit seiner Fingerspitze. „Schon gar nicht deine Sommersprossen.“

Sein Blick fiel auf ihre Lippen, und er schloss ein wenig die Augen, als er sich zu ihr hinabbeugte. „Ich bete jede einzelne an“, flüsterte er, bevor seine Lippen ihre berührten.

Der Kuss strotzte vor Gefühl und Verlangen und ein wenig auch vor Wut. Dieser Kuss war heiß und begierig, und Casey konnte nicht anders, als ihn zu erwidern und sich in dieses Gefühl des Begehrens hineinfallen zu lassen. Sie zitterte am ganzen Körper. Ihre Leiber standen eng aneinandergepresst. Ihre Brüste schmiegten sich an seine breite Brust, und sie war sich fast schmerzhaft ihrer Spitzen bewusst.

Mit jedem Atemzug sog sie seinen wunderbaren männlichen Duft tiefer ein. Es lag eine Spur Schweiß, der auf seiner Haut getrocknet war, darin. Casey spürte seine harte Männlichkeit an ihrem Bein. Er konnte sein Begehren nicht verbergen. Sie brannte. Ihr ganzer Körper flammte vor Sehnsucht auf.

Es war so lange her gewesen. So lange.

Sie war so in ihrer Leidenschaft verfangen, dass sie zunächst gar nicht bemerkte, dass Mark den Kuss beendet hatte. Langsam öffnete sie die Augen und bemerkte, wie er sie ansah. Sein Gesicht war hochrot, und sein Atem war unregelmäßig und heftig. Der Blick in seinen Augen war verzweifelt. „Verdammt, Casey. Wenn du dich nicht bald entscheidest, was du für mich fühlst, ertrage ich das nicht länger. Du bringst mich noch um, Liebste."

Marks Bruder Matt stand am nächsten Morgen exakt eine Minute vor acht vor der Tür. Jennifer begrüßte ihn überschwänglich.

Casey war neugierig, Marks Zwillingsbruder kennenzulernen. Zwar ähnelten die beiden Männer einander sehr, aber man konnte sofort sehen, dass es keine eineiigen Zwillinge waren. Matt war vielleicht einen Zentimeter größer als Mark, aber sie hatten den gleichen muskulösen schlanken Körperbau und die gleiche sehr männliche Art, sich zu bewegen: Während Marks Haare pechschwarz waren, hatte Matt dunkelbraune Haare. Auch wenn sie sich im Gesicht ähnelten, hatte Matt etwas gröbere Gesichtszüge.

Allerdings konnte Casey schnell feststellen, dass Marks Bruder genauso charmant war wie er, und wenn das Glitzern in seinen Augen nicht trügte, war er ebenso übermütig.

Nachdem Mark sie einander vorgestellt hatte, hielt Matt

Caseys Hand mit beiden fest und grinste. „Verdammt, Bruderherz. Kein Wunder, dass du so hin und weg bist. Wenn ich sie zuerst getroffen hätte, hättest du keine Chance gehabt."

„Was du nicht sagst!" Mark schubste seinen Bruder zur Seite und nahm Casey in den Arm. „Such dir eine eigene Frau!", sagte er halb ernst, halb im Scherz. Da Casey am 4. Juli Rufbereitschaft hatte, fuhren sie in getrennten Wagen zu ihren Eltern. Mark und Casey nahmen ihr Auto, Matt und Jennifer folgten ihnen im Lieferwagen. Matt war in Marks Auto zu Casey gefahren, sodass sein Wagen nun vor Caseys Haustür stand.

Bevor sie losgefahren waren, hatte Casey allen erklärt, was mit Danny los war. „Er ist langsamer als normale Jungs in seinem Alter, aber er ist ein ganz Lieber. Er sehnt sich so nach Familie und Aufmerksamkeit, und er freut sich schon seit Wochen auf dieses Picknick. Er lebt mit seinem Bruder Keith in der Nähe des Reviers. Ich habe versprochen, dass wir Danny abholen. Es wird nicht lange dauern, es liegt sowieso auf unserem Weg. Ich bin sicher, dass er schon auf uns wartet."

„Kein Problem", sagte Mark, und Matt stimmte ihm zu.

Zehn Minuten später fuhren sie die Auffahrt vor dem kleinen Bungalow, in dem Keith und Danny Watson lebten, hinauf. Danny saß auf den Treppenstufen vor der Tür und hielt eine Leinentasche fest.

„Ojemine! Wahrscheinlich sitzt er da schon seit Tagesanbruch", sagte Casey.

Sobald er sie erkannte, sprang Danny auf und rannte zum Auto. Er strahlte über das ganze Gesicht.

„Hi, Casey. Ich habe schon so lange auf dich gewartet." Er bremste im Lauf ab, als er Mark am Steuer sitzen sah.

„Wer ist das?"

„Hi, Kumpel, steig ein, dann stelle ich euch einander vor."

Danny stieg hinten ein und beugte sich nach vorne. Seine

Leinentasche presste er fest an die Brust. Er sah Mark misstrauisch an.

„Mark ist ein Freund von mir. Und hinter uns, im Lieferwagen fahren sein Bruder Matt und dessen Tochter Jennifer."

Danny drehte sich um, um nach hinten zu sehen. „Sie werden mit uns auf das Picknick kommen", sagte Casey mit leiser Stimme.

Als er das Stichwort hörte, drehte sich Danny zu ihr um und strahlte wieder. „Ich freue mich so. Ich habe schon seit gestern Abend alles fertig gehabt. Ich habe meine Allergiemedizin, meine Zahnbürste und meine Zahnseide, weil Keith gesagt hat, dass man gut auf seine Zähen achten sollte und nach jeder Mahlzeit die Zähne putzen muss. Und ich habe meine Decke, falls ich müde werde, und dann habe ich noch viele andere Sachen mitgebracht."

„Na, das ist doch toll, Danny. Es hört sich so an, als wärest du gut darauf vorbereitet, einen schönen Tag zu haben."

„Ja! Ich habe mich schon ganz lange darauf gefreut."

Als sie bei den Collins ankamen, waren alle mitten in den Vorbereitungen. Auf der rückwärtigen Veranda waren Patrick und Joe dabei, zwei riesige Töpfe zu beaufsichtigen, und alle Brüder und Dennis bewegten die Griffe der altertümlichen Eiscrememaschinen. Drinnen liefen Maureen und Francis in der Küche hin und her, um in letzter Minute noch einige Dinge zu erledigen. Sogar Mary Kate hatte eine Aufgabe bekommen. Sie lag auf einer Sonnenliege im Schatten unter einigen Lärchen und rollte Besteck in Servietten ein.

„Hey, Danny", rief Dennis. „Du bist genau der Mann, auf den ich gewartet habe. Die Eiscreme ist fast fertig. Komm her und setz dich auf den Kühler, bis ich sie fertig geschlagen habe!"

„Klar!" Danny rannte zu Dennis hinüber und freute sich, dass er auch etwas zu tun bekam. Er ließ sich auf den Kühler fallen, auf dem eine dicke zusammengelegte Wolldecke lag.

„Das ist nicht fair!“, protestierte Ian. „Wer setzt sich auf unseren Kühler?“

Casey verdrehte die Augen und sah dabei ihre Gäste an. „So geht das jedes Jahr. Es ist immer ein Wettkampf, wer zuerst die Eiscreme fertig geschlagen hat. Wir können uns genauso gut nützlich machen, sonst müssen wir uns das Gejammer noch den ganzen Tag lang anhören.“

„He, wenn es selbst gemachtes Eis gibt, dann bin ich dabei“, sagte Matt. „Komm, Jennifer, hilf mit.“

Sie aßen draußen auf der schattigen Veranda. Wie immer, wenn die ganze Familie zusammenkam, redeten alle durcheinander. Sie neckten einander, und die Stimmung war fröhlich und ausgelassen.

Casey hatte sich Sorgen gemacht, dass Matt und Mark von ihrer Familie ein wenig überrumpelt sein würden, aber sie waren auf Anhieb integriert und schwatzten mit ihren Brüdern drauflos, als würden sie sich schon seit Jahren kennen.

Seamus war in bester Stimmung und erzählte den Gästen seine Jugendgeschichten aus Irland. Die Familie kannte das natürlich schon alles zur Genüge, aber Seamus war ein sehr guter Erzähler und hatte das Talent, seine Geschichten immer auszuschmücken, deshalb war es auch für die Verwandtschaft eine Freude, ihm zuzuhören.

Auch gaben sich alle Mühe, Danny einzubeziehen, und offensichtlich hatte auch er viel Spaß.

Später, als sie das Geschirr abgeräumt und die Reste verstaut hatten, nahm Caseys Vater sie zur Seite. „Es war nett von dir, Danny einzuladen, mein Kind. Du hast ein gutes Herz.“

„Danke, Dad.“

„Aber ich hoffe, dass du ein warnendes Wort von deinem Vater annimmst. Sei vorsichtig. Der Junge ist schwer verliebt in dich. Sieh zu, dass er deine Nettigkeit nicht zu wörtlich nimmt. Du weißt nicht, wie er damit umgehen wird.“

„Ich weiß." Sie sah durch die Fliegengittertür hinaus in den Garten, wo Danny mit Brian Händedrücken spielte. Ihr Bruder ließ Danny gerade gewinnen. „Er tut mir einfach leid. Er ist so süß. Er und sein Bruder sind praktisch ohne Eltern aufgewachsen. Keith ist der Einzige, den er noch hat, und ihm tut ein wenig Aufmerksamkeit so gut."

„Ich weiß. Aber sei einfach vorsichtig."

„Ja, das mache ich." Kurz darauf wurde ihr klar, wie weitsichtig die Warnung ihres Vaters gewesen war.

Nach dem Essen, als sich alle ein wenig ausgeruht hatten, spielten sie Kricket hinten in dem großen Garten. Weil weder Danny noch Jennifer jemals zuvor Kricket gespielt hatten, erklärte Casey den beiden die Regeln, ohne dass sich Danny dabei komisch vorkommen musste.

Mark sorgte dafür, dass Casey nur mitspielen durfte, wenn sie stets einen leichten Aluminiumstuhl mit sich herumtrug, auf dem sie sich zum Ausruhen setzen konnte, wenn sie nicht an der Reihe war.

Sie waren in zwei verschiedenen Mannschaften, und als sie seinen Ball aus dem Spielfeld schlug und lachte, grummelte Mark: „Du ehrgeiziger kleiner Teufel. Dafür wirst du bezahlen."

Lachend drehte sich Casey um, aber er nahm sie am Arm, zog sie zu sich heran und gab ihr einen langen, leidenschaftlichen Kuss auf den Mund.

„He, Vorsicht, Doc", rief Aiden. „Wenn Sie meine Schwester so vor aller Augen küssen, dann müssen Sie sie auch heiraten."

Mark sah auf und grinste Aiden an. „Einverstanden. Ich würde sie auf der Stelle heiraten, wenn sie nur Ja sagen würde."

„Neiiiin!"

Erstaunt drehten sich alle zu Danny um. Er stand stocksteif neben dem dritten Tor und zitterte. Er war knallrot im Gesicht und hatte einen seltsamen Blick in den Augen. Ohne Vorwarnung holte er mit seinem Schläger aus und ging auf Mark und Casey los.

„Vorsicht!"

Sowohl Matt als auch Will mussten sich ducken, um nicht vom Schläger erwischt zu werden. Der Schläger wirbelte durch die Luft, an den Köpfen der beiden Männer vorbei, knallte an eine Kiefer und zersplitterte am Stamm.

Danny rannte Mark fast um. Mit großer Wucht warf er sich gegen ihn, stieß ihn zurück und fing an, ihn zu treten und zu schlagen. Ohne sich zur Wehr zu setzen, hob Mark nur die Arme, um seinen Kopf zu schützen.

„Nein! Du kannst Casey nicht heiraten! Du darfst das nicht!"

„Danny, hör auf damit! Stopp!", rief Casey. Sie versuchte, ihn von Mark fortzuziehen, aber Danny war erstaunlich kräftig. Ihre Brüder mussten helfen, um Danny zu bremsen, und Casey beendete den Angriff, indem sie Dannys Gesicht in ihre beiden Hände nahm, während Caseys Brüder ihn festhielten. „Danny! Danny, beruhige dich! Du musst dich beruhigen."

Mark ordnete seine Kleidung und stimmte Casey in beruhigendem Ton zu: „Casey hat recht, Danny. Du musst langsam ein- und ausatmen. Ganz langsam. Und wenn du dich wieder beruhigt hast, dann reden wir ganz in Ruhe darüber."

„Nein! Ich will nicht mit dir reden! Ich hasse dich!"

Dann machte sich Danny von Brian und Aiden los und rannte ins Haus, ohne dass Matt ihn festhalten konnte.

„Danny, warte doch!"

Ohne Casey Beachtung zu schenken, lief er hinein.

Sprachlos sahen sie ihm nach, als die Fliegengittertür hinter ihm ins Schloss krachte.

„Ist etwas passiert, Mark?", fragte Casey.

„Nein, alles in Ordnung." Mark ließ vorsichtshalber seine Schultern kreisen. „Ich habe ein oder zwei kleine Kratzer, aber sonst ist alles okay."

„Ich gehe hinein und sehe nach ihm", sagte Patrick, aber Casey legte ihrem Vater eine Hand auf den Arm.

„Nein, Dad, ich mache das."

„Casey ..."

„Ist schon in Ordnung, Dad. Er wird mir nichts tun. Es ist meine Schuld. Ich hätte mir so etwas schon denken können. Ich kriege das hin."

Sie fand Danny auf der vorderen Veranda, wo er hin und her lief und mit sich selbst sprach. Er sah sie schmollend an, als sie sich ihm näherte. „Ich will nach Hause. Ich will hier nicht mehr sein. Ich will nach Hause."

„Okay, wenn du das willst, dann fahre ich dich gleich nach Hause."

„Ich will aber *jetzt* nach Hause."

„Ich denke, wir sollten uns erst einmal unterhalten, Danny. Komm hierher, dann setzen wir uns auf die Hollywoodschaukel. Wir reden. Nur wir beide."

Verstockt ging er zur Schaukel, die an dem einen Ende der Veranda stand. Er ließ sich neben Casey auf das Polster fallen, verschränkte die Arme über der Brust und schmollte weiter vor sich hin. Mit gesenktem Kopf starrte er auf seine Turnschuhe.

„Danny", fing Casey vorsichtig an. „Wir sind doch Freunde, oder?"

„Ja."

„Und Freunde können sich doch ehrlich alles sagen, oder?"

„Glaub schon."

„Dann kannst du mir doch auch sagen, warum du wütend auf Mark bist?"

„Ich will nicht, dass du ihn heiratest." Er drehte sich zu Casey um und sah sie flehend an: „Ich liebe dich, Casey."

„Oh Danny, ich liebe dich auch. Aber nicht so, wie man sich liebt, wenn man heiratet."

„Oh. Ich weiß, dass du *mich* nicht heiraten kannst. Ich bin nicht so klug wie du." Er nahm ihre Hände und sagte schnell mit einem eindringlichen Blick: „Aber du könntest doch Keith heiraten, und dann wohnst du bei uns. Dann sehe ich dich jeden Tag."

Er hatte Casey kalt erwischt, und sie konnte in dieser Situation erst einmal nichts antworten, sondern sah ihn nur fassungslos an. Sie hatte mit vielem gerechnet, was er hätte sagen können, nur damit nicht.

„Oh Danny, Sweetie, das tut mir so leid, aber das wird nicht geschehen." Sie streichelte ihm die Schulter und strich ihm eine Locke aus der Stirn. „Ich bin nicht in Keith verliebt."

„Aber könntest du dich nicht in ihn verlieben, wenn du es ganz doll versuchen würdest?", fragte er mit hoffnungsvoller Stimme.

„Ich glaube nicht. Gefühle funktionieren so nicht. Wir können uns nicht dazu zwingen, uns in jemanden zu verlieben. Das passiert einfach so."

„Bist du in Mark verliebt?"

„Vielleicht. Ich bin mir nicht sicher … noch nicht. Aber Danny, egal, was passieren wird, du und ich, wir bleiben Freunde, ja?"

Danny starrte wieder auf den Boden, aber nun sah er sie an. „Versprochen?"

„Versprochen. Ganz großes Ehrenwort", schwor sie und hob die rechte Hand. Dann strubbelte sie ihm durch die Haare. „Nun komm. Jetzt haben wir das besprochen, dann komm doch wieder mit in den Garten."

„Nein! Ich kann nicht mit dir mitkommen. Jetzt hassen mich doch alle."

„Niemand hasst dich, Danny. Das verspreche ich dir."

Er stupste mit seinem Schuh eine Topfpflanze an, die auf dem Boden stand. „Nicht mal Mark?"

„Nein, Mark auch nicht. Niemand hasst dich, Danny. Sie machen sich nur Sorgen um dich, das ist alles."

Sie stand auf und streckte ihm die Hand entgegen: „Nun komm schon. Wir machen uns noch einen schönen Nachmittag."

Danny ergriff ihre Hand, und sie gingen durch das Haus zurück nach hinten. „Aber ich glaube, dass du dich bei Mark entschuldigen solltest."

Danny blieb stehen. „Das kann ich nicht."

„Natürlich kannst du das."

„Aber warum muss ich?", quengelte er.

„Weil es sich so gehört. Du bist ein Mann, Danny, und ein Mann versucht immer das zu tun, was sich gehört."

Sie drückte seine Hand. „Und dann halten alle nur noch mehr von dir, wenn du dich bei Mark entschuldigst."

Casey konnte sehen, wie sich Danny mit diesen Gedanken beschäftigte, wie er jede einzelne Information verarbeitete. Endlich nickte er: „Gut, dann mache ich es."

Der Rest des Tages verlief friedlich. Als es dunkel wurde, zündeten sie Wunderkerzen für Roger und für Jennifer an, natürlich auch für Danny.

Von Anfang an hatten Patrick und Joe gesagt, dass es nicht wie sonst üblich ein Feuerwerk geben würde, weil sie Angst hatten, einen Waldbrand zu verursachen. Das war nicht schlimm, denn schon als Kinder hatten Casey, Tim und ihre Brüder so viel Spaß an diesem Feiertag, dass sie ein Feuerwerk gar nicht vermissten.

Als die letzte Wunderkerze abgebrannt war, fing Roger an zu weinen und rieb sich die Augen.

„Ich glaube, es ist Zeit, dass wir zusammenpacken und nach Hause gehen", erklärte Dennis. „Hier muss jemand dringend ins Bett."

Das war das Stichwort. Die Feier war zu Ende. Alle standen von ihren Stühlen auf und halfen, die Sachen zurück ins Haus zu tragen. Fröhlich sammelten sie die Pappbecher ein und stellten die Gartenmöbel zurück. Es war ein schöner Tag gewesen.

„Oh Gott! Oh! Oh!“ Mary Kate beugte sich auf ihrer Gartenliege vor und hielt sich mit beiden Händen den Bauch. Ihr Gesicht war bleich.

Dennis war sofort an ihrer Seite. „Was ist denn? Geht es dir nicht gut? Hast du Schmerzen?“

Sie sah ihren Mann mit aufgerissenen Augen an. „Ich … ich glaube, meine Fruchtblase ist gerade geplatzt.“

„Ach, verdammt. Okay, okay. Warte. Alles wird gut.“ Dennis fuhr sich mit den Händen durch das Haar und versuchte, sich zu konzentrieren. „Ehm … jemand muss zu uns nach Hause gehen und Mary Kates Tasche für das Krankenhaus holen.“

„Bin schon unterwegs“, sagte Ian und ging los.

„Und hier sind meine Schlüssel“, sagte er zu Brian und gab ihm die Autoschlüssel. „Holst du den Wagen?“

„Klar.“

„Was ist denn los?“, fragte Danny und guckte ängstlich drein.

„Keine Sorge, es ist nichts Schlimmes“, versicherte Maureen ihm. „Mary Kate bekommt bald ihre Babys, das ist alles.“

„Jetzt? Oh cool!“

„Dennis.“ Mary Kate zog an seinen Hosenbeinen. „Dennis, die Babys kommen.“

„Ich weiß, Liebes, ich weiß. Bleib ganz ruhig. Wir bringen dich gleich ins Krankenhaus.“

„Nein. Du verstehst mich nicht. Sie kommen *jetzt sofort.*“

19. KAPITEL

Mark kauerte sich neben Mary Kates Gartenliege und legte seine Hand auf ihren Bauch. „Du hast Wehen. Hast du Schmerzen?"

„Ich glaube … ich glaube, es geht los. Ja, jetzt geht es los. Ja! Oh! Oh!"

„Ganz ruhig", redete Mark auf sie ein.

Mary Kate stöhnte und hielt sich an Dennis' Hand fest, sodass er vor Schmerz das Gesicht verzog.

„Da – jetzt geht die Wehe schon vorüber." Mark behielt seine Armbanduhr im Blick, während er Mary Kates Bauch abtastete.

Dennis trat von einem Fuß auf den anderen und fuchtelte mit der freien Hand in der Luft herum. „Verdammt, was brauchen Ian und Brian denn so lang?"

„Da kommt Brian schon mit dem Wagen", rief jemand.

„Zur Hölle mit der Tasche", murmelte Dennis und tippte Mark auf die Schulter. „Doc, macht es Ihnen etwas aus, wenn Sie aus dem Weg gehen? Ich muss sie ins Krankenhaus bringen."

Mark bewegte sich nicht vom Fleck. „Da kommt die nächste Wehe."

„Kommen Sie! Wir müssen los!"

„Sie schaffen es nicht mehr ins Krankenhaus. Wie Ihre Frau schon sagte, die Babys kommen jetzt."

„Was? Oh Gott, oh Mann. Was machen wir denn jetzt?"

„Ich schlage vor, Sie bringen sie ins Haus, während ich meinen Arztkoffer aus dem Auto hole und mir die Hände wasche."

„Sie wollen sie entbinden? Aber … aber … können Sie das denn überhaupt? Es ist nicht böse gemeint, Doc, aber Sie sind doch ein Schönheitschirurg."

„Es ist ja kein anderer Arzt hier, oder?"

„Aber waren Sie denn überhaupt schon irgendwann mal bei einer Entbindung dabei?"

Mark lachte leise. „Es ist eine Weile her, aber in meiner Ausbildung habe ich einige Babys entbunden."

„Wir haben für so etwas jetzt keine Zeit!", schrie Mary Kate. „Hör auf, mit dem Mann zu streiten, und lass ihn weitermachen, sonst bekomme ich die Babys noch hier im Garten!"

„Oh, das ist so aufregend!", quiekte Jennifer und zupfte Casey am Ärmel.

Mark stand auf und sagte: „Okay, Jungs, tragt sie hinein. Zwei nehmen jeweils das Kopf- und das Fußende von der Liege. Ich hole meine Tasche."

Aiden, Will, Brian und Matt beeilten sich zu tun, was ihnen gesagt wurde. Die Frauen liefen voraus ins Haus und Granda Seamus lief hinter ihnen her, während Dennis neben Mary Kate ging, die immer noch seine Hand hielt.

„Langsam, ganz langsam", befahl Granda. „Vergesst nicht, dass ihr da eine wertvolle Ladung transportiert, ihr Hornochsen."

„Bringt sie in unser Schlafzimmer", rief Maureen. „Sie soll nicht nach oben. Francis, hilfst du mir, ein Plastiklaken über das Bett zu ziehen?"

„Ja, sicher. Und wir brauchen saubere Handtücher und Laken."

Die beiden Frauen waren es gewohnt zusammenzuarbeiten, daher waren sie mit den Vorkehrungen schon fertig, bevor die Männer Mary Kate in das elterliche Schlafzimmer trugen. Sie stellten die Gartenliege schwer atmend neben dem Bett ab. Mark und Casey kamen gleich nach ihnen herein.

„Okay Jungs, hebt sie auf das Bett", befahl er. „Und legt sie möglichst nahe ans Fußende."

„Halte durch, Sweetheart", summte Dennis. Er war weiß wie die Wand und sah aus, als würde er gleich umkippen.

Mary Kate drückte das Kreuz durch und ließ einen markdurchdringenden Schrei los. „Verdammte Sch..."

Alle Männer außer Mark traten einen Schritt zurück und sahen sich erschrocken an. Es war offensichtlich, dass der Zeitpunkt der Geburt immer näher rückte.

„So Jungs, wir haben nicht mehr viel Zeit. Hebt sie hoch. Casey, bleib hier und halte die Decken bereit, damit du die Babys gleich einwickeln kannst."

„Ihr habt ihn doch gehört", rief Granda dazwischen, um seine eigene Angst zu überspielen. „Macht doch, was er sagt."

Die Brüder und Matt sahen sich noch einmal an, holten tief Luft und hoben dann Mary Kate auf das Bett. Sie konnten nicht schnell genug den Raum verlassen, sodass sie einander fast umrannten. Granda trottete hinterher und sagte: „Ich bin draußen, wenn ihr mich braucht."

„Schnell, Doktor, schnell", schrie Mary Kate. „Sie kommen!"

„Ich glaube, ich habe keine Zeit mehr, mir die Hände zu waschen." Mark nahm ein Paar Latexhandschuhe aus seiner Arzttasche und rief über die Schulter: „Seamus, tun Sie mir einen Gefallen, bitte, und rufen Sie einen Krankenwagen. Die Mutter und die Babys müssen so schnell wie möglich ins Krankenhaus."

„Nun regen Sie sich mal nicht auf, das mache ich schon. Und ich sorge dafür, dass sich Ian unten an die Straße stellt, damit sie uns gleich finden."

Maureen und Francis zogen der zukünftigen Mutter die Unterwäsche aus, rafften das Sommerkleid hoch und bedeckten sie mit einem Laken.

„Oh! Oh! Ohhh!", brüllte Mary Kate. Als sie immer weiterschrie, kniete sich Mark vor das Bett.

„Du hast recht, es dauert nicht mehr lange. Ich sehe einen Kopf. Pressen, Mary Kate. Komm schon, kräftig pressen. Nur noch einmal!"

Casey sah ihre Cousine an. Sie war fasziniert von Mary Kates Tapferkeit und dem Wunder, das sich gerade ereignete.

„Komm schon, Baby, du schaffst das“, krächzte Dennis. „Es ist gleich vorbei.“

Während ihr Mann auf der einen Seite des Bettes stand und ihr die Hand hielt, saß Maureen auf der anderen Seite auf dem Bett und wischte Mary Kate mit einem kühlen feuchten Tuch den Schweiß von der Stirn. Mary Kate strengte sich mit ganzer Kraft an.

„Toll ... weiter so. Und ... hier haben wir schon eine hübsche Tochter.“ Sehr effizient klärte Mark die Luftwege des Babys, versorgte die Nabelschnur und gab das Neugeborene Casey, die es in eine Decke einwickelte und der Mutter an die Brust legte.

Mark arbeitete ruhig weiter, während die frischgebackenen Eltern sich über die Kleine beugten, die mit einem schrillen Schrei kund tat, dass ihr die Situation nicht besonders gefiel. Dennis weinte lautlos, während Mary Kate gleichzeitig lachte und weinte.

Als Casey die beiden so sah, spürte sie einen Kloß im Hals. Sie konnte kaum Luft holen.

Die Pause war nur kurz. Als die Wehen wiederkamen, nahm Casey das Baby aus Mary Kates Armen und gab es Francis, die mit dem Kind im Badezimmer verschwand, um es zu baden.

„Jetzt geht es los. Zweite Runde“, sagte Mark mit seiner tiefen, beruhigenden Stimme. Es kamen noch drei schwere Wehen, an deren Ende das zweite Mädchen der Shannons in Marks wartende Hände glitt.

Casey sah ihm dabei zu, wie er auch den zweiten Zwilling versorgte. Sie war wie hypnotisiert von seiner ruhigen professionellen Art. Seine großen Händen gingen mit diesem winzigen Neugeborenen so sorgsam und liebevoll um ... Casey schmolz dahin.

Plötzlich wurde ihr bewusst, dass sie in diesen Mann verliebt war. Sie war zutiefst, vollständig und unabdingbar in diesem Mann verliebt.

„Hier.“ Mark drehte sich zu Casey um und gab ihr das zweite Baby. Er sah sie an und fragte: „Geht es dir nicht gut?“

Casey schluckte und nickte. „Es ist ... es ist nur alles so wunderbar.“

Er lächelte. „Ja, nicht?“

In diesem Moment hörten sie den Krankenwagen mit Sirenengeheul die Auffahrt hinauffahren. Innerhalb von Sekunden kamen die Sanitäter mit einer Trage in das Schlafzimmer. Sie waren überrascht, Mark dort vorzufinden, und noch überraschter, als sie hörten, dass er gerade die beiden Zwillinge entbunden hatte.

„He, Doc, gut gemacht“, sagte einer des Rettungsteams.

Es waren so viele Menschen im Haus, und jeder versuchte, einen Blick auf die beiden Neugeborenen zu werfen, dass es eine Weile dauerte, bis allmählich wieder Ruhe eingekehrt war. Nach wenigen Minuten schoben die Sanitäter eine strahlende Mary Kate in den Krankenwagen, die in jedem Arm ein Mädchen hielt. Alle gingen mit hinaus und riefen ihr Glückwünsche und Ermunterungen nach, als die Türen hinter Mary Kate geschlossen wurden. Dann fuhr der Rettungswagen durch den Wald hinein in die Stadt.

Mark nahm Casey bei der Hand und wandte sich an seinen Bruder. „Matt, ich muss ins Krankenhaus fahren und nach Mary Kate sehen, bis der zuständige Arzt da ist. Würdest du so nett sein, Danny nach Hause zu bringen?“

„Klar, das mache ich gern. Kein Problem.“

„Das ist doch okay, dass Matt dich nach Hause fährt, oder Danny?“, fragte Mark. „Casey muss mit mir ins Krankenhaus fahren, um auf ihre Cousine aufzupassen.“

„Das ist okay. Oh Mann, das war so aufregend. Ich kann nicht abwarten, Keith das zu erzählen. Haben Sie Mary Kate wirklich geholfen, diese Babys zu bekommen?"

Mark grinste und beugte sich zu Danny, um mit vertraulicher Stimme zu sagen: „Ehrlich gesagt, nur zwischen dir und mir, Kumpel: Sie hat die meiste Arbeit geleistet. Aber erzähl das niemandem weiter."

„Glaube ihm kein Wort, Danny." Matt schlug Mark auf die Schulter. „Mein kleiner Bruder ist ein Superarzt. Das hast du klasse gemacht, Brüderchen. Ich habe dich vorher nie in Aktion gesehen. Ich bin stolz auf dich, Mann."

„Danke."

Er wandte sich wieder an Danny und sagte: „Außerdem, Danny, leg nicht so viel Gewicht darauf, dass ich gerade gesagt habe, er sei mein kleiner Bruder. Er ist nur zwei Minuten jünger als ich. Mark und ich sind auch Zwillinge."

„Wirklich?", Danny strahlte. „Ich habe noch nie Zwillinge kennengelernt, und heute Abend treffe ich gleich zwei davon. Das ist so toll!"

Casey sagte ihren Eltern Bescheid und verabschiedete sich von ihnen. Doch als die beiden gerade gehen wollten, wurden sie von Granda Seamus aufgehalten.

„Mark, mein Junge. Bevor Sie gehen, muss ich Ihnen etwas sagen. Ich muss mich bei Ihnen entschuldigen", erklärte der alte Mann.

„Wieso denn?"

„Vergessen Sie, was ich darüber gesagt habe, dass Sie hier in der Familie überflüssig sin'. Sie sin' ein feiner Arzt, das sin' Sie nämlich. Und wir sin' stolz, dass wir sagen können, dass Sie zu uns gehören."

Es war schon nach elf Uhr, als Mark Casey nach Hause fuhr. Sie waren beide erschöpft von dem Tag, den sie draußen verbracht hatten, und von dem dramatischen Abschluss, den ihnen Mary Kate mit der Geburt der Zwillinge beschert hatte.

Mark stellte den Wagen in der Garage ab, und sie gingen durch die Hintertür, die in die Küche führte, ins Haus. Mark musste noch Jennifers Sachen abholen. Am nächsten Tag wollte Casey wieder arbeiten gehen, und auch Mark musste wieder in die Praxis. Sie hatten sich beide, wenn auch widerwillig, darauf geeinigt, dass Casey jetzt wieder alleine zurechtkäme.

An der Haustür verabschiedeten sie sich mit einem langen intensiven Kuss. Danach hielt Mark sie noch lange im Arm, ohne zu sprechen. Caseys Wange ruhte an seiner Brust. Sie hatte die Arme um ihn geschlungen, und sein Kinn lag auf ihrem Kopf. „Das war ein schöner Tag", murmelte er. Sein warmer Atem berührte ihre Haare leicht, und sie zitterte.

„Hm. Ja, es war ein wunderbarer Tag. Trotz Dannys kleinem Anfall."

„Ja, aber er hat sich ja wieder beruhigt. Ich glaube, am Ende mochte er mich sogar." Mark bewegte sein Kinn auf ihrem Kopf und strubbelte mit seinen Bartstoppeln durch ihre Locken. „Ich hoffe, wir werden noch viele solcher Tage vor uns haben."

Casey stiegen die Tränen in die Augen, und sie lächelte. „Das werden wir." Fast hätte sie ihm gestanden, dass sie in ihn verliebt sei, aber sie entschied, damit noch zu warten.

Mark ließ sie los und öffnete die Tür. „Schließ gut hinter mir ab. Ich bin nicht davon überzeugt, dass der Typ aus dem Park nicht wieder auftaucht." Er gab ihr noch einen kurzen Kuss und ging hinaus. „Ich rufe dich morgen an."

„Okay." Casey stand an der Tür und sah ihm nach, wie er auf dem Bürgersteig zu seinem Wagen ging. In der einen Hand hielt er seine Leinentasche mit seinen Sachen, die andere steckte in der Tasche seiner Windjacke. Er schaute nach oben in den sternenklaren Himmel. Allein dieser Anblick erregt mich, dachte Casey, und sie seufzte. Sie fühlte sich wie eine Sechzehnjährige mit Liebeskummer.

Casey war gerade dabei, die Tür zu schließen, als sie ein Motorengeräusch hörte, das schnell näher kam. Dann hörte sie Reifen quietschen. Auf der Straße bog ein großer Wagen um die Ecke, der kein Licht anhatte. Der Fahrer lag im Schatten, aber sie sah, dass er den linken Arm hob und etwas Silbriges das Licht der Straßenlaterne reflektierte.

„Mark! Vorsicht!"

Im Umdrehen fragte er: „Was …?"

Casey sah einen Lichtfunken aus dem Lauf sprühen und hörte einen Schuss.

Marks Körper zuckte, dann stieß er einen schmerzerfüllten Schrei aus.

„Mark!", schrie Casey, als er mit dem Gesicht vornüber in ihren Vorgarten stürzte.

Casey griff nach ihrer Handtasche, die auf dem Tisch im Flur lag, zog die Pistole heraus und humpelte so schnell wie möglich nach draußen.

Sie hielt ihre Waffe mit beiden Händen, um auf den kaum noch wahrnehmbaren Schatten des Wagens zu zielen. Doch das Auto war zu schnell. Sie konnte keinen gezielten Schuss abgeben. Außerdem konnte sie hier, in einer Wohngegend, nicht blindlings herumschießen.

Sie ließ sich neben Mark fallen und sah, dass sich ein Blutfleck auf seinem Rücken ausbreitete. Sie zog ihren Baumwollpullover aus und presste ihn gegen die Wunde. Mit den Fingern an seinem Hals versuchte sie, seinen Puls zu fühlen. Als sie ein regelmäßiges Pulsieren spürte, seufzte sie vor Erleichterung auf. „Mark. Mark, kannst du mich hören? Sprich mit mir."

Er stöhnte und versuchte, seinen Kopf zu heben. „Ja, ich … ich … kann dich hören. Was … was ist passiert?"

„Du bist angeschossen worden. Warte eine Sekunde, ich hole mein Handy."

Sie humpelte zurück ins Haus und nahm das Mobiltelefon aus ihrer Handtasche, dann ging sie zurück in den Vorgarten, während sie die Notrufnummer der Polizei wählte. „Hier spricht Detective O'Toole. Ein Mann ist angeschossen worden. Wir brauchen sofort einen Rettungswagen."

Sie gab der Zentrale ihre Adresse und setzte sich neben Mark. Die Pistole legte sie neben sich. Während sie mit einer Hand ihren Pullover auf seine Wunde presste, wählte sie die Nummer ihres Reviers und erklärte, was vorgefallen war. Immer hielt sie dabei die gegenüberliegende Straßenseite mit dem Park im Auge.

„Warum … warum sollte mich jemand erschießen wollen?", stöhnte Mark.

„Das weiß ich nicht. Aber ich werde es herausfinden."

Er bewegte sich ein wenig und stöhnte auf.

„Bleib nur ruhig liegen, der Krankenwagen ist auf dem Weg."

Und zwar sollte er ziemlich zügig hier sein, dachte sie bei sich, während sie die Schatten auf der anderen Straßenseite genau im Auge behielt. Der Schütze hatte vielleicht um die Ecke geparkt und konnte durch den Park zurückgeschlichen sein. Auch wenn sie die Beleuchtung der vorderen Veranda ausgeschaltet hatte, warf die Straßenlaterne an der Ecke doch noch genügend Licht in den Vorgarten. Außerdem fiel Licht durch die Fenster ihres Wohnzimmers auf die Straße hinaus. Sie und Mark waren auf dem Rasen für jeden sichtbar.

Zu ihrer Erleichterung hörte sie schon die Sirenen herannahen. Doch zunächst kamen zwei Streifenwagen die Straße herunter. Einer nach dem anderen hielt vor dem Bürgersteig an. Die Beamten stiegen mit gezogenen Waffen aus und suchten die Straße nach potenziellen Angreifern ab. Einen Augenblick später kam ein Zivilfahrzeug an, aus dem Keith ausstieg. Auch er hatte seine Waffe im Anschlag. „Ich kam gerade von einer Verabredung nach Hause, als ich den Anruf bekam", sagte er. „Geht es dir gut?"

„Ich bin unverletzt, aber Mark wurde angeschossen."

Links und rechts gingen die Lichter in den anderen Stadthäuschen an und die Nachbarn traten in ihren Bademänteln hinaus auf die Straße, um nachzuschauen, was los war.

„Sind Sie okay, Detective?", fragte Streifenpolizist Kaslowski, der Nachtschicht hatte und auf sie zugelaufen kam.

„Ja, aber mein Freund ist getroffen worden. Wo zur Hölle bleibt der Krankenwagen?"

„Keine Sorge, jetzt kommt er gleich. Und wenn ich mich nicht irre, kommt da hinten auch der Wagen von Lieutenant Bradshaw."

Die Sanitäter waren dieselben, die ihre Cousine am Nachmittag ins Krankenhaus gebracht hatten. Sie schnappten nach Luft, als sie Casey wiedersahen, aber als sie sich niederknieten, um den Verletzten zu begutachten, rief der eine von ihnen aus: „Heilige Mutter Gottes, das ist ja Dr. Adams."

„Nein, wirklich?", antwortete der andere.

Casey stand auf, um ihnen aus dem Weg zu gehen, damit sie ihre Arbeit machen konnten. Ihr Chef kam ihr über den Rasen entgegen.

„Was um Himmels willen ist hier passiert, O'Toole?"

Während auch Keith neben ihr stand, berichtete sie so genau wie möglich, was vorgefallen war. Dabei behielt sie immer Mark im Auge. „Ich konnte es nicht riskieren zurückzuschießen, mit all den Anwohnern drum herum."

„Konnten Sie den Schützen sehen?"

„Kaum. Vielleicht hat er auch eine Skimaske getragen." Einer der Rettungssanitäter schnitt Marks Hemd auf und zog den Stoff von der Wunde. Mark stöhnte vor Schmerz auf. „Wie geht es ihm?", fragte Casey besorgt.

„Es sieht nicht allzu schlecht aus. So wie es aussieht, hat ihn die Kugel am Schulterblatt getroffen und ist dadurch abgelenkt worden. Aber es ist ein schlimmer Streifschuss."

„Das bedeutet, dass die Kugel noch hier irgendwo herumliegen muss. Wo befand sich der Schütze, und in welche Richtung schaute Ihr Freund, als er getroffen wurde?", fragte Bradshaw.

Sie gab dem Lieutenant die nötigen Informationen. Daraufhin befahl er einigen Männern, nach der Kugel zu suchen. „Machen Sie sich mal nützlich, Watson. Helfen Sie ihnen." Der Lieutenant drehte sich wieder zu Casey um. „Sonst noch etwas?"

„Ja, zwar habe ich den Schützen nicht richtig erkennen können, aber ich habe den Wagen gesehen, als er hier vorbeifuhr. Es ist ein heller Lieferwagen. Ich glaube nicht, dass das ein Zufall ist."

Ihr Chef sah sie scharf an. „Sie glauben, dass dieser Überfall etwas mit den Serienmorden zu tun hat?"

„Ich habe keine richtigen Beweise, aber ich habe das Gefühl, dass das zutrifft."

„Hat er vielleicht auf Sie schießen wollen?"

„Vielleicht. Aber das bezweifele ich. Ich stand im Türrahmen, ich war gut zu sehen und hatte Licht von hinten, aber er zielte direkt auf Mark."

„Aber dennoch muss das doch etwas mit Ihnen zu tun haben. Und außerdem glaube ich auch nicht an Zufälle."

„Ich gebe Ihnen recht. Er hat da drüben im Park auf uns gelauert."

„Lieutenant, wir haben die Kugel gefunden." Ein uniformierter Beamter kam herüber und ließ ein Plastiktütchen mit der Kugel in die Hand des Lieutenants fallen. „Die steckte da drüben im Stamm der Zitterpappel neben dem Fenster. Wir hatten Glück, denn das Holz war weich. Die Kugel ist daher unbeschädigt."

„Sie haben die Kugel gefunden?", fragte Keith und stellte sich zu Casey und dem Lieutenant.

„Ja. Ich werde jetzt den Ballistiker anrufen. Auch wenn ich

ihn wecken muss, ich will ihn gleich im Labor treffen. Ich will, dass die Kugel noch heute Nacht untersucht wird. Ich werde Sie anrufen, sobald die Ergebnisse vorliegen."

„Gut." Casey beobachtete, wie die Sanitäter Mark auf eine Trage legten und ihn in den Wagen schoben. „Brauchen Sie sonst noch etwas von mir? Wenn nicht, dann fahre ich jetzt mit Mark ins Krankenhaus."

„Tun Sie das. Aber Sie werden nicht ohne die Begleitung einiger Uniformierter gehen."

„Ich gehe mit", meldete sich Keith freiwillig.

„Nein. Sie haben schon den ganzen Tag Bereitschaft gehabt, und morgen arbeiten Sie wieder. Diese Jungs hier haben gerade erst angefangen und sind noch frisch." Lieutenant Bradshaw sah Casey kritisch an. „Solange wir den Fall nicht gelöst haben, stelle ich Ihnen hier zwei Streifenwagen hin. Hinten wird einer am Gartentor stehen. Verstanden?"

„Ich bin damit einverstanden", sagte sie. „Solange Mark auch Personenschutz bekommt. Der Täter wollte ihn umbringen. Ich will, dass zumindest ein Beamter ihn schützt, wenn er arbeitet. Nachts wird er bei mir bleiben."

Keith und der Lieutenant hoben die Augenbrauen, aber der Lieutenant antwortete nur: „Gut. Gute Idee. Morgen früh wird ein Beamter hier sein, der bei Ihrem Freund bleibt."

„Danke."

Während Casey dem Krankenwagen hinterherfuhr, rief sie Matt an und dann ihren Partner, der sowieso schon mit seiner Frau und den Zwillingen im Krankenhaus war, und erzählte ihnen, was passiert war. Dennis wartete schon auf sie, als sie neben Marks Bahre in die Notaufnahme ging.

Mark wurde sofort in einen Behandlungsraum gebracht. Casey, Dennis und zwei uniformierte Beamte mussten im Wartezimmer bleiben.

Matt und Jennifer kamen wenige Minuten später an. „Weiß

man schon etwas über seinen Zustand?“, fragte er, sobald er Casey sah.

„Nein, noch nicht.“

„Er ist erst seit zehn Minuten da drin. Setzt dich doch einen Augenblick. Ich kann mir aber vorstellen, dass es noch eine Weile dauern wird“, sagte Dennis.

Casey schien es, als würden sie eine Ewigkeit warten. Sie lief in der Aufenthaltszone hin und her und trank pausenlos Kaffee, den ihr Jennifer Gott sei Dank immer von dem Automaten auf dem Flur holte. Diverse Male versuchte Matt, sie zu beruhigen. Schließlich hatten die Sanitäter gesagt, dass die Schusswunde nicht lebensgefährlich sei.

Am liebsten hätte sie entgegnet: „Genau! Was wissen die denn schon?“, aber sie hielt sich zurück. Es war nicht nötig, mit ihren Zweifeln auch noch Matt und Jennifer anzustecken.

„Wenn sie sich so benimmt, dann ist es am besten, sie in Ruhe zu lassen“, riet Dennis Matt. „Vertrau mir. Ich arbeite seit Jahren mit dieser Frau zusammen. Du willst mit einem unruhigen Tiger nicht in einen Käfig gesperrt werden.“

„Setzt dich doch bitte nur mal kurz hin und ruh dich aus“, bat Matt Casey.

„Wenn dich mein Hin-und-her-Gelaufe nervt, dann gehe ich eben hinaus in den Flur“, gab sie zurück. Verdammt, sie konnte jetzt einfach nicht still sitzen. Ihre Nerven lagen blank.

Die beiden uniformierten Beamten standen auf und machten Anstalten, sie zu begleiten. Aber bevor Casey den Raum verlassen konnte, sprang Matt von seinem Stuhl auf, ging zu ihr und hielt sie fest. „Komm schon, Casey, ich habe es nicht so gemeint. Ich sehe doch einfach nur, dass du dir Sorgen machst. Glaub mir, ihm wird es schon bald wieder besser gehen. Mark ist zäh.“

„Mensch, ich kann dir kaum den Rücken kehren, da gräbst

du schon meine Frau an."

„Mark!" Casey drehte sich um. Vor Freude zersprang ihr fast das Herz, als sie ihn dort im Warteraum stehen sah. Sie lief zu ihm hin, nahm seine Hände und sah ihn aufmerksam an. „Geht es dir gut? Wie geht es dir? Was hat der Arzt gesagt?"

Mark lachte. „Eins nach dem anderen." Er zog sie zu sich heran, und Casey legte ihre Arme um seine Hüften und schmiegte ihr Gesicht an seine Brust. Der gleichmäßige ruhige Schlag seines Herzens, den sie hörte, war das schönste Geräusch, das sie jemals wahrgenommen hatte. „Aber ich freue mich, dass du dir solche Sorgen um mich gemacht hast", murmelte er.

Neben ihm stand ein Mann, der sich räusperte. Mark ließ Casey los, legte ihr nur einen Arm auf die Schulter und drehte sich zu dem anderen um. „Das ist mein guter Freund Dr. Jon Sorensen. Er hat mich gerade wieder zusammengenäht. Er weiß also, wie es um mich steht."

„Lassen Sie mich nur kurz sagen, dass es Mark schnell wieder besser gehen wird. Wie seine Freunde und Liebsten wissen, ist er nicht kleinzukriegen."

Alle lachten leise vor sich hin, wie es der Doktor mit seiner Aussage bezweckt hatte. Aber dann wurde er wieder ernst.

„Mark hat Glück gehabt, denn die Kugel traf in solch einem günstigen Winkel auf den Knochen, dass sie abrutschte und die Schulter nicht beschädigte", sagte er und erläuterte das Gesagte mit den Händen. „Aber unglücklicherweise hat sie dadurch einen Streifschuss mit einer fünfzehn Zentimeter langen Narbe hinterlassen. Allerdings hatte er unglaubliches Glück, dass er sich in genau dem richtigen Moment umgedreht hat, sonst hätte ihn die Kugel ins Herz getroffen. Die Wunde ist schlimm, und ich bin sicher, dass sie sehr schmerzt, aber mit der richtigen Behandlung und Wundpflege wird sie schnell abheilen. Solange er nichts anderes tut, als seine Patienten zu beraten, sehe ich keinen Grund, warum er morgen nicht arbeiten sollte. Ich rate ihm dennoch, noch drei bis vier Tage zu warten, bis er selbst wieder operiert."

„Danke, Doktor", sagte Matt. „Wir werden dafür sorgen, dass er sich an Ihren Rat hält."

Der Arzt entschuldigte sich, und Dennis erklärte, er würde jetzt wieder auf die Entbindungsstation zu seiner Frau und den Kindern gehen. Er schüttelte Mark die Hand.

„Ich bin sehr froh, dass Sie wieder okay sind, Doc. Und machen Sie sich keine Sorgen, wir kriegen den Schuft."

Als sie alle gemeinsam nach draußen gingen, schaute Mark über die Schulter und bemerkte die beiden uniformierten Beamten. „Was ist denn mit den beiden?", flüsterte er Casey zu.

„Gewöhn dich an sie. Bis sie den Schützen gefasst haben, werden wir Personenschutz haben."

„Was? Ich kann nicht arbeiten, wenn mir immer ein Polizist folgt."

„Wenn ich das kann, dann kannst du das auch, also hör auf zu jammern. Ich werde diesem Typen nicht noch einmal eine Chance geben, auf dich zu schießen."

„Casey hat recht", stimmte ihr Matt zu. „Solange dieser Wahnsinnige frei herumläuft, bist du in Gefahr. Nimm den Polizeischutz besser an."

„Ja, aber …"

„Nichts aber, da gibt es keine Diskussion, Mark", beharrte Casey. Sie öffnete die Beifahrertür ihres Wagens und deutete mit dem Zeigefinger auf den Sitz: „Nun geh schon."

Mark hob eine Augenbraue und sah Matt an.

Sein Bruder grinste. „Mich brauchst du da gar nicht anzuschauen. Sie hat recht."

„Okay, okay, ihr habt ja gewonnen", sagte Mark und bequemte sich ins Auto.

Officer Kaslowski wartete, bis Casey eingestiegen war, und

beugte sich dann zu ihr hinunter. „Wir sind direkt hinter Ihnen, Detective.“

„Mit meinem kranken Bein werde ich ziemlich langsam fahren müssen, das sollte Sie aber nicht beunruhigen.“

„Verstehe.“

Casey drehte den Zündschlüssel und hielt inne. Sie sah Mark an. „Zu dir oder zu mir?“

Er lachte. „Vorsicht, Liebste, das könnte ich missverstehen.“

„Genau so habe ich das auch gemeint. Falls ... falls du mich noch willst.“

„Was?“ Mark starrte sie irritiert an. „Ist das dein Ernst?“

„Nie war mir etwas ernster.“

„Natürlich will ich dich immer noch. Ich liebe dich. Aber ...“

„Dann ist ja alles klar.“ Sie legte den Rückwärtsgang ein, fuhr vom Parkplatz des Krankenhauses raus und zu sich nach Hause.

Während der kurzen Fahrt wechselten sie kein Wort, aber Casey bemerkte, dass Mark sie häufig ansah.

Sie parkte in der Garage und ging ins Haus vor. Immer noch schwiegen sie. Casey hatte Angst etwas zu sagen, sie hatte Angst, die Ruhe zu verlieren.

Das Erste, was sie sah, als sie das Haus betrat, war das Blinken ihres Anrufbeantworters. Aber sie ignorierte das und begann, die Treppen hinaufzusteigen.

Jemand hatte Marks Leinentasche vom Rasen aufgehoben und an den Fuß der Treppe gestellt. Er nahm sie und folgte Casey in ihr Schlafzimmer. Als sie mitten im Zimmer stand, drehte sie sich nach Mark um. Er stand im Türrahmen und sah sie an.

Sie faltete die Hände, um sie nicht ständig nervös zu bewegen, und fuhr sich über die trockenen Lippen. „Stimmt ... stimmt etwas nicht? Hast du es dir anders überlegt?“

„Nein. Ich habe es mir nicht anders überlegt“, sagte er leise. „Aber ich mache mir Sorgen um dich. Bist du dir sicher, dass du das tun willst, Casey? Der Tag heute war sehr anstrengend. Das kann dich so durcheinanderbringen, dass du Dinge tust, die du normalerweise nicht tun würdest. Ich möchte nicht, dass du etwas tust, was du später bereust.“

Sie war so nervös, dass sie innerlich zitterte, aber sie nahm ihren Mut zusammen und ging langsam auf ihn zu. „Willst du wissen, was ich bereue? Ich bereue, dass ich dir nicht schon früher gesagt habe, dass ich dich liebe.“

Mark machte große Augen und wollte etwas sagen, aber dazu kam es nicht. Sie ging auf ihn zu, weil sie Angst hatte, sie würde ihm nicht alles sagen, und es würde später zu spät dafür sein.

„Ich bereue es, dass ich es mir nicht eingestanden habe, was ich fühle. Das ist jetzt anders. Als ich sah, dass du angeschossen wurdest, dachte ich immer nur daran, dass du sterben könntest, ohne dass ich dir gesagt hätte, dass ich dich liebe.“

Sie streckte die Arme aus und begann, sein Hemd aufzuknöpfen. Ihre Hände zitterten. „Heute Nacht habe ich begriffen, dass das Leben kurz ist. Es ist zu kurz, um Dinge zu bereuen. Es ist zu kurz, um Dinge aufzuschieben.“ Sie öffnete den letzten Knopf seines Hemdes, zog die Enden aus seiner Jeans und schob das Hemd vorsichtig über die Schultern, um die Wunde nicht zu reizen. Sein Hemd fiel neben seine Füße auf den Boden.

Einen Moment lang betrachtete sie seine nackten Schultern und seine Brust, dann schmiegte sie ihr Gesicht an seine Brust. Sie atmete tief ein, und im Kopf begann sich alles zu drehen.

„Ich werde es nie bereuen, mit dir zu schlafen“, fuhr sie in einem verführerischen Flüsterton fort.

Ihr Atem fuhr durch die Haare auf Marks Brust und über seine Haut. Er erzitterte, und Casey hatte plötzlich das Gefühl, Macht zu haben. Das ermunterte sie, ihre Zunge durch die dichten Locken fahren zu lassen. Sie konnte das Salz auf seiner Haut schmecken. Mark stöhnte, und er zog sie eng zu sich heran, als wollte er sie nie wieder loslassen.

„Ich möchte dir zeigen, wie sehr ich dich liebe. Nicht nur, indem ich es dir sage“, fuhr sie fort und berührte mit den Lippen seine Brust, „sondern auch mit meinem Herzen und mit meinem ganzen Körper.“

Mark ließ seine Hände über ihre Hüften wandern und legte sie auf ihren Po. Caseys Zurückhaltung schmolz dahin wie Eis in der Sonne.

„Oh Mark, ich liebe dich so“, stöhnte sie und begann, seine Brust mit heißen, leidenschaftlichen Küssen zu bedecken. Bei jedem einzelnen Kuss rief sie aus: „Ich liebe dich! Ich liebe dich! Ich liebe dich.“

Mark warf seinen Kopf in den Nacken und seufzte: „Oh Baby. Baby! Ahhh ... Liebste, du machst mich wahnsinnig.“

Sie ignorierte seinen verzweifelten Ausruf. Mit jeder Sekunde wurde sie leidenschaftlicher. Casey stellte sich auf die Zehenspitzen, küsste sein Schlüsselbein und den Hals, das Kinn und die Unterlippe, bevor sie mit neckenden Küssen seinen muskulösen Oberkörper wieder herunterwanderte.

Ihre Zungenspitze fand in den dichten Haaren eine kleine Erhebung und berührte sie kurz. Mark holte tief Luft und erschauerte. Casey folgte der dünnen Linie der seidigen Haare bis zum Bauchnabel. Ihre Zunge folgte dem kleinen Kreis, stieß dann hinein.

Mark konnte sich nicht länger unter Kontrolle halten.

Er beugte sich herab, ergriff den Saum ihres Sommerkleides, zog es ihr in einer Bewegung über den Körper und warf es hinter sich. Das Kleid landete mit einem leisen Geräusch auf dem Boden im Flur.

Er nahm sie bei den Schultern und sah sie an. Casey trug einen beigefarbenen halterlosen BH und einen dazu passenden Bikinislip, sie wirkte fast nackt. Sein Hunger schien seine grauen Augen in funkelndes Schwarz zu verwandeln. Er schob sie einige Schritte nach hinten, bis ihre Beine an der Bettkante zum Stehen kamen.

Schwer atmend nahm er ihr Gesicht in seine Hände und sah ihr in die Augen. „Ich liebe dich, Casey. Ich liebe dich mit meinem ganzen Herzen."

Ihre zitternden Knie wollten vollständig nachgeben, deshalb hielt sie sich an seinen Hüften fest. „Ich liebe dich auch."

Er beugte sich zu ihr hinab und küsste sie – sanft, liebevoll und mit all den Gefühlen, die er für sie empfand.

Obwohl der Kuss sanft, fast zurückhaltend war, zog er seinen Kopf plötzlich zurück und sah sie an. Sein Blick verriet verzweifelte Sehnsucht. „Ich kann nicht länger warten."

Statt zu antworten, zog Casey ihren BH und den Slip aus und schlüpfte ins Bett. Mark tat dasselbe. Er zog sie zu sich heran und küsste sie, dieses Mal mit ungehemmter Begierde. Sie antwortete ihm ebenso hungrig und gab sich ihm hin wie eine Blüte, die sich der Sonne öffnet.

Sie hatten keine Zeit für das Vorspiel und brauchten es auch nicht. Während er sie weiterküsste, rollte er Casey auf den Rücken und schob mit seinem muskulösen Knie ihre Beine auseinander. Dann glitt er mit einer einzigen flüssigen Bewegung in sie hinein.

Wir sind eins, dachte Casey und stöhnte vor Lust auf, als sie ihm ihre Hüfte entgegenhob. Es war so lange her. So lange Zeit. Und es fühlte sich so richtig an.

Zunächst waren ihre Bewegungen langsam und bedächtig, aber als ihre Begierde wuchs, wurde ihr Rhythmus schneller. Allzu schnell konnten sie ihrer Lust nicht widerstehen, sie zog sie über die Grenze, über die Kante vor den Abgrund einer solchen Freude, dass das ganze Universum um sie herum in tausend Stücke zu zerbrechen schien.

Ein wenig später, als sich ihr Atem normalisiert hatte und ihre Herzen wieder langsamer schlugen, glitt Mark von ihr herunter. Der Raum wurde nur vom Schein der Lampe im Flur beleuchtet. Lächelnd zog er mit einer Fingerspitze ihr Profil nach. „Geht es dir gut?"

„Hm. Mir geht es wunderbar", sagte Casey und streckte die Arme über dem Kopf aus wie eine zufriedene Katze, die sich rekelt. „Wie geht es dir? Was macht die Schulter?"

„Es tut ein wenig weh. Es brennt, aber solange ich mich nicht auf den Rücken lege, geht es."

Er fuhr fort, ihren Körper zu erkunden, indem er ihr mit der Fingerspitze über das Schlüsselbein, die Schultern und hinab über die Brüste strich. „Du bereust es nicht?"

Sie drehte sich zu ihm um, damit sie sich im Halbdunkel in die Augen schauen konnten. „Nein. Ganz und gar nicht."

„Gut, in diesem Fall denke ich, dass wir sofort heiraten sollten. Bevor deine Brüder herausfinden, dass ich ihre Schwester verführt habe, und sie mich zusammenschlagen."

„Hey, ich habe *dich* verführt, du erinnerst dich? Und da wir gerade von meinen Brüdern sprechen: Ich wollte dich sowieso noch fragen, was du ihnen erzählt hast, damit sie neulich so schnell verschwunden sind?"

„Ich habe ihnen einfach die Wahrheit gesagt. Dass ich in dich verliebt sei und dass ich dich heiraten wolle, sobald du Ja sagen würdest. Natürlich musste ich ihnen versichern, dass wir nicht miteinander schlafen. Aber das war damals ja auch so."

Casey sah ihn mit zusammengekniffenen Augen an. „Du hast also meinen Brüdern erzählt, dass du mich heiraten willst? Und jetzt fragst du mich, nur damit dich meine Brüder nicht umbringen?"

„So blöd bin ich nun auch wieder nicht."

„Allein das wäre schon ein Grund, Nein zu sagen." Casey stupste ihn an der Schulter an.

Er nahm ihre Hand und küsste sie auf die Fingergelenke. „So gemein würdest du doch nicht sein, oder?“

Obwohl Mark lächelte, sah er sie ernst an, und sofort vergingen Casey die Scherze. Vielleicht kannten sie einander noch gar nicht gut genug. Vielleicht war es zu früh, so eine wichtige Entscheidung zu treffen, aber es war ihr gleichgültig. Sie berührte seine Wange leicht. „Nein, das würde ich niemals sein. Ich liebe dich, Mark. Und ich heirate dich, wann immer du es willst.“

„Casey, meine Liebe.“ Er lehnte sich vor und küsste sie zärtlich.

Als der Kuss stärker wurde und er wieder seine Arme um ihre Taille schlang, klingelte das Telefon, das am Bett stand.

Sie trennten sich wie zwei Kinder, die beim Naschen erwischt worden sind. Casey sah auf die Uhr auf ihrem Nachttischchen.

„Wer ruft um diese Zeit …“

Sie nahm den Hörer ab, und noch bevor sie sich melden konnte, brüllte ihr Chef sie an: „Verdammt noch mal O’Toole, warum haben Sie mich denn nicht zurückgerufen? Ich habe Ihnen doch auf den Anrufbeantworter gesprochen.“

„Oh, ich bin gerade erst nach Hause gekommen“, log sie. „Was haben Sie herausgefunden?“

„Sie haben recht gehabt. Es ist die gleiche Waffe. Die ballistische Untersuchung hat ergeben, dass es sich bei der Waffe, mit der auf Dr. Adams gezielt wurde, um dieselbe handelt, mit der die drei Frauen erschossen wurden.“

20. KAPITEL

Casey ging zum x-ten Mal die Akten durch. Systematisch las sie noch einmal alle Laborberichte, Notizen, Aussagenprotokolle und sah sich jedes einzelne Foto noch einmal ganz genau an.

Es ist spät, dachte sie und schaute auf ihre Armbanduhr. Dennis und die meisten anderen Kollegen waren schon nach Hause gegangen. Mark wartete wahrscheinlich schon darauf, dass sie ihn abholte.

Er hatte den ganzen Tag darunter gelitten, dass er unter Polizeischutz stand, aber da sie Spätschicht hatte, war er damit einverstanden gewesen.

Wahrscheinlich sollte ich einfach Schluss machen, überlegte Casey. Sie hatte die Akten schon so häufig gelesen, dass sie sie fast auswendig konnte. Dennoch wollte sie nicht aufgeben. Die Antwort musste hier in den Akten sein. Sie *musste* dort stehen.

Ihr Vater hatte ihr stets gesagt, wann immer sie in einem Fall nicht weiterkomme, solle sie zurück zu den Unterlagen gehen. In neun von zehn Fällen, finde man die Antwort in den Akten. Man müsse nur lange genug die Papiere studieren, dann komme man auf den Täter.

„Hi, Casey."

Sie unterdrückte ein Stöhnen, sah auf und lächelte Danny müde an. „Hallo Kumpel. Wie geht's?"

„Gut. Ich warte auf Keith. Er hat mir gesagt, ich soll ihn hier abholen. Aber der Sergeant hat mir gesagt, dass er noch irgendwo hinmuss. Aber er hat mir eine Nachricht dagelassen, dass er nicht lange brauchen wird. Ich soll hier auf ihn warten."

„Aha."

„Da dachte ich, ich komme mal hoch und besuche dich. Ich hatte gestern große Freude bei eurem Picknick", sagte er. „Es hat viel Spaß gemacht. Und es war aufregend. Ich habe Keith davon erzählt, dass Dr. Adams die Babys von Mary Kate herausgeholt hat und so."

„Ja, das war aufregend, nicht wahr?", erwiderte Casey gedankenverloren.

„Ja, das war echt aufregend. Und weißt du was? Ich habe gerade ein riesig großes Aquarium drüben beim Ahoy Restaurant sauber gemacht. Und ich habe es ganz allein gemacht! Normalerweise hilft mir Keith, aber er hat gesagt, dass ich es einmal ganz allein versuchen soll. Heute habe ich das gemacht."

Casey sah auf und lächelte schwach, bis ihr plötzlich bewusst wurde, was Danny gerade gesagt hatte. Natürlich! Warum hatte sie nicht schon vorher daran gedacht! Aquarium! Mark hatte ein Aquarium in seinem Wartezimmer. Das bedeutete, dass jemand das auch sauber machen musste.

Sie bemühte sich, ganz normal zu klingen. „Sag mal Danny", fragte sie mit wachsender Aufregung, „wie kommst du eigentlich zu deinen Auftraggebern?"

„Wir haben einen Lieferwagen. Er gehört Keith, aber meistens fahre ich ihn."

„Ich wette, das ist ein tolles Auto, oder?"

„Ja, es ist ganz weiß."

„Oh wirklich? Und drinnen, hat es da auch so einen hübschen Teppich?"

„Oh, den solltest du sehen, Casey! Er ist wirklich hübsch. Es ist ein ganz tolles Grün. So wie Limonen. Keith sagt, es ist hässlich, aber ich mag es leiden."

„Wirklich?" Ein kalter Schauer rann Caseys Rücken hinunter. Sie sah Danny an, und ihr wurde schlecht. Hatte er vielleicht die Frauen umgebracht? Der süße langsame Danny? Hatte er auch versucht, Mark umzubringen?

Gestern war er so böse geworden, dass er Mark tatsächlich angegriffen hatte.

„Weißt du, Danny, dass Dr. Adams auch ein Aquarium hat?

Machst du bei ihm auch sauber?“

„Du meinst der Dr. Adams von gestern?“ Als Casey nickte, zuckte er mit den Schultern. „Weiß nicht. Vielleicht. Ich kenne nicht alle Kunden mit Namen. Keith hat die Adressen von den Kunden, den Anfahrtsweg und die Anleitungen, was gemacht werden muss. Alles hat er abgetippt und in Prospekthüllen gesteckt. Jeden Morgen gibt er mir die Hülle für den Job, den ich an diesem Tag machen soll. Ich mache dann nur, was draufsteht.“

„Keith bereitet das alles für dich vor? Ich wette, er ist sehr genau, oder?“

„Oh ja, Keith kann richtig gut Anleitungen geben.“

Caseys Magen fühlte sich noch schlimmer an. Keith. Natürlich. Die Morde waren sehr gut geplant und genau ausgeführt. Auch wenn Keith manchmal mit seinem Bruder jagen ging, war Danny nicht schlau oder organisiert genug, um die Morde auszuführen. Aber Keith konnte es gewesen sein.

Und Keith passte in das Profil. Er war intelligent. Seine Mutter war gestorben, als er noch klein war, und sein Vater hat sich nicht um ihn gekümmert. Er war krankhaft ordentlich und organisiert. Er war ein Romeo, der mit vielen Frauen ausging, aber war das nicht manchmal auch ein Merkmal von Männern, die keine feste Bindung eingehen konnten?

Wenn er mit der Reinigung des Aquariums in Marks Praxis beauftragt war, hatte er auch einen Schlüssel für die Räume – und damit Zugriff auf die Patientenakten. Aber wenn das der Fall sein sollte, warum standen die Watsons nicht auf der Liste der Leute, die einen Schlüssel hatten, die sie von Martha Harvey bekommen hatte? Es sei denn …

„Warte mal einen Augenblick, Danny.“ Sie nahm das Telefon, während sie in den Unterlagen blätterte, die vor ihr auf dem Tisch lagen. Als sie die Nummer von dem Hausmeisterservice gefunden hatte, wählte sie und sah auf die Uhr. Hoffentlich war um diese Zeit noch jemand dort.

Beim dritten Klingeln nahm jemand ab. „Triple A Hausmeisterservice“, sagte eine Stimme am anderen Ende völlig gelangweilt.

Casey stellte sich vor und fragte, welche Firma beauftragt wurde, um die Aquarien zu säubern.

„Oh, wir beauftragen unterschiedliche Firmen dafür.“

„Und wer wird für die Reinigung in der Praxis von Dr. Adams beauftragt? Das ist im Powers Building.“

„Ich weiß nicht. Da muss ich erst nachschauen.“

„Bitte, tun Sie das“, gab Casey zurück.

„Detective, es ist schon spät. Ich war schon auf dem Weg nach Hause, als Sie anriefen.“

„Ich brauche diese Information. Es ist dringend. Entweder sehen Sie jetzt nach, oder ich suche Sie zu Hause auf und bringe Sie zurück an Ihren Arbeitsplatz, haben Sie mich verstanden?“

„Okay, okay. Warten Sie eine Minute.“

Casey trommelte mit den Fingern auf die Tischplatte. Im Hintergrund hörte sie, wie eine Hängeregistratur geöffnet wurde und Papier raschelte.

„Ich hab's. Die Firma, die das Aquarium bei Dr. Adams reinigt, heißt Watson Brothers.“

Caseys Nackenhaare stellten sich auf. „Danke. Sie haben mir geholfen“, sagte sie und knallte den Hörer auf die Gabel.

Sie griff nach ihrer Tasche, stand auf und machte sich auf den Weg zur Tür.

„Wo gehst du hin, Casey?“

„Es tut mir leid, Danny, ich muss dringend weg. Tschüss.“

Sie rannte die Treppe hinunter und tippte Marks Nummer in ihr Mobiltelefon. Er ging endlich ans Telefon, als sie mit quietschenden Reifen und dröhnender Sirene vom Parkplatz fuhr.

„Hallo, Süße.“

„Mark, ich bin unterwegs. Wer ist gerade mit dir in der Praxis?"

„Officer Watson ist gerade angekommen und hat Kaslowski abgelöst. Ich war gerade dabei, mich mit ihm zu unterhalten. Warum?"

„Oh Gott", stöhnte sie. „Wo genau bist du jetzt?"

„In meinem Büro, wieso?"

„Hör zu Mark, hör mir bitte gut zu. Ich möchte, dass du dich jetzt in deinem Büro einschließt. Lass Keith Watson nicht in dein Sprechzimmer. Lass niemanden rein außer mir. Hast du mich verstanden?"

„Nicht ganz, aber wenn du es willst, schließe ich mich ein."

„Gut. Ich glaube, dass Keith der Mörder ist. Also: Was du auch immer tust, mach ihm nicht die Tür auf, auf keinen Fall."

„Verdammt. Okay … ich habe gerade eben die Tür abgeschlossen."

„Gut. Ich bin in zwei Minuten da."

Sie legte auf und wählte sofort Dennis' Nummer. Mit Blaulicht fuhr sie wie eine Verrückte. Verzweifelt überholte sie auf der viel befahrenen Straße andere Autos links und rechts.

„Ja, Tiger? Ich hoffe, du hast gute Nachrichten für mich", knurrte Dennis, „ich bin nämlich schon fast zu Hause."

„Dennis, ich glaube, ich habe herausgefunden, wer der Serienmörder ist."

„Ach was? Wer?"

„Keith Watson." So schnell wie möglich erklärte sie ihm ihre Theorie. „Ich fahre gerade zu Marks Praxis. Du musst dahin kommen."

„Okay, ich habe schon gewendet."

Mark stand in seinem Büro und sah, dass von außen die Klinke heruntergedrückt wurde.

„Dr. Adams? Hey, Doc, wissen Sie, dass Ihre Tür abgeschlossen ist?"

Mark ging leise zur Tür hinüber und stellte sich daneben an die Wand.

„Hey, Doc, kommen Sie, öffnen Sie die Tür. Hier spricht Detective Watson. Kaslowski ist schon nach Hause gegangen. Ich bewache Sie jetzt."

Mark sagte nichts.

Die Klinke wurde wieder hinuntergedrückt, dieses Mal mit mehr Wucht.

„Kommen Sie, Doc, machen Sie auf." Keith wartete einen Moment, dann drückte er die Klinke wieder hinunter.

„Ich sagte: Öffnen Sie die Tür. Sofort", befahl er in einem schärferen Ton. Einen Moment später fluchte er und versuchte, die Tür einzutreten. Sie gab ein wenig in den Angeln nach, hielt seinen Tritten aber stand.

Dann gab Keith nicht länger vor, freundlich zu sein, sondern schnauzte: „Verdammt, machen Sie diese Tür auf, oder ich schieße das Schloss auf!"

Mark sah sich um. Was könnte er als Waffe benutzen? Schnell nahm er die Bronzebüste von Hippokrates, die Matt ihm zum Geburtstag geschenkt hatte, von einer niedrigen Säule. Er hielt sie hoch und presste sich gegen die Wand neben der Tür, als eine ohrenbetäubende Explosion das Schloss in kleine Teilchen zerlegte.

Casey parkte den Wagen direkt vor dem Powers Building, stieg aus und beeilte sich hineinzukommen. Ihre Waffe hielt sie gezückt. Sie drückte auf die Tasten des Aufzugs und juchzte vor Freude, als eine der Türen fast sofort aufsprang.

Die Fahrt in den vierten Stock schien ewig zu dauern.

Als der Aufzug hielt, drängte sich Casey durch die sich öffnenden Türen und trat auf den Flur hinaus, als sie aus Marks

Büro einen Schuss hörte.

Ihr Herz drohte stehen zu bleiben. Sie humpelte den Flur hinunter, so schnell sie konnte, während sie die Waffe abwechselnd nach links und rechts richtete. Bevor sie vor der Tür von Marks Praxis stand, sah sie schon, dass sie aufgeschossen worden war. „Oh Gott“, flüsterte sie, als sie durch die Tür ging.

Drinnen waren Mark und Keith in einen Kampf um Keiths Pistole verwickelt. Durch die Rangelei war Marks Wunde wieder aufgeplatzt, und ein großer Blutfleck breitete sich auf dem Rücken seines weißen Hemdes aus.

Sie stützte ihren Unterarm am Türrahmen ab und zielte auf Keith. „Lass ihn los, Keith!“, befahl sie ihm mit lauter Stimme. „Es ist vorbei.“

Ihre Stimme hatte Mark abgelenkt. Er war für einen Augenblick unaufmerksam gewesen, sodass Keith ihn in den Schwitzkasten nehmen konnte. Die Pistole hielt er gegen Marks Schläfe.

„Das glaube ich kaum. Lass die Waffe fallen, Casey. Oder ich schieße deinem Freund hier das Gehirn raus. Ich meine es ernst.“

„Keith, hör mir zu“, versuchte Casey zu verhandeln. „Es ist vorbei. Ich bin nicht die Einzige, die weiß, dass du für die Morde an den drei Frauen verantwortlich bist. Gib auf!“

„Oh, oh. Es ist nicht vorbei, solange ich nicht hinter Gittern bin, und das wird nicht passieren. Also. Ich werde bis drei zählen, und dann legst du deine Pistole auf den Boden. Wenn nicht, ist er tot. Eins ...“

„Keith, tu das nicht.“

„Zwei ...“

„Denk darüber nach.“

„Dr...“

„Okay, okay, ich lege meine Pistole auf den Boden.“

„Casey, nicht ...“

„Halt's Maul!“, befahl Keith und presste den Pistolenlauf

stärker gegen Marks Schläfe.

„Und jetzt schiebst du mir die Waffe herüber. Sei ein braves Mädchen."

Mit einer Hand schaffte es Keith, Marks Hände hinter seinem Rücken zu verschränken und ihm Handschellen anzulegen. „Und nun gibst du mir deine Handschellen", rief er Casey zu. „Schön langsam."

„Casey, nicht ... ahh!", schrie Mark auf, als Keith ihm mit der Waffe auf den Rücken schlug. Casey sprang vor, um ihm zu helfen, aber Keith hob den Arm und zielte auf sie. „Bleib da! Und du", schrie er Mark an, „hältst den Mund! Noch ein Wort, und ich erschieße dich auf der Stelle. So, und jetzt mach schon, was ich dir gesagt habe, Casey, und gib mir deine Handschellen."

„Schon gut, schon gut, nur tu ihm nicht weh." Langsam griff sie unter ihren Blazer und klickte die Handschellen von ihrer Halterung am Gürtel, ohne Keith aus den Augen zu lassen.

Sie brauchte eine einzige Sekunde, dachte sie bei sich. Durch die Verletzung an ihrem Bein konnte sie sich nicht so gut bewegen, aber wenn sie ihn aus einem günstigen Winkel treten konnte, dann wäre er lange genug ausgeschaltet, sodass sie ihm die Waffen abnehmen konnte.

„Denk ja nicht daran, an mir deine Kickboxkünste auszuprobieren", warnte Keith sie, als habe er ihre Gedanken lesen können. „Leg die Handschellen schön langsam auf den Tisch, dann drehst du dich zu mir um und legst die Hände auf den Rücken."

Sie hatte keine andere Wahl, als zu tun, was er wollte. Keith ließ die Handschellen hinter Caseys Rücken zuschnappen. Sie hätte sich ärgern sollen, als Keith sich hinhockte, um die Reservepistole aus dem Holster an ihrem Fußgelenk zu entfernen. Aber sie wusste ja, wie gründlich er war, und dass er nicht vergessen würde, dass die meisten Polizisten eine

Reservewaffe dabeihatten.

Nachdem er sie entwaffnet hatte, nahm er den Pieper und das Mobiltelefon aus den Taschen ihres Blazers. „Die wirst du nicht brauchen. Denn in dem Spiel, das wir gleich spielen, darf man niemanden um Hilfe rufen."

Als er fertig war, trat er einen Schritt zurück und betrachtete zufrieden sein Werk. „Na dann, zusammengebunden wie Weihnachtsgänse", sagte er mit einem hässlichen Lachen. „Bleibt nur schön, wo ihr seid."

Ohne den Blick von ihnen abzuwenden, holte er sein eigenes Handy aus der Innentasche seiner Jacke und wählte mit einer Hand eine Nummer.

„Danny, ich bin's, Keith. Hör mal, Kumpel, ich möchte, dass du mich mit dem Lieferwagen abholst. Ich bin im Powers Building. Doch du kennst es, du warst schon oft hier. Es ist das große grüne Gebäude mit dem Glas und Granit auf dem Bridger Boulevard. Genau, das ist es. Fahr mit dem Wagen zum Hintereingang und stell ihn vor dem Lieferanteneingang ab. Ich treffe dich gleich dort." Es gab eine längere Pause, dann gab Keith schnippisch zurück: „Ist doch egal warum, tu einfach, was ich dir sage. Guter Junge. Ja – und Danny? Beeil dich!"

„Keith, ich verstehe das nicht. Warum?", fragte Casey. „Warum hast du diese armen Frauen umgebracht? Warum wolltest du Mark erschießen?"

„Du redest jetzt über die letzten drei Frauen, oder?"

Casey riss die Augen auf. „Es gibt noch mehr?"

„Sicher. Ich habe Frauen schon seit Jahren gejagt. Wortwörtlich", fügte er mit einem Grinsen hinzu. „Bisher bin ich an meinen freien Tagen in andere Städte und Countys gefahren und habe dort rothaarige Frauen aufgegabelt. Manchmal habe ich sie verführt, manchmal musste ich sie zwingen, das kam auf meine Laune drauf an. Wenn ich dann mit ihnen fertig war, bin ich mit ihnen in den Wald für ein kleines Spielchen gefahren. Kein einziger dieser Fälle wurde je mit mir in Verbindung gebracht, also dachte ich, wozu soll ich mir die ganze Mühe machen und so weit fahren? Beim ersten Mal war es ein Versehen, dass ich sie gleich erschossen habe. Aber dann ist etwas Komisches passiert: Ich fand heraus, dass es mir Spaß machte. Einen Menschen zu jagen ist viel besser als zur Großwildjagd zu fahren!"

Caseys Mund fühlte sich trocken an, sie konnte vor lauter Abscheu und Schrecken kaum sprechen. „Aber … wie viele Frauen hast du getötet?"

Keith schüttelte mit dem Kopf. „Na, dann würde ich doch gleich alles verraten, oder?"

„Sie werden nicht davonkommen, wenn Sie uns umbringen, Watson", sagte Mark.

„Ich habe dich gewarnt!"

„Nein, bitte schieß nicht auf ihn!", schrie Casey auf und stellte sich vor Mark.

Keith zögerte, zuckte mit den Schultern und lächelte böse. „Okay. Fürs Erste."

„Wie hast du so etwas Grauenhaftes tun können, Keith?", fragte sie. „Du hast diese Frauen vergewaltigt und dann wie die Tiere gejagt. Nur so zum Spaß?"

„Es war mehr als das. Zumindest am Anfang war es anders. Ich war auf der Suche nach der perfekten Frau. Eigentlich war es eine noble Aufgabe. Ich wollte heiraten." Er legte den Kopf schief. „Aber wie sich herausstellte, war keine der Frauen, die ich ausgesucht hatte, gut genug. Sie hatten alle einen fatalen Fehler."

„Fehler?"

„Hm. Und willst du wissen, was es war?" Er sah sie an und machte eine Pause. Als sie nickte, lächelte er. „Sie waren nicht du."

„*Ich*? Was habe ich denn mit deiner vollkommen kranken und abscheulichen Fantasie zu tun?"

„Sag das nicht!“, gab er laut zurück.

„Vorsichtig, Casey“, flüsterte ihr Mark ins Ohr. „Reiz ihn nicht. Er ist nicht ganz bei Sinnen.“

Als sie den Blick in Keiths Augen sah, hielt Casey die Luft an. Sie ging einen Schritt zurück. Oh Gott. Mark hatte recht, dachte sie. Keith war verrückt. Er war vollkommen irre.

Allmählich beruhigte sich Keith, und er fing wieder an, abschätzig zu lächeln. „Jahrelang musste ich mir von Tim etwas über dich anhören … wie süß du wärest, wie loyal, wie hübsch, was für eine wunderbare Ehefrau du wärest, was für eine tolle Familie ihr hättet. Was für eine großartige Mutter du eines Tages sein würdest. Da habe ich festgestellt, dass du für mich die perfekte Frau sein würdest. Zuerst habe ich mich noch bemüht, jemanden wie dich zu finden, aber wie gesagt, das hat nicht funktioniert. Da ist mir klar geworden, dass du für mich bestimmt bist – und nicht für Tim –, und dann habe ich ihn erschossen.“

„*Was?*“ Sie ging unwillkürlich einen Schritt zurück und fiel gegen Mark. Sie war so erschüttert, dass sie zunächst nicht mehr sprechen konnte. „Du … *du* hast Tim getötet? Aber … ihr wart doch zu zweit auf einer Drogenrazzia. Du hast gesagt, dass Juan Santos ihn getötet hat. Und die Kugeln, die in Tims Körper steckten, stammten von Santos’ Pistole.“

Keith zuckte mit den Schultern. „Das war leicht. Ich habe Santos erschossen, dann gab mir Tim Deckung, als ich nachschaute, ob er wirklich tot war. Ich nahm Santos’ Waffe und pumpte vier Kugeln in Tim, und dann legte ich Santos die Waffe wieder in die Hand. Die Ballistiker haben herausgefunden, dass ich Santos getötet habe – und er Tim.“

„Oh Gott, mein armer Tim.“ Wut stieg in ihr hoch wie feurige Lava in einem Vulkan. „Du Schwein! Du dreckiges Schwein!“ Casey beugte den Kopf vornüber und rannte in Keiths Richtung, aber er wich ihr aus, griff nach ihr und drehte sie um. Dann schlug er sie kräftig ins Gesicht.

„Warte, du ..." Mark machte einen Schritt nach vorn, aber Keith schnauzte ihn an: „Du bleibst genau da stehen!" Dann hielt er den Lauf seiner Pistole Casey an die Stirn.

Zähneknirschend wich Mark zurück.

„Also mach, dass du wieder zu deinem Liebhaber zurückkommst, und dann verschwinden wir von hier", grunzte Keith und gab ihr einen Schubs.

Dennis ist schon auf dem Weg, dachte Casey. Solange musste sie ihn ruhig halten. „Es ist schlimm genug, dass du all diese unschuldigen Frauen umgebracht hast, aber wie konntest du nur Tim töten?", fragte sie. „Deinen Partner? Wie *konntest* du das tun?"

„Tja, ich habe mich schon wegen ihm schlecht gefühlt, irgendwie. Ich mochte ihn. Aber ich hatte keine Wahl. Ich wusste, dass er dich nie aufgeben würde."

Casey gab sich keine Mühe, ihren Ekel zu verbergen. „Du schlechter Mensch, wenn man dich überhaupt so nennen darf."

„Ruhig, ganz ruhig", flüsterte ihr Mark zu, aber sie war zu aufgebracht, um seiner Warnung Beachtung zu schenken.

Sie sah Keith vom Scheitel bis zur Sohle an und rümpfte die Nase. „Hast du tatsächlich geglaubt, ich würde dich heiraten, bloß weil Tim nicht mehr da war? Niemals. Nicht im Leben."

„Hey, so redest du nicht mit mir. Ich habe dich nicht ungerecht behandelt. Ich habe dir ein Jahr gegeben, um um Tim zu trauern, bevor ich dich überhaupt gefragt habe, ob wir ausgehen wollen. Aber jedes Mal hattest du eine andere Ausrede."

„Was? Du hast mich nie gefragt, ob wir ausgehen wollen."

„Aber sicher habe ich das getan. Ich habe dich unzählige Male gefragt, ob wir nach der Arbeit noch etwas zusammen trinken gehen wollen oder ob wir essen gehen."

Casey starrte ihn angewidert an. Sie erinnerte sich an die Male, bei denen er sie kürzlich scheinbar ganz spontan eingeladen hatte. Fast jeden Tag schlug jemand von den Kollegen vor, bei Muldoon's noch nach der Arbeit einen trinken zu gehen oder dort etwas zu essen. Das war nichts Ungewöhnliches. Sie hatte angenommen, dass es bei Keith genauso gewesen war. Er war einfach nur einer von den vielen Kollegen gewesen.

Keith sah sie mit einem seltsamen Blick an. Er schien nirgendwo genau hinzusehen. Hass stand ihm ins Gesicht geschrieben.

„Und was diese Frauen angeht, da brauchst du deine Sympathie nicht zu verschwenden. Sie waren nicht unschuldig. Keine von ihnen. Ich habe sie gezielt ausgewählt, denn alle waren sie dumme, eitle Kreaturen. Sie waren eigentlich wertlos. Ich bin sicher, dass du ihre Unterlagen gelesen hast. Jede hat deinen Liebhaber dafür bezahlt, dass er sie schöner machte. Sie waren alles kleine, egoistische Huren. Alles, was für sie zählte, war ihr Aussehen, um bei Männern Aufmerksamkeit zu erregen. Das erste Mal, als ich die Krankenakten vom Doktor las, hatte ich das Gefühl, auf ein ganzes Nest von Schlampen gestoßen zu sein, die ich alle ausrotten musste."

„Warum ist es so schlimm, wenn eine Frau ihr Aussehen verändert? Das ist doch kein Vergehen?"

„Das sollte es aber sein!", schrie er. „Besonders, wenn sie so von ihrem Aussehen besessen ist, dass sie ihren Mann und ihre Kinder verlässt! So wie meine Mutter."

„Was? Du hast mir doch erzählt, dass sie gestorben ist."

„Ich habe gelogen. Die Fotze hat sich die Möpse vergrößern lassen und hat uns einfach sitzen gelassen. Sie ist nach Hollywood gegangen, um Schauspielerin zu werden." Keith lachte bitter auf. „Und weißt du, wie erfolgreich sie war? Sie hat in einer Reihe von Pornofilmen mitgespielt. Mein Dad hatte sich sogar einige von ihnen gekauft. Wenn er richtig betrunken war, hat er sie sich angesehen. Wie krank ist das denn?" Keith hielt auf einmal inne und holte tief Luft, als wolle er sich wieder in die Gewalt bekommen. Langsam verschwand dieser bedrohliche Blick aus seinen Augen.

Er sah Mark voller Hass an. „Als du meine Einladungen immer ausgeschlagen hast, da wusste ich noch nicht, dass dieser Typ da im Spiel war, und dass er versuchte, das zu bekommen, worum ich mich so sehr bemühte. Das wollte ich nicht zulassen."

„Also hast du auf Mark geschossen?"

„Ja, ich habe auf ihn geschossen. Ich hätte ihn auch getötet, wenn er sich nicht zum rechten Zeitpunkt umgedreht hätte."

Keith wandte sich wieder zu Casey. Er strich mit den Fingerspitzen über ihre Wange und sah sie mit Bedauern an. „Schade, dass du es herausfinden musstest, dass ich diese Frauen umgebracht habe. Jetzt muss ich dich auch töten. Die ganze Mühe war umsonst. Aber was soll's. Manchmal gewinnt man, manchmal verliert man." Er deutete mit der Pistole zur Tür. „Genug geplaudert. Es ist Zeit zu gehen. Los."

„Warten Sie, Watson, Sie werden nirgendwo hingehen."

„Dennis! Gott sei Dank!" Nie war Casey in ihrem Leben so erleichtert gewesen, ihren Partner zu sehen. Dennis stand im Türrahmen und zielte mit seiner Waffe auf Keith.

Blitzschnell griff Keith nach Casey und zog sie als lebendiges Schild vor sich. Dann schoss er auf Dennis. Das Geräusch des Schusses war ohrenbetäubend.

Casey schrie auf, während Dennis mit einem „Uff" umfiel wie ein Baum. Seine Waffe fiel aus der Hand und landete mit Getöse einige Meter von ihm entfernt auf dem Boden.

„Dennis! Oh Gott, Dennis!" Casey versuchte verzweifelt, zu ihm zu gelangen, aber Keith hielt sie einfach zu fest. Mit der Pistole bedeutete er Mark, das Büro zu verlassen. „Du gehst zuerst, und denk dran: Eine falsche Bewegung, und Casey muss dran glauben."

„Damit kommen Sie nicht weit, Watson", warnte Mark ihn.

„Ach ja? Das werden wir ja noch sehen."

Sie mussten über Dennis Körper hinweg einen großen Schritt machen, um das Büro zu verlassen. Casey sah auf ihn hinab, ihr rannen die Tränen über das Gesicht. „Es tut mir leid, Partner, es tut mir so leid."

„Maul halten", befahl Keith. „Ich kann nur sagen: Gott sei Dank. Ich konnte den Typen nie leiden."

„Wo gehst du mit uns hin?"

Keith lachte. „Wir gehen auf die Jagd."

Im Lastenaufzug auf dem Weg nach unten schloss Casey die Augen und dachte an Mary Kate, an den kleinen Roger und die Babys. Sie hatte das Gefühl, ein Amboss läge ihr auf dem Herzen.

Danny wartete schon im Lieferwagen vor der Tür. Keith schob sie und Mark auf die Ladefläche und schlug die Tür zu.

„Warum sind Casey und Mark hier?", fragte Danny, sobald Keith auf dem Beifahrersitz saß. „Warum tragen sie Handschellen?"

„Ist egal. Fahr einfach los. Ich sage dir, wohin."

„Aber …"

„Verdammt, Danny, ich sagte doch: Fahr!"

„Okay. Sei nicht böse auf mich, Keith. Ich mag es nicht, wenn du mich anschreist."

„Tu einfach, was ich dir sage, dann werde ich auch nicht böse, okay, Kumpel?"

„Okay", stimmte Danny zu und sah seinen Bruder skeptisch an.

In dem Laderaum lagen lange Kescher, Algenreiniger und verschiedene Chemikalien herum. Alles roch nach Reinigungsmitteln. Casey schaute auf den kotzgrünen Teppich und dachte an die anderen Frauen, die hier verängstigt und geschockt gelegen und darauf gewartet haben mussten, was ihnen noch bevorstand. Sie schüttelte sich. Einen Augenblick lang hatte sie das Gefühl, sie müsste sich übergeben.

„Was meinst du, wohin er uns bringt?“, flüsterte Mark.

Casey hatte aufmerksam zugehört, als Keith Danny die Anweisungen gegeben hatte. Sie hatte keinen Zweifel daran, wohin sie fuhren. „Ich glaube, er bringt uns in sein Lieblingsjagdgebiet. Wir fahren zu dem Forstweg, der oben aus der Stadt heraus und in den Wald führt. Dort wurden auch die letzten drei Opfer gefunden.“

Mark sah sie entsetzt an, und deshalb wurde ihr klar, dass Mark anscheinend erst jetzt begriff, was Keith mit ihnen beiden vorhatte.

Wie Casey erwartet hatte, bog der Lieferwagen links ab und begann, die engen Haarnadelkurven der Schotterstraße hinaufzufahren.

Sie nahmen drei Kurven, bevor Keith seinem Bruder befahl, rechts heranzufahren. Er stieg aus und öffnete die hinteren Türen des Wagens. Dann befahl er ihr und Mark auszusteigen. Casey bemerkte, dass Keith seine Dienstpistole durch ein Jagdgewehr ersetzt hatte.

Sobald sie aus dem Wagen ausgestiegen war, sah Casey durch die Bäume unter ihnen das goldene Dach der First National Bank und die Kirchturmspitze der Baptist Church. Sie stellte fest, dass sie sich an genau dem Ort befanden, wo Keith Becky Belcamp freigelassen hatte. Es war die Stelle, wo er ihr die Fußspuren des Opfers und die Reifenspuren gezeigt hatte, wo er vier Stunden zuvor das arme Mädchen erschossen hatte. Die Unverfrorenheit dieser Handlung drehte Casey den Magen um.

Keith sah sich um. „Wir haben nur noch eine Stunde Tageslicht, aber das sollte reichen. Wir machen jetzt eine kleine Jagd. Danny, nimm ihnen die Handschellen ab.“

„Okay. Was willst du tun, Keith?“

„Egal. Tu nur, was ich dir sage, dann gehst du zurück in den Wagen."

Danny öffnete Caseys Handschellen zuerst, dann Marks. „Du tust Casey doch nicht weh, oder?"

„Steig wieder ein, Danny."

Verstört und irritiert sah Danny von Casey zu Mark und dann wieder zu seinem Bruder. Widerwillig gehorchte er.

„Keith, tu das nicht", sagte Casey und rieb sich die Handgelenke, wo die Schellen die Haut eingeschnitten hatten. „Du machst es dir nur noch schwerer, wenn du uns auch tötest."

„Ach, da bin ich mir nicht so sicher. Vielleicht könnt ihr ja entkommen? Ihr joggt doch beide, oder? Ich würde sagen, ihr habt eine gute Chance davonzukommen." Er lachte. „Vielleicht keine sehr gute Chance, denn diese Flinte hat eine ordentliche Reichweite, aber immerhin ..."

„Du krankes ..."

Keith hob die Flinte. „Vorsicht, Doktor, oder ich muss dich leider gleich hier umbringen. Ich würde dir raten, dir deine Puste für das Rennen aufzusparen. Ich gebe euch beiden denselben Vorsprung. Das habe ich bei den anderen auch so gemacht. Ich gebe euch eine Minute." Er sah auf seine Armbanduhr. „Ab ... jetzt."

„Komm!"

Mark starrte Keith immer noch an, aber Casey nahm ihn bei der Hand und zog ihn mit sich fort. Sie rannte, humpelte und hüpfte, aber sie kam, so gut es ging, voran.

„Du solltest vorsichtig sein mit deiner Stichwunde", rief Mark, als sie durch den kleinen Fluss liefen, der neben der Straße herlief.

„Glaub mir, das ist meine geringste Sorge." Sie verließen den Fluss und rannten den leichten Abhang auf der anderen Seite wieder hinauf. „Wir müssen in den Wald, da kann man uns nicht so leicht sehen", rief Casey Mark zu.

Sie rannten in den Wald und bahnten sich einen Weg durch das Unterholz. Mark lief voran und zog Casey an der Hand mit sich. Der Blutfleck auf seinem Rücken wurde mit der Zeit immer größer.

Jedes Mal, wenn sie das Bein belastete, schmerzte ihre Wunde unglaublich, aber Casey biss die Zähne zusammen und hüpfte und humpelte davon.

Mit voller Geschwindigkeit rannten sie durch den Wald. Ihr heftiges Atmen war das einzige Geräusch im stillen Forst. Nur unter ihnen brachen kleine Äste und Büsche mit einem leisen Schnappen, und sie konnten unter sich das Geraschel der Blätter und das Schreien und Pfeifen der aufgeschreckten Vögel über ihnen hören.

Sie liefen schnell durch einige Reihen hüfthoher Zuchteichen, nur um in der letzten Sekunde zu bemerken, dass auf der anderen Seite der Pflanzung ein kleiner Abhang war. „Ach, Sch…"

Beide stießen einen Schrei aus und versuchten anzuhalten, aber es war zu spät und ihr Schwung trieb sie über die Kante.

Instinktiv drehte sich Mark in der Luft, sodass er unter Casey fiel und ihren Sturz abfederte. Er landete auf dem Rücken, mit ihr auf seinem Körper, und stieß ein „Umpf!" aus.

Sie krabbelte von ihm herunter und kam auf die Hände und Knie zu stehen. „Ist dir etwas passiert?" Marks Brustkorb hob und senkte sich, aber seine Augen waren geschlossen, und er antwortete ihr nicht. Sie tätschelte seine Wange. „Mark. Mark. Sag etwas. Wir müssen hier weg."

Er atmete schwer und sah sie an. „Du musst alleine … weiter."

„Was? Auf keinen Fall!"

„Keine … keine Chance. Mein Bein ist gebrochen."

Casey sah zu seinen Füßen und bemerkte, dass sein Bein verdreht dalag. „Oh Gott."

Sie sah sich um. Denk nach, Casey. Denk nach, ermahnte sie sich. Es musste einen Ausweg aus dieser heillosen Situation geben.

„Okay, ich weiß, was wir jetzt machen. Da hinten ist ein kleiner Überhang. Ich ziehe dich dorthin, darunter können wir dich verstecken. Er müsste über die Kante des Abhanges gehen, um dich sehen zu können. Sobald ich dich versteckt habe, laufe ich den Hohlweg hundert Meter zurück, klettere den Abhang wieder hoch und schleiche mich von hinten an ihn heran. Ich werde ihn überraschen und von hinten angreifen."

„Nein. Das ist zu gefährlich. Vielleicht sieht er dich. Außerdem ist er schon auf dem Weg hierher. Die Zeit rennt uns davon. Und außerdem kannst du mit deinem Bein nicht gegen ihn kämpfen."

„Mark, wir haben keine andere Wahl. Jetzt hör auf, mit mir zu debattieren, und hilf mir, dich unter den Überhang zu bewegen."

Sie griff mit den Armen unter seine Achseln und versuchte ihn, so gut es ging, zu ziehen. Zähneknirschend und mit schmerzverzerrtem Gesicht half Mark mit seinem gesunden Bein. Bis sie ihn dorthin geschafft hatten, wo er sicher war, war er mit Schweiß überströmt, obwohl es schon kühl wurde.

Mit einem Zweig verwischte Casey die Spuren, die sie hinterlassen hatten, denn beugte sie sich zu ihm herunter und küsste ihn auf die Lippen. „Ich liebe dich", sagte sie. „Bleib hier liegen, egal, was du auch hörst, okay?"

„Casey …"

„Okay?"

„Gut", stimmte er ihr zu und presste die Lippen aufeinander.

Sie ging den Fuß des Abhangs gebückt entlang. Nachdem sie eine Kurve umrundet hatte, ging sie ungefähr fünf Meter weiter und verließ dann die Deckung, um den Abhang hinaufzuklettern, indem sie sich an kleinen Büschen und jungen Bäumen festhielt.

Als sie oben angekommen war, verbarg sie sich hinter einer alten Fichte, hockte sich hin und versuchte, ihren Atem zu kontrollieren. Dort saß sie, still wie ein Hase und lauschte. Nur ihre Augen regten sich.

Dann hörte sie ihn. Keith war ein sehr guter Jäger, das musste sie ihm lassen. Er bewegte sich fast lautlos durch den Wald. Aber ihr Vater und ihre Brüder hatten ihr beigebracht, wie man die Geräusche im Wald interpretiert. Sie wusste, welches Geraschel in den Wald gehörte und welches nicht. Keith machte zwar nur das kleinste Rascheln, aber es war zu gleichmäßig und zu langsam, zu rhythmisch, anders, als die Art, wie sich ein Tier bewegte.

Sehr langsam und vorsichtig bog Casey zwei Fichtenzweige auseinander. Durch den schmalen Schlitz sah sie ihn. Er war nicht mehr als fünf Meter von dem Baum entfernt, hinter dem sie sich versteckte. Er ging auf das Gebüsch zu, das sich an der Kante des Abhanges befand.

Mit gesenktem Kopf folgte er der Spur, die sie und Mark hinterlassen hatten. Er hielt die Flinte mit beiden Händen quer zu seinem Körper.

Als er die Reihe mit den jungen Eichen erreichte, nahm er die Flinte, um mit ihr die Zweige auseinanderzubiegen, und Caseys Muskeln spannten sich an. Sie wusste, eine bessere Chance würde sie nicht mehr bekommen.

Sie schoss aus ihrem Versteck hervor wie eine Sprungfeder und rannte wie wild auf den Abhang zu. Das Adrenalin pulsierte durch ihre Adern, sodass sie kaum wahrnahm, dass ihr jeder Schritt höllische Schmerzen bereitete.

Sie hatte gehofft, dass sie Keith überraschen würde und ihn mit einem Tritt in den Rücken niederstrecken könnte, aber er hatte sie gehört.

Alles schien in Zeitlupe zu geschehen. Als würde er sich unglaublich langsam bewegen, schaute Keith über seine Schulter und begann gleichzeitig, sich umzudrehen, als sie durch die Luft flog und ihm einen Tritt versetzte. Sein überraschter Gesichtsausdruck wäre komisch gewesen, wenn nicht die ganze Situation so ernst gewesen wäre.

Beide Füße trafen ihn am Hals. Die Flinte flog über den Abhang und mit einem Schmerzensschrei brach Keith in den Büschen zusammen.

Casey landete auf dem Boden in der Hocke, kam sofort wieder auf die Füße und richtete sich auf.

Mit einem wütenden Geheul, das sich eher nach einem wilden Tier anhörte, kämpfte Keith sich aus den Büschen heraus. Sein Gesicht war mit blutigen Kratzern übersät. Er funkelte sie böse an, stieß ein Kampfgeschrei aus und ging auf sie los. Casey verpasste ihm einen Tritt mit dem rechten Fuß, aber Keith konnte ausweichen.

Ihr Tritt verlor sich in der Luft, und beinahe hätte sie ihr Gleichgewicht eingebüßt. Keith lachte und tänzelte wie ein Boxer im Ring. „Du bist gut, Casey, aber vergiss nicht – ich trainiere auch."

Blitzschnell griff er sie frontal an. Er trat und schlug zugleich. In die Defensive gedrängt, wich Casey gezwungenermaßen zurück. Es gelang ihr, den Tritten auszuweichen. Aber nur knapp.

Sie spürte, wie die Energie aus ihrem Körper wich und dass sie ihr schmerzendes Bein nicht noch länger ignorieren konnte. Sie wusste, dass sie noch einen entscheidenden Schlag austeilen musste, oder sie und Mark wären tot.

Sie sammelte ihre Kräfte und holte zu einem Tritt mit ihrem rechten Bein aus, aber der Schmerz verlangsamte ihre Bewegungen. Keith duckte sich, griff nach ihrem verletzten Bein und hielt es fest.

Casey schrie auf. Sie fiel auf den Rücken und wand sie kreischend. Keith lachte nur und drückte noch fester zu.

„Ca-sey!"

„Ah, dein Liebster ruft dich", sagte Keith. Er ließ ihr Bein los und zog seine Dienstpistole aus dem Schulterholster. Er zielte auf ihr Herz. „Verabschiede dich, Casey. Das ist deine letzte Chance", murmelte er in gehässigem Singsang.

Casey kam zu Atem und hielt inne. Sie starrte in das schwarze Loch des Pistolenlaufs. Sie spürte, dass ihr Herz wild schlug.

Keith stand halb dem Abhang zugewandt, aber aus den Augenwinkeln sah sie Marks Kopf und den Lauf des Jagdgewehres über der Böschung erscheinen.

Gott sei Dank. Auch mit dem gebrochenen Bein hatte es Mark irgendwie geschafft, dort hochzuklettern und die Flinte zu bekommen. Nun kämpfte er darum, über die Kante zu kommen, um sie zu retten. Er würde es niemals rechtzeitig schaffen, aber sie liebte ihn umso mehr dafür, dass er es versuchte.

Keith kam einen Schritt näher auf sie zu, und Casey machte sich auf das Schlimmste gefasst.

Ein Schuss hallte durch den Wald. Sie bewegte sich nicht. Sie hatte erwartet, Schmerzen zu spüren oder unter Schock zu stehen. Stattdessen sah sie, wie Keith wankte und seine Pistole zu Boden fiel. Ein roter Fleck breitete sich über sein Hemd und auf seiner Brust aus wie eine aufgehende Blüte. Er sah sie mit großen verwunderten Augen an, dann fiel er auf den Boden.

„Was …?" Casey setzte sich auf und sah sich um.

Danny stand etwa fünfzehn Meter entfernt und hielt eine Flinte in der Hand.

„Casey! Casey!", schrie Mark völlig verzweifelt. „Watson, du verdammtes Schwein!"

„Mir geht es gut, Mark“, rief sie, doch sie ließ Danny nicht aus den Augen. Sein Gesicht verzog sich, er ließ das Gewehr fallen und rannte zu seinem Bruder. Er fiel neben ihm auf den Boden, Tränen liefen ihm über das Gesicht.

„Es tut mir leid, es tut mir leid“, sagte er immer wieder. Er nahm seinen Bruder in den Arm und wiegte ihn hin und her.

Keith öffnete die Augen. Er lächelte Danny schwach an. „Ist … schon in Ordnung, Kumpel“, murmelte er, „ist schon in Ordnung.“

„Ich musste es tun. Ich musste einfach. Ich konnte es nicht zulassen, dass du Casey etwas antust“, wimmerte Danny. „Ich konnte das nicht.“

Casey nahm die Pistole und erhob sich umständlich. Sie humpelte zu den Eichen herüber, in die Keith gefallen war, und half Mark, das letzte Stückchen die Böschung hinauf. Als er hochkam und sie ansah, bemerkte sie seine Erleichterung, die sie trotz der starken Schmerzen seinem Gesicht ansah. Sie war gerührt.

„Oh Gott, Liebes. Ich bin so froh, dich zu sehen! Ich hab dich schreien hören, und da dachte ich …“

„Ich weiß, ich weiß.“ Kaum war Mark auf die Schonung geklettert, hörten sie von fern die Sirenen, die sich dem Wald näherten.

Casey und Mark sahen sich an und schüttelten die Köpfe.

„Jetzt kommen die erst“, murmelte sie und verdrehte die Augen.

„Was ist passiert? Wer hat geschossen?“

Casey deutete mit dem Kopf in Dannys Richtung. Er hockte immer noch auf dem Boden und wiegte Keith, während er weinte und wimmerte. „Danny hat Keith erschossen, bevor Keith mich erschießen konnte.“

„Caaaa-sey!“, rief jemand von weiter unten im Wald. „Caaa-sey! Verdammt, wo sind Sie, O’Toole?“ Casey sah Mark an.

„Das ist mein Chef."

Auch andere riefen nach ihr, und Casey antwortete: „Hier oben, wir sind hier oben!"

Wenige Minuten später kamen Lieutenant Bradshaw und fast das halbe Polizeiaufgebot von Mears zwischen den Bäumen hindurch.

„Geht es Ihnen gut, O'Toole?"

„Ja, mir geht es gut. Ich bin zwar verletzt und kaputt, aber am Leben. Marks Bein ist gebrochen, und er ist auf die Wunde auf seinem Rücken gefallen. Keith wurde erschossen." Sie hielt inne und überlegte, wie sie es sagen sollte. „Er ist der Mörder, den wir suchen."

„Ja, ich weiß, Dennis hat es mir schon gesagt."

„Dennis?" Casey spürte Freude und Erleichterung. „Er lebt?"

„Ja, er war nur angeschossen. Man kann einen so starken großen Iren nicht mit einer einzigen Kugel töten. Wir nennen ihn ja nicht umsonst den Hulk. Der Mann ist gebaut wie ein Bulle."

„Gott sei Dank. Mary Kate würde mich umbringen, wenn ich zulassen würde, dass dem Großen etwas zustößt. Wie haben Sie uns eigentlich gefunden?"

„Dennis", antwortete ihr Chef und grinste, was selten genug vorkam. „Nachdem er die Waffe fallen gelassen hatte, dachte er, es sei besser, tot zu spielen. Eigentlich war er zwischendurch immer wieder bewusstlos. Aber es ist ihm in seinen hellen Momenten gelungen, die Wache von seinem Mobiltelefon aus anzurufen und die Meldung ‚Beamter verletzt' zu machen und seinen Standort anzugeben. Als wir dort ankamen, war er bewusstlos, aber die Rettungssanitäter haben ihn wiederbelebt. Was Dennis von dem Telefonat mit Danny noch wusste, brachte ihn darauf, dass Keith Sie wahrscheinlich hierherbringen würde."

„Keith ist noch am Leben, Lieutenant", sagte ein Beamter, „aber es sieht nicht gut für ihn aus."

Der Lieutenant versuchte, einen Krankenwagen mit seinem Mobiltelefon zu rufen, aber dort im Wald gab es kein Netz. Laut rief er in den Wald hinein: „Hey, Murphy, geht zum Wagen und bestellt ein paar Krankenwagen. Wir müssen die Leute hier wegbringen."

Kurz danach wurden Keith, Casey und Mark auf Krankenbahren den Hügel hinunter in die Wagen gebracht. Mark und Casey lagen in demselben Rettungswagen. Auf der Fahrt ins Krankenhaus streckte er seinen Arm zu ihrer Liege aus und nahm ihre Hand. „Ich liebe dich, Casey."

Der Rettungssanitäter räusperte sich und gab vor, die Sauerstoffflaschen zu kontrollieren und etwas in den Schränkchen zu suchen. Casey und Mark ignorierten ihn einfach.

Sie lächelte schwach und drückte seine Hand. „Ich liebe dich auch."

„Ich kann mir vorstellen, wie schwer es für dich sein muss, Liebste – du hast gerade erst herausgefunden, wie Tim wirklich gestorben ist. Du brauchst sicher Zeit, um all das zu verarbeiten. Ich kann warten. Aber ich werde auf dein Versprechen von heute Morgen zurückkommen."

Sie runzelte die Stirn. „Versprechen?"

„Na ja, als du … als du mir versprochen hast, mich zu heiraten."

Casey schloss die Augen. „Herrgott, ist das erst heute Morgen gewesen? Es ist, als sei das schon eine Ewigkeit her."

„Ich weiß." Mark strich mit dem Daumen über die seidige Haut ihrer zierlichen Hand. „Du … du hast es dir doch nicht anders überlegt, oder?"

Sie lächelte ihn wieder an. „Nein. Ich habe es mir nicht anders überlegt. Ich werde es mir nie anders mit dir überlegen." Sie sah ihn an und fühlte dabei so viel: Traurigkeit und

Schmerz, Erleichterung und Erschöpfung und all die Liebe, die sie für ihn empfand. Tränen stiegen ihr in die Augen. „Was hältst du von einer Hochzeit hinten im Garten meiner Eltern … im Herbst?"

Mark drückte ihre Hand und sah sie voller Wärme an. „Das hört sich perfekt an."

– ENDE –

M. J. Rose
Die Magdalenen-Morde
Band-Nr. 25201
7,95 € (D)
ISBN: 978-3-89941-294-9
368 Seiten

M. J. Rose
Das Delilah-Komplott
Band-Nr. 25228
7,95 € (D)
ISBN: 978-3-89941-345-8
416 Seiten

M. J. Rose
Das Venus-Gift
Band-Nr. 25288
7,95 € (D)
ISBN: 978-3-89941-472-1
464 Seiten

Paul Johnston
White Devil:
Tödliche Liste
Band-Nr. 25281
7,95 € (D)
ISBN: 978-3-89941-462-2
480 Seiten

Christiane Heggan
Abbild des Todes
Band-Nr. 25246
7,95 € (D)
ISBN: 978-3-89941-405-9
400 Seiten

Anne Stuart
Tod ist nur ein Wort
Band-Nr. 25240
7,95 € (D)
ISBN: 978-3-89941-393-9
336 Seiten

Suzanne Forster
Das Internat
Band-Nr. 25244
7,95 € (D)
ISBN: 978-3-89941-403-5
608 Seiten

Jasmine Cresswell
Die Formel der Macht
Band-Nr. 25267
7,95 € (D)
ISBN: 978-3-89941-435-6
416 Seiten

Cameron Cruise
Das Auge der Athene
Band-Nr. 25274
7,95 € (D)
ISBN: 978-3-89941-434-9
512 Seiten

Laura Caldwell
Römisches Roulette
Band-Nr. 25254
7,95 € (D)
ISBN: 978-3-89941-419-6
336 Seiten

Sharon Sala
Der Jünger
Band-Nr. 25218
7,95 € (D)
ISBN: 978-3-89941-335-9
384 Seiten

Tess Gerritsen
Sag niemals STIRB
Band-Nr. 25236
7,95 € (D)
ISBN: 978-3-89941-386-1
304 Seiten

Jason Pinter
72 Stunden
Band-Nr. 25304
7,95 € (D)
ISBN: 978-3-89941-492-9

Lynn Erickson
Bis tief in die Seele
Band-Nr. 95011
7,95 € (D)
ISBN: 978-3-89941-383-0
400 Seiten

Meg O'Brien
Das Allegra-Etui
Band-Nr. 95006
7,95 € (D)
ISBN: 978-3-89941-370-0
448 Seiten

Karen Young
Aus reiner Notwehr
Band-Nr. 95004
6,95 € (D)
ISBN: 978-3-89941-366-3
464 Seiten